短篇小说集

寻寻觅觅

刘庆邦 著

河南文艺出版社
· 郑州 ·

图书在版编目(CIP)数据

寻寻觅觅 / 刘庆邦著. -- 郑州:河南文艺出版社,
2025.8. -- ISBN 978-7-5559-1791-5

Ⅰ.I247.7

中国国家版本馆 CIP 数据核字第 2025EY7929 号

选题策划	陈 静
责任编辑	陈 静 张 娟
责任校对	樊亚星
装帧设计	吴 月

出版发行	河南文艺出版社
社　　址	郑州市郑东新区祥盛街 27 号 C 座 5 楼
承印单位	郑州市毛庄印刷有限公司
经销单位	新华书店
开　　本	889 毫米 × 1194 毫米　1/32
印　　张	13
字　　数	270 000
版　　次	2025 年 8 月第 1 版
印　　次	2025 年 8 月第 1 次印刷
定　　价	62.00 元

印厂地址　郑州市惠济区清华园路

邮政编码　450044　　电话　0371-63784396

喜见短篇遍地花
（代自序）

唱衰短篇小说的声音，让人颇感不悦。短篇小说又不是为我们家所私有，我犯不着为它辩白、护短。我只是觉得，短篇小说并没有衰落，而是还坚韧地存在着，活泼地生长着，持续地繁荣着。看看北京及各地的文学刊物就知道了，写短篇小说的作者群还是很大，所发表的短篇小说的篇目数量还是最多。我每月都能收到若干本不同杂志社所惠赠的文学刊物，从刊物上，我时常能读到一些别出心裁、让人眼前一亮的短篇小说，得到不错的艺术享受。在中国作家协会举办的一次关于短篇小说创作的研讨会上，陈晓明先生说过一句话，给我留下了难忘的印象，他说：短篇小说的存在，证明着中国文学文学性的存在。贺绍俊先生也亲口对我说过：短篇小说创作，是一个作家创作水准的试金石。这表明，评论界对短篇小说创作仍然很高看，很重视。话说回来，有人对短篇小说的现状流露出一些悲观的看法，并不是真的要唱衰短篇小说，很可能是出于对短篇小说的热爱，出于对短篇小说衰落的担心。听听这样的声音，也不见得是什么坏事，从积极的方面理解，或许对短篇小说的写作是一种鞭策。

怎么说呢？说实话吧，短篇小说这种文体的确比较难侍候。谁都不敢说自己的短篇篇篇精彩，越写越出色。实际情况可能是，有人在写过一两篇或三五篇不错的短篇小说后，就开始走下坡路。我打一个比方，也许有些绝对，好比一个人不可能永远年轻，只能越活越老，一个人写短篇小说也不能保证越写越好，永葆青春。通常我们愿意把写短篇小说说成是手艺活，其实两者还是有所区别。比如编筐捏篓，或做箱子打柜子，时间长了，因经验的积累，技艺的娴熟，篾匠会编得捏得越来越好，木匠会做得打得越来越漂亮。写短篇小说就不同了，写的时间越长，越对所谓经验保持警惕，并对熟能生巧的说法产生疑虑。这是因为匠人做手艺活是从实到实，编筐是筐，捏篓成篓。而作家写小说是从实到虚，从虚到实，从实又到虚，真真假假，虚虚实实，写到后来，就变成了另外一个世界，微妙的心灵世界，真的很难把握。沈从文早就说得清清楚楚，社会一般事业都容许侥幸投机，作伪取巧，用极小力气收最大效果。唯有写短篇小说是个实实在在的工作，费力而不容易讨好，擅长政术的人绝不会摸它，天才不是不敢过问，就是装作不屑于过问。在从事写作的同道者中，沈从文说道，有人不愿把写短篇作为终生事业，是因为它经济效益不好。除了沈从文所说的这些，还有一些情况，影响了作家的短篇小说写作。有的作家用短篇赢得了声誉，打下了"江山"，后来就不再写短篇了，用长篇守"江山"。有记者问一位知名作家，为什么不再写短篇了？那个作家回答得很坦诚，他说，短篇太难写，他对写好短篇缺乏自信，好不容易才建立起来的文学声誉，他不愿因一篇不好的短篇小说而砸锅。作家上了岁数之后，一般也不再碰短篇小说。福克纳被有的西方评论家说成"缺乏短篇小说创作才能"的作家。在我看来，他的短篇小说的确难以让人恭维。到了晚年，他一篇短篇小说都不写。晚年的托尔斯泰，看到窗外翩翩走过的妙龄女郎，一声叹息，说再也不需要她们了。老作家不碰短篇，与托翁的叹息，内里恐怕有着同样的道理。个中原因，有创作资源匮乏的问题，敏感度下降的问题，集中精力的能力式微的问题，还与个体生命的激情、爆发力、想象力、创造力等的丧失有着直接的关系。落花流水春去也，这真是没办法的事。也许莫言是个例外，获得诺奖后，他所写的第一部书《晚熟的人》是短篇小说集，集子里的小说篇篇扎实厚重，意味深长。这表明莫言写短篇小说的底气和自信。

沈从文那么热爱短篇小说，写出了那么多短篇小说佳作，他后来怎么样呢？一九五一年冬天，沈从文去四川参加土地改革工作团期间，以革命大学厨房的一个炊事员为原型，写了一篇名为《老同志》的短篇小说。这篇小说他先后改了七稿，历时近两年，还向丁玲求助，说发表时不用他的名字也可以，到底未能发出。这篇小说的遭遇对沈从文的打击可想而知，以致他怀疑自己失去了写短篇小说的能力。这件事给我们提出了一个值得思考的问题，那就是写短篇小说要不要反复修改的问题。从表面看，是改和不改的问题，实质上，是怎样看待和处理初衷和非初衷、内驱力和外驱力、天性和非天性的关系问题。有人说好小说是改出来的，我一直不赞成这个说法，我写完小说，极少改动。我们写每一篇小说都会有一个初衷，这个初衷是从个人出发，遵守的是自己的天性，是内在的驱动力在起作用。而把小说改来改去呢，往往是外界的指导性、干预性力量在起作用。小说修改的过程，无疑是妥协的过程，改得越多，离初衷和天性就越远，改到后来，甚至完全违背了自己的初衷和天性，哪里还有什么个性化的文学性可言呢！

我不认为是沈从文丧失了写短篇小说的能力。一个作家长期养成的基本写作能力，不会轻易丧失。创作水平可能会有起伏，但差得不会太多，不至于连小说都不像，连一般的发表水准都达不到。实际情况可能是，不是沈从文的写作态度变了，是写作的环境变了；不是沈从文的写作水平降低了，是衡量文学的标准"提高"了。还有一种可能是，当时的文学刊物以人划线，先看人后看作品，一看到沈从文的名字，先就画了问号。

真想看看"老同志"写的《老同志》，以得出一些自己的阅读判断。可我找来找去，到底没找到《老同志》在哪里，也许它永远消失了，变得不可寻觅。出于对"老同志"的尊重和信任，每每看到别的一些"老同志"所写的短篇小说，我都要读一读。也许是期望值过高，有的小说不但不能满足我的阅读期待，还让我多多少少有些失望。比如：我曾先后在上海的文学刊物和北京的文学刊物上，读到过两位前辈知名女作家所写的短篇小说，前者写的是保姆的故事，后者写的是老人养生的故事。她们都写过颇具影响的长篇小说，或中篇小说，写个几千字的短篇小说，当然是小菜一碟，不成问题。可她们的短篇小说为何让我失望呢？我的感觉是小说过于小了，是意思过于小，境界也过于小，不能扩大读者的视野，给读者以广阔的联想余地。这就牵涉短篇小说小与大的关系问题，也是收与放的关系问题。我们通常说，小说要小声地说，也要小心地说。所谓小声地说，是说要静下心来，说得心平气和，不可剑拔弩张，大喊大叫，一上来就要摆出一副一鸣惊人的架势。所谓小心地说呢，是指对小说创作要始终保持敬畏之心，说得小心翼翼，爱惜每一句话，珍惜每一个字，把每句话都说得恰到好处，把每个字都安排得熨熨帖帖。小说是从小处说，从细处说，但小说不只是小说，还是大说，真不能太小。我所说的大说，当然不是说大话、官话、空话、套话、时髦话，而是指小说背后的时代、社会、历史和世界，也是指一个作家要有宽阔的视野、博大的胸怀和世界性的目光。短篇小说写到最后是要收，不收就不完整，就构不成一篇完善的作品。但收不是关门关窗，不是封闭，在收的同时还要放。这个放是放飞，是升华，是不确定，给人以无限的联想。王安忆在《我看短篇小说》里就说过这样的意思，她说：好的短篇小说是有窗口的小房子，你可以不朝窗外看，可是有窗口和没有窗口就是不一样。

弹指间，我也成了"老同志"。我不甘心从此搁笔不写，还在继续写短篇小说。北京市召开北京市文联成立七十周年座谈时，王蒙老师也去参加了。在格非的提议下，我们两个到王蒙老师座前向他问好，说他的状况真好。王蒙老师以他惯常的幽默口吻笑着说：垂死挣扎。王蒙今年都八十七岁了，仍笔耕不辍，我们比他年轻得多，为何不继续"挣扎"呢？现在我写每一个短篇，都是在学习和探索，都是知难而进，向自己发起新的挑战。我有意在看似无小说的地方写小说，力争每一篇小说都有一点儿新意。最近我给《人民文学》写了一个短篇《雪夜》，已发在该刊的二〇二一年第十二期。这篇小说是向绘画学习，尝试用语言文字绘画。小说几乎没什么故事情节和人物之间的冲突，主要是写乡村夜间下大雪的情景，传达的是宁静和洁净的审美意境，以抵抗信息爆炸带给人们的喧嚣。在各种艺术门类中，音乐看不见，摸不着，是最虚的一种。正因为其虚，才如风如云，超越地域、国界、种族，不用翻译，即可为全人类所共享，所感动。语言文字能不能向音乐学习，并捕捉音乐，表现一下音乐之美呢？我给《芙蓉》写了一个短篇《挂在墙上的弦子》，就是朝着这个方向所做的实验。小说写一对青年男女以音乐生情，并以音乐联姻，音乐主导着他们的精神生活。小说设置了简单的故事情节，但故事情节不是我的主要着力点，我把着力点放在描绘音乐上。音乐由声调、音节、旋律、节奏等因素构成，一样比一样来无影，去无踪，怎样才能捕捉它们呢？我的办法是借助与弦子有联系的竹子、梨花、奔马、高粱等实的自然物象比喻音乐，承载音乐，使音乐在幻想中飞扬起来。我的实验不一定成功，但实验总比不实验好一些。实验也许会失败，拒绝实验永远都不会成功。

前不久，我还给《长城》写了一篇稍长一点儿的短篇小说《妻子是年》，借助这篇小说，我想谈一谈短篇小说创作中关于远与近、紧与松、雅与俗、软与硬、审美与反思、感性与理性、自然性与社会性、大逻辑与小逻辑之间的关系。我说了这么一堆关系，好像把事情复杂化了，其实这诸多关系之间都是有联系的，只用一两种关系概括也不是不可以。小说写过年期间夫妻之间发生的故事。留守在家的妻子，听说在外打工的丈夫找了"小姐"，为了向丈夫表示抗议，拒绝跟回家过年的丈夫亲热，与丈夫打开了冷战。丈夫为避免伤害到妻子，坚决不承认在外头的所作所为。妻子本人在村里受到过别的男人的骚扰，也憋了一肚子的委屈。故事就这样在夫妻间的矛盾冲突中展开。这样的故事比较难写，因为它离俗世生活太近了，越近越俗，或者说近就是俗。我们应该意识到这一点儿，尽量与俗拉开距离，写得雅致一些。我们都知道，小说的主要功能是审美，但从感性出发的审美需有理性的参与，需对社会生活进行反思。这就说到软与硬的关系了。我们想把小说写得柔软一些，但没有反思也不行。而一反思，一批判，就容易发硬。汪曾祺的短篇小说偏软，林斤澜的短篇小说偏硬，沈从文则软硬兼施，软硬结合，做得比较好。我自己不写太硬的小说，是不愿写，也写不了。根本原因是自己的心肠不够硬。官场小说是硬小说，我从来不写官场小说，那种钩心斗角，让自己的心脏先受不了。最重要的一对关系，是大逻辑和小逻辑之间的关系。我们写每一篇小说都离不开这一对关系，或者说我们每写一篇小说的过程，都是在处理大逻辑和小逻辑之间关系的过程。大逻辑是思想的、抽象的、形而上的逻辑。小逻辑是日常的、具象的、形而下的逻辑。没有大逻辑的引导和提升，小说就不能飞翔；没有小逻辑的支持呢，小说就不能成立。大量的农村青壮男人常年外出打工，只能把妻子留在家里，这就造成了夫妻生活的严重缺失。这是反自然的、反本能的，也是不人道的。小说的大逻辑是人文关怀，是人道主义理想；小逻辑是日常生活的细节，是儿女情长，是文化心理。我让大逻辑和小逻辑有机结合，最终让一年难得一聚的夫妻达成了和解。他们的和解是一个渐进的过程，是在一系列合情合理的情节和细节推动下完成的。他们和解在哪里呢？和解在情感和自然上。人法地，地法天，天法道，道法自然。人和地是实的，天和道是虚的，那么最高的境界自然是什么呢？自然有实又有虚，是实和虚的结合。

2021 年 11 月 28 日—12 月 1 日于怀柔翰高文创园

目录
CONTENTS

凤仙花

用凤和仙给一种花命名，真是好听。凤为鸟中王，自古就有百鸟朝凤之说。花有花仙子之喻，花一带了仙字，似乎就有了仙气，让人高看不已。可惜的是，这个小地方的人都不知道凤仙花是什么，明明白白是凤仙花，却被他们说成是指甲草。他们连个花字都不带，看见花跟没看见一样，只用草就把花代替了。

没事的，不管是叫花，还是叫草，都不耽误他们对指甲草的喜爱。那么，为什么把凤仙花叫成指甲草呢？这是因为，指甲草上面开出的花朵可以染指甲呀。

每年春夏之交，住在大杂院里的大奶奶都会种上一盆子指甲草。大奶奶用来种指甲草的东西可不是什么正经的花盆，是一只废弃的尿罐子。尿罐子采用本地的泥土烧制而成，外表呈青灰色。罐子口两侧本来有两个鼻子，在鼻孔里穿上麻绳，提起来是平衡状态。后来其中一个鼻子被家人碰掉了，一提一侧歪，不能再盛尿水。这只尿罐子使用的时间可能比较长了，内壁结了一层厚厚的乳白色的尿碱，气味有些难闻。这不要紧，大奶奶正好可以把它利用起来，变废物为花盆。加上指甲草的生长与其他草的生长一样，不需要什么特殊的待遇，只要有土壤、水分、肥料和阳光，就可以生根、发芽、开花、结果。尿罐子里面附着的尿碱，也许正好可以化为指甲草生长所需要的肥料。

　　大奶奶没有把花盆放在窗台上，窗台有些高，大奶奶怕院子里那些孙女看不到，够不着。大奶奶家堂屋门口东侧有一个用泥坯垒成的鸡窝，大奶奶把花盆放在鸡窝顶上。这样一来呢，指甲草刚一冒芽儿，孙女们就能看见，等指甲草开出花来，孙女们一伸手就能摸到花朵。明白了吧？大奶奶种指甲草不是为自己种的，是为院子里那些孙女种的。大奶奶说过，她一个大老婆子，脸上的皱纹一抓一大把，不抓也是一大把，还种草养花干什么？她每年种指甲草，还不是给小闺女们种的，小闺女们都爱美嘛，都喜欢染红指甲嘛！

　　院子里年龄差不多大小的闺女有三个，有一个是大奶奶的孙女，名字叫梅灵；有两个是二奶奶的孙女，姐姐叫大玉，妹妹叫二叶。二奶奶死得早，二奶奶的两个孙女都愿意跟着大奶奶玩，几乎把大奶奶当成了她们的亲奶奶。她们"大奶奶、大奶奶"地叫来叫去，有时带动得梅灵有些顺拐，把自己的亲奶奶也喊成了"大奶奶"。大奶奶纠正她：你这个傻闺女，我是你的亲奶奶，你喊我"奶奶"就中了，奶奶前边不用带"大"。

　　刚过了二月二，还不到三月三，大玉和二叶就在一天午饭后来到大奶奶家，问大奶奶是不是该种指甲草了。

　　大奶奶正坐在堂屋当门的一只小板凳上捻蚕丝。一个小小的木头架子上，放有一团把蚕茧煮得蓬松的蚕丝，木头架子下面吊着一个木制的圆锥形捻槌，捻槌上方的长柄是一根铁锭子，通过手捻铁锭子，让捻槌旋转，就可以把蚕丝纺成丝线。每捻好一段丝线，大奶奶把丝线缠在捻槌上，再捻下一段。大奶奶说：花盆里的冻土还没有完全化开，等过了清明节再种指甲草也不晚。大奶奶想着呢，放心吧，不耽误你们这些小妮到时候染红指甲。大奶奶在说话的时候，手上并没有停止捻蚕丝，仍把捻槌捻得滴溜溜转。梅灵也过来了，说她奶奶老捻老捻，捻到啥时候丝线才够长呢，才能织成捻绸布呢，才能做成一件捻绸布衫子呢？奶奶说，人不管干啥事都不能着急，得像蚕一样，一口一口吐丝，一丝一丝结成茧屋子。等她把丝线捻得够长了，长得比到天边还长，就可以织成捻绸布，做成捻绸布衫子。夏天穿上捻绸布衫子，有风的时候布衫子抖，没风的时候布衫子也抖，皮想沾都沾不上，那可真叫凉快哩！

那，等你织好了捻绸布，先给谁做捻绸布衫子呢？

那还用问吗？当然是先给你爹做了。谁让你爷爷被土匪打死了呢，谁让你爹是奶奶的儿子呢，谁让你奶奶就这么一个儿子呢？

我就知道你只喜欢男孩子，不喜欢女孩子。

谁说我不喜欢女孩子，我要是不喜欢女孩子的话，能年年想着给你们种指甲草吗，能教你们用指甲草上开的花儿染指甲吗！好了，我再给你们唱个小曲吧。小枣树，三柯杈，上面坐着姊妹仨。大的会织毛蓝布，二的会织牡丹花，就数小三不会织，一织织了个大疙瘩。哎呀呀我的妈，一织织了个大疙瘩。

三个女孩子听了小曲，一下就联想到了自身，悄悄在心里排队。若按年龄排，大玉是大的，梅灵是二的，二叶就是小三。大玉心想，我没织过毛蓝布呀。梅灵心说，我算二的吗，我哪里会织什么牡丹花？年龄最小的二叶当然不愿承认自己是那个织大疙瘩的小三，她红着脸对大奶奶说：我们三个不能算是姊妹仨，因为我们三个不是一个娘。

小曲是编出来的，说的都是别人家的事，你们听了不要吃心。我再给你们唱一个《姐妹二人放风筝》吧。她又转了一下捻槌，像是用丝弦为小曲拉了一个过门，才慢声细嗓地唱道：二月里来呀刮春风，姐妹二人放风筝。姐姐呀放的呀是蝴蝶呀啊，妹妹放的是蜜蜂，是呀嘛是蜜蜂蜂蜂蜂。眼看那风筝随风起，俺想放手又不敢哪，怕的是风筝一高飞就不再回程。

眼前正是春天，外面刮的正是春风，大玉和二叶正是姐妹二人，大奶奶唱的又是姐妹二人放风筝，不让她们联想到自身，那是不可能的。大玉心想，我从小长到这么大，从来没放过风筝，更没有放过蝴蝶风筝。我倒是见过蝴蝶，蝴蝶怎么才能变成风筝呢？二叶肯定是妹妹，大奶奶说妹妹放的风筝是蜜蜂，二叶只见过用高粱篾子编成的地滚子风筝，并和男孩子和狗一起，在麦苗地里撒欢追过地滚子风筝，从来没见过扎成蜜蜂形状的风筝。蜜蜂那么小，比蒲公英开的小黄花都小，要是把蜜蜂扎成风筝，不知得放大多少倍呢，不知要费多少纸张呢？尽管姐妹二人没放过蝴蝶风筝和蜜蜂风筝，放风筝的事跟她们八竿子都打不着，可一经大奶奶把放风筝的事唱成了小曲，就仿佛变成了真人真事。一时间，姐姐和妹妹都有些走神，走神走到高高的河堤上，二人站到河堤上放风筝，春风荡漾之中，姐姐手中牵的风筝似乎正是蝴蝶，妹妹手中牵的风筝似乎正是蜜蜂。大奶奶的小曲唱到这里不算完，还说姐妹二人都舍不得把风筝撒手，怕的是风筝远走高飞，永不回还。这样一来，小曲就不光是说事，还说到了人对风筝的感情。走神之际，姐妹二人几乎有些泪眼蒙眬。

在梅灵听来，奶奶唱的是姐妹二人放风筝，不是姐妹三人放风筝，没有把她包括在内，她有些不大高兴，说奶奶，你唱这个，唱那个，咋不唱唱你自家呢，咋不唱唱种指甲草的小曲呢！

奶奶说：鸡叫了，天明了，一朵花开红了。等指甲草开花的时候再唱指甲草吧。

清明节那天早上，天下着小雨，院子里有些雾气蒙蒙。大奶奶把花盆从鸡窝顶上搬下来，放到平地上，用铁铲子把花盆里的土刨松，开始往土里埋指甲草的种子。在种指甲草的时候，老人并没有跟三个孙女打招呼，也没让三个孙女帮着种，她花白的头发上顶着银亮的水珠，弯着有些伸不直的腰，一个人不声不响地就劳动上了。清明天，下雨天，老人或许要试一试，她的孙女们长心了没有，她种指甲草的事会不会被孙女们发现。老人一试就试出来了，她刚把花盆里有些发潮的土刨开，就被大玉看见了，大玉就走了过来，问大奶奶要种指甲草了吗。大奶奶说是呀，今天是清明节，日子好记。今天天下着雨，把花籽埋在土里就不用浇水了，老天爷替咱们浇水。

大玉过来了，梅灵和二叶很快也过来了。原来，她们每天在院子里出来进去，时不时地都会往花盆那里看一眼，都在操着种指甲草的心。终于看到老奶奶要种指甲草了，她们都有些兴奋，围绕在老奶奶身边撸胳膊，挽袖子，跃跃欲试，像是要搭把手。老奶奶说：你们都不用动手，前人栽树，后人乘凉。

二叶提出了异议，说：大奶奶，你栽的不是树，种的是指甲草呀！

道理是一样的，前人种指甲草，后人染红指甲。

花盆里的土整好了，整得松松软软、细细腻腻，老奶奶掀开衣服的大襟子，从下面的口袋里掏出一个小纸包，打开小纸包，露出了里面包藏着的指甲草的花籽。三个孙女一伸头都看见了，花籽小小的、黑黑的，跟油菜籽差不多。仔细看，跟油菜籽又不太一样，油菜籽的底色有些发黄，而指甲草花籽的底色有些暗红。纸包里的花籽是一小撮，大约有十几颗。老奶奶没有把花籽全都撒进花盆里，她只挑了三颗，以三角的形式种进花盆的土里。

二叶问：大奶奶，你为啥只种三颗呢，是不是我们三个人每人一颗呀？

大奶奶说：这个二叶，就是聪明。不过呢，有些事情看破了不要说破，自己心里有数就中了。好了，你们三个都在土上摁摁吧。要得好，大带小，大玉先摁。

是要摁手印吗？大玉问。

对，五指并拢，使劲把土往下摁，摁出你的手印来。

大玉把右手伸出来了，手指并拢得严丝合缝，看着大奶奶，不明白大奶奶为什么让她们在土上摁手印，难道有什么讲究吗？

大奶奶说：做人心要软，种花土要实，你们把土摁得越实在，土和指甲草的种子贴得越紧，种子胖得就越快，发芽就越快。这跟人穿衣服一样，如果衣服哐里哐当，人就不暖和。把衣服穿得贴皮贴肉呢，人的身体就暖和，越暖和长得越快。

明白了。大玉把手在松软的土上使劲往下摁，摁出一个深深的手印。清明雨还在细纷纷地下着，梅灵和二叶学着大玉的样子，也先后在花盆里的土上摁下了属于自己的手印。

这时一只公鸡过来了，它似乎不明白老奶奶带着三个小妮儿在它们的窝门口干什么，好奇地对她们看来看去。公鸡高举着头，同时高举着头顶那一朵鸡冠花一样的大冠子。它每侧一下头，大冠子就随之颤动一下。鸡冠子的红当然是鸡冠红，似乎比夏季盛开的鸡冠花还要红一些，特别是经清明雨一淋，显得更加明艳照人。

老奶奶说：老公鸡，别在我们面前谝你的冠子了，你的冠子再红，能比得上指甲草的花红吗？不管你的冠子红成什么样，能摘下来染指甲吗？不能吧！

二叶做出要把公鸡的冠子当花掐的样子，伸出两根张得像螃蟹夹子一样的指头，向公鸡头上掐去，公鸡吓得赶快逃走了。

不能把花盆放在地上，公鸡看见了她们往花盆里埋种子，说不定会爪子犯贱，把指甲草的种子挠出来。不等大奶奶吩咐，大玉端起花盆，把花盆重新放回鸡窝顶上去了。

大奶奶夸奖了大玉，说大玉长大了，懂事了。接着，大奶奶又说了两句话，这两句话一出口，把三个女孩子吓着了，吓得她们有些愣怔，都快要哭了。大奶奶对大玉说的是：等大奶奶哪天死了，你就带着你的两个妹妹种指甲草吧。

愣怔了一会儿，大玉说：大奶奶，你别吓唬我们，你可不能死，我们都不愿意让你死。

大奶奶笑了一下说：指甲草刚种上，我今年先不死，活一年算一年吧。

在花盆里种上了指甲草的花籽，等于给院子里的三个女孩子的心里种下了盼头。一年到头，她们没多少别的盼头。过年时说是闺女戴花，也就是嘴上说说而已，因家家的日子穷得掉底，父母哪里有钱给她们买花呢？而指甲草年年都会开花，不会让她们的盼望落空。和过年时集市上的花儿比起来，那些用来卖钱的花都是绢花、假花，闻起来一点儿都不香。指甲草开出的花都是鲜花、真花，一闻香喷喷的。所以从花籽埋进土里那一天起，她们心里就有了牵挂，就天天想、夜夜盼，一遍又一遍到花盆那里去查看。三姐妹并不是结伴去查看，她们像是各有各的秘密，分头去查看。往往是大玉在月光下查看过了，二叶又就着月光悄悄往花盆里看了好一会儿。有一天夜里，大玉做了一个梦，梦见指甲草的花开了，开得红彤彤的，大放光明。她马上爬起来去花盆那里看究竟，满天星斗之下，花盆里的指甲草刚刚冒出三根小芽，哪里有什么花儿呢？

就这样，三姐妹从花盆里没有芽儿，盼到指甲草发了芽儿；从指甲草没长叶儿，盼到指甲草长了叶儿；从指甲草没冒花骨朵，盼到冒出了花骨朵。指甲草在花盆里生长，仿佛同时也在她们心里生长，指甲草天天向上，每天都有新的变化。在一天早上，二叶听见羊叫，起来给羊喂草。给羊喂了青草，把羊的嘴堵上，她拐到花盆那里看了一下。这一看不要紧，把羊的嘴堵上了，她却禁不住叫了起来：姐，姐，你起来看哪，指甲草开花啦！

大玉闻声，光着脚就从屋里跑了出来，她说：你咋呼啥，大人都还在睡觉呢！她说了不让二叶咋呼，当看到指甲草开出第一朵花时，她也差一点儿咋呼起来，说：真的呢，真的呢！我的娘哎，指甲草开的花真好看哪！

还圈在鸡窝里的那只公鸡，大概听到了她们姐妹说话，在窝里喔喔地叫了起来。公鸡仿佛在说：你们把花盆放在我们家的屋子顶上，花开了也有我们一份，让我们也出来看看花不行吗？

大玉像是听懂了公鸡的意思，她蹲下身子，伸手把堵在鸡窝门口的一块木板抽开了。鸡窝是大奶奶家的，以前的每天早上，都是大奶奶把鸡窝门打开。今天大玉一高兴，就替大奶奶把鸡窝门打开了。门开处，率先从鸡窝里出来的却不是那只公鸡，是母鸡。待三只母鸡鱼贯而出，最后走出来的才是那只头顶举着红冠子的公鸡。它们一在院子里聚齐，就扇动着翅膀，打着旋腿，撒起欢来。

与指甲草的生长相对应的，是大玉家门口左侧的那棵石榴树。别看指甲草是草本，石榴树是木本，它们一草一木的一举一动都基本上保持着同步。也就是说，指甲草发芽，石榴树也发芽；指甲草开始开花，石榴树也开始开花；指甲草开出的花是红花，石榴树上开出的花也是红花。只不过呢，指甲草的花天生有浸染性，能够上色，可以把指甲染红。而石榴的花不管有多么红，在染指甲方面一点儿都不起作用。

好了，当火红的石榴花开满一树时，花盆里的指甲草花也开成了满盆红。三姐妹一年一度的染指甲活动可以进行了。大玉知道，指甲草的花色其实有好多种，除了有大红、粉红，还有绛紫、明黄、蝶白等。可大奶奶只种了一种大红的指甲草，三棵指甲草开的花都是大红。是的，把指甲染成大红才好看。要是把指甲染成紫色，像扑克牌上小鬼的指甲一样，那像什么样子呢！

大玉向大奶奶报告：大奶奶，指甲草的花都开红了，该染指甲了。

大奶奶生病了，躺在一张小床上已不能起床。大奶奶说：我今年不能帮你们染指甲了，你不是已经学会怎样染指甲了吗？你就带着你的两个妹妹互相染吧。

大玉想起大奶奶在清明节那天种指甲草时所说的话，她的心情一下子变得沉重起来。

大奶奶说：没事，我一时半会儿还死不了。等你们把指甲染红了，别忘了过来让我看看。

大奶奶把带着两个妹妹染指甲的任务交给大玉，让大玉一下子觉得自己肩上的担子有些重，神情变得严肃起来。这天午后，太阳热辣辣的，烤得地皮有些烫人。趁大杂院的大人们都在午睡，大玉把梅灵、二叶叫到一起，准备摘花，染指甲。在摘花之前，大玉从灶屋里端出来多半瓦盆子清水，说要摘花了，花都爱干净，咱们先洗洗手吧。她说的不是净手，是洗手，实际上就是净手的意思。不管做什么重要的事情，事前应该有一个仪式。大玉不懂得什么仪式不仪式，她这样做，等于为摘花和染指甲举行了一个仪式。阳光照进水盆里，盆子里的水清澈见底，连盆底的纹路都看得清清楚楚。水面一点儿波光都没有，平静得像镜面一样。

三双小手都放进了清水里。她们各自洗各自的手，自己的左手洗自己的右手，自己的右手洗自己的左手，再把两只手放在一起搓。她们没有肥皂，更没有香皂，只能用清水洗。大玉说：主要是把指甲盖洗干净，洗得指甲盖上面光光的，一点儿灰都不能有。为了给两个妹妹做出样子，她不仅把每个指甲盖从大到小都擦洗了一遍，还把指甲缝下面藏的灰垢都抠了出来，洗得指甲长出的部分像羊脂玉一样白。

把手和指甲都洗干净了，她们把水珠甩了甩，开始到花盆那里去摘花。大玉从灶屋里拿出一个白瓷盘，让梅灵和二叶把摘下的花瓣放进白瓷盘里。指甲草的叶子长长的，叶子的边缘像是长有锯齿，"锯齿"上还长着细细的茸毛。就是在这样的绿叶下，或绿叶丛中，开着一朵朵艳丽的小红花。绿叶像是对红花起着保护作用，也起着烘托作用。在阳光的照耀下，绿叶显得更绿，红花显得更红。梅灵和二叶伸手摘花时，欲摘又止，像是怕把花摘疼似的。大玉说没事的，指甲草的花生来就是让人摘的，就是染指甲用的，摘了它们，它们才会高兴。大玉说罢，伸手摘下一片花瓣，放到瓷盘里。在姐姐的示范下，两个妹妹才小心翼翼，像捏蝴蝶那样摘起花来。她们不摘花骨朵，也不摘头天开大的花，只摘当天才开放的花。只摘当天的花时，她们也不摘花蕊，不摘花托，只摘花瓣。不一会儿，她们就摘了一盘子红艳艳的花瓣。盘子是盛菜用的，今日却被她们姐妹盛了花。恐怕什么菜都不如花好看。

接着，她们就该染指甲了。染指甲的一套办法是，把花瓣放进小蒜臼里，兑上一点儿明矾轻轻砸，把花瓣砸成花泥。把砸得黏糊糊的花泥敷在每个指甲盖上，用毛茸茸的、散发着热气的生麻叶把指甲盖连同花泥一块儿裹上，再用绿色的生麻皮子缠上，睡一夜解开包裹来看，每一个指甲都会变成红色。

第二天一大早，三个姐妹就不约而同地在花盆旁边聚齐。她们都把手心朝下，手背朝上，把指甲凑到了一起。一个人伸出十根手指，三个人就是三十根手指。哎呀呀我的奶奶呀，每个指甲都像是摇身一变，变成了红色。在没染红指甲之前，指甲贴肉的那部分是粉红色，长出来的部分是白色，染了红指甲之后呢，整个指甲通体都变成了红色，大红色。指甲草的花还在开，昨天的花骨朵到今天早已开成了新花。她们像是把指甲草的花瓣搬到了指甲上，每个指甲都是一个花瓣。而且，指甲样的花瓣比长在指甲草上的花瓣一点儿都不逊色，同样娇艳欲滴。而且，长在指甲草上的花瓣是固定的，搬到手指上的花瓣就灵动起来，十个、二十个、三十个花瓣上下翻飞，真让人有些看不够、喜不尽呢！小姑娘们的脸上都红红的，笑容满面，每张笑脸都像花一样。是的，爱美是女孩子的天性，她们从小就喜欢打扮自己。可是，因为家家都穷，都缺钱，她们买不起花衣服，用不起雪花膏，更搽不起胭脂。这没啥，穷有穷的办法，没钱也能玩花样。她们的办法就是种指甲草，她们玩的花样就是用指甲草的花染红指甲。一朝染上了红指甲，就天天都看得见，割草时看得见，放羊时看得见，纳鞋底子时也看得见。从夏天红到秋天，从秋天红到初冬，能红好几个月呢。

三姐妹比过了红指甲，她们都没忘记说过"前人种指甲草"的大奶奶，大玉说：咱们去让大奶奶看看咱们的红指甲吧。

大奶奶在病床上，把每个孙女的红指甲都看了一遍，说好手配好花，好花配好指甲，不赖。

梅灵说：奶奶，你不是说等指甲草开花时候给我们唱指甲草的小曲吗？现在唱吧。

气短了，拉不成长秧子了，唱不成小曲了，我给你们说几句瞎胡连吧：说我是草我不爱听，我肚子里还有灯；我的灯就是我的花，一开开得映天明。红花用来染指甲，人人见了人人夸。不赖不赖真不赖，人人见了人人爱。

附记一

大奶奶死后，大玉继承了大奶奶的技艺，又连着种了几年指甲草，就不再种了。不是因为她成了一名人民公社的社员，开始参加生产队的劳动，顾不上种指甲草了，也不是因为她长成大闺女了，不爱种指甲草了，不爱用指甲草的花瓣染红指甲了，而是因为家里出了"造反派"、"革命派"、反对派，与大玉闹起了分裂，反对大玉继续种指甲草，继续用指甲草的花瓣染红指甲。反对派是谁呢？是大玉的亲妹妹二叶。

二叶的娘怀二叶的时候，二叶的奶奶希望二叶是个男孩，是个孙子。因为二叶的奶奶年纪大了，身体也不好，她担心临死之前见不到孙子。如果见不到孙子的话，她的一辈子就白活了。二叶出生后，当奶奶得知二叶又是一个女孩，希望破灭，就哭了起来。她哭的声音很大，前后邻居都听见了。等二叶稍微懂点儿事，有的多嘴的邻居就告诉她，她奶奶不喜欢她，一知道她是个女孩，不是个男孩，她奶奶就哭了。二叶听到这些话时，她奶奶早就死了，喜欢她不喜欢她都无所谓，不耽误她往大里长。可经不住爱说闲话的邻居老是对二叶说起那些话，这就让二叶有些心烦，并产生了逆反心理，心说：女孩子怎么了，我看女孩子并不比男孩子差多少，男孩子能干的，女孩子也能干。她上树掏老鸹蛋，一棵桐树高高的，她噌噌噌地就爬了上去。她下水摸鱼，连浑身滑溜溜的、尺把长的黑鱼都抓得到。她还热衷于跟她差不多大小的男孩子比赛奔跑，比赛打车轱辘。每次在麦苗地里赛跑，她都一定要跑到男孩子前头。每回在打麦场里比赛打车轱辘呢，如果某个男孩子一气能打四个车轱辘的话，她不打六个就不罢休。能够下地干活挣工分了，她当然只能和生产队里的妇女劳力一块儿干活。这让她有些不甘心，觉得自己跟男劳力一块儿干活也是可以的。不得不在妇女堆里干活怎么办呢？她的表现是，干什么都冲到前头，干啥活都胜人一筹。比如在炎炎烈日下割麦子，镰刀挥舞推浪去，在麦海浪尖上割麦子的一定是二叶。再比如绞动大轮子水车为稻田浇水，别人绞水车至少得上去两个妇女。到了二叶这里，她一个人就把水车的大轮子绞成了风车，水头蹿得老高。二叶这么能干，生产队里的妇女队长非她莫属。妇女队长原来由她姐姐大玉当，她一顶上来，就把姐姐代替了。大玉不跟二叶争，她觉得妹妹的心劲比她大，让妹妹当队长是应当的。公社驻队干部在全体社员大会上表扬了二叶，把二叶说成是铁姑娘。二叶听说过，大庆油田有一个石油工人被说成是铁人，驻队干部借用了一个铁字，就把她说成了铁姑娘。二叶对铁姑娘的命名并不是很满意，铁姑娘也还是姑娘，她想超越铁姑娘，有更大的作为。

"文化大革命"来了，二叶被抽到县里的学习班学习了一段时间，回头有了新的头衔，叫县级学习毛主席著作积极分子。这一下二叶闹大了，像换了一个人一样，斗争性大大增强，在村里叱咤风云般，这也不顺眼，那也看不惯，天要改，地也要换。至于她在村里都是破了哪些旧的，立了哪些新的，就不一一备述了。这里只简单说一说，她还把斗争矛头指向了她姐姐大玉，把大玉种的指甲草也当成了批判和打倒对象。

这天傍晚，二叶去大队开完会回家对大玉说：姐，从今以后，你不能再种指甲草了，也不要再用指甲草的花染指甲了。

为啥？

以前只有地主富农才养花种草，贫下中农吃不饱，穿不暖，根本没有闲心养花种草。还有，过去只有地主富农家的小姐才用指甲草染红指甲，贫下中农家的闺女没有一个染红指甲的。

大玉往花盆那里看了一眼，见她今年种下的三棵指甲草正开始结花骨朵，花骨朵的上部已微微露出了嫣红，照这样发展下去，用不了两三天，就会开得一盆红花满眼明。大玉不同意二叶的说法，她说：大奶奶的娘家是贫农成分，她跟地主家的小姐一点儿都不沾边，她怎么也种指甲草呢？

你不能跟大奶奶比，大奶奶没经过学习，没树立阶级意识。到了我们这一代，就得学会以阶级分析的眼光看问题，分清哪些是无产阶级思想，哪些是资产阶级思想。我们一定要用无产阶级思想武装头脑，跟资产阶级思想斗争到底。

人分阶级，不能把花花草草的也分成阶级吧。

阶级路线决定一切，啥都得分阶级。

依你这么说，那我问你，石榴树是啥阶级？麦苗是啥阶级？红薯是啥阶级？

一串话把二叶问住了，她大概还没来得及给石榴树、麦苗和红薯定成分，分阶级，不知怎么回答才好，急得脸都红了。二叶一急，"革命"的脾气就上来了，把大玉一指说：我说了指甲草不能种，就是不能种；我说了不能染红指甲，就是不能再染。贫下中农要保持革命本色，把手指甲染得像涂了鸡血一样，干起活来像什么样子！

我看不是指甲草变了，是你自己变了，你变得不像正常人了。你说了不算！

咱走着瞧！

第二天早上，大玉下地干活上工前往花盆那里一瞧，见盆里的三棵指甲草被连根拔掉，扔到旁边的粪窑子里去了。不用说，这事一定是二叶干的。大玉满院子瞅二叶，要跟二叶干一架。瞅不到二叶，她知道二叶已提前下地去了。大玉也是有脾气的人，她把指甲草从粪窑子里捡起来，重新栽到花盆里去了。她只捡回两棵，栽了两棵，剩下的一棵没有捡。她的用意是明显的，重新栽到花盆里的指甲草，一棵属于她，一棵属于梅灵。至于原本属于二叶的那一棵，就让它一直待在粪窑子里算拉倒。

二叶还有绝的，她半夜里爬起来，竟抢起一把铁锨的锨把，把当花盆用的尿罐子打碎了。

附记二

转眼五十多年过去了，大玉和二叶都变成了年逾古稀的老奶奶，她们的年纪比当年大奶奶带她们种指甲草时的年纪还要大。爹下世了，娘下世了，弟弟和妹妹都搬到城里去了，还在老家居住的只有她们老姐妹俩。两家相距二十多里，她们每年都互相走动一次两次。好在乡村之间修了水泥路，两家也都买了电动三轮车，她们骑上了三轮车，电门一开，一会儿就到了。

这年收过小麦的一天上午，二叶骑上三轮车去看望姐姐。车斗子里放了一竹篮子用新麦面做成的食品，还有一盆子指甲草。花盆子是青花瓷，里面种的指甲草是三棵。每棵指甲草上都结满了花骨朵，红艳艳的花也开了两三朵。姐夫生病去世了，姐姐的两个女儿出嫁了，儿子到城里打工去了，家里的院子空荡荡的，只剩姐姐一个人在家。姐妹相见，妹妹问姐姐：姐，你看我给你带来了什么？

姐姐喜笑颜开，说那我认识，是指甲草。

回答正确。指甲草也叫凤仙花，凤是凤凰的凤，仙是仙女的仙。

还是你知道得多。

妹妹染了头发，头发是黑的。姐姐没染头发，已是一头白发。妹妹把花盆从车斗子里搬下来，放到姐姐堂屋的窗台上，对姐姐说：凤仙花喜太阳不喜水，每天晒够太阳就行了，不用天天浇水。姐，你知道我为啥要送给你一盆凤仙花吗？

那我知道，人一辈子经的事不算少，能记住的并不多。有的事过去就算了，不提了。

姐姐说不提了，妹妹却要提，妹妹说：那一次我把你种的指甲草拔掉，还把花盆子也打烂了，我听咱娘说，把你气得哭了一场。

妹妹提起往事，往事似乎又回到了眼前，姐姐的眼里顿时有了泪光。姐姐说：是哩，咱娘劝我别哭了，说妹妹你还小哩，别人说啥你都信，干啥事都积极，叫我让着你，别跟你计较。

想想那一阵子，我真跟疯了一样，听风就是雨，净是跟着别人瞎起哄。

过了河东说河东，到了河西说河西。姐姐说：现在的女孩子不用指甲草的花染指甲了，都是拿现成的指甲油往指甲上涂抹。涂红指甲的很少，有的涂成灰色，有的涂成紫色，还有涂成黑色，看着吓人，一点儿都不好看。

她们不光涂手指甲，还涂脚指甲，把十个脚指甲涂得不重样，她们说，这叫多元化。我跟不上形势了，不知道啥叫多元化。

九九归一，依我看，还是用指甲草的花瓣染红的指甲最好看。

2022 年 3 月 26 日至 4 月 6 日，从怀柔翰高文创园至朝阳光熙家园

原载《收获》2022 年第 6 期

哪儿都不去

有一年初夏，我托朋友的关系，选择豫西一家个体老板所开办的小煤窑，去那里定点深入生活。所谓深入，在别的地方也许只是一个顺嘴接过来的说法，带有一定的抽象性，深入或不深入都不好判定。而到了煤矿，"深入"二字实打实凿，不只是挂在嘴边说说而已。这是因为，矿工的劳动场所和一部分生活场所是在几百米深的井下，那是另一层与地面完全不同的天地，如果不深入黑咕隆咚的井下，就看不到那样的天地，体会不到煤矿工人特殊的生存状态，写作只能浮在表面。所以，深入是必须的。

这家私营小煤窑开在一座国有大矿的井田范围内，据说所开采的只是一块鸡窝煤。对于鸡窝煤的形象化说法，人们一听就明白，无非是指煤体的存量比较小，鸡窝里只有不多的鸡和有限的蛋。鸡窝煤不值得拥有大型采掘机械的大矿大动干戈，就留给小煤窑小打小闹吧。若拿吃住条件作比，国营大矿当然要比小煤窑优越许多。可我为什么放着好的条件不去享受，却偏要选择条件差的地方去将就呢？根据我以往的经验，凡是先进的地方，机械化生产的地方，整齐划一的地方，都没有多少故事可言。倒是那些相对落后的地方，还是靠人力手工作业的地方，员工素质参差不齐的地方，反而能得到一些可供写作的素材。我在苍蝇乱飞的窑工宿舍里住了六七天，从井上转到井下，从澡堂转到食堂，从窑神庙转到洗头房，每天都有不少新的收获。如果把这些收获比作煤炭的话，我得到的"煤炭"足够我烧一阵子的。

出了小煤窑，就是农村的庄稼地。我像一个游手好闲的人，除了在小煤窑里转来转去，还以散步和锻炼身体的名义，转悠到附近的庄稼地里去了。季节既然已经到了夏天，遍地的庄稼呈现的是丰收在望的景象。金黄的油菜花彻底翻篇，翻到了油菜结角的全新篇章。饱满的油菜角子缀满了油菜的枝枝蔓蔓，使大片的油菜绿得白汪汪的。麦子成长的颜色与油菜反了过来，油菜是由黄变绿，麦子是由绿变黄。岗上的麦子在阳光的照耀下，正一天比一天往成熟的方向长。麦子成熟的标志，是逐渐褪去青涩，从内心出发，一点儿一点儿变成金黄。目前的麦子虽然还是半青半黄，没有完全成熟，可麦子的香气已涌现出来。麦田里涌出的香气像是波浪式的，一波未平一波又起。香气又像是上升的，一直升到天空去了。对夏消息最敏感的布谷鸟定是嗅到了麦香的气息，它们异常兴奋，在麦田上空飞来飞去，不停地发出嘹亮的鸣叫。布谷鸟不是立在某棵树上叫，也不是停在田间偶尔凸起的某块石头上叫，而是边飞边叫。它们飞得很快，像一支支射出的羽箭。它们的头一声鸣叫在麦田南，下一声就到了麦田北；这一声鸣叫在麦田东，那一声鸣叫就到了麦田西。懂鸟语的人说，这是布谷鸟在催促人们准备收割小麦。人以食为天，鸟也是以食为天，鸟类比人类还要性急许多。

我正在地头和一位戴草帽的老人聊天，估计当季小麦的收成，忽见一只野母鸡，带领着一群野鸡娃子，从麦垄之间的缝隙里钻了出来。以前在老家麦苗初发的坟地里，我只远远听见过野鸡高亢的鸣叫，看见过野公鸡华丽的外衣，却从未看见过野母鸡和野鸡娃子，这次近距离地看到了野鸡妈妈和它的娃娃们，未免让人感到惊喜。鸡妈妈只有一个，娃娃们却有一群。我叫了一声野鸡，刚要数一数野鸡娃子有多少只，鸡妈妈大概发现了老人和我，带着它的子女们迅即打了转折，又钻回麦丛中隐藏起来。它们行动迅捷，一眨眼就不见了。老人告诉我，在麦子抽穗期间，正是野母鸡在麦棵子深处孵小鸡的时候。等麦子熟了，该收割了，小鸡们的羽毛就扎全了，翅膀就长硬了，可以自由自在地飞到别的地方去生活。我问老人，能不能逮几只野鸡娃子放到家里养呢？老人摇头说不能，野鸡娃子气性大得很，养不活。他曾捉到一只野鸡娃子，用细草茎拴住野鸡娃子的腿，拴在一棵麦子的根部，意思是让野母鸡继续喂养野鸡娃子，等野鸡娃子长得稍大些，他再把野鸡娃子取走。不料第二天他去查看，发现被拴的野鸡娃子已经死了，身上爬满了黄色的蚂蚁。

或许有人认为，我去小煤窑定点深入生活，似乎只盯着矿工的生活就行了，至于小煤窑以外的生活，可以忽略不计。我可不这么认为，看到什么事情好玩，让我产生兴趣，我还是愿意记到日记本上。再说了，任何生活都不是孤立的，互相之间都是有联系的，什么生活不是生活呢？

结束在小煤窑的生活，我就近转移到豫东平原我的老家去了。回老家当然也是深入生活，而且是深入到"家"了。回老家的一个主要目的，我是想看看收麦的场景，重温一下收麦的旧梦。还在老家当农民的时候，我每年都参加生产队的收麦劳动。那时候收麦，都是用镰刀割，铲子抢，每年都干得轰轰烈烈，热火朝天，像是进行一场一年一度的收割狂欢。而自从我一九七〇年夏天参加工作之后，几十年过去了，我再也没有见过收麦。我听说，现在收麦都是使用联合收割机，机器隆隆一过，麦粒与麦秸两相分离，金黄饱满的麦粒就倾注到容器里去了。如此一来，由机器代替人工，就简单多了，省事多了，乡亲们收麦就不必再付出巨大的辛劳。可是，人工有人工的美，机器有机器的美；复杂有复杂之美，简单有简单之美，我很想看看机器收麦的过程，增加一些新时代收麦的细节记忆。

母亲去世后，我们家的四间平房就成了空屋，门前的院子里长满了荒草。到家后，我放下行李，未及把院子里的荒草清除一下，就背上我的黄色军挎包，带上袖珍傻瓜相机，向村外的麦田走去。比起豫西山区的麦田，我们豫东大平原的麦田更加广阔，广阔得无遮无拦，与天际相连，仿佛连天上都种满了金色的麦子。我心潮澎湃，真想像诗人那样大声咏叹，这就是我的家乡，我的土地，我的麦田，我又回来了！没有风，从麦田里涌出的阵阵麦香像五月的熏风一样让人陶醉。

我沿着田间的小路正往麦田深处走，见一个骑自行车的人从对面骑过来。齐腰深的麦田几乎把自行车遮住了，骑车人像是骑在麦田上。加之骑车人蹬得比较快，看上去像是一个麦上飞，或麦上漂。眨眼之间，骑车人就到了我跟前，哗啦一声从车上跳了下来，叫了一声我的名字，问我啥时候回来的。

这是我的一个堂哥。在我们村，我一共有五个堂哥，他是其中之一。我说上午刚到家，遂抽出一支香烟递给他，问他干啥去了。

他说他到小李庄帮人家盖房子去了。我递给他的烟，他没有马上点燃，只把烟看了一下，说这是好烟，把烟卷别到耳朵上去了。烟卷是雪白的，他的耳朵有些黑，黑白形成了鲜明对比。

眼看日到正午，我问他：你去帮人家盖房子，人家中午不管你们吃饭吗？

不管。干一天给四十块钱，五天兑一回现。另外，每两天给干活的人发一盒烟。烟是赖烟，才一块多钱一盒。

堂哥年过花甲，头发花白，脸上打了不少褶子。我夸他身体不错，还能跑来跑去地给人盖房子。

他说他能吃能睡，身体还凑合。趁着现在还跑得动，能挣两个就挣两个，不用靠孩子养活。以前只知道把粮食看成口粮，保命粮，没把粮食看成钱。现在才知道，粮食就是钱，钱就是粮食。他帮人家盖房子，一个月所挣的钱，差不多能买两亩地所打的小麦呢。现在的年轻人为啥都愿意出去打工挣钱，不愿在家种地呢？就是因为打工挣得多，种地挣得少，打工挣钱来得快，种地挣钱来得慢。

我承认他说得有道理，问他现在种的有多少地。

就是我和你嫂子两个人的地，两亩地多一点儿。说着，他仰脸看了一眼天上的太阳，让我跟他一块儿回家吃饭，他用鸡汤给我下面条。

我说不了，我这会儿还不饿，还要在地里转一会儿。我知道他吃过午饭还要去小李庄干活，让他赶紧回家吧。

我闲了再去跟你说话。他蹬上破旧的自行车，在坑洼不平的土路上，咯咯噔噔向家里骑去。

这个堂哥比我大两岁。一九五八年村里开始办小学时，堂哥就成了我的同班同学。我们一起在村里的小学上到四年级，从五年级开始，就转到公社所在地的镇上小学去上学。堂哥的学习成绩不是很好，他连六年级都没考上，只读完小学五年级就结束了学业。堂叔和堂婶子一辈子生了九个孩子，夭折了七个，只存活了两个，一个男孩和一个女孩。男孩就是堂哥，女孩是比堂哥小十多岁的堂哥的妹妹。堂哥是堂叔家唯一的儿子，当然也是堂叔家的娇孩子。自从有了人民公社、生产大队和生产队之后，堂叔一直在我们村生产队里当队长，村里就安排堂哥在生产队里当记工员。当记工员的堂哥，不必一天到晚或风里来雨里去地跟社员们一块儿干活，只拿着记工的册子，给参加生产队劳动的男女社员记工分就行了。靠工分分粮食和记工分已变成了历史，但作为记工员，堂哥应是那段历史的见证人之一。

我继续往麦田深处走，走着走着，看见前面不远处从麦垄的缝隙间钻出一只野兔。我在豫西山区的麦田地头看到了野鸡，又在家乡平原的麦田地头看到了野兔。不用说，野鸡是在麦棵子里孵小鸡，野兔也是在麦棵子里生小兔，小鸡和小兔都是和麦子一起成长。我不想让野兔看见我马上跑掉，就停住了脚步，悄悄拿出了照相机。看样子，这只野兔是一只新生的兔子，也许是初生的兔子不怕人，看到我，它一点儿都不惊慌，在地头蹦跶了几下，就停下来蹲坐在地头的草地上，用前爪在脸上优雅地抹来抹去，像是擦嘴，又像是洗脸。野兔的毛色和已经发黄的麦子的颜色一样，两者几乎融为一体。可是，当我刚把照相机举起来，想把画面拉近一些，野兔还是跑掉了，遁入麦田去了，我只照了一个空镜头。这个小兔崽子，它在逗我玩啊！

回村时，我路过堂哥的家门口，就顺便拐到堂哥家看了看。堂哥家老宅的房子就在我们家房子的前面，我们家堂屋的门口正对着他们家房子的后墙。每年过春节时，我们家所贴的"出门见喜"的字样，就贴在他们家的后墙上。后来生产队解散，分田到户，宅基地重新规划，堂哥把老宅留给他儿子，并帮助儿子在老宅盖了两层楼房，他和堂嫂在村外的地头另盖了两间小屋，就从老宅搬出，住进了小屋。我所说的堂哥的家，是指他目前所住的小屋。小屋门前，是堂哥和堂嫂的责任田。小屋前面没有搭院墙，开门一个跨步，就迈进了责任田。责任田里种了小麦，还开了一小片菜园。麦田是黄的，菜园是绿的。菜园里种了黄瓜、豆角、茄子、辣椒，还有苋菜、荆芥等，想吃什么菜，随时可以到菜园里采摘。在麦田的正中间，是堂叔和堂婶子合葬的坟墓。因坟堆上长有一些桑树、楮树条子，看上去也是一堆绿。堂哥只要一开门，就能看到他父母的坟墓。从这个意义上说，堂哥是父母的守墓人也可以。

我刚走到堂哥家小屋的东边，从狗窝里蹿出一只小黑狗，冲着我叫起来。小黑狗身量不大，叫声却不小，一副拒人的凶恶样子。

堂哥闻声从小屋里走了出来，喝住了小黑狗的狂叫。堂哥手里还端着小半碗吃剩下的面条，把面条倒进了狗窝前面的一只粉红色塑料盆里。在小黑狗吃面条时，又从狗窝里蠕动着爬出四只狗娃子。狗娃子两只黄、两只黑，像是刚出生不久，毛团团的，眼睛还没有完全睁开。它们像小鸟一样叽叽地叫着，找它们的妈妈。

我说小狗的生活不错，主人吃鸡汤面条，小狗也跟着吃。我问堂哥：鸡汤是事先熬好的吗？

堂哥说不是，他买了一只煺掉毛的肉鸡，挂在墙上，想吃的时候，用刀子片下一点儿肉，切成肉丝，下油锅一炒，兑上水一煮，鸡汤就成了，下出的面条就有了鸡汤味。说着，他领我到屋里，指给我看他挂在墙上的那只肉鸡。我见那只白里透红的肉鸡个头不小，简直像一头小猪。我说这只鸡够大的。堂哥说，现在的肉鸡都是用饲料催起来的，长肉期间，一天到晚用日光灯照着，不许乱动，只许长肉。一只鸡不到四个月就长满了肉，每只鸡都有七八斤。

我说了不得，现在干什么都提速了。

别说养鸡了，现在养猪也快得很。过去各家各户养猪，哪头猪不得喂上一年两年。现在可好，养猪场里养猪，一头猪四个月就可以出栏卖钱。说句不好听的话，那些小母猪还没到发情期呢，还不知道跟公猪谈恋爱呢，就肥得不行了，就被卖到屠宰场去了。堂哥边说边笑，在为自己的说法感到得意。

我问堂哥：嫂子呢，怎么没看见嫂子呀？

堂哥说：你嫂子到城里帮闺女看孩子去了。

闺女在哪个城市？

山西阳泉。

阳泉我去过，那里有煤矿。

不错，我女婿就在煤矿打工，闺女后来也去了。

你怎么不跟嫂子一块儿去呢？

我才不去呢。在家里好好的，我哪儿都不去，一辈子都不打算出去。

可以出去看看外面的世界，开开眼界嘛！

外面再好，那也是人家的。依我看，开不开眼界都是那么回事，开了多不到哪儿去，不开也少不到哪儿去。堂哥接着说了他不外出的三个原因：一是地总得有人种，不能让好好的地荒着；二是他儿子一家都到城里去了，儿子把家里的钥匙留给了他，他得帮儿子看着房子；三是他在本地也能帮人家干活，也能挣到现金，何必非要到外面去呢！总的来说，一个人有地种，有钱挣，有饭吃，有衣穿，天底下平平和和的，还有什么不知足呢！

我说他是知足常乐。

他再次说，反正他哪儿都不去，就算全村的人都走光了，他一个人也要留在村里。

我说那好，我每次回来都能看到你。

他问我啥时候回北京，他准备送给我几斤黄豆，让我带回北京自己生豆芽吃。他说现在街上卖的豆芽不能吃，别看又粗又长，里面都是催生素，一点儿豆芽味都没有。

我说免了，我现在懒得很，路上什么东西都不愿带。

　　这次回老家，我看收麦的愿望没能实现。豫西山区土地贫瘠，麦子长得瘦弱，熟得早一些。而我们豫东大平原土地肥沃，麦子茁壮，成熟得要晚一些，大约比豫西的麦子晚收割六七天。我以豫西麦子的成熟度衡量豫东麦子的收割期，是不准确的。

　　返京前，我和故乡的朋友们一块儿喝了酒。登上火车时，我仍醉眼蒙眬。列车在豫东大平原的麦海里穿行。车窗外金色的、动态的麦田无边无际，更显得壮观无比。我禁不住给妻子打了一个电话，说大平原上成熟的麦子是全世界最美的景观，你想象不到有多么好看，多么震撼……我没有再说下去，喉咙哽咽得说不出话来。

　　我母亲于二〇〇三年的初春长眠于地下。我每次回老家，母亲都不再跟我说话，我到母亲坟前跟母亲说话，都是单方面的。不能因母亲不再回应我的话，我就不回老家，该回老家时，我还是要回老家。通过回老家我知道，村里的人口每年都在发生变化。村里的土地是不变的，固定得像铁打的一样。尽管有的土地上面盖了房子，但房子下面还是搬不走的土地。变化的是人口，人口在增加，也在减少。增加的是新出生的小孩子，我都不认识。而减少的多是上岁数的人，我所认识的人。我每次回老家，几乎都能听到消息，谁谁不在了，谁谁谁下世了。每每听到这样的消息，我都会惊讶一下，心里沉重一下，但很快就过去了。我意识到，生和死都是正常现象，有生就有死。而生和死之间相距的时间和距离并不是很长，转眼间就接近了。基于这样的认识，我每次回老家，都要在村里走一走，看一看，看看那些尚在的堂叔、堂婶子，或堂哥、堂嫂。

　　有一年秋天回老家，我又去村外地头的小屋去看望堂哥。近前没听到小狗叫，不知堂哥把他家的小黑狗和一窝狗娃子弄到哪里去了。我看到堂嫂从外地回来了，堂嫂站在门口一辆电动三轮车旁，正催促两个背着书包的小孩子上车。堂嫂比堂哥大三岁，头发全白了，已完全是一个老太婆模样。当年媒人给堂哥介绍堂嫂的时候，村里不少人估计，堂哥不一定看得上堂嫂。因为堂哥是家里的独子，堂叔又当着队长，家里各方面的条件比较好。而堂嫂长相一般，一点儿都不出色。让人没想到的是，两人第一次见面时，不知堂嫂对堂哥说了什么话，堂哥一下子就同意了。村里人说，这都是因为堂哥太年轻，见不得大闺女，一见大闺女就迷了窍子。堂哥跟堂嫂结婚时，堂哥还不到十八岁，当时我还在镇上的中学读书。堂哥成婚那天，他们家要举行婚宴，母亲提前跟我说好，那天让我代表家人去参加婚宴。可那天学校放学晚了，我紧跑慢跑跑到家，堂哥家的婚宴已经开始，母亲代替我参加婚宴去了。我嘴馋肚空，准备去大吃一顿。什么都没吃上，我竟不知羞耻地在我们家院子里大哭一场。为了自我揭丑和忏悔，我把这件事写成了一篇短篇小说，小说的题目叫《赴宴》。堂嫂是个调皮的家伙，她利用自家阶级成分好的优势，拿地主家的少年孩子取乐。她叉着双腿，做成骑马蹲裆的架势，命人家从她胯下钻过去。她还与别的女人联手，扒人家少年的裤子，声称要看看人家的毛毛扎全没有。我还写过一篇短篇小说《嫂子与处子》，其中的一个嫂子就以这位堂嫂为原型的。跟堂嫂简单聊了几句，我知道两个背书包的小孩子，一个是她的孙子，另外一个是她的外孙女。

因小孩子没有城市户口，没法在外地上学，只能回到老家来上学。我们本村的小学停办了，小孩子只能到邻村的小学去上。我们村离邻村有二三里路，堂嫂就骑着后面带斗子的三轮车，每天往返两趟，接送两个小孩子上下学。堂嫂不忘跟我说笑话，问我咋不把美女带回来。你把美女一个人留在家里，不怕美女夜里睡不着吗？她说的美女，指的是我老婆。我说：嫂子还是这么调皮捣蛋，小心我把你写到小说里去。

堂嫂说：写呗，谁不写谁是小狗。

晚上，我正和两个堂叔和村干部在家里喝酒，堂哥手持一盏矿灯样的充电电灯到我家来了。我起身欢迎他，让他入座喝两杯。

堂哥说他在家里吃过饭了，他是来看看我，跟我说说话。

我说吃过饭了没关系，不耽误喝酒。有饭垫底，喝酒才不伤身体。

堂哥喝酒很实在，他大概也知道我家的酒都是上档次的酒，有不喝白不喝的意思。

一个当村支书的堂弟，用一次性的薄皮塑料茶杯给他倒了上半杯白酒，有二三两的样子，他两口就喝干了。酒劲迅速攻上来，堂哥的脸很快就红了。不知怎么就说到了外出打工的事，堂哥的情绪显得有些激昂，他说：咋着，非要都出去吗？允许人出去，还得允许有的人不出去。反正我哪儿都不去，我就看着咱刘楼（我们村的名字）好。我要是出去了，谁会认识我呢，谁会招呼我喝酒呢，是不是？

在灯光下，我见堂哥眼里像是有了泪光。我说堂哥说得好，为老兄这几句话，我敬老兄一杯！

堂哥面前的杯子里新添了酒，我举杯跟他碰了一下，他又把杯中的酒喝干了。这时堂哥说了一句话，我记住了。他把喝酒说成打食，说：别看我来得晚，今天晚上我没少打食。

来年夏天，当支书的堂弟打电话向我报告了一个不好的消息，说堂嫂出事了。我问怎么回事？堂弟说，堂嫂骑着电动三轮车，带着一袋麦子，去外村的打面机房打面。骑到村子北面的小桥上，电动车拐弯太猛了，一头扎到了小桥下面小河的泥水里，电动车和麦子都砸在堂嫂身上。等村里人赶过去把堂嫂抬上岸，堂嫂已经软塌塌的，一口气都没了。当时堂哥也在车斗子里坐着，在电动车往河里冲时，把堂哥甩了下来，虽说堂哥也落了水，腿上也受了伤，身体总算没什么大碍。

人总要离世，人离世的情况多种多样。我万万没有想到，堂嫂会这样悲惨地离世。我只能说：太突然了，太意外了！

堂嫂的突然离世，对堂哥的打击可想而知。堂哥要是有手机的话，我会打通他的手机，安慰他一下。堂哥一直没买手机，我无法安慰他。

秋天回老家，我再去看望堂哥，见堂哥的身体垮了下来。他先是精神垮塌了，身体很快也跟着垮塌了。他得的是脑梗，一梗百梗，上梗下也梗，整个身体就僵硬了，不灵活了。所谓脑梗，我认为对堂哥来说有一定的象征性，既有物质性，也有精神性；既有肌体性，也有心理性，这两者相互作用，就把一个好好的人整垮了。你说我是唯心主义也好，我固执己见，坚持认为堂哥的脑梗先是精神梗，心理梗，精神和心理先梗死了，才导致了血脉的淤塞。试想，要是家里不出那场变故，要是堂嫂还活着，堂哥不会变成这个样子。我看见堂哥时，他正站在他的小屋门口啃一个剩馍。剩馍里夹着一些酱色的咸菜，他双腿叉着，一只胳膊拐着，另一只手在往嘴里送馍。看见我，他停止了吃馍，好像不认识我了一样，把我看了一会儿，似乎才终于认出我是谁，叫了一声我名字的后两个字。我答应了一声，几乎掉下泪来。回想起堂哥还是一个翩翩少年的时候，我们一块儿在初春的麦苗地里疯跑，放风筝；一块儿在河里玩水，打水仗；一块儿在打麦场里摔跤，摔得月光满地也不回家。那是一个何等生龙活虎的堂哥。转眼之间，堂哥就变成了这种状态。我对堂哥说：你一个人在家里不行，还是跟着孩子好一些。

堂哥说他还行，能自己照顾自己，饿不死，也冻不死。他变成现在这样子，不愿去给孩子们添麻烦。他哪儿都不去，死也要死在家里。说着，他拿馍的手往前面不远处堂嫂的坟头示意了一下，说看见了吧，我将来的位置就在那里。

我劝堂哥不要太悲观，赶上了好时候，要好好活着。

世上很多事情不能完全以自己的意志为转移，有时要以别人的意志为转移。堂哥到底还是离开了自己的家乡，极不情愿地转移到外地去了。二〇二一年初冬，我回老家为母亲"送寒衣"之后，再次去看望堂哥，见堂哥家小屋的门被封上了。封门用的东西是一些打成捆的玉米秆子，有个别麻雀在干枯发黄的玉米秆子上面卧着，不时叫上一声。一些干树叶子像冬天的雪一样被风旋到了门口，脚一踩哗哗作响。

我问村里人，堂哥到哪里去了。村里人告诉我，堂哥被他儿子接走了，接到外地去了。堂哥不想走，他儿子租了一辆车，硬把堂哥架到车里拉走了。村里人悄悄告诉我，堂哥的儿子之所以要把堂哥接走，是不愿意让堂哥死在家里，原因有三个：一是怕堂哥死在村外的小屋，无人知晓；二是堂哥若死在老家，还得买棺材，办葬礼，太费钱，太麻烦；三是村里没有青壮年人，抬棺材都找不到人。听到这些说法，我难免有些黯然。我想，我的堂哥，他恐怕再也不能回到生他养他的老家了。而我呢，这一辈子也许再也见不到堂哥了。

那次去小煤窑定点深入生活之后，我写了《失踪》《皂之白》等好几篇短篇小说，分别发在《十月》《北京文学》等杂志上。可能因为与堂哥太熟了，越熟越灯下黑，我从没想到要写一写堂哥。在再也见不到堂哥的情况下，在离堂哥越来越远的情况下，我才终于想起来写一写堂哥。每个人都是小说的对象，谁能说我的堂哥就不值得写一写呢？

2021 年 12 月 12 日入住湖南大厦，参加第十次作代会

（因疫情闭环管理，每天照样早起写小说）

至 12 月 25 日写完于朝阳光熙家园

原载《大家》2022 年第 2 期

我往哪里去呀

去煤矿参加工作之前，我曾先后参加过三个宣传队，中学宣传队、大队宣传队和公社宣传队。回忆起来，除了自己当时喜欢赶风潮，出风头，对唱歌跳舞比较热衷，参加宣传队的个人条件并不行。我个头不高，长相一般，嗓子也不好，没有什么特殊的宣传才能。之所以能够一而再、再而三地参加众多农村青年所向往的毛泽东思想宣传队，很可能是赶巧了，跟俗话说的瞎猫碰上了死耗子差不多。在宣传队里，我连配角都说不上，只是凑个数而已。举例来说，在公社宣传队时，我们队以豫剧形式移植过革命样板戏《红灯记》。在这个大戏里，我演不了正面的主角李玉和，演不了反面角色鸠山和叛徒王连举，连吆喝"戗剪子来磨菜刀"的李铁梅的"表叔"也演不了，只能扮一个日本宪兵队的宪兵，到李奶奶家翻箱倒柜折腾一番，搜索密电码无果，就算完成了任务。

当然，作为公社级的一支宣传队，我们队里好演员还是有的。宋耐英就是其中一个。

宋耐英在《红灯记》里演李奶奶，在《沙家浜》里演沙奶奶，担负的都是重要角色。在装扮两位奶奶级革命人物时，别看宋耐英头上戴了花白的假发套，眼角画了辐射状的鱼尾纹，但她演得慷慨激昂，大义凛然，颇具感染力。宋耐英每次唱罢大段的唱段，几乎都会赢得观众热烈的掌声。

在综合性的演出中，宋耐英也有单独的保留节目，她演唱的保留节目是《朝阳沟》中银环上山的唱段。在那段描绘山沟里好风光的流水板唱腔中，宋耐英唱了青山唱泉水，唱了梯田唱果园，唱了牛羊唱庄稼，唱了蓝天唱空气，一路美景皆心景，唱得相当抒情。作为刚从城里中学毕业的一名女高中生，银环身穿一件大翻领的花格子衬衫，脑后垂着两根长长的辫子，肩背一只镶了花边的布艺书包，且行且唱，似舞似蹈，姿态很是优美。农村的戏台多是临时挖土堆起的土台子，演员在台上表演，观众在台下欣赏。因土台子差不多有一人高，观众对演员只能是仰视。我们每次抬着盛道具的木箱子下乡演出，只要有宋耐英所演唱的银环上山，台下那些穿着黑粗布衣服的农民，总是看得目不转睛，如痴如醉。他们不知道宋耐英的名字，还真的以为那个叫银环的城里姑娘到他们村里来了呢！银环这段唱腔的最后几句唱词是：朝阳沟好地方名不虚传，王银环我也成了公社社员。在这里一辈子我也住不烦，我也住不烦哪，呀嗨呀嗨咿呀嗨，哎嗨呀，哎嗨嗨！

每听到这里，一些当地的农民往往会走神，会产生错觉，以为他们这里就是好地方，就是朝阳沟。这样的好地方，连天仙一样的银环都住不烦，他们有什么理由要烦呢？

宋耐英每次唱银环上山，我也愿意从后台走到前台，站到台下听一听。按说我们都是公社宣传队的一员，我可以不听她演唱，听她演唱显得我过于为她捧场，不够自端。可我就是喜欢听她唱，喜欢看她在台上表演。她清清亮亮的唱腔，真真诚诚的神情，苗苗条条的身姿，的确能给人以不错的艺术享受。我为宋耐英感到骄傲，同时也为自己感到骄傲，我在心里想对别人说，知道吗？唱银环上山的那个宋耐英，我们在一个宣传队呢！

我和宋耐英同台演出的机会还是有的，那是一个集体舞蹈，舞蹈的名字叫《我们是民兵》，表现的是民兵苦练杀敌本领、时刻准备打仗的内容。在刚开始排练这个节目时，宋耐英大概觉得舞蹈过于简单化，没多少艺术含量，不大想参加。宣传队的王队长希望她参加，她见复员军人吴克军也参加了，才加入了我们的集体舞行列。我们四男四女，每人一杆木制长枪。我们踏着音乐的节奏，唱着铿锵有力的歌，一边左右切换，前后穿插，不断变化着队形；一边做出诸如刺杀、射击、行军等动作，好像真的到了战场上一样。能参加这个集体舞，使我得到与宋耐英、吴克军他们"并肩作战"的机会，也得到了自我表现的机会，我跳得很认真，很来劲，自我评价还可以，至少跟上了大家的步伐。

我们宣传队的驻地，原是地主家的一个院落，堂屋和南房都是青砖细瓦的两层小楼。地主被扫地出门后，院子收为公有。在我刚记事的时候，我记得那个院子是公社的卫生院，院子里散发的是卫生消毒水的特殊气味。"文化大革命"到来后，公社卫生院搬到别的地方去了，在南楼的一楼用稻草和泥巴做了一系列泥塑，办成了阶级教育展览馆。我们宣传队进驻时，展览馆还存在着，不时会有一些以大队为单位所组织的"可以教育好的子女"们到展览馆接受阶级教育。担负教育讲解任务的是我们宣传队的两个队员，一个男队员和一个女队员。男队员在《红灯记》里演鸠山，女队员在《红灯记》里演李铁梅。他们的讲解声情并茂，也带有表演性质，常把那些教育对象感动得流下眼泪。我们宣传队的所有队员都住在二楼，女队员住北楼的二楼，男队员住南楼的二楼。楼梯是木楼梯，楼板是木楼板，走到哪里都噔噔响。宣传队没有食堂，到了吃饭时间，我们只能穿过街道，到公社大院的食堂，跟公社干部们一块儿吃。公社干部吃面条，我们也吃面条。公社干部吃肉包子，我们也可以跟着吃肉包子。公社给我们每人每月发有十五元生活费，足够我们吃饭用。我们舍不得把十五元全吃完，每月吃十来块钱，省下的钱攒下来派作他用。公社大院里的房子都是平房，公社干部们住的也都是平房。从住宿条件来讲，我们所住的层次比公社干部还要高一些。有公社干部跟宋耐英开玩笑说，宋耐英，你们都是高高在上的人哪！

宋耐英是个自信的人，不像我在干部面前总有些畏首畏尾。她也会开玩笑，说：住那么高有什么好，爬得越高，掉下来摔得越惨。后来我意识到，她这样说话，流露的是一种悲观的情绪。

下乡演出，只是我们宣传队的任务之一，别的任务还有不少。那时只要从北京下来了毛主席的最新最高指示，公社都会闻风而动，立即组织群众欢呼、游行。游行时在队伍前面敲锣打鼓，带头振臂喊口号，那是我们宣传队的事。游行结束，群众都回家去了，我们的任务还没完。那时的要求是宣传最新最高指示不过夜，我们的任务，须连夜把指示的内容谱成戏曲，到公社广播站对着麦克风演唱，并通过安在公社街道电线杆子上的大喇叭和安在社员家里的小喇叭，传达到全公社的千家万户。那时公社会经常召开一些大批判之类的会议，会议召开之前，公社领导会安排我们为与会人员演一些对口词、快板书、三句半等短节目，让大家先放松一下。我们还去县城参加过县里组织的文艺节目汇报演出，有一个由我们宣传队自编自演、由宋耐英和吴克军表演的对口唱，得到了县里汇演组织者的好评。汇演之余，我们逛了县城的百货大楼，去电影院看了电影。总的来说，我们这帮男女青年在宣传队的优越地位和风光生活，让全公社的年轻人十分羡慕，甚至有些嫉妒。拿我个人来说，在我所就读的那所中学里，一下子毕业了六六届、六七届、六八届三届三个班级的同学，光男同学就有一百三十多名。在这么多男同学当中，参加公社宣传队的只有我一个。我后来听别人对我说，有的同学对我很不服气，说刘某某在校时各方面的表现一般般，根本谈不上出类拔萃，他怎么就进了公社的宣传队呢！

我们宣传队驻地的大门外，是镇里的唯一一条南北街道。在双日子逢集的时候，街上总是人来人往，熙熙攘攘。好在大门口原有的两扇大木门是厚重的，在逢集的日子，在我们不下乡演出的日子，只需把木门关上，连门后的木插板都不用插，就把门外嘈杂的声音给隔开了。有三三两两的男青年，大概是出于对宣传队驻地的好奇，或许是想把某个女队员看一看，就推开木门，站在门口探头探脑往院子里看。不知他们看到了什么，听到了什么，或许是感到庭院过于深了，或许看到了某个男队员严肃的背影，还没等我们赶他们走，他们就退了出去。退出去的时候，他们还关上了门。

忽一日上午，宣传队驻地来了一位年轻军官。我之所以一眼就认出他是军官，而不是战士，是因为他穿的军装是四个兜，不是两个兜。在那个时期，部队军人的着装统统取消了肩章和胸牌，区别军官和战士的最明显标志就是四个兜和两个兜。我很想参军，两次报名参军不成，我一直心存遗憾。我对每一位能穿上军装的人都很羡慕。对当上军官的人呢，我不只是羡慕，还羡慕有加了吧。我对年轻的军官有自己的想象，在我的想象里，每一位年轻的军官都挺拔、英俊、威武，个个都是百里挑一，无可挑剔。到我们宣传队驻地去的年轻军官，与我想象的是一样的，其形象甚至超出了我的想象。他身穿崭新的草绿色军装，身材不高不低，不胖不瘦，他头戴的军帽前面缀着红色的五星，领口两边镶嵌着两面红旗一样的领章，绿和红格外鲜明。他明鼻子亮眼，长相原本就很好，军官的身份使他显得更加帅气。我们移植的革命样板戏《沙家浜》里，有一位唱"朝霞映在阳澄湖上"的指导员郭建光，郭建光是由吴克军扮演的。我觉得吴克军已经把郭建光的形象塑造得很不错了，称得上光彩照人。但眼前的这个年轻军官比郭建光毫不逊色。而且郭建光不过是戏中人，是虚构出来的，出现在我们面前的这个年轻军官呢，是现实中一个活生生的存在。是宣传队的王队长把年轻军官带到我们驻地来的。王队长并没有把军官介绍给我们，也没有把我们一一介绍给军官，只带着军官把我们的排演场看了一下，就让军官到他的办公室去了。

我们很快就知道了，那个军官姓李，家住本公社的李大庄，他是东北边防军某部的一个排长。我们还知道了，李排长是王队长的外甥，趁李排长回乡探亲期间，李排长的舅舅王队长为李排长介绍了一个对象，李排长到我们宣传队驻地是相看对象来了。那么，王队长为李排长介绍的对象是哪一个呢？不用我说，有心的朋友已经猜到了，是宋耐英。

是的，若不是宣传队的台柱子宋耐英，还能是谁呢？听说王队长为李排长介绍的对象是宋耐英，我一点儿都不感到意外。我们宣传队未婚的女队员是有几个，但从长相、学历、才华、家庭条件等各方面衡量，都不如宋耐英合适，只有宋耐英才配得上中国人民解放军某部的现役军官李排长。他们见面交谈后，彼此都点了头，确定了恋爱关系。在为李排长高兴的同时，我也为宋耐英高兴。在我看来，农村的男青年并不少，可说成千上万。可是，能供宋耐英挑选的对象并不多，恐怕连千分之一都不到。在"全国人民学习解放军"的当时，宋耐英能找到一个解放军的军官做对象，可说是正当其时，正得其好。

人家谈对象，按理说不关我什么事，可我就是真心实意地为他们高兴。宋耐英作为我们宣传队的一员，她能找到这么好的对象，好像我们整个宣传队都能跟着沾光似的。宋耐英作为我的同事，她能找到一个军官，我很乐意向别人报告一下这个好消息。

"春风吹荡春日暖，一片好风光，原野穿上了绿色的新衣裳。蝴蝶飞舞小鸟在歌唱，枝头长绿叶，百花齐开放。"这是我上小学时所学的一支歌里所描绘的春天的情景。每到春天，我都会想起这支歌。歌词虽说浅显些，但曲调是明快的，能抒发一下春天到来时人们小孩子般的愉悦心情。

随着春意渐浓，我们宣传队发生了一件事，使队里的气氛有所改变。这件事让我觉得来得有些突然，因为在事前我一点儿前因都不知道。什么事呢？是吴克军被宣传队开除了。吴克军有每天早起外出跑步的习惯，往往是我们还没起床，他已经跑了一圈回来了。一天看不见他，两天看不见他，问起来，才知道他被宣传队开除了，已经卷铺盖走人。他或许是半夜里走的，或许是一大早走的，反正他走的时候我没看见他。我们在二楼睡的是地铺，他每天起床后，都是把他从部队带回的军用被子叠得整整齐齐。我看见他所睡的那块地铺的确空了出来。开除吴克军时，王队长没有召集我们开会，当然也没有说明开除吴克军的原因，就那么不声不响地把吴克军撵走了。

事出必有因，吴克军不会无缘无故被开除。至于开除吴克军的具体原因是什么，我没敢打听。在整个宣传队，我的年龄最小，当年才十八岁多一点儿。我年龄小，不见得我的耐心就小。有些事情不该打听就不能打听，知道了不见得就好，不知道不见得就不好。王队长不让我们知道原因，一定有他的道理，我还是尊重他的道理为好。同时我也相信，有些事情是瞒不住的，时间是透气的东西，瞒得了初一，可能瞒不过十五。果然，我很快就从同事们只言片语的议论中知道了，吴克军之所以被开除，是因为他对宋耐英有想法。我不知道吴克军对宋耐英的想法想到了什么程度，付诸行动没有，反正我的看法是，这不可以，真的不可以。吴克军是结过婚的人，不应再对别的女同志有想法。而宋耐英是有了对象的人，她的对象还是一位我们都见过的现役军官。吴克军不能这样守不住自己，不能这样不懂事。在《沙家浜》里，沙奶奶对郭建光照顾得无微不至，郭建光对"革命的老妈妈"沙奶奶也很尊重，但那是在戏里，表现的是军民鱼水情。到了戏外，再搞什么"鱼水情"就不合适了。我对吴克军一点儿都不同情，甚至觉得他是咎由自取。

让我不能理解的，是宋耐英后来的表现。按一般的道理讲，既然宣传队已经把吴克军开除了，宋耐英见不着吴克军的面了，事情渐渐地就淡了，就过去了。如果她该排练时照常排练，该演出时正常演出，一切很快就烟消云散，了无痕迹。然而，宋耐英并没把事情放过去，她情绪低落，神情忧郁，跟以前相比，简直像换了一个人一样。她的情绪和神情是外露的、挂相的，似乎一点儿都不加掩饰。比如在排练间隙休息的时候，别的女队员或上楼去了，或干别的事情去了，只有她哪儿也不去，也不跟任何人说话，就一个人靠一侧的门框站着，低眉瞅着门外的地面。她的目光直直的，眼皮眨都不眨，像是专注于某项事物。可地上光光的，没有任何东西值得她关注。她的目光又像是散淡的，飘忽的，不管看什么都跟没看见一样，她的状态其实是走神的状态，是魂不守舍的状态。谁都不知道她的神走到哪里去了，不知道她的魂是不是已经飞到了天外。在这种状态下，她的眼睛是失效的，看不到客观的世界，看到的是自己内心的世界，是想象出来的一切。

这天下了雨，从后半夜开始下，到早上天明时，地上已下得湿漉漉的，洼处有了灰白浑浊的积水。气温低了下来，让人想起生僻费解的"料峭"二字。吃早饭的时间到了，我们有伞的打着伞，没伞的冒雨一路小跑，去公社的食堂吃早饭。宋耐英没有去吃早饭，一个人靠一楼排练场门口一侧的门框站着，望着门外的雨地发呆。有人招呼她一块儿去吃早饭，她吃了一惊似的，像是使劲想了一下，才想起人家是在叫她。她勉强笑了一下，说：我不饿，你们去吃吧。

我不趁一把雨伞，也没有胶鞋，下雨天只能冒雨穿着布鞋往食堂跑。有位男同事有一把雨伞，他想让我到他的伞下面，与他合打一把伞。一把伞为两个人遮雨，遮了头，露了肩，总是有些困难。我谢绝了同事的好意，一个人向雨地里跑去。我脚上原来穿的是一双尖口布鞋，尖口开到鞋脸子那里，穿上鞋差不多可见脚指头缝儿。我当上公社宣传队的队员后，大姐二姐见她们的弟弟在台上又是唱歌，又是跳舞，大概觉得尖口布鞋太土了，跟下地干活的农民穿的鞋没啥区别，就联手给我做了一双千层底的方口布鞋。当时包括宋耐英在内的那些女队员，穿的都是方口布鞋，只不过，她们穿的方口布鞋带襻带，两个姐姐给我做的方口布鞋不带襻带。在学校上学时，每到下雨天，我都会把布鞋脱下来，光着脚踏着泥巴去上学。到公社宣传队之后，我觉得自己好歹也算是一个有身份的人了，再光着脚跑来跑去就不大合适。所以，不管大姐二姐给我做鞋做得多么精心，去食堂吃饭时，我也没把鞋脱下来，在泥里水里踏得一塌糊涂。

在我们宣传队，有两个被称为头把弦的操琴者，一个主要拉板胡，一个主要拉曲胡。为豫剧伴奏时，拉板胡的是头把弦，演曲剧时，拉曲胡的就坐到了头把弦的位置。拉板胡的比较年轻，是个明眼人。拉曲胡的比拉板胡的岁数稍大一些，是位盲人。盲人的两只眼只见眼白，不见眼黑，什么都看不见。不管是下乡演出，还是集体参加什么活动，只要一出行，必定是"板胡"拉着"曲胡"的手，二人一起行动。"曲胡"在丧失视力的同时，也丧失了单独行走的能力，要行走只能借助于别人的视力。于是，王队长就把带"曲胡"出行的任务交给了"板胡"。"板胡"并不想动不动就拉上"曲胡"的手，可一把弦子伴奏不了一台戏，他不能拒绝队长交给他的任务。如此一来，"曲胡"就像绑定在他身上一样，他想摆脱盲目的"曲胡"不太容易。这天早上去吃早饭，当然也是他们二人一块儿去。他们也没有雨伞。雨年年有，雨伞不是家家都有，雨伞当时对普通人来说还是奢侈品。雨不大湿衣裳，"板胡"拉着"曲胡"，想在雨地里走得快一些。如果说"板胡"手里拉的是一头牛，那么"曲胡"的一条胳膊就好比是一条拴牛的缰绳。"板胡"把"缰绳"拉得紧绷绷的，仿佛绷到了最大限度。"板胡"想小跑，并希望"曲胡"跟他一块儿跑起来。可"曲胡"只能走得快一点儿，让他跑起来太难了，他的样子对跑充满恐惧，好像每跑一步都如临深渊。他被"板胡"拖得踉踉跄跄，几次都险些跌倒。他不敢埋怨"板胡"，只能埋怨自己，说：干吗天天都要吃饭呢，不吃饭不行吗？

　　"板胡"说：谁让你天天吃呢，你可以不吃。你看人家宋耐英，她说不饿，今天早上就不吃饭了。你要是也不吃，我现在就把你送回去。

"曲胡"不愿半途而返，他说：人家宋耐英是高级人，我哪能跟她比呢？

我吃罢早饭回到宣传队驻地，见宋耐英仍在原地站着，久久地看着门外的雨地。她的姿势没有任何变化，我外出时她是什么姿势，回来看她还保持着那样的姿势。我上了南楼的二楼，通过窗口往下看，正好可以看到站在北楼一楼门口的宋耐英。在她看不见我的情况下，我多看了她一会儿。雨还在下着，溅起的雨点落在她的鞋面上和裤脚上，使雨点变成了泥点。她似乎并没有察觉，一点儿都没有往后移动。一阵斜风吹来，她头发上落了一些水珠。她没有向天空看，仍低头看着地面。天上的云彩在下雨，她眼里似乎也有阴云，好像也会变成雨水流下来。宋耐英这种雕塑般的样子给我留下的印象太深刻了，什么时候想起来都如在眼前。我想，她这种样子如果真的做成一件雕塑的话，作品的题目应该叫《雨天里的女宣传队员》。

宋耐英的情绪感染了我，我很想跟她说几句话。但我知道我跟她有距离，没资格跟她说话。她哥哥是县里办公室的主任，她嫂子是县里中学的老师，她一直跟着哥嫂在县城读书。她是六七届的高中毕业生，我是六七届的初中毕业生，她整整比我高三个年级。她的老家在我们公社的宋营村，为了返乡接受贫下中农的再教育，她只好从县城回到了宋营村，并从宋营抽到了公社的宣传队。因年龄和学识上的差别，我觉得她有些看不起我，几乎没跟我说过话。每个人都有自己的自尊，她不愿跟我说话，我也犯不着巴结她，上赶着跟她说话。我隐隐感觉到，宣传队开除吴克军，对宋耐英构成了一种沉重打击，致使她的精神出了问题。

麦子长起来了，宣传队完成了它的使命，也到了该解散的时候。我记得宣传队的最后一次演出是在公社院子里的小礼堂，主要是慰问正在公社参加三级（公社、大队、生产队）干部会议的全体干部。王队长给宋耐英安排的是一个独唱节目，让她还唱银环上山。这次宋耐英破例没有听从安排，对王队长说了不。说不之后，她向王队长要求，这次她要唱银环下山。王队长不能不答应宋耐英的要求。吴克军被开除后，宋耐英一直闷闷不乐，王队长看出了宋耐英向他表示抗议的意思。眼看宣传队就要解散，上山之后总要下山，宋耐英想唱银环下山就让她唱吧。

也许因为情感酝酿已久，积累已久，宋耐英上台一开口唱，情感就像是终于找到了出口。她不仅唱得声情并茂，唱腔里还微微带了颤音，带了哭腔。且行且唱中，她把上山和下山的情景作了对比：走一道岭来翻一道沟，山水依旧气爽风柔。东山头牛羊咩咩乱叫，走一步我心里头添一层愁。刚下乡野花迎面对我笑，至如今见了我皱眉摇头……银环下山的最后几句唱词是：走一步退两步我不如不走，千层山也遮不住我满面羞。我往哪里去呀，我往哪里走，好难舍好难忘的朝阳沟！唱到这里，宋耐英的感情似乎再也控制不住，在不知不觉中，两行热泪顺着鼻窝两侧流了下来，一直流到下巴那里，在灯光的照耀下亮得像明珠一样。

观众大为感动，反应强烈，他们认为宋耐英唱得太好了，太好了，简直就是真的银环灵魂附体啊！他们不仅热烈鼓掌，不仅女观众感动得眼里泪哗哗的，不少男观众也有些眼湿，差点儿把自己当成了拴宝。

只有我们宣传队的队员们明白，按艺术规律来讲，演戏不能这样演法，不管角色内心多么悲苦，感情的波涛多么汹涌，唱的时候必须控制住自己，不可真的流泪。艺术界所说的不像不是戏，太像不是艺，就是这个道理。宋耐英演得太像了，就超出了艺术的范畴。同时只有我们心里明白，宋耐英压抑太久了，她是借银环的躯壳，代入自己的感情，把悲苦的感情彻底释放一下。也就是说，她表面上唱的是银环的戏，实际上找到的是自己，唱的是自己的戏。大家听到的是银环下山，内里是宋耐英自己下山。

就我自己而言，听了宋耐英唱的银环下山，我也很感动。我联想到的也是自己，觉得宋耐英的唱代表了我的心声。我对宣传队有些留恋，宣传队即将解散，我也面临"我往哪里去呀，我往哪里走"的困惑，把"好难舍，好难忘的朝阳沟"，理解成好难舍好难忘的宣传队也可以。

宣传队好比是一棵树，树一倒，栖息在树上的猢狲们很快各奔东西。有的去了公社广播站，有的被推荐成了工农兵大学生，有的去商店成了卖油盐酱醋的营业员，有的嫁人成了农民的老婆。王队长调到了县里的曲剧团，当上了曲剧团的团长。拉板胡的小伙子回家干了一段农活，耐不住贫穷和寂寞，跑出去到各家各户门前拉弦子要门头去了。拉曲胡的盲人自己没有行动能力，只能待在家里自拉自听。宋耐英回到县城的哥嫂家去了，我不知道她有了什么新的营生。她是有靠山的人，自然不会在家里闲着。

　　我没有任何门路可投，宣传队解散后，只能回村继续当农民。当农民期间，作为备战团的基干民兵，我还去县里的水利建设工地当了一段拼死拼活的河工，累得脱了一层皮又一层皮，如同经历了从少年到成年的蜕变过程。就在这年夏天，我得到了一个煤矿去我们公社招工的机会，我抓住机会，到山区煤矿当工人去了。对了，在宣传队时，我也收获了一段让人难忘的爱情，那是一个傻小子意想不到的欣喜。对于这段爱情，我已写过一篇题目叫《托媒》的短篇小说，发在《收获》上，这里就不多说了。

　　若干年后，有一年秋天，我从煤矿休探亲假回老家。休假结束需要返回工作岗位时，我去县城的长途汽车站买票。我到售票窗口一看，看到售票员是宋耐英。多少年过去了，我没想到竟然在汽车站遇到了宋耐英。一看到宋耐英，我脑子里迅速闪过她在宣传队时的一系列形象，久别重逢，一种亲切感油然而生。我很想和她说一会儿话，了解一下宣传队解散后她的工作和生活情况。我最想知道的是她和那个军官结婚没有，要是结婚了，她为什么没有去部队随军？于是我亲切地喊了她一声耐英姐。

　　宋耐英大约也没想到有人会在一个公共场所叫着她的名字喊她姐，她哟了一声，说：谁喊我姐呀？

　　我说是我。我报上了我的名字，问她，还记得我吗？

　　她在售票窗口内看了我一眼说，是你呀，又问我去哪里。

　　我说了要去的目的地。她报了票价，我付钱给她，她把票给我。

宋耐英坐在售票桌后面的椅子上没有站起来，更没有开门让我到她的售票室里坐一会儿。她与我对她的态度截然相反，我对她是热情的，她对我是冷淡的。这与我们当年在宣传队时的状态几乎是一样的，她还是有些看不起我，不愿意搭理我。既然如此，我们还是各走各的路吧。给我的感觉，她的精神自从在宣传队里受到挫伤之后，一直没有得到改善，没有恢复到正常状态。人活在精神里，她在精神阴影的笼罩下生活，恐怕谈不上幸福。

从那以后，几十年过去了，我再没见过宋耐英，也不知道她的任何信息。不光是宋耐英，宣传队里的那些同事，我与他们统统没什么联系，没什么信息，好像互相都不存在了一样。

不承想，后来我认识了宋耐英的一个爱写作的侄女宋丽。宋丽告诉我，她姑姑是跟那个军官结了婚，但生了一个儿子后，便与那个军官离了婚，一个人带着儿子生活。她姑姑受人蛊惑，迷上了一种功法，天天跟一帮人坐在地上练功。得了重病后，她姑姑不去医院看病，相信通过练功就能把病练好。结果她姑姑很快就死掉了。

这就是宋耐英的一生。

2022 年 5 月 7 日—16 日于怀柔翰高文创园

原载《鄂尔多斯》2022 年第 11—12 期合刊

梧桐风

春夏秋冬，一年四季，每个季节都是一个大门槛。迈过门槛，人们遇到的是不同的气候，呈现在面前的是异样的景象。除了大门槛，门里还有小台阶。一季里有六个小节气，四六二十四，等于一年有二十四个节气小台阶。沿着台阶，不管是往上走，还是往下行，一阶一世界，每一阶都有新的变化。比如从处暑到白露，从气温上讲，就是往下行，一步比一步气温低。处暑者，出暑也，意味着已出了暑天，天气不再炎热。白露呢，是指天气渐凉，寒生露凝。古人以四时配五行，秋属金，金色白，故称初秋的露珠为白露。白露不是白霜，对植物还没什么杀伤性，树上的叶子还稠着，路边的野草还绿着，花园里的花还开着。只不过，叶子显得有些沉重，野草绿得有些发糙，花也开得艰难多了。只拿花来说，攀在灌木丛中的牵牛花虽然仍在开放，但开得已经有些瘦弱，有些牵强。花期较长的月季花也是，花骨朵倒是举起来了，花瓣却迟迟打不开，好像每打开一片花瓣都得举全身之力。一朵艳红的月季花，好不容易打开了，再往下看，花朵下面的叶子上却出现了一些暗褐色的斑点。那些斑点像是用力太过憋出来的，又像是一个人脸上生的老年斑。

节令白露的第二天，梅国平没有在草叶子上看到露珠，因为这天下雨了。雨点落在草叶子上不会停留，不会凝结成珠，只把草叶子变得湿漉漉的。立秋之后，只要下雨就是秋雨，不再是夏雨。秋雨与夏雨的风格有所不同，夏雨下起来总是电闪雷鸣，大喊大叫，充满激情。而秋雨轻轻的，绵绵的，落地时几乎没什么声音。一般来说，夏天的雨下得时间比较短，忽地来了，忽地走了，来时不打招呼，走时也不说再见。秋天的雨像是成熟的雨，有耐心的雨，细水长流，下得时间长一些。更大的不同是雨的内涵，夏天的雨不管下得有多大，给人的感觉还是热乎乎的，而秋天的雨里就带有了寒意，小雨里也有寒意。梅国平想过，秋雨里的寒意是含有天意，自然之意，也有人的意志在里头，李白的"雨色秋来寒，风严清江爽"，还有民谚"一场秋雨一场寒"，传达的就是秋雨寒的意念。有意念的先入，秋雨就与寒意有了必然联系，只要秋雨来，不寒也是寒。梅国平脱下了夏天穿的半袖衫，换上了秋天穿的长袖衫，手持一把黑色的雨伞，在路边的一棵杨树下面站着。杨树的叶子还很稠密，偶尔从树上落下一片沾满雨水的树叶，树叶还是绿的，一点儿都不发黄。这样的杨树，跟一把绿色的大伞差不多，要是雨刚开始下，雨下得又不大，树冠之伞会把雨水遮住，周边的地是湿的，树下的地是干的。可雨下的时间一长就不行了，树冠对雨的遮蔽效果就没有了。这场雨是从昨晚后半夜开始下的，到了这天早上，已经下了好几个小时。持续不断的秋雨一滴一滴在树叶上积攒下来，雨水积得多了，叶片托不住，就一层一层传递下来，使每一片叶子都像是变成了屋檐滴水，啪嗒啪嗒滴落下来。这样的"屋檐滴水"落在梅国平的伞面上，似乎比细雨直接落在伞面上更有分量，发出的响声也更大一些。煤矿上的煤总是很多，煤燃烧之后，炼成的煤渣也不少，家属房之间的通道就是废物利用，用煤渣铺成的。在干天干地的时候，通道是灰色，一下雨呢，通道就变成了黑色，像是还原成了原煤的颜色。梅国平的黑色雨伞周边，挂满了银色的水珠，伞上有多少根伞骨，伞骨的梢头就有多少颗水珠。当水珠大得不能再大时，就掉在通道上摔碎了，溅起一些细小的水花。雨伞罩得了头罩不住脚，水花难免溅在梅国平的皮鞋上，还溅在他的裤脚上，使他的皮鞋和裤脚上沾了一些颗粒状的黑点儿。

　　梅国平是个爱干净的人，平常日子里，他的皮鞋总是擦得亮亮的，裤腿线是线，缝是缝，每天都板板正正。偶尔低头，梅国平看到了溅在鞋面上和裤脚上的黑点儿。他没有移动脚步，也没有扭过脸看后面的裤脚湿得怎样。没事的，好比下井挖煤的人，身上总难免会沾一些煤尘，下雨天在雨地里久站的人呢，身上也难免会带一些雨。梅国平是习惯早起的人，越是下雨天，或下雪天，他起得越早，从不在雨雪天睡懒觉。还不到上班时间，不少人还在床上躺着，他一大早站在雨地里干什么呢？他在等一个人，或者说在等着看一个人。那个人是一个姑娘，名字叫乔点凤。他跟乔点凤并没有约，甚至跟乔点凤连熟悉都谈不上，只是说过几句话而已。但不知从哪里来的信念，他相信乔点凤一定会从自己家里走出来，一定会到豆师傅家里去，越是天气有变，越能增加乔点凤去豆师傅家的确定性。进而他相信，在这个细雨如愁的早上，他一定会看到乔点凤，说不定还能跟乔点凤说上两句话。

　　这里是矿上的职工家属生活区，矿大人多，生活区的面积也比较大。生活区铺有三条南北长的通道，每条通道两侧都有好几排一个模式的家属房，每排连脊的房子里都住着五六户人家。有人伸着脖颈在门口刷牙，刷得满嘴都是白沫子。连舌头差不多都刷白了，就从茶缸子里噙一口水，向门外的雨地里喷，喷得地上一片白。有妇女打着雨伞，向生活区底部的公共厕所方向走。妇女的另一只手在裤兜里揣着，手里攥着从卷纸上撕下来的手纸。手纸没有完全揣进裤兜，在裤兜口露出一段白。通道一侧的水龙头里开始供水，有壮年男人手提一只大号的铁皮桶，到水龙头下面拧开水龙头接水。水龙头举得比较高，铁皮桶放在水池里比较低，当颇有压力的水流刚刚注进桶里时，砸得桶底一阵当当响，像敲击铁皮鼓一样。一只连眼珠都是黑的黑狗，在厕所前面五彩杂陈的垃圾堆里嗅来嗅去。它没有什么收获，像是简单思考了一下，颠颠地跑走了。靠山吃山，靠煤吃煤。这个生活区的各家各户，烧的都是本矿生产的煤。他们把原煤打碎，掺上一些黏土，制成每块煤上有十二个窟窿眼的蜂窝煤。烧蜂窝煤的好处，除了可以节约用煤，还可以一天二十四小时保持煤火不灭。晚上睡觉时怎么办呢？他们的办法，是睡觉前往炉孔里添一块新煤，随即用铁饼样的炉盖把炉口盖上，再把炉灶下面的通风口堵严，就行了。第二天早上需要烧水，或做早饭，把炉盖一掀，并把下方的通风口打开，冒过一阵烟，红中带蓝的火苗很快就会升腾起来。这会儿，各家的炉盖应该都打开了，整个生活区弥漫着湿润的煤香。因密集的雨点儿一直在往下压，煤香在地面散去得比较慢，煤香显得格外浓郁。一只不知名的鸟从这棵树上飞起来了，落在另一棵树上。那只鸟在另一棵树上只停留了一会儿，又飞走了，飞到生活区外面去了。生活区里所栽的树木主要是杨树，另外还有一些杂树。杨树是矿上的绿化队统一栽的，栽在通道的两侧。杂树由各家的人自由选择，都栽在自家门口。那些杂树有柿子树、石榴树、葡萄树，还有泡桐树、梧桐树等。豆师傅家门前栽的是一棵梧桐树。

没出梅国平的预想，乔点凤果然从家里走出来了。乔点凤打的也是一把黑伞，她把伞篷压得很低，把头和脸都遮住了，把肩膀也遮住了。如果拿伞作比，好像她把自己也变成了一个伞字。只不过，伞字下面只有一竖，她的"伞"字下面却有两竖，因为她长有两条腿。她脚上穿的是一双深筒胶靴，裤脚掖进了胶靴的筒子里。胶靴看上去还比较新，靴子面上闪耀着明亮的漆光。这样的胶靴，是下井的矿工特有的劳保用品，每个矿工一年才能领到一双。有的矿工只穿旧的，舍不得穿新的，把新的省下来，给家里不下井的人当雨靴穿。乔点凤不下井，没有资格领取胶靴，她穿的胶靴，极有可能是她的男朋友豆明生送给她的。乔点凤的家住在第二排房，她从房前的夹道里走出来，向后面的第五排房走去。豆师傅家住在第五排房，他家门前栽的是一棵梧桐树。一般情况下，一个人打着伞在雨地里走，不会把伞放得那么低，不会把头脸都遮住。乔点凤大概想到了有人想看她，有人想跟她说话，她不想让人看到她，更不想让别人跟她说话，所以才这样把自己掩盖起来。

秋雨继续在伞面上絮语，梅国平的伞面上有絮语，乔点凤的伞面上也有絮语。花有花的语言，雨有雨的语言。秋雨在两个人伞面上发出的絮语，也许只有絮语和絮语之间才听得懂，并互相以絮语做出了回应。可梅国平没有喊乔点凤，他懂得什么叫理解，什么叫尊重。乔点凤把伞打得那么低，显然使用的是伞的语言，伞的语言在告诉梅国平，乔点凤不愿和任何人说话。梅国平的伞对乔点凤是敞开的，当乔点凤从他身旁走过时，他把伞篷向后面倾斜，宁可让雨水淋在自己身上，也要亮明他对乔点凤的态度。他没有喊乔点凤，却移动脚步，跟在乔点凤后面，也向生活区的后面走去。

　　乔点凤大概听到了她身后的脚步声，并猜到了跟在她后面的人是谁，她脚下迟疑了一下，一时有些慌乱。但她并没有加快脚步，更没有举起伞来，回头证实一下跟在她后面的人是不是她所猜的那个人，继续一步一步向前走。走到豆师傅家所住的那排房的夹道，她就拐进去了。乔点凤相信，只要她拐进夹道，跟在她后面的人就会停下脚步。果然，她一向右转拐进夹道，她身后的脚步声就不响了。细雨如叹息，乔点凤心想，这个人真是个懂事的人，为人有分寸的人。

　　有一个水龙头，就安在豆师傅家那排房的西头，梅国平在水龙头旁边站下了。他目送着乔点凤从西往东，往那棵梧桐树所在的地方走，也是往豆师傅家里走。这时梅国平有一个期望，也是一个判断，他想，当乔点凤走到豆师傅家门口时，当乔点凤进门前收起雨伞时，应该会回过头看他一眼。这个判断也是一个试验，如果乔点凤能看他一眼呢，表明事情有些希望，他可以把事情继续进行下去，如果乔点凤连看他一眼都不愿意呢，他对乔点凤就不敢抱什么希望了。成败在此一试，梅国平看乔点凤看得有些目不转睛，还有那么一点儿紧张。还好还好，如梅国平所期，如梅国平所望，乔点凤在收伞进门的那一瞬间，果然回过头看了他一眼。光的速度总是很快，目光也是光，目光的速度当然也很快。不管什么东西，一快就有力量。尽管乔点凤只是匆匆看了梅国平一眼，像书面上常说的惊鸿一瞥，梅国平还是迅即就接收到了。因为梅国平一直在等着乔点凤的目光，当乔点凤的目光过来时，两个人的目光就在空中产生了对撞，两光相撞，更有力量。天上并没有打闪，可给梅国平的感觉，他眼前仿佛闪过了一道明亮的闪电；天上并没有打雷，可在梅国平的幻觉中，他耳边像是轰然响起了雷声。"电闪雷鸣"之后，他的信心又坚定了几分。

看见乔点凤走进梧桐树下的豆师傅家，梅国平并没有马上回自己家，仍在水龙头旁边的雨地里站着。梅国平注意到了，自从豆师傅的儿子豆明生出事后，乔点凤作为豆明生曾经的女朋友，几乎天天都到豆师傅家里去，有时是早上去，有时是晚上去。乔点凤只要去豆师傅家，必定会提上豆师傅家的铁桶，到水龙头这里为豆师傅提水。梅国平听生活区的大妈们说过，在豆明生活着的时候，豆家所吃所用的水都是由年轻力壮的豆明生负责提。豆明生不在之后呢，乔点凤像是从豆明生手里接过了接力棒，就把为豆家提水的责任承担了起来。梅国平还听说，乔点凤之所以时常到豆家，是舍不下豆明生，寄托的是对豆明生的感情。乔点凤和豆明生是矿中的同学，他们两个在中学阶段就开始了恋爱，从十六岁恋爱到二十四岁，已经相爱了八年。他们原定在今年国际劳动节时结婚，两床大红的被子都做好了，照得满室里都是喜气。可因为计划中的大衣柜和箱子还没有做好，他们就推迟了婚期，定于国庆节再举行婚礼。哪里料得到呢，劳动节过去时间不长，还不到儿童节，豆明生就在一天夜间遇上了井下瓦斯爆炸，再也没有从黑夜里走出来。

果然，乔点凤一手打着雨伞，一手提着铁桶，向水龙头这边走来。

梅国平对乔点凤打招呼：乔点凤早上好！

乔点凤也说早上好。她没叫梅国平的名字。

我来帮你提水吧？

不用。谢谢你！

乔点凤把铁桶放在水泥砌成的水池里，拧开水龙头，开始往桶里注水。她一开始没有把水龙头拧至最大，水流打在桶底发出的声音不是很响。等桶底有了一些水，她才把水龙头拧得稍大一些。这时水龙头里喷出的水，才刚刚有一点儿"水龙"的样子，"水龙"垂直着钻进水里，冒出一簇簇白色的水花。乔点凤低着头，顺着眉，只看着水桶和水桶里不断增长的水，没有看梅国平。乔点凤戴的是一副透明眼镜框的眼镜，因她的皮肤比较白皙，表情也比较沉静，看上去跟没戴眼镜差不多。

你今天还去矸石山上捡煤吗？梅国平问乔点凤。乔点凤初中毕业后，一直在家里待业，没有参加工作。在好天好地的时候，她会爬到矸石山上捡煤卖钱，为家里增加一点儿收入。

不一定。乔点凤说。

我建议你今天不要去捡煤了，天下着雨，矸石山上太滑，不安全。

看情况吧。

说话之间，桶里的水快要满了。乔点凤不等桶里的水满得溢出来，就及时关上了水龙头的旋钮。一桶水恐怕有三四十斤重，乔点凤用右手提起水桶往豆师傅家里走时，不得不使劲向左侧倾斜着身子，才能保持整个身体的平衡。梅国平见乔点凤身体瘦弱，提着一大桶水有些吃力，真想追上去，把乔点凤手里的水桶接过来，替乔点凤提。可乔点凤说过不让他帮着提水，他不能违背乔点凤的意志。来日方长，他打定了一个主意，以后要替乔点凤为豆师傅家提水。

和所烧的煤一样，生活区每月所用的水也是从矿井下采的。矿区在山区，山区干旱的时候多，下雨的时候少，地面上基本没什么存水。山区的农民，家家打一口水窖，趁下雨时收集一些雨水。水窖里储存的死水当然谈不上干净，里面有树叶子、草毛缨子，还有羊粪蛋子等。就那样浑浊不堪的水，农民们也非常珍惜，用得十分节省。比起农民来，矿上的职工和家属就优越多了。矿工在几百米深的井下挖到了煤，也挖到了水。他们把地下水抽到一座高高的水塔上，稍做净化处理，就可以通过埋在地下的水管，送到矿上的澡堂、食堂和生活区。只不过，给生活区送水是定时的，早上六点和下午六点各送一次，每次送水的时间不超过两小时。

这天下午刚过六点，梅国平就到豆师傅家去了。乔点凤一般是早上为豆师傅家提水，他提前到头天下午为豆师傅家提水，这样就免得乔点凤第二天早上为豆师傅家提水了。秋雨还在继续下，午后刮了两阵风，雨成了斜雨，零一下子，星一下子，下得小多了。梅国平往豆师傅家走时，没有再打伞。来到豆师傅家门前的那棵梧桐树下，梅国平看见湿地上落着好几片湿漉漉的树叶子，心形的叶片还是绿的，一点儿都不发黄。有一片叶子就在脚前，他似乎从新鲜的叶蒂处闻到了一股梧桐树特有的青气。他绕了一下，把脚前的叶子绕开了。豆师傅家没有关门，梅国平一到门口，就看到了在屋内床边坐着的豆师傅。他喊了豆师傅，自我介绍，说他是小梅。

豆师傅抓过放在床边的一根单拐，欲站起来。

梅国平赶紧上前扶了一下豆师傅，让豆师傅只管坐着，不要起来。

豆师傅说：我认识你，你爸是咱们矿的矿长。

我爸只是一个管机电的副矿长。

副矿长也是矿长。

豆师傅的儿子豆明生出事后，梅国平作为矿上宣传科的一个干事，曾被抽到矿上组织的事故处理临时工作组，参与了豆明生的善后工作。以前他爸爸在另外一个矿工作，只是一个科长。他爸爸调到这个矿，才当上了副矿长。随后，他和妈妈随着爸爸，也来到了这个矿。可以说，他是这个矿的一个新人，对这个矿的一切还不是很熟。因参与了豆明生的善后工作，他对豆师傅家的情况，以及豆明生与乔点凤的恋爱情况，才有了一些了解。豆师傅在井下受了伤，导致一条腿落下了残疾，不能继续下井采煤，只好提前退休，让儿子豆明生顶替他参加了工作。儿子出事的当天夜里，豆师傅穿着工作服，拄着拐棍，一直在井口等。每抬上来一位工亡矿工，他就凑上去仔细辨认，看看是不是他儿子。黑夜深沉，星光惨淡，当他终于在一副担架上认出面目全非的儿子后，他没有扑在儿子身上大哭，只说了一句"我的孩子"，就一瘸一拐地离去了。走出不几步，他就靠在一棵树干上抽泣起来。在微弱的灯光下，只见一个花白的头颅靠在树干上不停地颤抖。善后事宜的协商，是在矿上的招待所里进行的。在儿子的遗体火化前，豆师傅只提了一个要求，希望给他儿子豆明生穿一件棉衣，儿子这一回要走远路，过了夏还要过冬，过了冰天还要过雪地，他担心儿子临走时穿得太薄会受冻。工作组组长的答复是，这次遇难的矿工统一着装，一律穿西服打领带，西服和领带都是崭新的。要是单独给豆明生穿棉衣的话，恐怕还要和矿上及矿务局的领导商量，请示。豆师傅低下头沉默了一会儿，没有坚持他的要求，说既然矿上有统一的安排，那就算了。豆明生的母亲没有参与善后问题的协商，她还住在矿上的医院里。她第一次哭得休克，是豆明生的姐姐和乔点凤把她送到了医院。医生把她抢救过来，她再次哭得昏死过去。医生担心她随时会有生命危险，一直在对她实施监护治疗。豆明生母亲的生命倒是保住了，但从那以后，她就瘫痪了，再也不能下床活动。这样的两位老人，哪里有能力去水龙头那里提水呢？梅国平说：豆师傅，我来帮你们提点儿水。

豆师傅说不用，有乔点凤天天帮我们提水。她早上提的水，我们还没用完呢。我们两口子半死不活，用水用得很少。

乔点凤不如我的力气大，以后你们家用水，就由我来提吧。

我们家就住在西边那排房，离你们家也很近。梅国平到厨房看了看，见水桶在地上放着，桶里的水只用了小半桶，还剩有多半桶。梅国平说：豆师傅，没用完的水，我先倒进锅里和烧水壶里。以后用水，您不用再省着用，我晚上早上都可以来帮您提。梅国平很快把满满一桶水提了回来，放进了厨房。他问豆师傅：你们家门前的梧桐树长得不错，是您栽的吗？

不是我栽的，是我儿子豆明生和乔点凤一块儿栽的。我儿子参加工作那一年，他们两个去县城里买回了树苗子，就栽上了。树还活着，可惜我儿子没有了。

这话有些悲哀，梅国平一时不知道怎样安慰老人家才好。

你来帮我们家提水，乔点凤知道吗？豆师傅问。

她会知道的。

点凤那孩子可是个好孩子呀！

我知道。

她经常过来帮助我照顾明生他妈，要不是她帮着照顾，明生他妈恐怕活不到现在。豆师傅说着，回过头来看了看躺在床上的豆明生的妈妈。

梅国平也看见了，豆明生的妈妈脸色苍白，只有眼珠在微微转动，嘴里却说不出话来。每个人都有妈妈，看见豆明生的妈妈，梅国平联想到自己的妈妈，眼睛差点儿湿了。自己的妈妈和豆明生的妈妈年纪差不多，自己的妈妈身体很好，洗衣做饭都不成问题。豆明生的妈妈却是因为突然失去了儿子，受到沉重打击，身体才垮掉了。

第二天下午雨停了，太阳出来了。黄黄的阳光一照，气温有了小幅上升。这天傍晚，梅国平刚给豆师傅家提了水，还没有离开，乔点凤到豆师傅家来了，二人在豆家不期而遇。对于在豆叔叔家遇见梅国平，乔点凤似乎并不感到惊奇，因为她听豆叔叔说了，梅国平也在为豆叔叔家提水。但室内相遇不是路边相遇，互相不说话恐怕说不过去。还是梅国平先跟乔点凤打招呼：乔点凤，我没经你允许，给豆师傅家提了点儿水。

想提就提呗。

这两天你没去矸石山上捡煤吧？

你不是说下雨天矸石山上不安全嘛，所以我就没去。

看来乔点凤很把他的话当话，并没有当成耳旁风，这让梅国平心里一动，几乎接近于感动，他说：这就对了，这就对了，你一定要爱护好自己！

乔点凤低眉微笑了一下，撩开套间的门帘，转入套间里去了。套间是豆家为豆明生布置的婚房，婚虽然没有结成，但房子里的一切都没动，好像豆明生并没有离开人世，还会回来结婚。以前为筹备婚事，乔点凤作为当事人之一，自然会时常到婚房里看看，走得轻车熟路，一走就走到套间里去了。

梅国平感觉出来了，乔点凤还是在回避他。梅国平不会忘记，那天在协商处理豆明生的后事时，因乔点凤没有和豆明生办理结婚登记手续，还不算是豆家的人，就不具备参与协商的名分。豆明生出事后，梅国平听生活区的家属们议论纷纷，说到乔点凤和豆明生的恋爱经过。他们都说乔点凤与豆明生的感情很深，人说矿井深，他们的感情比矿井还要深。不管豆明生上白班还是上夜班，乔点凤经常去井口，等豆明生下班归来。

越是下雨天或下雪天，越能在离井口不远处看到乔点凤的身影。豆明生每天下井，他们都像是经历一场离别。而豆明生每天升井呢，这对恋人像是离别后的重逢。往往是，豆明生刚从井口走出来，乔点凤就迎了上去，趁人不注意，用自己的白手，拉住豆明生沾满煤灰的手。那天，梅国平看见一个姑娘在门外的回廊上站着，姑娘脸色苍白，眼泡红肿，正靠着回廊边的栏杆出神。梅国平猜想，这个姑娘应该就是乔点凤。他走过去问：请问你是乔点凤吗？乔点凤愣了一下，否认了自己是乔点凤，问梅国平是谁，找乔点凤干什么。姑娘既然不愿承认自己是乔点凤，梅国平也没有多问，只说：我是矿上宣传科的小梅，我听说乔点凤很痛苦，请转告我对她的安慰。姑娘点点头，眼泪涌流出来。她掏出手绢刚把眼泪擦去，更多的眼泪又涌流出来。梅国平又说，请她不要太悲伤，要珍重自己的身体，因为她的路还很长。姑娘说：谢谢！谢谢！我一定转告她。说罢，咬着嘴唇，转身下楼去了。

梅国平欲走，豆师傅又跟他说了几句话，问他今年多大了，成家了没有。

梅国平说他今年二十五岁，还没有成家。

那你一定有对象了吧？

梅国平摇摇头。

那你比我儿子还大一岁呢，应该找对象了。

不着急。

小梅我跟你还不太熟，有一件事我不该对你提，不提吧我又想提。

豆师傅您只管说。

你跟你爸爸说说，看看能不能让矿上给乔点凤安排一个工作。一个姑娘家，成天风里来雨里去在矸石山上捡煤，终究不是个事。

在协商处理豆明生的后事时，豆师傅也曾提出过，让乔点凤顶替豆明生的名额，能够在矿上参加工作。豆师傅说，豆明生和乔点凤虽然没有领结婚证，但两个孩子谈恋爱已经谈了八年，乔点凤已经跟他的孩子差不多。豆师傅还自责，说让两个孩子在劳动节那天结婚就好了，就是因为家具没打好，他才同意两个孩子推迟了婚期，都是他对不起孩子啊！工作组的组长倒是没有当场拒绝豆师傅的要求，说这事要跟矿上劳动人事科的科长商量一下。商量的结果，还是因为乔点凤没有和豆明生正式结婚，还不是豆明生的妻子，不能顶替豆明生参加工作。豆师傅念念不忘这件事，他还是一心在为乔点凤着想啊！梅国平说：我也认为矿上应该为乔点凤安排工作。这样吧，我不一定跟我爸爸说，可以去找人事科的李科长说一下试试。

外屋和套间只隔着一层印花布的布帘子，在套间屋的乔点凤大概听到了豆叔叔和梅国平的对话，拨开布帘子，从套间屋里出来了。她说：梅国平，对不起，我该给阿姨擦洗一下了。

梅国平明白乔点凤的意思，在乔点凤为卧病在床的阿姨擦洗的时候，他不便待在这里，他可以离开了。进一步理解，乔点凤不愿意和他同时待在豆师傅家里，乔点凤心里只有豆明生，还没有从失去豆明生的心灵阴影里走出来，要和他保持一定的距离。梅国平说：那我走了，辛苦乔点凤了。

乔点凤去厨房烧热水，把热水倒进洗脸盆里，取一条毛巾在热水里蘸一蘸，绞一绞，准备为阿姨擦洗身子。

豆叔叔拄上拐棍，离开床边，说不下雨了，他也出去活动活动。临出门，他又对乔点凤说：我看小梅这个年轻人不错，他跟明生一样，一看就是个好孩子。

乔点凤没接豆叔叔的话。

人事科的李科长，是梅国平的爸爸在省里煤炭干部学院的同学，梅国平把李科长喊李叔叔。有一天，梅国平到办公室找到了李叔叔，把乔点凤前前后后的情况跟李叔叔说了说，看看矿上能不能为乔点凤安排一个工作。

李叔叔没说能不能为乔点凤安排工作，只是有些漫不经心地问：这是你爸爸的意思？还是你自己的意思呢？

我没跟我爸说过，这是我自己的意思。

噢，那你说说你的理由。

理由嘛，我听说乔点凤是个很重感情的人，也是用情很深的人。因为早恋，她在学校时曾受到校方批评，但她对豆明生痴心不改，照爱不误。乔点凤的父母嫌豆明生的家庭条件不好，也反对乔点凤跟豆明生谈恋爱，有一段时间，父母把她从家里撵了出去。父母把她撵走，她就去找豆明生。豆明生出事后，她不相信豆明生死了，好像豆明生还活在她心中，有时，她不知不觉间就走到了井口，去那里等豆明生升井。另外，乔点凤对豆明生的父母也很讲情意，豆明生不在之后，她还经常到豆师傅家，帮助两位老人做家务，照顾两位老人。在现在，我觉得像乔点凤这样的女孩子是很少见的，不说凤毛麟角也差不多。

听梅国平说了理由，李叔叔看着梅国平微笑了，说：好小子，听你这么说，你是不是对乔点凤有点儿意思呀？

窗户纸被点破，梅国平一下子闹了个大红脸。他没有否认对乔点凤的意思，说：不好意思，如果可能的话，还是请李叔叔帮个忙吧！

你放心，这个忙李叔叔一定要帮。

闻听此言，梅国平很是感动。他在替乔点凤感动，感动得眼都湿了。他说：李叔叔，太谢谢您了，怎么感谢您才好呢！

你不用谢我，这事赶巧了。今年下半年，咱们矿计划招收一批新工人，优先考虑在家待业的矿工子女。乔点凤属于优先考虑的对象之一。我一直在这个矿工作，对于乔点凤的情况，我恐怕比你还要了解。乔点凤成天不言不语，文文静静，又心事重重，沉沉郁郁，很有点古典之风，的确是一个好女子。

古典之风的说法让梅国平感到新鲜，他说：古典之风，我以前可没听说过。

怎么，不是吗？

梅国平说：是。

这年的国庆节前夕，乔点凤参加了工作，正式成为矿上的一名工人。她工作的地点是在选煤楼上，和别的女工一起，站在运煤的皮带运输机两侧，把夹杂在煤里的矸石捡起来。这个工作与她上矸石山捡煤有一个共同之处，也是沾得满手都是煤灰。但是，两者却不可同日而语。上矸石山捡煤是风里来，雨里去，在选煤楼里干活风刮不着，雨淋不着。上矸石山捡煤是自谋生路，能不能捡到煤很难说，在选煤楼里工作，每月都有工资，是旱涝保收。更大的区别在于，她以前是待业的、漂泊的状态，没有归属感，成了全民所有制企业的工人呢，她一下子有了归属感。如此柳暗花明般的变化，乔点凤不认为是赶上了矿上招工的机会，而是梅国平在背后帮了她的忙。不光她这样认为，豆叔叔也是这样认为。豆叔叔不止一次对乔点凤说：都是小梅帮你找到了工作，你一定要好好感谢小梅。这个小梅，真是一个好孩子！更让乔点凤难忘的是，她去人事科办理参加工作的手续时，李科长曾对她说：小乔你知道吗，梅国平对你很够意思呀！为让你参加工作的事，他专门来找过我。

乔点凤点头说知道。

你是怎么知道的呢？

乔点凤脸上红了一下，说：我也不知道怎么知道的。

这年的中秋节与国庆节挨得比较近，两节之间只隔了两天。也就是说，在阳历十月一日那天，农历是八月十三。新月总是升得比较早，西边的太阳刚落山，东边的月亮就升了起来。月亮已接近圆满，矿区各处都洒满了月光。豆师傅家门前的梧桐树叶子落了一些，枝叶显得比以前稀疏。月光透过梧桐树的枝叶洒在地上，地上花花搭搭，犹如盛开的菊花。

国庆节的这天晚上，梅国平和乔点凤不约而同，都来到了豆家。梅国平带的是月饼，乔点凤带的也是月饼。月亮将圆，月饼先圆。梅国平说：乔点凤，我们想到一块儿了。

乔点凤说：梅国平，你帮助我参加了工作，我不知怎样感谢你才好。

你不用感谢我，这是赶巧了，正好赶上矿上要招工，你才顺利地参加了工作。

李科长告诉我了，为我参加工作的事，你专门去找过，帮我说了不少好话。

李科长说，他对你的情况比较了解，她还夸你长得文静呢。我正要跟你商量一件事，看你愿意不愿意做。

乔点凤文静地看了梅国平一眼，让梅国平有啥事只管说。

梅国平说，局里矿工报的编辑交给他们宣传科一项任务，要他们选择一些对煤矿事故有切肤之痛的人，以现身说法的形式，谈一谈自己的感受，并形成第一人称的文章，在矿工报上发表，以期对全局职工、家属进行安全生产意识的教育。

听梅国平提到事故，乔点凤低下了眉头，瞅着脚下的地面。豆师傅家没有椅子，也没有高板凳，只有几个矮脚小板凳，梅国平和乔点凤都只能坐在小板凳上。豆师傅家里的地面没有抹水泥，也没有铺砖，只是砸实的土地。土地与地气相通，地面稍稍有一些潮。

梅国平接着说：其实写起来也很简单，你呢，主要写一写与豆明生的恋爱经过，再写一写失去豆明生给你造成的打击和痛苦，提醒大家处处注意安全生产就行了。

乔点凤抬起头来，再次看着梅国平时，眼里渐渐地有一些湿。她的眼不是一下子湿的，像是从眼角那里开始洇起，一点儿一点儿把眼睛都洇湿了。那湿不像是水湿，像是眼睛上起了一层雾。乔点凤大概也觉出了眼睛有些模糊，她把眼镜摘下来了，用手指肚把镜片擦了擦。擦过之后重新戴上，她的眼睛不但没有清亮，轻轻吸了一下鼻子之后，双眼似乎模糊得更厉害了。

梅国平想起来了，乔点凤和豆明生原定在今天结婚。倘若豆明生不发生意外，今天应该是他们两个大喜的日子，应该是室内双喜明灯，门外爆竹声声，到处充满喜庆的气氛。因豆明生不在了，一切都成了泡影，预订的喜情就变成了悲情。今天是乔点凤敏感的日子，也是伤怀的日子。梅国平向乔点凤道了声对不起，说他不应该在今天跟乔点凤说这件事。

乔点凤当然不会忘记今天是什么日子，她等日子，日子不等她，她所等的日子已离她而去。她对梅国平说：你不用想那么多，这没什么。只不过，我哪里会写什么东西，我怕写不好。再说，我也不敢写。

好，一切尊重你的意思。

乔点凤不再回避地看着梅国平问：那你说该怎么办呢？

等等再说吧。

我听说你写文章写得好，你是高中毕业，差一点儿就考上了大学，谁能跟你比呢？

梅国平看了一眼门外的月光，像是想了一下，对乔点凤说：你看这样行不行，我来替你写，写完给你看，得到你的认可之后，咱们再交上去。

乔点凤点了头。

三天之后的农历八月十六晚上，当梅国平和乔点凤又在豆家相聚时，梅国平从乔点凤的角度，以乔点凤的口气，已把稿子写完了。三百字一页的稿纸，他写了六页还多。写完，改完，他又工工整整地把稿子抄写了一遍，才拿给乔点凤看，请乔点凤多提意见。

乔点凤接过稿子，刚看了两页，眼泪就涌流出来。她用牙咬住颤抖的嘴唇，起身到套间里去了。

豆师傅在厨房里炒菜，今天他执意要留梅国平和乔点凤在家里吃晚饭。

月光如水。梅国平不知在外屋等了多长时间，乔点凤才从套间里出来了。乔点凤的心情好像稍稍恢复了一些平静，但她的眼圈是红的，鼻头是红的，睫毛还是湿的。可以想见，乔点凤的情感受到了怎样波涛汹涌的冲击，或许她抓过枕巾捂住了自己的嘴，才没有哭出声来。

梅国平示意让乔点凤坐下，正要安慰乔点凤几句，乔点凤先说了话，她说：国平，你比我自己还知道我啊！

梅国平说：有你这句话我就放心了。怎么样，咱把稿子交给矿工报发表吧？

不料乔点凤却说：不，这篇文章我要自己存着，什么时候想看的时候就看。

2021 年 11 月 3 日—27 日，从怀柔翰高文创园至朝阳光熙家园

（寒衣节期间，回老家几天）

原载《北京文学》2022 年第 8 期

妻子是年

出外挣钱，回家过年。挣钱只是手段，不是目的，回家过年才是目的。一年三百六十五日，村里的青年和壮年男人，绝大部分时间都是在外地打工，挣钱，只有在过年那几天才回到家里和亲人团聚。如果过年不回家，就等于没达到目的，好像挣钱也是白挣。所以说呢，打工的人们从春天起就开始数日子，从春数到夏，从夏数到秋，从秋数到冬，每过一天，离年就近一天。终于数得离年不远了，仿佛一伸手就能摸到年的手，他们有些激动，有些亢奋，还有些魂不守舍，魂先行者一般已提前回到家里去了。在这样的迫切心情驱动下，不管回家的路上人再多，不管车票有多么难买，也不管天是下冰、下雪，还是下刀子，都阻挡不了他们回家的脚步。

厂里腊月二十八放假，第二天一大早，田学敏就动身往家里赶。厂长提前放话，要在腊月二十九那天中午宴请全厂职工，宴请不在厂里食堂摆桌，要在市里的一家星级酒店隆重举行。职工们辛苦一年了，厂长此举，有慰劳全体职工的意思，也有欢聚一堂、提前共度新春佳节的意思。到时候，肉放开吃，酒放开喝，歌随便唱，玩笑随便开，有多大嘴使多大嘴，有多大肚皮用多大肚皮，希望大家不要错过机会。厂长难得出一回血，请大家吃一顿，田学敏也想吃，也想喝，也想和厂里的女工在酒场上乐一乐，可是不行呀，他要是腊月二十九不走，等到腊月三十再走，那就太紧张了。从厂里到他家有一千多里，上午坐了火车，下午还要坐汽车，天黑才能到家。按他们老家的过节习惯，年三十也叫除夕，从过除夕开始，就算是过年。约定俗成的年也就是两天，除夕是一天，大年初一又是一天。如果只在家里过初一，不在家里过除夕，等于年只过了一半，年过得就不算圆满。还是他们老家的规矩，过年荤一半，素一半。猪肉、羊肉、鸡肉、鱼肉等，都是在除夕那天中午吃，到了初一，只能吃点儿素馅饺子，或白菜粉条炖豆腐之类。如果田学敏在除夕中午不能赶到家，他就过不上荤年了，只能过一下寡淡的素年，那还有什么劲呢？二荤不可兼得，田学敏宁可放弃星级酒店里的荤宴，也要赶回家和妻子、孩子一块儿过除夕。主要是，在刚过罢小年祭灶的第二天，他就跟妻子涂丽云通了电话，说好他在腊月二十九那天晚上到家，并提前买了火车票。他相信，自从定好了回家的日期，妻子就会每天想他，念他，等他，盼他，觉得每过一天比过一年都长。年年有个七月七，天上牛郎会织女。虽说他不是放牛的牛郎，妻子也不是织布的织女；虽说他们夫妻定的相会的日子是腊月二十九，而不是七月七，但回家的日子一旦确定，似乎就有了一些神话的意义，就有了一些不可违背的天意，他必须按时回到妻子面前，不能让妻子有半点儿失望。

　　一路还算顺利，田学敏乘坐的长途汽车在镇上的车站停下时，满脸通红的太阳刚刚落到地平线以下，西天飞起的是放射性的红霞。刚下车，他就掏出手机向妻子报告消息，说他已经到镇上了。

妻子说：咦，还怪快哩，不耽误回来吃晚饭。我让文海去接你吧？

不用了，干天干地，好走，我一会儿就到家了。田学敏还跟妻子说了一句不算多余的话：好好在家里等着我。

妻子懂得丈夫话里的意思，她笑了。她没有笑出声，丈夫听不见，但她还是对着手机笑了，说好，快点儿回来吧，两个孩子一年都没见你的面了。

汽车站门口停着几辆后面带篷子的电动三轮车，有的三轮车司机大声招呼从汽车站里走出来的旅客：明天就是年三十，后天就是大初一，回家过年，归心似箭。坐车吧，坐车吧，我的车比箭跑得都快。

从车上下来的人，很少有人坐三轮车，他们拿上自己的大包小包，纷纷向自己所在的村庄走去。

田学敏带了两件行李，一件是拉杆行李箱，另一件是蛇皮塑料袋子。这样两件行李几乎是每个打工者回家过年时的标配。行李箱看上去比较好看，标志着一种像城里人一样的时髦。不过行李箱空间比较小，里面装不了多少东西，要想多装年货，还得靠容积比较大的蛇皮塑料袋子。田学敏的塑料袋子里塞得鼓鼓囊囊，跟牛腰差不多，一看就是满载而归。他拉上行李箱，把"牛腰"扛上肩，望了一眼西天的云霞，也打算步行回家。从镇上到他的村庄田老庄只有三里路，一会儿就能到家。

一个司机把三轮车一横，拦在他面前，把他喊成老板，说老板上车吧。田学敏问，到田老庄多少钱？司机说：便宜，两块钱。田学敏想了一下，人只有两条腿，三轮车有三个轮子，坐车要比步行快一些，可以早一点儿到家。再者，人家既然高抬他，把他喊成老板，他坐车坐到家门口，多少也算有点儿老板的样子。他答应了坐车，遂把行李往后面的车斗子里放。车斗子上方搭的有塑料篷子，车厢两侧各有一个顺长的、能挤三四个人的座位，车上却只坐了田学敏一个人。对于别人不坐车，田学敏能够理解，回家过年的人，也都是回家花钱的人，过年期间花钱的地方多的是，路上能省一块是一块，能省一角是一角，能省一分是一分。过去虽然有穷家富路的说法，现在最好颠倒过来，穷路富家好一些。路上都是陌生人，你花钱再多给谁看呢？而老家都是乡亲，都是熟人，你花钱小里小气，抠抠搜搜，是会被人看不起的。

　　田学敏在车上坐好了，司机却没有马上开车，让田学敏再出一份钱，一共四块钱。田学敏问：为什么？司机指了一下他的塑料袋子，说他的行李太占地方了。田学敏不悦，说他在城里坐车，带行李从来不交费。司机说，城里是城里，乡下是乡下，乡下怎么能跟城里比呢？没道理好讲，田学敏不坐车了，他从车后面一跃而下，拿上自己的行李就走。他想到司机不会轻易放弃这单生意，就走得大步流星，要甩开司机。司机果然对他紧追不舍，说不让他交四块钱了，交三块钱就行。田学敏不理他，只管梗着脖子往前走。司机又说：算了算了，两块就两块吧，行李不收费了。田学敏还是一声不吭，还是梗着脖子往前走，他心里说：你就是跟到我们庄，我也不会上你的车，连一分钱都不会让你挣到。司机终于把车停了下来，他听见司机在说难听话，叫他小气鬼。

　　田学敏进村时，天已完全黑了下来。月亮不见了踪影，村里又没有路灯，年底加月底的黑是触底的黑。这里叭一下子，那里叭一下子，响起零零星星的放炮声。哪里有响声，哪里就炸出一朵明。那一朵朵明稍纵即逝，不但炸不破黑暗，明暗的对比反而使暗显得更加厚实。田学敏不怕黑暗，有些喜欢黑暗，黑暗对他正好形成一种遮蔽，他往家走时谁都看不见他。他挣钱不多，不是一个成功的打工者，没什么值得炫耀的，不想让别人看见自己。他不但不想让村里人看见他，连自己的父母，自己的哥嫂，都看不见他为好。他不声不响地走到家里，只看到自己的妻子和一双儿女就可以了，就什么都有了。

　　还好，田学敏走过一条东西村街，又走过半条南北村街，一个人都没有遇到。他听见有人在院子里说话，听见哪家放电视的声音，看见有小孩子往院子门外扔的点燃的炮仗，都是只闻声音没见人。他家院子的大门没关，他刚走到院子门口，嗅觉敏感的黑妞就率先迎了上来。他都一年没见黑妞了，黑妞对他一点儿都不生疏，见他还是这么热情。黑妞没有语言表达能力，不会说热烈欢迎一类的话，但黑妞一边左右跳跃，一边使劲摇尾巴，好像比热烈还热烈，比欢迎还欢迎。田学敏见堂屋和灶屋都亮着灯，对妻子喊了一声，丽云，我回来了！

　　妻子涂丽云应声从灶屋里迎出来说：我算着你就该到家了。她在围裙上擦了擦手，伸手接过丈夫扛在肩上的塑料袋子，冲着堂屋喊正在看电视的儿子文海和女儿文慧，让他们赶快出来接爸爸。

　　文海出来了，喊了一声爸，接过爸爸手中的行李箱。文慧大概被电视里的某个情节吸引住了，没有出来。

　　一来到堂屋，田学敏就在灯光下看妻子，不光看妻子的脸庞，还看妻子的额头、眉毛、眼睛、鼻子、嘴巴，以及妻子的头发和耳朵，好像不认识了妻子一样。在外面打工的时候，住在像猪窝一样的工人宿舍，他每天晚上都想念妻子。想念这件事情真是奇怪得很，人想人在不经意的时候，被想的对象样子还算清晰，但你越是用力，越是想定格，越是想让形象更清晰一些，形象反而虚了、模糊了。看来风不能代替雪，云不能代替雨，任何想象都不能代替实体，任何想念都不如见到真人。

　　妻子感觉到了丈夫热切的目光，她说：你一定饿了，饭都做好了。

　　这个饿不是那个饿，丈夫说他不是很饿，遂打开行李箱和蛇皮塑料袋子，往外掏带回的东西。行李箱里装的有烟、有酒、有奶糖，还有一铁盒子巧克力和真空包装的火腿肠。

　　儿子文海看到巧克力眼睛亮了一下，说巧克力！

　　文慧听见了，说：我吃巧克力。

　　妈妈说：不吃，马上就吃饭了，吃什么巧克力。

　　塑料袋子里装的是衣服和鞋，过新年穿新衣，田学敏给妻子和孩子每人都买了新衣服。他给妻子买的是一件桃红色的长款羽绒服，给儿子买的是一件牛仔夹克衫和一双旅游鞋，给女儿买的是一件带白色毛领子的花棉袄。妻子接过羽绒服说：我都老成老太太了，给我买这么好的羽绒服干什么？颜色这么俏，我怎么穿得出去！

田学敏说：你连四十都不到，怎么能说自己老呢？在我眼里你还像是一个新娘子呢！他让妻子把羽绒服穿上试一下。

妻子没有马上试衣服，她说先吃饭吧。

妻子馏的是专门为过年蒸的白蒸馍，把蒸馍掰开，每个蒸馍中间都有一颗红枣，使蒸馍里冒出的既有麦香，也有枣香。田学敏拿起一个馍一掰开，就禁不住咬了一大口，他说真香，真好吃，这样的馍只有回家才能吃到啊！妻子炖的是一锅杂烩菜，菜里放的有上午刚炸好的小酥肉和馓子，还有白菜、豆腐、粉条。田学敏端起菜碗，刚喝了一口汤，就咂嘴不已，说一尝就是过年的味道，过年从现在就开始了。他一连吃了两个白蒸馍和两碗杂烩菜，吃得头上和背上都汗津津的。在他吃饭的时候，黑妞一直蹲在他面前，眼巴巴地看着他，一副想吃肉的样子。田学敏从碗里夹出一块小酥肉，扔在黑妞面前的地上，说让黑妞也过一回年吧。黑妞叼起酥肉，不及细嚼慢品，一吞就吞进肚子里去了。把酥肉吞下去后，它还是眼巴巴地看着田学敏，一副还想吃肉的样子。田学敏说对不起，肉没有了。

涂丽云大声呵斥黑妞，让黑妞滚一边去，馋死你呢！

有那性急的人家，或在城里当了老板发了财的人家，试探性地放了几炮烟花，烟花噼里啪啦响过，在夜空中开出了绚烂的花朵。在关门上床睡觉之前，田学敏没察觉妻子有什么不正常，妻子平平静静，云淡风轻，该做饭就做饭，该刷锅就刷锅，一切都很家常。他懂得，一切好事只能在床上进行。比如在炉子上打铁，他外出打工也好，一打一年也好，都是在搜集煤炭，整理钢铁，在为打铁做准备工作。包括他往家里带年货，还包括他刚才吃的可口的饭菜，也都是打铁的前奏。等到了床上，炉火燃起来，风箱拉起来，锤子抡起来，才火光四射，痛快无比。他自信自己已经做好了充分的准备，既准备好了旺盛的精力，也准备好了饱满的感情，等着瞧吧，到时候他一定会达到妻子的满意，也达到自己的满意。临睡觉了，妻子的表现才让他觉得有些反常，有些别扭。吃过晚饭，两个孩子接着看电视上的娱乐节目，妻子跟孩子一块儿看。在城里打工的时候，田学敏晚上也会看一看电视，跟着电视里的人笑一笑。他不看电视干什么呢，别的还有什么可看的呢？回到家就不一样了，有妻子在，电视算什么玩意儿呢。和妻子相比，一百台电视恐怕都比不上一个妻子吧！他耐着性子，把电视上男男女女的人影看了几眼，就到东间屋的大床上躺着去了。自从和妻子结婚那天起，这张用椿木打成的大床就在这儿放着。大床虽说也有四条腿，可大床的腿不是用来走路的，是用来站的，所以大床站在那里一直没有挪地方。东间房和当门的屋只隔了一层箔篱子，田学敏躺在床上没有开灯，外面的灯光透过箔篱子的缝隙筛进来东间屋一些，屋里有些花花搭搭。他想，要不了多大一会儿，妻子就不会再看电视，会悄悄地来到东间屋，悄悄地上床，跟他躺在一起。可是，过了一会儿，又过了一会儿，却不见妻子到东房屋里来。妻子看电视好像看得还挺有兴致，在和孩子讨论这个唱歌的是谁，那个明星叫什么。在车上颠簸了一天，田学敏有些瞌睡了，也许闭上眼睛就能睡着。但他不许自己睡觉，大睁着眼睛等妻子到身边来。

妻子终于到东间屋来了，这时他才假装闭上了眼睛。他准备等妻子摇晃他时，他才猛地对妻子来个饿虎扑食。然而，妻子像是从床前的铁丝上取下一件衣服，披在身上，连理他都没理，又接着到外面看电视去了。

这不太正常，这就有问题了，事情不应该是这样的。这个这个……问题出在哪里呢？烦恼袭来，田学敏有些忍不住了，他喊：丽云，丽云，你过来一下。

妻子没有起身，只说：有啥话，你说吧。

田学敏提高了声音：我让你过来一下，你听见没有！

妻子这才来到了东间屋，她没有往床前走，刚走进箔篱子门口就站下了，像是故意跟丈夫保持着距离。

破电视有什么可看的，别看了，睡吧。

你今天不能在这里睡。

田学敏吃惊不小，一下子坐了起来，问：为什么？

文慧跟我睡一张床睡惯了，今天她还跟我睡到大床上。

我每次回来，文慧不都是去西间屋睡嘛，不都是跟她哥哥睡一张床嘛！

文慧今年开始上学了，成女生了，不愿跟她哥睡一张床了。

小孩子家，哪有那么多事。那我怎么办？

你可以跟你儿子睡一张床，正好和你儿子说说话，关心一下你儿子的学习情况。

那不可能。可以让文慧去跟她奶奶睡嘛。

文慧听见了爸爸说的话，她说：我才不去跟奶奶睡呢，奶奶耳朵聋了，我跟她说啥话她都听不见。奶奶被窝里都是虱子，恶心死了！

别提田学敏多失望，多泄气了。还以打铁作比，他准备好了钢铁，也准备好了煤炭，妻子却不给火炉点火。妻子不但不点火，好像还给钢铁和煤炭上泼了冷水。田学敏有些赌气似的说：反了你们了，我哪儿都不去，只睡在我自己床上，一辈子都睡在自己床上。他不会忘记，以前每次回家过年，妻子都会提前把女儿安排到别的地方去睡，早早地跟他睡到一起，睡得贴皮贴肉，贴心贴肺。有一次他回到家时天还亮着，趁两个孩子在外边玩耍都不在家，妻子有些迫不及待似的，一下子就把他抱住了。烈火干柴，他们当然等不到天黑，马上就那个了一回。到了晚上，他势头不减，至少又那个了两三回。他听人说过，久别的男人回到家，一般来说要对妻子犁三遍，耙三遍，还要揽揽横头。这种说法是把妻子当成了土地，而男人是犁地耙地的人。犁三遍也好，耙三遍也罢，他都能够理解，无非是犁得深一些，耙得浅一些；犁得粗一些，耙得细一些，深深浅浅，粗粗细细，深耙细作，才有利于下种。揽横头也是犁地耙地的说法。犁地耙地都是竖着进行，人在地头扎犁子下耙时，地头的地会滑过去，犁得耙得都不会到边到沿。所以整块地犁过耙过之后，还要把地头的地横着犁一犁，耙一耙，这就叫揽横头。这样的揽横头不难理解，可在夫妻之事上，什么是揽横头呢？在一次犁过耙过之后，田学敏曾与妻子涂丽云探讨过这个问题，问丽云什么叫揽横头。妻子说她也不知道，又说，可能是再说一会儿话吧。田学敏不太认同妻子的说法，觉得揽横头也应该是行动性的行为，而说话不是行动，怎么能算揽横头呢！也许揽横头并没有统一的内容和标准，有长就有短，有竖就有横，谁想怎么揽就怎么揽吧。田学敏虽然不认同妻子"再说一会儿话"的说法，但他觉得说话也是必要的。有一次，在他去城里打工的前夜，妻子有些舍不得让他走，趴在他怀里哭了，妻子边哭边说，两口子一年在一块儿不几天，这哪里是人过的日子？我跟黑妞在一块儿的时间都比跟你在一块儿的时间多啊！他赶紧拍着妻子安慰：我也舍不得离开你，可不出去挣钱怎么办呢，怎么维持这个家呢，怎么供孩子上学呢？好了好了，别哭了，等我老了就不出去了，天天在家守着你。

　　他这次回来，妻子别说跟他亲热，连跟他睡一张床都不愿意了，这到底是为什么呢？他递给妻子羽绒服时，妻子说她老了。难道妻子真的老了吗？真的不需要他了吗？这不可能呀！俗话为证，说女人三十如狼，四十如虎。妻子目前正是如狼似虎的年龄，正是欲望强烈的时候，怎么可能不需要他呢？其中一定有别的原因。因他常年不在家，妻子耐不住，会不会跟村里别的男人好上呢？要是那样的话，就糟糕透了。在家期间，他一定要把这个事情弄清楚。

　　屋里没有暖气，也没生火炉，有些干冷干冷。外屋的电视一直在响着，电视里面制造出来的千篇一律的笑声一会儿就响一阵。田学敏似睡非睡，蒙蒙眬眬，睡得一点儿都不踏实。电视终于关掉之后，他觉得有一个人在摸摸索索往大床上爬，他以为是妻子，再一听，原来是儿子。儿子把自己的被子抱过来，睡到另一头去了。他放弃了厂里的大餐，紧赶慢赶赶回家，本以为今晚要吃到另一种意义上的大餐，不料他两头不得一头，白白浪费了大好光阴。

田学敏有早醒早起的习惯，尽管一夜睡得窝窝囊囊，在年三十的早上，他还是一早就醒了。在正常情况下，他应该一醒就起床，去看望父母，给父母送一些拜年的钱。他们现在住的宅子，是父母原来住的宅子，他们住的房子，也是父母在他们结婚前竭尽全力为他们翻盖的瓦房。有了好树，才能引来好鸟。正是因为有了不错的房子，身材比他高、长相比他好看的涂丽云才同意嫁给他。他们结婚之后，父母在村外的路边另盖了两间屋顶苫草的小屋，住到那边去了。父母为他们付出了很多，他应该对父母感恩。可是，由于受到了妻子的冷落，他像是受到了无情打击，情绪十分低落。父母生了他，养了他，并帮他娶妻生子，他对父母的孝敬应该摆在优先位置。然而这个优先位置现在仿佛多了一个前提，那就是妻子得对他好，妻子对他好了，他才能对父母好，如果妻子对他不好，会影响他孝敬父母的心情。儿子不起床，他也赖在床上装睡。妻子不跟他睡一张床，他要让妻子知道，事情有些严重，他心里不高兴，很不高兴，甚至有些生气。

涂丽云照样早早就起了床，打开了大门，在压水井前往铁桶里压水。清冽冽的井水压满一桶，她倒进带红花的搪瓷洗脸盆里一些，以手撩水，在院子里泼地。把院子里的干地上洒遍雨点儿一样的新水，她又拿起靠在墙角的扫帚，开始打扫院子里的地。今天就是除夕，打扫卫生也是除夕的项目之一，她扫地扫得格外仔细，扫过的院地干净得连一根草毛缨子都没有。一个邻家的嫂子从涂丽云门前过，跟涂丽云说话，问：学敏回来没有？涂丽云说：回来了。

没看见他呀！

他昨天晚上回来得晚，还没起来呢。

嫂子跟涂丽云说笑话：学敏一回来，你就闲不着了，就有事干了。

涂丽云明白嫂子说的"闲不着"和"有事干"是啥意思，脸忽地红透，红得跟夏天盛开的石榴花一样，她说：他回来不回来都一样。

那可不一样，学敏一回来，干冬就变成了湿年。

涂丽云做好了早饭，对黑妞说：去，喊咱们家的主人起来吃饭。

黑妞好像听懂了女主人的话，果然跑到东间屋的床头，催促男主人起床。它催促的办法，是立起身子，用它的长舌头舔男主人的脸。

妻子不跟他亲，黑妞倒跟他亲。但黑妞毕竟不能代替妻子，他骂了一句黑妞的妈，让黑妞滚蛋，一把将黑妞推开了。

妻子看到了这一幕，她喊了文海喊文慧，说：都起床了，吃饭了，吃了饭，贴门神，贴春联。又大声说：今天就开始过年了，都给我高高兴兴的，谁都不许闹别扭。

田学敏从床上起来了，他不洗脸，不跟妻子说话，一个人向门外走去。妻子问他去哪儿，他说去南边看看老头老太太。

吃了饭再去不行吗？

不行！

大过年的，你拉着个脸子给谁看，我又没得罪你。

你得罪我了！

我做给你吃，做给你喝，怎么得罪你了？

你自己心里明白。涂丽云你太过分了，太狠心了！

他们两个自结婚以后，田学敏在叫涂丽云时，就把涂省略了，叫丽云，或者叫云。涂丽云听见田学敏叫了她全名全姓，好像宣布要跟她干架差不多。她几步抢到田学敏前面，把大门关上了。回头她一指田学敏，也叫了田学敏的全名全姓，咬牙切齿地说：田学敏你给我听着，这两天有角你包着，有毛你顺着，好好跟孩子一块儿过年。等过了这两天，我再跟你算账！涂丽云这样说着，显然是生气了，气得脸色发白，手指有些哆嗦。

一见涂丽云生气，田学敏的气焰就低了下来。涂丽云长得比他高、比他壮，好像生气的能量也比他大一些，每次在生气的较量上，都是以他的失败而告终。除了吵架，他们还打过架，打架时，涂丽云不容他近身，只双手一推，就把他推了个仰八叉。他眨眨眼皮说：你跟我算什么账，有什么可算的？

少跟我装蒜，你欠的账你自己清楚。

田学敏心里开始打鼓，一打一打就打到他打工的地方去了，他问：你听说什么了，是不是有人说过我的坏话？

涂丽云撇了撇嘴，话中带刺地说：你那么好，那么四面光、八面净，在外面什么坏事都没干过，别人有什么坏话可说。

那不一定，现在村里大多数男人都不在家，有的人把人嘴长在狗嘴上，说坏话的人有的是。

黑妞也许听到男主人提到了它，并看出男主人与女主人闹了矛盾，它站在女主人的立场，对男主人叫了两声。

田学敏想对黑妞踢一脚，又不敢，只狠狠地瞪了黑妞一眼。为了保住一个男人的脸面，并表示他在外面没干过什么坏事，不能服软，他还是把脖子梗了梗，拉开大门出去了。

来到爹娘住的小屋，田学敏从口袋里掏出事先准备好的二百块钱，给了爹。爹接过钱，把两张钱窝成一卷，攥进手心里，还没说上三句话，就开始说他不爱听的话。爹把涂丽云说成文海他妈，说文海他妈一个人在家，又得种地，又得照管两个孩子，很不容易。你出门在外，一定要管好自己的钱，管住自己的腿，不该花的钱，千万不要花，不该去的地方，千万不要去，千万不要做对不起文海他妈的事。

爹住的小屋门口正对着一条新修的水泥路，过年期间，外出打工的人差不多都回来了，路上人来人往，比平日热闹许多。那些人有的坐小轿车，有的骑电动车，有的骑自行车，有的还是步行。爹的话让田学敏心烦。他从爹的话里听出，他在外面做下的一些事情是被嘴快的人传到家里来了，不但涂丽云听说了，涂丽云还到爹这里告了他的状，不然的话，爹不会说出这番管钱又管腿的话。他没好气地说：你不要听别人瞎说，我对自己的要求很严格。

田学敏所在的工厂，是建在省会城市郊区的一家建筑材料厂。被称为老板的厂长，是和田学敏一个乡的老乡。老乡们互相拉扯，在厂里打工的人差不多都是老乡。厂里有多种多样的生活，有吃饭、干活、睡觉的生活，这些生活每天都在重复，只有一种生活比较缺乏。前三种生活做起来比较容易，单枪匹马就可以完成。而第四种生活一个人没法做，需要有女人配合方可进行。因工人们的老婆都在家里，不在厂里，无人合作，这种重要的生活就谈不上了。田学敏和厂里的工人们听说，不缺这种生活的是老板，老板虽说在城里买了房子，并把老婆孩子接到城里来了，但老板仍不满足，他在城里的洗浴中心买了消费卡，时不时地就去那里消费小姐。那些只穿裤衩和胸罩的小姐，在两间玻璃房子里排成长长的一排，每个小姐胸前都佩有带有编号的圆形胸牌。那些小姐来自全国各地，有的肥，有的瘦，有的不肥不瘦。那些小姐有甜妹子、有辣妹子，也有酸妹子。老板挑中了哪一个，只需报一个号码，那号码所代表的小姐就随他到另外一个单独的房间去了。不管长得多么别致、多么会来事的小姐，老板也像使用一次性餐巾纸和一次性筷子一样，只使用一次就拉倒了，绝不重复使用第二次，因为老板所追求的是变化和数量。听到这样的消息，在羡慕老板的同时，工人们更加耐不住性子，更加着急。推动他们性急的主要动力不是来自外部，而是来自内部，来自他们身体里那些小虫子一样的东西。那些东西数以万计，数以百万计，数以千万计，它们结成群体，上蹿下跳，非常活跃。它们一会儿游行，一会儿抗议，一会儿喊口号。它们喊的口号是：我们的命也是命，我们也要生活，也要幸福。有的工人被它们折腾得有些受不了，就用自己的手，或者用一种乳胶制成的工具，把它们释放出来，消灭掉。不料它们前仆后继，刚消灭掉一批，很快又拥上来一批，一批更比一批凶，一批更比一批猛。

　　就是在这样的背景下，田学敏没能守住自己，去找了小姐。田学敏有一个远门子堂弟，名叫田学军，和田学敏在一个厂里上班。夏天有一天下班后，堂弟告诉田学敏，离厂子不远处有一个村庄要拆迁。村里的人都搬走了，房子还没拆，一些小姐乘虚而入，在那里做开了生意。买卖不算贵，花一百块钱就可以成交一次。堂弟想拉田学敏一块儿去看看。田学敏不去，说一百块钱太贵了。堂弟说去了也可以不买，先看看货色如何。路边的野花可以不采，看看总可以吧。田学敏没有抵挡住堂弟的劝说，推推托托、犹犹豫豫地就去了那里。结果怎么样呢，他被热情的小姐拉住了胳膊，就有些拔不掉腿，把一百块钱给了人家。

回到厂里，田学敏就有些后悔。他听妻子说过，儿子去县城住校读书，一个月才回家一次。妻子每个月给儿子的生活费是三百块钱，平均每天十块钱。现在的十块钱能买什么呢，连一碗带肉丝的面条都买不到啊！他脑子一热，找了一次小姐，等于花掉了儿子十天的生活费。他要是把这一百块钱给儿子，儿子至少可以改善一下生活。田学敏觉得最对不起的还是妻子丽云，晚上他躺在床上，在心里一遍又一遍喊丽云的名字，说：丽云，丽云，我做下错事了，我对不起你啊！你放心，这样的事我再也不干了，就算别人拿绳子拴我的头，我也不去了。

然而人的欲望是很厉害的，本身有着不易战胜的力量，不是谁想不欲就不欲，谁想不望就不望。过了一段时间，堂弟田学军告诉田学敏，那个地方的小姐降价了，对半打折，只需花五十块钱就可以玩一次。还说，那些院子里有正宫、东宫，还有西宫，去了就可以当皇帝，想跟哪个娘娘玩任自己挑选。

又是降价，又是三宫，又是当皇帝，这些说法对田学敏构成了新的诱惑，燃起了他新的欲望。老天爷呀，这怎么办呢？怎么办呢？再去看看吧。他进了这一宫，又想进那一宫，结果又去了两三次。

田学敏口袋里的手机响了，他掏出手机一看，上面显示的是妻子的名字，一听，却是女儿的声音：爸爸回来吃饭了，你再不回来，饭都凉了。

你们先吃吧，我跟你爷爷再说会儿话。

不行，我妈让你必须马上回来，吃完饭还要贴春联呢！

知道了。

爹说：是不是丽云让你回家吃饭，你回去吧，我不留你在这儿吃饭了。回来了好好过年，不管丽云说你什么，你都要服软，不要跟丽云生气。两口子过日子，时间长着哩，谁家的火棍不冒点儿烟哩！

走在回家的村街上，田学敏打定了主意，让他在丽云面前服软可以，但他必须咬紧牙关，绝不能承认在外面做下的事。他要是承认了，就等于把短处的把柄交到了丽云手里，丽云什么时候想抓住把柄把他摔一摔，就把他摔一摔。脚下一滑把不好的事情做下了，但不等于可以在妻子面前承认，不承认是对妻子的尊重，一承认有可能对妻子造成伤害。伤害不是短时间就能过去，也许一辈子都过不去。除了妻子，还有孩子。有些事情万不可让孩子知道，要是让孩子知道了，他在孩子心目中的形象会一落千丈，名声扫地，就做不起父亲了。

来到家门口，他先把心静了静，脸上平了平，把一切不快都压抑下来，进门就喊丽云，说：我回来了。

回来就吃饭吧。我还以为你不回来了呢！

不回来去哪儿？

你有的是地方，去城里呗。

天好地好，都不如自己的家好。山好水好，都比不上自己的老婆好。田学敏移开话题，无话找话似的说：我们家老太太聋得越来越厉害了，我跟她说话，她光看着我笑，一句都听不见。每个人都会老，人一老真是悲哀。看见老太太聋得实聋捣碓，我想哭的心都有。丽云，你说我老了不会变成这样吧？

那谁知道，不知道耳朵聋有没有遗传。

我聋了没事，只要你不聋就行，我们全家就指望你呢。

我有那么重要吗？

你当然重要了，你的重要性你可能意识不到。咱这么说吧，你代表着我们全家，有了你，才有了这个家。你还代表着年，过年其实过的就是你，有你里里外外张罗着，年才会过得欢欢喜喜。

看来你很明白呀，一点儿都不糊涂呀！

我当然不糊涂，我啥时候都不糊涂，到哪里都不糊涂。

那你……算了，不说了。

吃过早饭，田学敏带着两个孩子贴门神、贴春联。他们在院子门口两侧和堂屋门口两侧贴的是红春联，在灶屋门口两侧贴的是绿春联。这样的春联，像是既有红花，又有绿叶，使院子里一下子焕发出春天的气息。

妻子在灶屋门前开出一小块地，在地里种了大蒜，还种了菠菜，大蒜和菠菜不惧严寒，都长得青鲜鲜的。田学敏从压井里压出了水，把菜地浇了一遍。妻子让他回来就歇着吧，不用干活。他说他愿意干点儿活。又说：我听说有的人家在院子里种大烟，那是违法的事，咱们可不能干。妻子说她知道。

中午，妻子用提前炸好的鸡块、鱼块、小酥肉和羊肉，蒸了四个扣碗，还炒了回锅肉和菠菜鸡蛋，一家人在堂屋里摆开了桌，美美地吃了一顿。吃饭时，他们还开了一瓶红葡萄酒，共同举杯庆贺新年。田学敏对两个孩子说：你妈在家最辛苦了，咱们一块儿敬你妈一杯吧！妻子说：我不辛苦，你在外面干活才辛苦呢！

晚上吃过饺子，他们家和千家万户一样，先按传统的规矩放了三声关门炮，并在大门外放了拦门棍，然后就关上大门，一家人一块儿看电视里的春节联欢晚会。田学敏本不想看晚会，晚会是让人笑的，他不想笑。可是作为家长，跟家里人一块儿看晚会，似乎是他的一个责任，跟家人一块儿笑，也是他的责任，他应该负起责任。在看电视时，他有时会扭脸看一眼妻子。不知何种神秘的密码在起作用，每当他看妻子时，妻子也总会看他。这表明他们夫妻之间的感应还存在着，妻子心里还是有他的。

他们这里过初一的习惯是早起，谁家起得越早，表明谁家的日子过得越红火，过得高兴。这样一来，早起在无形中就形成了一种比赛，都想争第一，争彩头，谁家都不甘落后。比赛的结果，早起的时间一年比一年提前，本来五更起床就可以了，有的人家在四更就起来了，嗵嗵地放开门炮，噼里啪啦地放鞭炮，腾腾地往夜空中放烟花。田学敏和涂丽云不甘落后，也早早地把两个孩子喊起来，放了开门炮，放了鞭炮，吃了素饺子，催两个孩子去给爷爷奶奶拜年。

还有一个习惯，他们这里是赶在天亮之前拜年，在黑暗里，这家那院响起一片拜年之声。田学敏带妻子去给村里的长辈和父母拜年之前，向妻子提了一个希望。妻子以为田学敏要提那方面的希望，正要冷下脸子，田学敏提的却是让妻子穿上羽绒服的希望，他说：我专门给你买的过年的新衣服，你要是不穿，我会伤心的。他说了会伤心，情绪仿佛已经开始往伤心的方向走。大过年的，涂丽云不愿意让丈夫伤心，她说好吧，拿出羽绒服换上了。田学敏对穿上羽绒服的妻子表示欣赏和赞美，说哎呀，好马配好鞍，俺小孩他妈穿上这件衣服可真漂亮！涂丽云不能不承认，这件衣服是挺合适的，穿上羽绒服是挺暖和的，她说：那就谢谢你了，谢谢你还知道想着我！

田学敏趁机表白：不想你想谁呢，我心里只有你！

村里的青壮男人长期在外打工，他们心里装满了外面的世界，对家乡似乎已经有些陌生。人与人之间呢，也不像以前大家都在家时那么亲近，关系变得松散起来。在五更里，他们之所以还愿意在村里走一走，给老人拜一拜年，主要目的是想让村里人知道，他们在城里没出什么事，混得还可以，过年他们也回来了。

田学敏夫妻在村街上遇见了堂弟田学军，田学军用手机上的灯光把涂丽云上下照着，不无夸张地噢了又噢：这是哪里的模特跑到我们田老庄来了！

你不要讽刺我！涂丽云说。

不是我说，就嫂子这长相、这身材，到城里当个模特绰绰有余。嫂子在台子上把猫步一走，乖乖，一些人的眼珠子不掉下来才怪。

住嘴，再胡说我撕烂你的嘴！

田学敏想起来了，他这次回来，妻子之所以不愿跟他亲热，一定是田学军在妻子面前说了他的坏话。去年过中秋节的时候，田学军回来了，他没有回来，田学军就有可能得到了说他坏话的机会。田学军说他的坏话是可怕的，因为是田学军撺掇他外出找小姐的，田学军最了解底细。但田学敏主意已定，不管田学军这坏小子对他妻子说了什么，他都不会承认。

平常日子，人们一天只吃三顿饭，或两顿饭。到了大年初一这一天，家家都要吃四顿饭，这大概是过年的特殊待遇。从早饭到午饭这一段时间，是大年初一的一段沉静期，从兴奋到低落，从紧张到缓和，从高潮到低潮，村里一时变得静悄悄。有人觉得，一年到头盼着过年，过年不过如此。还有人认为过了五更，年就算过去了，年又跑远了。他们有些疲惫，还有些瞌睡，纷纷躺到床上睡觉去了。一些喜欢过年的孩子还兴奋着，他们把捡来的炮装在口袋里，过一会儿就放一个。在躺在床上睡觉的大人们听来，零星的炮声像响在遥远的梦中一样。

涂丽云也想休息一会儿，她脱下羽绒服，到床上躺着去了。也许是习惯使然，她没去西间屋睡儿子的小床，不知不觉间躺到东间屋那张熟悉的大床上去了。看到田学敏也到东间屋来了，她像是想起了什么，才说：哎，忘了。

你没忘，这里才是你真正的位置，好好躺着吧。田学敏没有躺在床上，只在床边坐下了。他说：丽云，你不是有话要跟我说吗，正好两个孩子都没在跟前，你说吧。

我不是说过，等过了年再说嘛！

我觉得年已经过去了，你不能再继续折磨我了，你折磨我已经折磨得够狠的了。丽云你要相信我，我在外面什么对不起你的事都没做过，你千万不要听别人瞎说。可以说我没有一天不想你，有时想你想得连想哭的心都有。

你说的是真的吗？人家跟我说得真鼻子真眼，我不想相信都管不住自己。

我猜一定是田学军那坏小子对你说了我的坏话，他自己干了坏事，想拉一个垫背的，就把自己干的坏事安在别人头上。凡是把坏事说得真鼻子真眼的人，坏事都是他自己干下的，说的都是他自己的经历。

涂丽云欲言又止，没有说明是不是田学军对她说了田学敏的坏话。

田学敏问：那小子挑拨咱们的关系干什么？他是不是趁我没在家，想打你的主意？

他打我什么主意，他赖皮赖脸的，我才不搭理他呢！涂丽云这样说着，心里也有些打鼓，事情被丈夫猜准了，田学军的确想打她的主意。田学军在对她说了田学敏曾去找小姐之后，问她：我哥常年在外头不回来，你不着急吗？她说有什么可着急的，不着急。田学军坏笑着说：你嘴上说不着急，肚子里还是着急的。哥在外面享受，嫂子在家里也可以享受嘛。现在这样的情况，弄得两口子不能在一起，只能各自想办法解决问题。要是嫂子不反对的话，弟弟我帮你解决一下问题怎么样？田老庄这么多女人，我就看嫂子长得最漂亮，每次看见你，我都想把你放倒。说着，田学军就往她身边凑，示意她到里间屋里去。她顿时紧张起来，后退着说：田学军，你要干什么，干什么？你放老实点儿！田学军说：你装什么装，装起来是一把草，拿出来才是一朵花。你就别装了，快把你的花拿出来吧！眼看田学军要动手拉她，亏得她看见脚边还有一个黑妞，她一指田学军对黑妞说：他是一个坏人，咬他！黑妞立即对田学军叫起来，并咬了田学军的裤脚，才把田学军吓退了。

　　村里想打她涂丽云主意的人还有一个，那是她的一个远门堂叔。堂叔曾在乡政府当过干部，腰包里装的有退休工资，趁村里的青壮男人大都不在家，他就打那些留守妇女的主意。听村里人私下说，他已经和村里好几个留守妇女发生了关系。春天的一个下午，涂丽云下地干活路过堂叔的家门口，堂叔就把她叫到家里去了。堂叔说的不是问题，是困难，他说：学敏不在家，我知道你有困难，我帮你解决一下吧。涂丽云知道解决困难是什么意思，她说不敢哪，我该叫你叔哩，咱俩隔着辈哩。堂叔说：什么辈不辈的，辈对我来说根本构不成障碍。你想呀，婚姻这事有很大的偶然性，谁嫁给谁，谁娶谁，都不一定。你当初要是嫁给我，不就是我老婆嘛！好了，别不好意思了，来吧。涂丽云还是说不行，要是那样的话，她在村里就抬不起头了。堂叔说：要不这样吧，我给你报酬，你只要同意，每做一次，我就付给你三十块钱。你老公只有出去才能挣到钱，你在家里就可以挣到钱，何乐而不为呢！涂丽云像是犹豫了一下，最终还是摇了头。堂叔说：你傻吗？放着钱不挣，放着开心的事不做，我看你真是傻到家了。堂叔还对她说了一句捎带她娘家人的难听话，让她一辈子都不会忘记，堂叔说：怪不得你姓涂，我看你这娘儿们真是糊涂。

这些难以启齿的事情，涂丽云不能告诉田学敏，只能伸伸脖子吞进肚子里，并埋在心底。倘若她一不小心把事情说出来，田学敏冲动起来，去和堂弟、堂叔讲理，那事情就闹大了，没脏水也有了脏水，没狗血也有了狗血。就算田学敏压住了火气，不去跟堂弟、堂叔撕破脸皮，田学敏再出去打工对她也不会放心。这些事情不能对最能保护自己的丈夫说出来，却在她心里构成了一种委屈，这种委屈是一个女人的委屈，是一个留守女人的委屈。委屈好比是一包水，包水的皮很薄很薄，如果稍不小心把包皮弄破，委屈之水就会流得一塌糊涂。

唤起委屈的人难免脆弱。这会儿，田学敏如果也躺在他们共同生儿育女的大床上休息，涂丽云也许不会反对。这时，田学敏接到了一个电话，同样是外出打工回来的人约他去打麻将。田学敏问：来不来钱？打电话的人说：打麻将就是打钱，不来钱还有什么意思？不过他们不来大的，输一次只掏十块钱就行了。这样的账田学敏算得过来，输一次掏十块钱，输十次就是一百块钱，输三十次呢，就是三百块钱，儿子一个月的生活费就没了。他说，凡是来钱的游戏他一律不参加，别说输一次掏十块钱了，掏一分钱他都不干。

田学敏刚放下电话，要接着和妻子说话，田学敏的嫂子插了进来，嫂子一进院子就一迭声地喊：丽云、丽云。嫂子是个半傻的南方女人，傻女人跑了几次，被逮回几次，后来生下两个绊脚的孩子，野脚子才被稳住。尽管嫂子说话不照趟，嫂子来找涂丽云，涂丽云也只得从床上起来，到外屋支应着，陪嫂子说话，并给嫂子拿油炸焦叶吃。

大年初二，田老庄村一时有些沸腾，大家都在传说一件刚刚破获的案子。一个蒙面歹徒，长期在本地作奸，终于被捉住了，很快交代了罪行。据说，一个长得很磨实的矮个子男人，头戴一顶只露两只眼睛的一把挦老头帽，手持一把闪着寒光的杀猪刀，只在深更半夜里作案。他选择的作案对象都是那些男人在外打工的留守妇女，打探到哪个年轻妇女的男人不在家，家里又没有养狗，他就翻墙撬门，揪起战战兢兢的妇女，把妇女给强奸了。截至歹徒被捉拿归案，他已经在周围几个村庄奸污了八十多位留守妇女。让田老庄的人谈案色变的是，在歹徒所奸污的八十多位妇女中，竟有三位是田老庄的妇女。

听到这样的案子，田学敏看看涂丽云，涂丽云看看田学敏，夫妻二人都有些害怕。田学敏说：看来我是不能出去了，得在家里守着你。让你一个人在家，我实在不放心。

坏人已经逮住了，你有什么不放心的？

一个坏人逮住了，还有可能出现新的坏人。外村的坏人逮住了，咱们村也可能出坏人。

出坏人我也不怕，你不在家，家里还有黑妞呢。

黑妞能代替我吗？我听说现在偷狗的人也很猖獗，扔给狗一块包了毒药的牛肺，狗吃了几秒钟就死了。

我也不想让你出去打工，也想天天跟你在一起。连小鸟都知道两口子天天守在一起好过，别说人了。可是，你不出去挣钱咋办哩？靠我在家里种的那一点儿地，打的粮食顶多够糊口，咱拿啥供两个孩子上学哩？孩子上学花的钱还是小钱，以后花大钱的地方多着哩。你回来也看见了，村里不少人家都盖了楼房。盖楼房的目的，不是为自家住，都是为了能招凤引女，给儿子娶老婆。一家比一家，如果谁家不盖楼，谁家的儿子恐怕连老婆都找不着。咱家的文海眼看着就长大了，咱也得攒钱，扒了平房盖楼房。砖瓦一年比一年贵，咱盖楼房得花多少钱哪，一想起来我就发愁，都快愁死我了。

涂丽云说着，满怀的愁绪似乎又涌上心头，长长地叹了一口气。

田学敏说：我也知道不打工不行，不挣钱不行，可你得支持我才行呀！你听到别人的一些闲言碎语，就不相信我了，就开始怀疑我，冷淡我，整治我，弄得我今年过年都没过好，回来跟不回来差不多，我图啥呢！

我以后相信你还不行吗，不怀疑你了还不行吗，你说啥就是啥还不行吗？

光说不行，得看你的实际行动。

大年初二也是女儿回娘家的日子，今年涂丽云不打算亲自回娘家了，她收拾了一竹篮子好吃的东西，让儿子和女儿代替她去。她对文海和文慧说：你们长大了，替我去大涂庄看望你们的姥爷姥姥吧！说着看了一眼田学敏。

见田学敏会意微笑，她又对儿子和女儿说：我听说大涂庄今年过年唱大戏，白天唱了晚上还要唱，你们要是想听灯戏，今天晚上就住在姥姥家吧。

2021 年 8 月 28 日—9 月 15 日，从怀柔翰高文创园至朝阳光熙家园

原载《长城》2022 年第 3 期

帮 凶

程本田家有一只狗，是黄狗。狗就是狗，狗不是人，程本田没有给他家的狗起名字，也从没有产生过给黄狗起一个名字的念头。每个人都有名字，狗不必有名字。人两条腿，狗四条腿；人直立行走，狗站不起来；人要上学，狗不用进学堂；人会迈四方步，狗一走动就颠颠的。人与狗有着本质的区别，何必拿畜生当人，给狗起名字呢！

如果给狗起一个名字，也许叫起来方便些。眼看狗在野地里跑远了，人一叫狗的名字，狗就会折返回来，在人面前摇尾巴。程本田没有给他家的狗起名字，直接把黄狗叫狗。程本田全家人跟程本田的叫法一样，也都是直接把黄狗叫狗：狗，狗，你过来！狗，狗，你滚蛋！好在程家的人每次叫狗，黄狗都懂得是叫它，叫它过来就过来，叫它滚蛋就滚蛋，表现得很是听话。

吃过早饭，程本田的老婆杨三妮在灶屋门口喂猪。她喂猪的家什是一只用生铁铸成的盆，这样的铁盆坚硬结实得很，不怕猪的长嘴拱，也不怕猪的白牙啃。她给猪喂的东西是一瓢刷锅水，还有两把碎红薯叶末子。这些东西连残渣剩饭都谈不上，没什么营养价值，可那头猪提前围着铁盆转来转去，哼哼囔囔，似乎早已饿得迫不及待。杨三妮刚把刷锅水和红薯叶末子兑进盆子里，拿起搅食棍还未及搅拌，紧嘴的猪已经把嘴伸进盆子里，吞吞地吃起来。别以为猪不会看日出日落，没有时间概念，猪的肚子就是时间，猪对吃食的记忆就是时间，一到吃食的时间，它就会提前来到食盆子旁边守候。如果不按时给它喂食，它就会用叫唤表示催促或抗议。

季节到了春天，地上发潮，气候变暖。院子里有一棵杏树，杏树枝条上的花苞已鼓胀得像豌豆子那么大，似乎随时都会打开，一打开就笑得合不拢。等满树的杏花谢幕，枝叶间会结出一丸丸青杏。那些青杏丸丸又酸又涩，别说尝了，看一眼就差不多能把人的牙倒掉。过一段时间，随着麦子的成熟，杏子就会变黄。摘一枚麦黄杏来吃，那可是满口留香。

杨三妮喂的猪是一头半大的猪，她把猪喂够一春一夏一秋又一冬，猪就会长大长肥，过年的时候就可以杀掉吃肉。

在猪吃食的时候，狗也凑了过去，看样子它也想趁机吃一口。狗看见了猪食稀汤寡水，里面没什么像样的货色，吃到嘴里恐怕一点儿香味都不会有。可是呢，猪食再糟糕也是食，吃了哄不住嘴也能哄哄肚子，总比什么都不吃强一些。再说了，猪是程家的一个成员，它也是程家的成员之一，女主人只给猪喂食，不给它喂食，是明显的偏心行为，这让它心里很不平衡。想吃归想吃，有意见归有意见，它可不敢贸然行事，得先看一看女主人的眼色才行。它一看就看出来了，女主人杨三妮对它的态度很不友好。杨三妮举起搅食的棍子呵斥它说：狗，狗，你想干什么？你要是敢跟猪争食吃，看我不抽死你！把猪喂肥了可以杀掉吃肉，养你有啥用，我看一点儿用处都没有。

自尊的狗当然不会让杨三妮手中的棍子抽在它身上，杨三妮一吵它，它就有些抱歉似的低下了头，并塌下了眼皮，仿佛在说：对不起，我不是人，我肯吃嘴，我没脸没皮，行了吧！

杨三妮仍对狗不依不饶：还站在那里干什么，快给我滚开，滚得越远越好！

狗已经多次听到杨三妮对它的不良评价，并多次听到杨三妮让它滚开，这使它在程家的地位显得十分尴尬。它也多次问过自己，生为一只狗，它在程家到底有什么用呢？问的结果，它不得不承认，自己的确没什么用。一般的说法是，养狗是为了看家护院。可是在目前情况下，一个壮男劳力一天挣的十个工分还不合两毛钱，所分到的口粮都少而又少，金贵得简直能穿到肋巴骨上，哪里用得着它看护呢？还有一条不得不说的是，它们狗身上也长肉，也有人吃狗肉，但由于由来已久的狗肉上不了席面的说法，人们很少把狗肉和肉联系起来，对狗肉一点儿都不稀罕。悲哀袭上心头，狗有一点儿想哭。但狗不敢哭，倘若杨三妮看见它掉眼泪，又不知道对它骂出多少难听话呢。它只好转过身子，悻悻地向院子外面走去。

那么，狗吃什么呢？它靠什么活命呢？反正程家的饭锅里从没有为狗多添过一口水，有它跟没它一样，它想喝风就喝风，想吃泥就吃泥，全靠自己养活自己。它成天处在饥饿状态，一出门就伸着鼻子在地上闻，能逮住什么就吃什么。它从来没有什么讲卫生的观念，有些东西肮脏得见不得字面，它照样吃得呱唧呱唧的。赶巧了，它在荒草地里会捉到一只栗色的蟋蟀或一只绿色的蚰子，这等于它吃到了肉，改善了生活，顿时吃得津津有味，阿弥陀佛。

　　眼下还不到夏天，地里所有的昆虫都还没有生长出来。狗从村子里出来，从村西的麦子地里走到坟地里，它连一口吃的东西都没找到。地里的麦苗倒是长起来了，由淡绿变成葱绿，在春风的吹拂下翩翩起舞。狗听说过一句话，这句话牵扯到它，叫"狗吃麦苗装羊（洋）"。它对这句话有些不解，羊可以吃麦苗，它们当狗的对吃麦苗从来不感兴趣，何必把吃麦苗的事安在它们头上呢？狗之所以走到了坟地里，是它知道野兔子和田鼠都热衷于在坟地里打窝，倘若它守在某个窝的出口，刚好赶上兔子或田鼠从窝里出来，它一口把活物咬住，那它的收获就大了，就高兴到天上去了。然而，狗在它所认定的一个田鼠窝门口蹲守了好一会儿，又好一会儿，它连田鼠的一根汗毛都没看到。

　　太阳升到了当头，黄狗先是闻到了从村里冒出来的炊烟气息，接着又闻到了一股股咸饭的味道，估计家里的人该吃午饭了。不到吃饭时间还好些，一到吃饭时间，它的肚子就饿得更厉害了。它感觉肚皮里面像是有一帮子饿鬼，越是吃不到东西，那帮饿鬼越是饿相毕露，折腾得越厉害，折腾得它的肚子里面像着了火一样，火辣辣地疼，于是它也回家去了。它也知道，家里开饭不开饭，跟它一分钱的关系都没有，不会因为它在开饭时间回家了，家里人看见它了，就给它一口饭吃。相反，它越是在开饭时间出现在家里人面前，家里人越是认为它是饿死鬼托生的，就越讨厌它，让它滚一边去。这样的话，它干脆赌一口气，吃饭的时间它就不回家了。可是不行啊，它要是在吃饭的时间不回家，家里人会说它傻，傻得不透气，连猪都不如。别管能不能吃到东西，还是回家为好。

程家所住的院子是一个敞着口子的大杂院，院子里住着好几户人家。在吃饭的时候，各家的男人都不在自己家里吃，而是端着饭碗，到院子外面的吃饭场里去吃，一边吃一边说话。他们说话没有一定的话题，看见鸡说鸡，看见猪说猪；逮住地主说地主，逮住富农说富农。

狗走到饭场边，看见它的男主人程本田正蹲在一处墙根吃午饭。程本田面前放着两只瓦碗，一只碗里盛的是蒸红薯，另一只碗里盛的是咸糊涂。红薯是他们这里一年到头的主要口粮，把鲜红薯放进地下的红薯窖里，从头年的秋天可以吃到第二年的春天。咸糊涂是用红薯片子磨成的面粉打成的，里面除了放盐，还会放一点儿芝麻叶、萝卜条和碎粉条。程本田吃几口红薯，喝两口咸糊涂，有甜又有咸，有干又有稀，吃得很自得的样子。

狗在饭场外围站了一会儿，还是禁不住向程本田走去。走到程本田旁边，它屁股往下一蹲，在地上蹲下了。它蹲下去时，两条前腿在前面支着，像是清朝的官员在准备向皇上磕头。离程本田这么近，它想男主人一定会看它一眼，它有些害羞似的，提前就塌下了眼皮，仿佛在说：我不是跟你要吃的，你只管吃你的，我没事，你不用管我。这时它又听见那头猪在院子里叫唤，对猪的表现颇有些鄙视，心说：猪真不要脸，而我们狗是要脸的，要脸和不要脸，这就是我们和猪的最大区别。

狗听见程本田在和别人说话，注意力不在它身上，它才悄悄掀起眼皮，看着它的男主人。男主人和一个老头儿说着话，一点儿都不耽误往嘴里放红薯。在吃东西方面，男主人是个粗枝大叶的人，比如这会儿吃红薯，他连红薯皮都不剥，把红薯瓤和红薯皮一块儿吃到肚子里去了。狗真想劝劝它的男主人：别吃红薯皮了，你老婆洗红薯时洗得不干净，有的红薯皮上还沾着泥巴呢。吃了带泥巴的红薯皮，对你的身体不好。它还想对男主人说：你把红薯皮剥下来，我替你吃怎么样？你对我这么好，我不能眼睁睁地看着你吃了不干净的东西生病啊！你要是生了病，我今后可依靠谁呢！这样想着，它不由得伸出舌头舔了舔自己的嘴叉子。

程本田回过眼来把狗看了一下，大概明白了狗的意思。别看狗的舌头不会拐弯，狗的嘴巴不会说话，狗的两只眼睛可是表达能力很强，像是会说话一样。程本田看出来了，狗东西眼巴巴地看着他，是希望能吃到一点儿红薯皮。那么好吧，程本田剥下一块红薯皮，拿在手里一扬一扬地对狗示意。是的，程本田若是拿红薯皮喂猪，或是喂鸡，他把红薯皮扔在地上就行了，因为猪和鸡眼睛向下，只会在地上找吃的。而狗不一样，狗的眼界要开阔得多，狗除了看大地，有时还仰望一下天空。所以他在喂给狗吃红薯皮的同时，还要让狗表演一下节目。

心有灵犀似的，狗马上领会了男主人的意思。它精神抖擞，忽地从地上站了起来，眼睛一眨不眨地盯着男主人手中的红薯皮。当男主人把红薯皮抛向空中时，它一跃而起，精准地把红薯皮叼进口中。在跃起的时候，它后腿弹直，身段优美，像电影里跳舞的芭蕾舞演员的姿态一样。也许狗的灵性和艺术性就在这里，人类之所以喜欢它们，它们所能体现的价值也在这里。在饭场吃饭的人都是观众，有人评价说：噫，这条狗还怪能哩，跳得还怪高哩。

狗听到了对它的赞扬，心说：这不算什么，这样的表演对我来说不过是小菜一碟。它继续盯着男主人手里剥下的红薯皮，仿佛在说：我的好主人，你扔红薯皮扔得很好，像玩杂技的人扔碟子一样，扔得不高不低，不快不慢，恰到好处，给我的表演创造了不错的条件。你再扔一次吧，再扔一次吧，请相信我，我的表演比刚才还要精彩。

程本田没让狗失望，他真的又向空中扔了一块红薯皮。狗再次高高跃起，把在空气中运行的红薯皮稳稳叼住，并很快咽进肚子里。狗的牙齿很好，吃肉啃骨头都没问题。在它吃红薯皮时，牙齿派不上什么用场，不用嚼就顺着喉咙下去了。这样有点儿甜味的红薯皮，它吃一碗两碗都没问题。可男主人说：好了，跳两下就行了，去一边玩吧。

狗很听话，乖乖地离开饭场，回到院子里去了。

在此之前，黄狗在程家的处境基本上就是这样，虽说程家的人舍不得给它吃，舍不得给它喝，它成天过的都是忍饥挨饿的日子，但它和男女主人的关系还算和谐，日子还过得下去。它的命运发生转折，转到它的日子一天比一天艰难，艰难到过不下去，甚至活不下去，是在生产队里召开的一次贫下中农社员大会之后。

不错，人是喜欢开会的动物，人类活动所发生的一些重大转折，差不多都跟会议有关。程家的黄狗没有想到，它的命运所发生的转折，也和一场会议有关。当时生产队的大会一般有两种，一种是全体社员大会，一种是贫下中农社员大会。凡是召开贫下中农社员大会，队里的地主、富农、反革命、右派、坏分子等，都不许参加。贫下中农们比较愿意参加后一种会议，这种会议除了能显示出他们应有的待遇，在不必下地干活的情况下还能挣到工分。而那些被称为阶级敌人的五类分子就挣不到工分了。另外，在开会的时候，男人可以用烟袋锅子抽旱烟，女人可以纳鞋底子。会场设在村子中央一块比较空旷的地方。那里原来有一棵树龄上百年的大槐树，大槐树根深叶茂，树冠很大，夏天鸟儿可以在树上做窝，人可以在树下乘凉。"大跃进"大炼钢铁那一年，大槐树被伐倒，分段送到小高炉里烧掉了。从那以后，这里就没有了树木，不但没有大树，连一棵小树都没有，每次开会都是露天会议。贫下中农同志们开会坐什么呢？他们自带小板凳吗？别开玩笑了，他们什么都不带，只带着自己的屁股就完了，各人坐自己的屁股就完了。人长屁股是干什么的，屁股上多出那两坨肉是做什么用的，不就是让坐的嘛！至于说地上有土，坐在地上会沾一屁股土，那有什么，站起来时用手把屁股抹拉一下不就完了。就算不愿意抹拉，把土带回家也不错，抹拉到自家敞着口子的粪窖子里，权当给粪窖子添一点儿作料。别说那些与会的普通人了，连开会时讲话的公社驻队干部和生产队干部都不坐凳子，都是站着讲话。

　　程本田和他老婆去参加会议，他们家的狗也跟着去凑热闹。程本田的家庭成分是贫农，他本人又是生产队的队长，开贫下中农会议当然少不了他。而程本田每次去开会，狗几乎都会不离左右地跟着他。程本田没有秘书，他家的狗像是他的跟班秘书；程本田没有保镖，狗像是他的贴身保镖。在程本田向会场走时，狗一会儿跑在程本田前头，一会儿跟在程本田后头，前后左右地对主子进行围绕。有时狗还故意用身子蹭一下程本田的裤腿，表示对程队长的献媚。在程队长开始讲话时，它就卧在程队长脚边，高昂着头，神情颇有些骄傲，仿佛在说：看看吧，我们家的主人是生产队长，你们都不是生产队长，你们都得听我们家主人的话。我是队长家的狗，队长对我好着呢。我对队长忠心耿耿，一辈子都紧跟着队长的脚步走。你们别的人家有狗吗？没有吧，只有我们家当队长的主人才趁有一只狗。

这天的贫下中农会议是下午召开的。天气有些阴沉，看样子要下一场雨。会议刚开始时，程本田并没有讲话，他是主管生产的队长，等到需要布置生产任务时，才轮到他讲话。这会儿他跟别的社员一样，在干硬的土地上坐着。狗在他身边卧着，他伸手摸了一下狗头。狗马上体会到，这是它的主子在对它表示亲近。你亲我一寸，我亲你一尺，狗立即做出反应，用嘴唇碰了碰主子的手。狗心里想，主子要是愿意坐在它身上，它为主子献身都在所不辞。

就目前的情况来看，人还是人，狗还是狗；人有人的世界，狗有狗的世界；人会讲话，狗又不会讲话；人会批判别人，狗又不会批判别狗，开会会碍到狗什么事呢？怎么就说一场会议就改变了狗的命运，使狗陷入万劫不复的境地呢？这是因为，在这天的会议上有人提到了狗，把批判的矛头指向了狗，并把人和狗的斗争提到了阶级斗争的高度。批判狗的人是谁呢？是队里学习毛主席著作的辅导员，他的名字叫程本灵。程本灵念了一会儿关于"千万不要忘记阶级斗争"的报纸后，目光在全会场扫了一遍说：我们的政治学习，一定要做到理论联系实际，不仅联系社会上的实际，还要联系我们本队的实际；不仅联系人的实际，还要联系狗的实际，不然的话，我们的学习就没有实际意义，就收不到立竿见影的效果。

联系狗的实际，这话新鲜，以前可从来没听说过。吸烟的男人，从嘴里拿出了烟袋；纳鞋底子的女人，停下了手中的针线活。会场里就有一只狗，他们从程本灵的嘴看到那只狗，看到程本灵和狗都很实际，就把二者联系了起来。

程本灵接着讲：我们天天讲阶级斗争，还要学会对阶级斗争进行深入分析。也就是说，我们不仅要看到人与人之间的斗争，还要看到人与狗之间的斗争。有人问了，人有家庭成分，难道狗也有家庭成分吗？这个问题问得好，我今天就着重分析一下狗的阶级属性。那么狗属于什么阶级呢？我认为，狗不是属于地主阶级，就是富农阶级。大家想一想，在万恶的旧社会，什么人家才养得起狗呢？只有地主富农家才养得起狗，哪个穷人都养不起狗。地主富农养狗干什么用呢？就是用来欺压我们贫下中农的。我们去地主富农家要饭，他们就放狗咬我们，不是把我们咬伤，就是把我们咬死。我这样一讲大家就明白了，狗历来都是站在地主富农阶级的立场，历来就是阶级敌人的帮凶。帮凶这个说法以前大家可能没听说过，我给大家解释一下，帮凶就是帮助凶恶的敌人干坏事的家伙，用帮凶给狗定性再合适不过。谁是我们的敌人，谁是我们的朋友，这个问题是革命的首要问题。今天我们一定要把狗的问题弄清楚，把狗作为敌人的反动本质充分揭露出来。我想大家都去公社的阶级教育展览馆看过了，展览馆里那些泥塑的穷人，除了胳膊上扛着要饭的篮子，手里还拿着一根打狗棍。那根打狗棍，就是我们贫下中农和阶级敌人斗争的武器。以前我们和包括帮凶在内的阶级敌人做斗争，今后还要继续和阶级敌人做斗争。

天上的云彩压得越来越低，远处似乎还隐隐地传来了雷声。一时间，会场里所有人的目光都集中在程本田家的那只狗身上，使卧在地上的狗成为大家注目的焦点。有坐在会场边的人，像是要对狗重新认识，站起来伸着头看狗。还有的年轻人，干脆穿过会场走到狗旁边，按照程本灵对狗的命名，冲着狗叫：帮凶，帮凶。前面说过，程本田家的这只狗以前没有名字，这次会议之后，狗就有了名字，狗的名字叫帮凶。

狗是敏感的，不管它的嗅觉还是听觉，都比人敏感得多。它感觉出来了，在突然之间，全会场的人都在看它。它又不是演员，又不会唱样板戏，大家看着它干什么呢，难道出了什么意外的变故不成？它觉得人们的目光像麦芒一样，扎得它浑身上下都不太舒服，真想站起来抖一抖。它也听见了有人把它叫成帮凶，不明白这是什么意思。什么帮凶不帮凶，不如叫它狗好听。别人都看它，它保护自己的办法，是把自己的眼皮塌蒙下来，不看别人。它的眼皮塌蒙得不是很严实，还留了一点儿缝，为的是看自家主人程本田的脸色。它看见了，主人的脸色发青，眼珠子发硬，像是生气了。主人的生气肯定跟它有关系，因为程本灵在狗来狗去地拿它说事。这时候，如果主人稍微对它挑一下手指，它就会站起身来离开会场，走到村外的田野里去。主人没表示出任何让它离开的意思，它还要继续守在主人身边。

程本灵对帮凶的批判还在继续，说大家可能都注意到了，在我们生产队，家里养有帮凶的只有一家，而且那只帮凶就明目张胆地在我们贫下中农开会的会场里卧着，这不能不让我们贫下中农感到气愤。我不管你养帮凶的人家是什么人，我只用阶级斗争的眼光看问题，反正在我看来，凡是养帮凶的人都是分不清阶级路线，都是阶级立场有问题。

风云突变，问题严重了，程本田再也坐不住了。俗话说打狗要看主人面，程本灵不但一点儿都不看他的面子，而且正是冲着他的面子来的。程本灵批判狗是个幌子，实际上是在批判他，是把他往阶级敌人的堆里推。程本田心里明白，因为他在某件男女的事情上捉了程本灵的奸，耽误了程本灵的好事，程本灵就以政治学习辅导员的身份，把他养狗的事上纲上线，向他发难，以冠冕堂皇的理由对他进行报复。忍无可忍，程本田站起来了。

程本田说：程本灵，你这样说我不同意。我赶集回来在路边捡到这只狗时，地主和富农阶级早就被打倒了，这只狗从来没在地主富农分子家里生活过，怎么能说它是阶级敌人的帮凶呢？

程本田比程本灵大得多，他们是本家，又都是本字辈，程本灵应该管程本田叫哥。在斗争的时候，就不管什么本家不本家、兄弟不兄弟了。程本灵同样叫着程本田的名字说：你这样说，正说明你的阶级觉悟不高，不会从阶级根源上分析问题。我们查一个人，至少要往上查他的祖宗三代。同样的道理，我们查一只狗，也要查它的祖宗三代，甚至祖宗八代。你把这只狗往上查一下试试，如果它爷爷还不是地主富农的帮凶的话，它的太爷爷一定是地主富农家的狗腿子。只要是狗，它们的阶级本质是一样的，一律是我们的敌人，是无产阶级专政的对象。

你的嘴是两张皮，咋说咋有理，我不跟你说那么多。我告诉你，在我斗地主分田地的时候，你还是一个穿开裆裤的小孩子呢。反正这只狗我是养了，你看着办吧。

不要以为你是管生产的队长，就可以搞特殊化，就可以当阶级敌人的保护伞。我建议你尽快和阶级敌人划清界限，并把阶级敌人消灭掉。你自己要是不动手消灭的话，村里的基干民兵可以帮你消灭。

程本田的手在发抖，他攥紧了拳头：敢，我看谁敢动我的狗一指头！

狗大概感觉到它被人们推到了风口浪尖上，已处在危险的境地，寻求保护似的往主人的腿边靠。

这时，程本田的老婆杨三妮气哼哼地走了过来。杨三妮抬脚把狗踢了一下说：你还站在这里干什么，等着人家批斗你吗？等着人家给你挂牌子游街吗？等着人家打死你吗？还不赶快给我滚开！

狗这才夹起自己的尾巴，灰溜溜地走开了。有人喊了它一声帮凶，命它站住。它不由得停了一下，还是溜走了。

狗离开会场后，并没有回家。平日里它回家得不到吃的，这次会议之后，它估计回家更没有什么好果子吃，回家干什么呢？院子里的杏花倒是开了，一树春风千万朵，从粉红开成粉白，倒是挺好看的，可杏花再好看，也不能当饭吃呀！至于走到哪里去，狗并没有准稿子，或许往西走，走到麦田里去；或许往东走，走到河堤上，听听蛤蟆的叫声。

程本田两口子散会一回到家，老婆杨三妮就开始埋怨程本田，一埋怨程本田不该从半路上捡回这只狗，二埋怨程本田不该多管程本灵的闲事。杨三妮一埋怨起来就没完没了，把程本田埋怨得没鼻子没脸。

程本田气不打一处来，骂了杨三妮的妈，威胁杨三妮说：你有完没完？你敢再唠叨下去，我还让你怀孕！

一听男人说这个，杨三妮立即噤声，一句话都不敢说了。杨三妮怀孕怀怕了，生孩子生怕了，怀孕仿佛是她的一个死穴，男人一点到她的死穴，她就赶紧走开了。

去年秋天的一天中午，天下着雨。程本田赶完集往家走，在收过秋的玉米地边看到了一只小狗，小狗浑身被秋雨淋得湿漉漉的，正冷得簌簌发抖。程本田猜想，可能是有人故意把小狗遗弃在这里，在等待好心的人把它捡走。小动物总是可爱，也可怜，程本田在泥泞中停下脚步，看了一会儿小狗，说：小狗、小狗，你怎么自己在这里，你家的主人不要你了吧？小狗眼巴巴地看着他，蹒跚着向他跟前爬。程本田说：你不要找我，我可没什么东西喂你。我卖了半篮子红薯片子，只买了一斤盐，我总不能喂你咸盐吧。这样说着，他拿一根手指头在包着盐的手巾包里蘸了蘸，蹲下身子，把手指头伸给小狗。小狗嗅了嗅他的手指头，像吃奶一样对着他的指头吮吸起来。于是，他把小狗放进竹篮子里，带回家去了。

杨三妮所说的程本灵的闲事，在程本田看来并不是闲事，而是花事、奸事、伤风败俗的事，他管了一点儿都不后悔。

事情是这样的。程本灵初中毕业后，曾去北京的空军部队当过兵。当兵期间，因犯了男女关系方面的错误，部队就把他开除了。被打回老家的程本灵不思悔改，借在队里收尿水、记工分的机会，很快跟一个地主家的儿媳打得火热。程本田发现程本灵对地主家的儿媳图谋不轨，以负责任的态度，悄悄盯着他们的梢儿。果然，在一个太阳刚落入地下的傍晚，程本田就把正作奸的男女二人在麦苗地里捉了个现行。既然双奸俱获，证据确凿，程本田向队里建议，要让程本灵在全体社员大会上斗私批修，做出深刻检查。然而，由于程本灵的哥哥是队里的政治队长，他们弟兄在背后一捣鼓，轻易就把案子翻了过来，变成地主家的儿媳在拉贫农子弟下水。这样一来，程本灵不但不用在会上做检查，好像还成了对地主阶级进行阶级斗争的急先锋。让程本灵生气的是，不管他在政治上把自己标榜得多么正确，事情败露之后，反正他不能再和地主家的儿媳好下去了，地主家的儿子不答应，地主家的儿媳也会拒绝他。

一切都明摆着，程本灵之所以借他程本田养狗的事攻击他、报复他，都是因为他抓到了程本灵所干的坏事，并使他的坏事不能继续进行下去。当然了，在麦苗地里捉拿程本灵和地主家儿媳的那一刻，程本田所养的四条腿的狗冲到了最前面，并冲着正在癫狂的程本灵叫了两声。这难免让程本灵对狗怀恨在心，给狗扣上帮凶的帽子，必把狗置于死地而后快。

　　下一步，程本田所面临的是怎样对待和怎样处理狗的问题。会议之后，社员们对狗的负面定性舆论已经起来，狗的何去何从，对他来说不是选择题，而是必答题。在饭场上，人们七嘴八舌，为程本田出主意。有人建议，把狗勒死算了。勒狗的办法，是用一根绳子套住狗的脖子，把狗头朝上吊在树干上，然后往狗嘴里浇灌冷水。等冷水把狗的肺管子呛炸，狗就死了。有人说，把狗弄死有更简单的办法，给狗扔一块红薯，趁狗低头吃红薯的时候，照狗的脑门子上给它一记闷棍，就把狗闷倒了。还有人出的主意缓和一些，说把狗领到集市上人多的地方，趁狗一转眼看不见你，你赶快溜走就完了。狗在集上流浪，是死是活跟你就没有关系了。

　　对于前两个主意，程本田觉得实施起来有些难度，他下不了那样的死手。第三个主意，程本田倒愿意试一试。这天上午，公社革命委员会所在的镇上不但逢集，还逢会，会是一年一度的春季骡马物资交流大会，要比单纯逢集热闹许多。一街两行摆满了桑杈、扫帚、扬场锨等收麦农具，街口还搭了戏台，公社宣传队在唱革命样板戏《红灯记》。整个会上人山人海，热气腾腾，人声鼎沸。程本田在领着狗往会上走时，狗不知道它的主人存心要抛弃它，它显得十分兴奋，不知怎样感谢主人才好。它一再对主人点头，仿佛在说：亲爱的主人啊，您对我真是太好了，比我的亲生父母对我还好啊，谢谢您，谢谢您！

　　一来到会上，程本田就故意往人堆里挤，把狗留在人堆的外围。人的身体像树干一样竖着，占空间较小，在人堆里挤起来容易些。而狗的身体像板凳一样横着，占空间较大，很难挤进人堆。程本田在人堆里被人流推动着往前挤了一会儿，就与他的狗拉开了距离。他踮起脚跟回头往后瞅，瞅到的都是人头，一个狗头都没有。他觉得这个办法不错，跟狗好分好散，谁都不欠谁什么。

程本田在人堆里挤得头上出了汗，背上也汗渍渍的，才从人堆里出来，到街边一个卖草帽的摊位旁休息一会儿。卖草帽的妇女让他买顶草帽戴，他摆摆手。他此行的目的就是把狗扔掉，什么东西都没打算买。他喘了一会儿气，准备回家时，觉得有一样东西来到了他面前，他低头一看，竟是他家的狗。狗看着他，显得很抱歉的样子，仿佛在说：对不起，我没跟上您的步伐，让您久等了。程本田觉得有些奇怪，他以为狗已经离他很远，远得隔着人山，又隔着人海，狗怎么又找到他了呢！他对狗没了好气，心里说：我不要你了，你还老跟着我干什么！他看见狗跟没看见一样，再次挤进人堆里去了。这次甩开狗后，程本田改变了策略，从人堆里出来，他不站在街边了，而是拐进了一家卖糖烟酒的商店里，并藏到了商店的门后。人的智慧总是大过狗，他想这一次狗再也不会找到他了。

然而令程本田哭笑不得的是，他在商店的门后站了不大一会儿，狗又来到了他身边，狗的表情有些笑眯眯的，似乎在对他说：您是在跟我玩藏猫猫吗？您藏得好，换个地方再藏一个吧。程本田心说：你个狗东西，怎么这样缠人啊！他拔腿朝背街的地方走去。背街上人少，他走得比较快，跟小跑差不多。可狗腿比人腿多一倍，狗总是比人跑得快。狗对程本田紧追不舍，几乎跑到了程本田前头。程本田突然刹住脚步，用手指往地上一指，命令狗停下，说：我决定不要你了，你还跟着我干什么！狗果然停下了，并屁股着地，蹲下后半身，蹲得像个听话的小人儿一样。程本田说：对，就这样不许动，你敢再跟着我，我就抽死你！说着亮起巴掌，对狗的嘴巴示意了一下。狗眨了一下眼皮，也不敢吭声。程本田往前走了一会儿，回头看了一眼，见狗果然还在原地蹲着，心说这还差不多。可当他转过一个街角再往后看时，发现狗又悄悄地跟了上来。他威慑似的跺了一下脚，狗停了下来。他往前走，狗继续跟着他往前走。就这样，狗和他保持着适当的距离，他停狗也停，他走狗也走，停停复停停，走走复走走，又走回了程本田所在的村庄。

程本田抛弃狗的行动失败后，他仍没有像别人说的那样把狗勒死，或把狗棒杀，而采取了一个新的办法，把狗关进屋里去了。他这样做，类似于把狗关进牢房。人若犯了事，惩罚的办法之一就是把人关进牢房。他家的狗，既然被人家说成是地主阶级的帮凶，被说成是阶级敌人，也把狗关进牢房里去算了。他家的堂屋虽说并不是牢房，但把狗往屋里一关，从外面把门一锁，跟关进牢房也差不多吧。广大社员群众看不见他家的狗，也许就不会说什么了。

上午，狗被锁进屋里后，不能再往外边跑了，只能趴在屋当门的地上，把自己的嘴埋在自己的前腿窝里睡觉。程本田家的堂屋是里外两间，后墙没开窗，里间屋的前墙虽然开了窗，但光线被灶屋的山墙挡住了，门一关上屋里显得很黑。狗在屋里睡了一会儿，听见猪哼哼地过来了，把两扇关着的门拱开了一道缝。狗站起来了，它的嘴也向门缝那里凑去，似乎要和猪接一个吻。猪大概也知道了狗成了不受欢迎的东西，所以才被主人关进屋里。猪像是在对狗说：收回你的臭嘴，谁跟你接吻，我不过是来看看你的笑话而已！猪转身大摇大摆地走了。又过来一只公鸡，公鸡头上举着红红的冠子，透过门缝对狗看来看去，神情颇有些趾高气扬，仿佛在对狗说：主人把你关起来，他是迫于舆论的压力，你要理解主人的难处。人各有命，你不要跟我比。我自己虽说不会下蛋，但我可以帮助母鸡下蛋。母鸡经过我的帮助，下出的蛋就可以孵小鸡呢。你有什么用呢？你虽说是一只牙狗，可方圆十里连一只母狗都没有，你有劲也没地方使呀！

　　出于自尊，狗不想让鸡看见它，它抬起一只爪子，把猪嘴拱开的门缝关上了，使屋子重新陷入黑暗。它在黑暗中闭上轻轻跳动的眼皮，听见屋里起了动静，是老鼠们开始活动了。它悄悄把眼皮掀开一角，见老鼠们在梁头上、箔篱子上、粮食芡子上等地方上蹿下跳，十分活跃。老鼠们不但互相追逐，还吱吱乱叫，像在春天里过狂欢节一样。老鼠们的表现让狗很不舒服，它觉出了鼠辈们对它的无视。没错，狗是听说过一句俗话，叫"狗拿耗子多管闲事"，意思是说，拿老鼠是猫的事，不是狗的事，不管老鼠怎样折腾，狗都可以置之不理。大约就是因为主人家没养猫，老鼠们才如此猖獗。老鼠们哪里知道，狗平日里不拿老鼠，不等于不会拿老鼠，狗若拿起老鼠来，也是很厉害的。同时，狗拿到老鼠，也可以当肉食吃。想到这里，狗的饥肠又开始辘辘转动起来。天无绝狗之路，那么好吧，它今天就拿一只老鼠充充饥肠吧。

狗站起来，装作无所事事的样子，到箔篱子下方去了。它的计划是，等一只老鼠再爬到箔篱子上，它就猛地纵身跃起，像猫那样，先用爪子把老鼠打翻在地，而后再一嘴把老鼠咬住。它的计划前半部分实现了，后半部分未能如愿。失败的原因，是它求成心切，用力过猛，一爪子把老鼠打落得有些远了，当它扑过去要咬住老鼠时，老鼠尖叫着，屁滚尿流地钻进墙角的老鼠洞里去了。

这惊险的一幕可把那些老鼠吓坏了，它们在高处从不同的角度看着狗，一时都有些目瞪口呆。不过它们的惊慌很快就过去了，在一只母老鼠头领的带领下，一起向狗发起了声讨和谩骂。它们骂狗是流氓，不要脸，是地主阶级的帮凶。那只站在梁头上的老鼠头领，还翘起尾巴，对狗进行挑衅和羞辱，仿佛在说：有本事你跳上来呀，看看老娘怎样尿你一嘴！狗心说：你们这些跳梁小丑，老子不跟你们一般见识。

中午，狗趁杨三妮放工回家开门的时候，一下子蹿了出去。杨三妮说：你就跑吧，最好死在外边，永远都别再回来。

不知道狗到哪里跑了一下午，又跑了半夜，到第二天鸡叫时分，它才又回到了家里。这只狗要是一个人的话，人意识到自己处在活不下去的悲惨境地，也许自杀了，也许跑走不再回来。然而，狗毕竟不是人，而又离不开人，它傻里吧唧、自投罗网般又回到了程家。为了防止狗再跑出去，程本田还有更严酷的办法，他的办法是找来一段废弃的水车上用的铁链子，把狗拴了起来，一头拴住狗的脖子，一头拴在桌子腿上。狗似乎并不反对主人往它脖子上拴铁链子，它伸着脑袋配合主人的动作，一点儿都没有退缩。它不但没有退缩，当主人把铁链子拴在它脖子上时，它还把脖子抖擞了一下，抖得铁链子哗哗作响，像戴了一个项圈一样。

这样过了两三天，狗才深刻体会到自己的日子有多么煎熬，多么难过。它彻头彻尾地失去了自由不说，家里的男女主人一口东西都不喂给它，看样子要活活把它饿死。每次看到男主人，它喉咙里都哼哼唧唧，发出的是哭音。它眼里也泪汪汪的，仿佛在说：主人啊，我这么老实，这么听话，什么错话都没说过，什么错事都没干过，您不能对我这样无情啊！程本田似乎明白黄狗的意思，他说：阶级斗争搞得这么紧，人家说你是地主阶级的帮凶，我也不敢包庇你呀！

一天又一天过去，被铁链子拴着的狗，狗腿越来越细，肚皮越来越薄，毛越来越长。程本田实在不忍心看着狗就这样饿死，趁老婆没注意，偷偷扔了几块红薯皮给狗吃。他没有像以前那样，把红薯皮抛向空中，而是扔到了地上。就算他把红薯皮抛到空中，因受铁链子的限制，狗想跳也跳不起来呀。

有道是，群众的眼睛是雪亮的。尽管程本田把狗藏在家里，还是被人发现了，并报告给了队里的政治队长。有一回，政治队长召集队里的干部们开会，对程本田点到了那只狗说：既然我们贫下中农和狗的矛盾不是人民内部矛盾，而是不可调和的敌我矛盾，你还是尽快把狗处理掉为好。政治队长给出的建议，是让程本田把狗交给邻村的老黄，让老黄把狗带走就完了。老黄以前是一个专门杀狗卖狗肉的屠夫，身上有一股子特殊的气味，狗只要一看见他，就浑身瘫软，失去了反抗能力。

程本田听从了政治队长的建议，果然把老黄领到他家里，让老黄把狗带走了。正如政治队长所说的那样，狗一看见老黄，就目光惊恐，浑身哆嗦起来。程本田把拴在狗脖子上的铁链子解开，狗的反应跟没解开一样，仍趴在地上哆嗦不止。老黄手持一种特制的器具，那器具像一把长柄的铁钳子，铁钳子前端的虎口那里有一个像镣铐一样的铁箍，老黄用铁箍卡住狗的脖子，就把狗拖走了。也许狗已经饿得站立不起，也许狗吓得瘫痪在地，也许狗舍不得离开程家，反正它是肚皮擦着地皮被拖走的。天下着小雨，地上被拖出长长的一道泥痕。

2022 年 3 月 8 日—22 日于朝阳光熙家园

原载《作品》2022 年第 9 期

春天里的冬梅

在美国华盛顿州西南海岸边的原始森林里，坐落着一个在地图上找不到标注的小山村，山村的名字翻译成汉语叫奥斯特维拉，这名字既不好听，也不好记，不知是什么意思。山村里出了一位作家，以写幽默小说为主。他从家乡写到了纽约，后来又从纽约回到了家乡。他写来写去，名声并没有打响，在任何文学经传上，都查不到他埃斯比的名字。也许埃斯比不甘心，也许出于对家乡的深情热爱，他四处募捐，成立了一个以他自己的名字命名的文化基金会，邀请全世界的一些作家到他的家乡写作。邀请作家当然要花钱，他这样做等于到处撒钱。他撒钱很可能是白撒，不一定能收到什么回报。可埃斯比的胸怀是对世界敞开的，目光是长远的，他就是这么牛，就是愿意这么干。

埃斯比去世后，他的女友玻丽继承了他的遗志，一如既往地把基金会办下去，并以基金会的名义，继续邀请世界各地的作家去他们那里住下来写作。我和肖有幸被邀，成为中国第一批赴奥斯特维拉写作的作家。美国被称为全世界最发达的国家，我一直想去美国看看。全世界那么多国家，国家名称前面冠以美字的只有美国，我想看看美国到底有多美。感谢中国作家协会向美国方面推荐了我们，我们才得到了免费去美国观光和写作的机会。

　　我日记上记得清楚，我们从北京首都机场出发的时间是二
〇〇九年三月八日中午十二点，飞往的目的地是美国西雅图。
因两地的时差相差十六个小时，我们出发时是三月八日，在天
上飞了十多个小时，到西雅图还是三月八日，时间像凝固了一
样。如果仍按北京的时间算，我们到西雅图时，太阳早就落下
去了，已到了当天的后半夜。可飞机在飞往西雅图的过程中，
像一直在追赶着太阳一样，太阳在绕着地球转，飞机也在绕着
地球飞，就是不允许太阳消失。这样一来，我们在西雅图下飞
机后，又坐着汽车在林木葱茏的山间道路上穿行了三个多小时，
到达最终的目的地奥斯特维拉村时仍是春光明媚的白日。

　　玻丽给我们安排的住宿和写作的地方，是一栋建在原始森
林浅处的二层别墅。别墅是独立的，也是孤立的，周围别的任
何建筑都没有。整栋别墅是木材料，木结构，一木到顶。这样
的木质别墅，像是随时准备着再发芽，再长叶，以便回归到原
始森林中去。我们来到别墅，玻丽已提前到别墅门前等我们。
玻丽穿一件大红的风衣，一头的白发如银，个头不高，看上去
很精干的样子。玻丽曾去中国作家协会访问过，我们给她捎去
了作家协会的朋友在北京给她拍的照片，还有一些茶叶之类的
小礼品。玻丽大概对我和肖的创作情况已有所了解，她一再对
我们鞠躬似的点头，表达对我们的欢迎和敬佩之意。从玻丽的
表情上，我们能感受到她洋溢的热情，真诚的欢欣，可因为我
们两个听不懂外语，不知道她说了些什么。也就是说，不管东
道主玻丽说了多少话，也不管玻丽说了多么动听的话，对我们

来说像牛听弹琴一样，都是无效的，都白白浪费掉了。我们只能一再说：三揩油，三揩油！谢谢！谢谢！

我们所住的房间在二楼，一人一个房间。踏着木板楼梯，玻丽把我们领到二楼的房间里放下行李，又带我们到一楼的各个房间转了一圈。一楼有一大一小两个客厅，每个客厅里都装有壁炉。一楼还有宽敞的灶间和精致的吧台。玻丽把灶间的冰箱拉开给我们看。我们看到，大容积的冰箱里放满了面包、方便面、薯片之类的食品，还有红酒和啤酒。玻丽拿出一瓶啤酒，向我们示意了一下，意思是告诉我们，这里面的东西我们都可以吃，都可以喝。之后玻丽给我们每人发了一些美元，就自己驾车走了。

玻丽一走，我俩面面相觑，顿时有些傻眼。我们意识到了，这里的别墅不像我国国内的宾馆和酒店，没人给我们做饭吃。要想不挨饿，只能自己动手做饭吃。我们的手表已把北京时间调成了华盛顿时间，时间到了下午两点多，早就该吃午饭了。肖说坏了，他在家里从没做过饭，什么饭都不会做。我知道，这哥们儿曾在西北某经济强市当过交通局局长，在家里是衣来伸手、饭来张口的甩手大爷，不会做饭并不奇怪。我说：没问题，饭我来做，我什么饭都会做。每顿吃完饭，你负责刷碗就是了。你会刷碗吗？他不好意思地笑了一下，说：应该会。又说：我要是连碗都不会刷，那不真成了白痴吗？

我煮了两包方便面，在方便面里打了两个荷包蛋，二人拿着啤酒瓶子假装碰杯，各自干掉了一瓶啤酒，就把肚子哄住了。

晚上，我还没想好做什么晚饭，玻丽派车接我们，把我们接到她家里去了。玻丽家的客厅比较大，看上去跟一个会议室差不多。客厅里没有开灯，却点燃了蜡烛和壁炉，烛光点点，炉火正旺，气氛古典而温馨。吧台上放着打开的红酒和一些高脚玻璃酒杯，还有火腿肠、烤鳕鱼、生牡蛎和糕点。客厅里已来了不少客人，有的坐着，有的站着；有女士，有先生，全是陌生的面孔。还有一位手持相机的姑娘，对客人们照来照去，像是一位记者。这是什么阵势？玻丽搞的这是什么活动？没有人提前知会我们，我只能转着脑筋瞎猜。我猜的是，玻丽组织的可能是一场烛光酒会，她要用酒会的仪式欢迎我们。果然，当侍者把斟了浅浅红酒的酒杯端给我们之后，玻丽开始致辞。在玻丽致辞的时候，我注意到，全场客人的目光都注视着我们，我们显然成了酒会的中心人物。可惜的是，玻丽讲了什么，我们连一句话都听不懂。为了表示对玻丽的尊重，在玻丽致辞时，我们全神贯注地看着她，好像听得很懂的样子，并面带微笑，做出感谢的表情。玻丽致辞结束，客厅里响起了掌声。我们模仿别人，也赶快鼓掌。我们的表现像是一对聋子，又像是一对傻子，尴尬而可笑。

那个拿相机的女记者来到我跟前，跟我打招呼，意思是要采访我一下。我说对不起，我不懂外语，听不懂您说的话。我相信，我不懂英文，她也不懂中文，连我说的"听不懂您说的话"她也听不懂。她双手一摊，耸起双肩，摇摇头表示遗憾。

我第一次深切体会到语言交流的重要。人类之所以被称为高级动物，一个重要的原因，在于人类有语言，会说话，能互相交流。可虽然都是人类，因为所处的地域不同，人种不同，使用的语言也不同。语言有了障碍，人类仿佛重新回到了动物时代，他们听我们说话，像听猴子的发音，我们听他们说话，也像是在听鸟语。想起我们在国内时，不管走到天南海北，到处都是黄皮肤，黑眼睛，处处都是熟悉的声音。我们指草是草，指花是花；指羊是羊，指鸡是鸡。不管我们说什么，同胞都听得懂；不管同胞说什么，我们也听得懂，那是何等的亲切，自由，享受。在那样的语言环境里，我们意识不到语言交流的重要，一点儿都不知道珍惜，常常是，该说的话我们不说，即便说了，有时也不好好说。身在异国有异思，这是我到美国第一天得到的体悟。

酒会散场，我们乘车往别墅返时，见路上白花花的，洒满了月光。我抬头往天上看，见一轮圆月正挂在空中。农历还在二月，从月亮的圆满程度上估计，当晚不是二月十五，就是二月十四。全宇宙的月亮只有一个，我相信这里的月亮跟我们老家的月亮是一样的，别人不认识我，月亮有可能认识我。我在心里对月亮说：亲爱的月亮，您好啊。

语言不通的状况，到第三天才有所改变。这天中午，玻丽请我们去一家餐馆吃中餐。一进餐馆，我们就听到了乡音，因为开餐馆的老板和老板娘都是中国广东人。这还不算，这天玻丽还特地约了一位女士，和我们共进午餐，女士的名字叫冬梅。冬梅也是中国人，她的老家在广西。冬梅的普通话说得很好，音质也很圆润，她用普通话热情地跟我们打招呼。前两天，我们听不懂别人说话，别人也听不懂我们说话，我们像是失去了自己。冬梅一来，我们能听懂冬梅的话，冬梅也能听懂我们的话，我们像是重新找回了自己。冬梅坐在我和肖中间，我们如同终于捞到说话的机会，有些兴奋，争着和冬梅说话，称得上交谈甚欢。这次轮到玻丽听不懂我们在说什么，她只是看着我们，一句话都插不上。冬梅很快注意到了这一点儿，为了不把请客的人晾在一边，冬梅有时会把我们说的话翻译给玻丽听。玻丽听得连连点头，脸上露出了欣慰的笑容。

午饭吃什么，玻丽通过冬梅告诉我们，让我们自己点，爱吃什么就点什么。我不管别人点什么，我自己点了一盘麻婆豆腐，还点了一碗云吞面，吃得非常舒服。吃完饭结账时，发生了一件让我意想不到的趣事，给我留下了难忘的印象。我多了一句嘴，也是客套一下的意思，我说：今天算我们请客，我来付钱吧。我以为按我们中国人的习惯，玻丽不会同意让我付钱，事先说好的她请我们吃中餐，她怎么可能会让客人自掏腰包呢？不承想当冬梅把我的意思说给玻丽后，玻丽一点儿不同意的意思都没有表示，说那好吧，遂把已掏出的钱包又放回手提包里。噫，你看这事闹的，我客套了一下，人家竟然当真了。我怎么办？我当然不会解释我说的只不过是客套话，那样就显得我太虚假，太小气。再说了，就算我解释半天，玻丽也不一定明白我玩的是哪一套。我只能是自食其果，从钱包里掏出美元把账结了。饭不算贵，我们四个人一共才花了六十多美元，相当于人民币四百块左右。

吃完午饭，我们坐冬梅自驾的车回到了别墅。我们不想让冬梅放下我们就走，挽留她到别墅里坐一会儿。冬梅到别墅里的客厅里坐下，对我说：您对美国人不能讲客气，一就是一，

二就是二，实话实说。吃了饭您说结账，玻丽就当真了，她要
是不让您结账，怕您不高兴。我说：领教了，今天学了一招儿。
冬梅又说：咱们中国的文化是礼仪文化，他们的文化是实用文
化。我说：玻丽下次再请我们吃饭，我再也不会替她买单了。
冬梅问我们：到美国后给家里打电话报平安了吗？我们说没有，
手机没有信号，打不通。冬梅说：你们跑这么远出来，家里人
不知怎么惦记你们呢，你们不给家人打电话怎么能行呢？从美
国往中国打电话，你们得买美国的电话卡。六美元买一张电话
卡，可以打二百分钟。这样吧，我现在就带你们去买电话卡。
我们坐冬梅的车当即出发，不仅买回了电话卡，还去超市买回
了不少食品。当晚，我们就按冬梅的吩咐，分别用电话卡给家
人打了电话。我忘了时差，电话把睡梦中的妻子惊醒，妻子说：
你终于来电话了，我还在做梦呢！我说：对不起，我把时差的
事忘了。妻子说：没事，我一直在等你的电话呢，你说吧。

　　在没认识冬梅之前，我们等于与外界断绝了一切信息，跟
困在一座孤岛上差不多。认识了冬梅和冬梅的到来，像是冬梅
帮我们与外界架起了信息的桥梁，使信息的交流变得畅通起来。
与此同时，冬梅还教我们如何开电视，如何开壁炉，如何使用
灶间的烤箱烤食品，等等。我们把电视打开了，虽说听不懂电
视里的人所说的话，但至少可以看一看画面，听一听音乐。有
一天冬梅再来的时候，还给我们捎来了一张报纸，报纸上载有
我们在美国参加活动的照片和消息。可以毫不夸张地说，当我
们远离家乡陷于语言困境的时候，是之前来到美国的老乡冬梅
拯救了我们，既拯救了我们的生活，也拯救了我们的精神。

这样一来，我们在写作之余，才有心欣赏奥斯特维拉的美丽风光。我们所住的别墅既然建在一片原始森林当中，围绕别墅的当然不乏参天的古树。那些古树多是杉树，也有松树、柏树和白桦等。不管哪一种树，呈现的都是未加修饰的原始状态。树干直插云天，枝杈自由伸展。一阵风吹过，树冠啸声一片。也有被雷电劈去树冠的树木，树干已变得枯黄。这样的树干并没有被伐去，仍在原地挺立着，在树干的根部，生出了新的嫩绿的树苗。我过去认为，美国是一个相对年轻的国家，没有什么古老的东西。这次写作，我发现古老的东西在美国还是有的。美国虽然年轻，但它的树木并不年轻，美国不古老，那里生长的树木却很古老。肯定是先有了地球、大陆、土地、野草、树木等，然后才有了美国。那一棵棵巨大的苍松古柏可以证明，美国虽然没有像我们中国一样悠久的人文历史，却有着悠久的自然生态历史。

我在二楼的卧室有着宽大的窗户，窗玻璃明亮得跟没装玻璃一样。然而，让我感觉奇怪的是，这样的窗户却不挂窗帘。也许因为窗外不是树林，就是草地，或者是一些野生动物，从没有人往窗内看，所以就不必遮蔽什么。而我只需躺在床上，就把窗外的景物看到了。我看到一种宝蓝色的凤头鸟和一种有着玉红肚皮的长尾鸟，在林中飞来飞去，不时发出好听的叫声。我看到更多的是举着膨松大尾巴的松鼠，它们在树枝间蹿上跳下，行走如风，像鸟儿一样。松鼠是鼠，却与别的鼠类不同，它们在树上生活，似乎高别的鼠类一等。松鼠啾啾叫着，欢快而活泼。它们的叫声也像小鸟一样。树林前面，是一片开阔的草地。草地的尽头，是蔚蓝色的海湾。海湾对面，是连绵起伏的白皑皑的雪山。拉回目光，我看到两只野鹿在窗外的灌木丛中吃嫩叶。它们一只体型大些，一只小些，像是一对夫妻。我从床上下来头抵玻璃看它们，它们也回过头来看着我。它们的眼睛清澈而美丽，毫无惊慌之意，仿佛在对我说：你是谁，我们怎么不认识你呢？墙根处绿茵茵的草地上突然冒出一堆堆蓬松的新土，那必是在地下生活的土拨鼠所为。雪花落下来了，像是很快便为褐色的新土堆戴上了一顶顶白色的草帽。

　　是的，那里是海洋性气候，天气景象变化多端，异常丰富多彩。一忽儿是云，一忽儿是雨；一阵儿是雹，一阵儿是雪；刚才还艳阳当空，转瞬间云遮雾罩。那里的雪花真大，一朵雪花落到地上，能摔成好几瓣。冰雹下来了，碎珍珠一样的雹子像是有着极好的弹性，它们打在木板上能弹起来，打在草地上也能弹起来，弹得飞珠溅玉一般。不一会儿，满地晶莹的雹子就积了一层。雨当然是那里的常客，或者说是万千气象的主宰。一周时间内，差不多有五天在下雨。沙沙啦啦的春雨，有时一下就是一天。我还保持着早上跑步的习惯，每天下楼外出，我都要带上雨伞。尽管举着雨伞跑步，等我在空无一人一车的公路上跑了两圈回到别墅，旅游鞋和裤脚上还是被雨水淋湿了。由于雨水充沛，空气湿润，植被的覆盖普遍而深厚。开满桃花的树枝上、秋千架上、绳子上，甚至连别墅门口放的用石头雕成的公鸡身上，都长有翠绿的丝状青苔，让人称奇。也是因为空气湿润的原因，尘土都被压制住了，几乎没有扬尘的机会。别墅内，哪里都干干净净，不管摸哪里，手上都一尘不染。我穿的白色衬衣，看一次，再看一次，领口仍是白的。

随着和冬梅的交往逐渐增多，我们对冬梅的经历也有了一些了解。冬梅从中国的广西嫁到美国，给美国的男人做了老婆。冬梅的丈夫叫米勒，是一个跑外线爬电线杆的普通电工。冬梅和米勒是在互联网上谈的恋爱。冬梅上过大学，英语水平不错，在网上用英语谈恋爱不成问题。他们在电脑上你来我往隔空谈了半年多，互相坦诚交换了意见和条件。冬梅想让米勒到广西走一趟，他们两个面对面谈一谈。米勒说，他在一次抢修电路的作业中，从电线杆上摔下来，摔得耳朵内部受了伤，不能坐飞机，遂给冬梅发了医院开具的耳朵受伤的证明。米勒还说，他除了不能坐飞机，身体挺好的，现在仍然在工作岗位上挣工资。冬梅表示相信米勒的话。通过在网上交谈，冬梅得知，米勒以前有妻子，有一男一女两个孩子。两个孩子已各自结婚成家，并有了自己的孩子。这时候，他还需要妻子，妻子却不需要他了，就跟他离了婚。现在他一个人净身出户，单独住在一间自建的小木屋。冬梅说：你连自己的房子都没有，想让我嫁给你，这怎么可能？米勒答应马上买房子。他跟母亲借了两万元作为首付，贷款买了两间平房，每月还贷一千元。买下房子后，米勒马上把房子的里里外外拍成照片发给冬梅看。冬梅接下来的问题是：你为什么不找本地的女人，而要找一个外国的女人呢？米勒回答说：本地的女人奉行个人主义，太自私，只考虑自己的感受，不照顾别人的要求。听说东方大国的女人奉行社会主义，愿意为别人着想，而且美丽、温柔，做的饭也好吃。就像你这样的。冬梅说：你不要恭维我，你又没吃过我做的饭，怎么知道我做的饭好吃呢？米勒问：你会包饺子吗？冬梅说：当然会，中国人谁不会包饺子呢！米勒说：我看你就是一个饺子。冬梅说：说来说去，你原来是想吃我呀，好你个美国鬼子！

冬梅到美国嫁给米勒后，米勒像焕发了青春一样，兴致勃勃，每天都要和冬梅做那个。冬梅认为他太疯狂了，那样做会造成身体透支，对健康不利。冬梅打了折扣，给米勒做出了规定，米勒每两天才能做一次。

我问冬梅：你怎么不和米勒生一个孩子呢？生一个混血儿，不是挺好的嘛。

冬梅说：米勒事先和她讲好了条件，结婚后，米勒不愿意再要孩子。

冬梅想找一份工作，没找到，两个人只能靠米勒一个人的工资生活。冬梅闲不住，就在自己房子旁边开了一块地，种了黄瓜、西红柿、茄子等蔬菜。摘下的菜果吃不完，她就用透明塑料袋把新鲜菜果分装成一袋一袋，放在路边的一个纸盒里，纸盒子一侧写了一行字：自吃自取，每袋一元。有人驾车从路边经过，看见盒子上的字，就停下车，取走一袋子菜，留下一美元。

冬梅还对我们说了一件事，不能不让我们对她的爱国情怀心生敬意。二〇〇八年五月十二日中国四川汶川发生大地震后，冬梅听到消息很震惊，也很痛心，决心要为祖国灾区的人民做点儿什么。她发挥自己会打烧饼的特长，连明扯夜地打了不少烧饼。因她没有营业执照，所打出的烧饼不能拿到市场去卖。

她把丈夫米勒动员起来，让米勒把烧饼拿到工作单位卖给他的同事，十个烧饼打成一包，每包烧饼卖十美元。她一共打了两千多个烧饼，卖了两千多美元，很快全部捐给了四川地震灾区。

既然冬梅已经成了美国人的妻子，既然她丈夫已经为她办了美国绿卡，中国发生了自然灾害，她像大多数华人所做的那样，从精神和道义上表示一下关心、同情和慰问就可以了，可冬梅不满足于这些，她要付诸行动，切切实实为灾区人民奉献自己的爱心和力量。不难想象，一个人在短时间内打两千多个烧饼并不是一件容易的事，又要和面，又要擀饼，又要看火，又要翻动，要付出相当大的热忱和辛劳。正是在冬梅日夜忙碌的身影中，我们似乎看到了一颗滚烫的心。我不由得竖起大拇指对冬梅说：冬梅，您很了不起，祖国人民不会忘记您。我们向您学习，哪天我们请您喝酒。

冬梅笑着说：你们到美国来了，我应该请你们到我家喝酒才是。我已经跟我老公说好了，等这个周日的中午，我来接你们到我们家，我请你们吃中国菜，喝中国白酒。我喝白酒不行，米勒可以陪你们喝。

为了表示对冬梅的敬意和感谢，我上楼取出我所带的我自己的长篇小说《红煤》，签上名送给了冬梅。冬梅说她很喜欢看小说，特别是在美国看中国的中文小说，一看就像回到了家一样，感到格外亲切。她接过书拥抱了我，并在我脸上亲了一下。

冬梅知道我们是写小说的，有意给我们提供一些创作素材。她说在美国讨生活并不容易。有一个移民到美国的中国人，一开始发展得还可以，贷款买了房子，把他的父母也接到美国居住。后来金融危机爆发，他失了业，还不起房贷。银行把他的房子收走拍卖，他就跳楼自杀了。

自从那次我们和玻丽、冬梅一块儿吃了中国餐，以后只要有文化交流活动，玻丽都会拉上冬梅，让冬梅跟我们一起活动。玻丽看出来了，冬梅见到我们跟见到久违的娘家人一样，显得格外活跃、格外热情。玻丽同时也察觉到了，我们两个一看见冬梅，就像找到了知音一样，似乎有说不完的话。更重要的是，使用不同语言进行的交流活动，现场应该有翻译，而冬梅正好可以担任翻译工作。比如有一场我们和美国读者的座谈活动，主要内容是听美国的读者谈谈，他们读过哪些中国作家的书。读者说几句，停下来，由冬梅翻译给我们听。通过冬梅的翻译我们得知，美国的读者从没有听说过我和肖的名字，更没有读过我们所写的任何作品。他们提到的中国作家是哪位呢，是春秋时代的老子。他们读得最多的中国人的书，是老子的《道德经》。再比如，玻丽曾组织我们和美国的观众一起看了一场电影，电影的名字叫《盲井》，是根据我的中篇小说《神木》改编的。影片打了英文字幕，观众都看得懂。在遥远的异国他乡观看由自己的小说改成的电影，我的心情复杂而激动。影片中所呈现的底层劳动人民的生活情景，弱肉强食的人性变异，我所熟悉的矿场和乡音，还有陡然升起的一个作家的庄严的责任感，都让我禁不住一次次热泪盈眶。影片结束，片刻静默之后，全场响起了热烈的掌声。这时，冬梅向观众介绍我，说这部电影就是根据这位作家的小说改编的，全场再次响起热烈的掌声。在现场交流提问环节，我不记得都回答了一些什么，只记得在回答时，我的眼圈还是湿的，声音也有些哽咽。

通过这些交流活动，我们对语言的重要性有了更加深刻的认识，也更加体会到冬梅的重要。试想，我们要在奥斯特维拉原始森林的别墅里住一个月时间，如果不是冬梅帮助我们与当地人进行语言上的沟通，我们将是多么煎熬、多么痛苦。语言是精神的，也是物质的，几乎就是生活的全部。语言通了，没有方向可以有方向，没有路可以有路；没有米可以有米，没有面可以有面；没有友情可以有友情，没有女人可以有女人，可以说一有百有，一通百通。

冬梅是怎么和基金会的现任负责人玻丽认识的呢？是因为冬梅帮助一个美国妇女从中国武汉抱养了一个可爱的女孩，那个妇女认为冬梅善良可靠，为了感谢冬梅，就把冬梅推荐给了玻丽，希望玻丽给冬梅找点儿事情做。这样一来，冬梅就逐渐融入了美国社会，并有机会进入美国社会的上层。冬梅告诉我们，她这次帮助玻丽做翻译服务工作，玻丽会给她一些报酬，只是目前还没给。我问冬梅，关于报酬的事，要不要我们帮助催一下玻丽。冬梅说不用，给不给报酬都无所谓。

对于冬梅的有些事情，我们还是不太清楚。比如冬梅多大岁数了，她自己不说，我们就不敢问。我估计她应该有四十多岁了。还有，我们估计她在中国国内应该结过婚，她闭口不谈过去的婚姻，也许有难言之隐，我们也不便多问。

到了周日上午，冬梅如约接我们去她家做客。她丈夫米勒还没回家，她先带我们看她家的菜园。她已经把菜畦整好了，还没有下种。她说，天气还有些凉，再过一段时间才能下种。

除了种菜，她还在菜园的边缘栽了月季，月季已冒出紫红的小芽，像是对将来要开的花朵进行预告。

看了菜园，冬梅带我们去室内参观她家的房子。房子收拾得十分整洁，卧室和客厅的装饰基本上都是中国风格。卧室的床头挂的是冬梅和米勒的大幅婚纱照，客厅的墙上挂的是中国的书法和刺绣作品。书法作品写的是李白的《静夜思》，刺绣作品是小猫、花朵和蝴蝶。在客厅里的沙发上坐下喝茶时，冬梅拿出她和米勒的影集给我们看。影集里的彩色照片，多是冬梅摆出各种姿势所照的美女照，以及冬梅与米勒在不同景区的合影。还有一些照片，属于家庭深处的隐秘，我们也看到了。有一张照片，冬梅穿的是一件薄如蝉翼的白色纱裙，使冬梅的裸体几乎暴露无遗。这样的照片肯定是米勒照的。冬梅大概想起了影集中有这样的照片，不该让我们看，她脸上红了一下，说不好意思。冬梅不好意思，我们也不好意思。这个不好意思，不是人们常挂在嘴上的那种谦辞，是真的不好意思。我们向冬梅道了对不起。

冬梅说：其实也没什么，每个人都是两只胳膊两条腿，有穿衣服的时候，也有脱衣服的时候，谁不知道谁呢！冬梅告诉我们，她姓韩，叫韩冬梅。嫁给米勒后，就姓了米勒的姓，叫米勒梅韩。在家庭生活里，米勒一般不叫她的名字，对她有一个爱称，叫她小土豆。她呢，就把米勒叫成老土豆。有一段时间，老土豆做起爱来特别厉害，坚强而持久，怎么回事呢？她发现老土豆在做爱前偷偷吃了美国生产的伟哥。她对老土豆说：你吃这个干什么？老土豆显得非常不好意思，解释说：我为了让你更快乐！

快到中午时，米勒回家了。他没开小汽车，开的是一辆大型的大马力的摩托，马达轰轰作响。之前听冬梅对我们讲过，米勒是个聪明的男人，动手能力很强，摩托车是米勒自己买零件装配的。这样的摩托车买成品很贵，顶得上一辆小轿车的价钱。冬梅还悄悄告诉过我们，米勒还喜欢玩枪，家里收藏的长枪、短枪有七八支。其中有一款很精致的手枪是专门为冬梅买的。米勒头上戴的工作帽遮住了白发，只有唇上露出两撇白色的胡子。看米勒的样子，我估计他要比冬梅大十五六岁。可我见米勒的脸膛红红的，像是那种长期在外风刮日晒所形成的太阳红，看上去并不显老。因我们脑子里提前装了冬梅给我们讲的有关老土豆的一些细节，当看到老土豆时，我们憋不住有些乐。老土豆理解成我们喜欢他，对他表示友好，就跟我们一块儿乐。老土豆乐得有些羞涩，像是一个大男孩。冬梅明白我们在乐什么，她也有些乐不可支，却心照不宣地说：你们能到我们家来，我们太高兴了！

中午，冬梅和米勒轮流上灶给我们做好吃的。冬梅做的是回锅肉、啤酒鸡和浇汁白菜。米勒做的是奶油比目鱼和烤土豆。喝酒时，冬梅拿出两种酒让我们选，一种是北京二锅头，一种是美国印第安人土著自酿的红酒。到什么山唱什么歌，到哪里就喝哪里的酒，我们选择了喝印第安人酿的红酒。红酒不怎么好喝，喝到嘴里有一种说不出来的怪味。可我们一再跟米勒碰杯，用刚刚学到的两句英语说了"弯得否"，又说"宾得否"，喝得不亦乐乎。

　　喝完了酒，吃罢了饭，我们提出看看米勒收藏的枪支。米勒没有拒绝。只有冬梅的一支手枪在家里放着，大部分枪支都放在米勒的工作间里。米勒开上他的摩托在前面带路，我俩坐冬梅开的轿车，前往米勒的工作间。米勒的工作间油腻麻花，充满了汽油味。他的枪在工作间的一只铁皮柜里锁着，他打开铁皮柜，把所有的枪一支支拿出来给我们看，像爱玩的小孩子展示他的玩具一样。那些枪有长枪，也有短枪。长枪有双筒猎枪、卡宾枪、老式的单发枪等。短枪有左轮等。长枪五支，短枪两支。我听说过美国的宪法规定，美国人有权拥有枪支，但没想到一个家庭竟有这么多枪，好像比一个中国农民家庭持有的镰刀、锄头等农具还多。我问米勒：有没有子弹？米勒的回答很幽默，他说：一个男人有生殖器，生殖器里就得有精子。有枪就得有子弹，如果没有子弹，那还叫枪吗？说得好，值得伸大拇哥。既然如此，我让米勒放一枪让我们听听。对于我的这个要求，米勒没有同意。冬梅说：米勒带我去山里打猎时曾经放过枪，我放过两枪呢。但在居民区里，枪不能随便放，枪声会引来警察。

　　冬梅不光自己陪我们去海边看潮起潮落，看翻飞的海鸥，带我们去商场买衣服，还把她的女友喊到别墅里，跟我们一起聊天、喝酒、跳舞。一天傍晚，室外的春雨在阳台上挂起了银珠闪闪的雨帘，室内的两个壁炉内炉火熊熊，冬梅带着她的一个女友，到别墅里为我们包饺子吃。中国人有悠久的吃饺子的传统，走到哪里都不忘吃饺子，好像只有吃到了饺子，才吃到了乡情。冬梅和她的女友知道，我们两个大老爷儿们每天在别墅里能凑合着填饱肚子就不错，不可能包饺子吃。所以她们提前商量好，特意为我们包一顿饺子吃。冬梅对我们介绍说，她女友的名字叫焦淑红。焦淑红，这个名字听来怎么有些熟悉呢？我想起来了，浩然先生的长篇小说《艳阳天》里，有一个姑娘的名字就叫焦淑红，一个字都不差。我问焦淑红：谁给你起的名字？她说是他爸爸。我说：你爸爸一定是一位文学爱好者。焦淑红问我怎么知道的，她爸爸的确很爱看书。我又问焦淑红：你读过《艳阳天》吗？焦淑红摇头，说没有。这淑红不是那淑红，这个话题就此打住。

　　焦淑红够周到，够家常，她带来了拌好的牛肉饺子馅，连和好醒好的面团都带来了。我们把吧台的平面当案板，包饺子的活动就开始了。焦淑红一个人擀面皮，我们三个人包。雨下个不停，门口的石子地上一片细沙沙的响声。我们两男对两女，似乎有了一些家庭气氛。肖说，他在家里从来不参与包饺子。有一年除夕，他老婆喊他一块儿包饺子，他不干，说他不会包，他老婆气得把包好的半盖帘饺子一下子掀翻在地。包饺子像写文章一样，每个人包出的饺子形状都不一样。肖笨手笨脚，包出的每个饺子都像小丑，看样子他在家里真的没包过饺子。冬梅和焦淑红来了，他不想把自己外出去，才参与到包饺子的活动中来。

　　我们一边包饺子，一边聊天。焦淑红是包饺子的主力，那天也是由她主讲，在她不断向我们分发饺子皮的同时，也向我们分享着她的故事。焦淑红从个人出发，主要讲的是她个人的经历。她看到我们，像看到久违的家乡人一样，一点儿都不把自己当外人。焦淑红是辽宁人，她也是从中国远嫁到美国，给美国的白人男人做了老婆。她跟冬梅不同，她不是从互联网上谈的恋爱，是在线下当面谈的，她丈夫的名字叫凯恩。那时她南下在深圳打工，在深圳认识了凯恩。凯恩想找一个中国女孩子当老婆，谈了几个都没谈成，因为那些女孩子眼睛盯的是他的钱包，老是跟他讲价钱。而焦淑红呢，见面没跟凯恩谈钱，还自己花钱请凯恩喝椰子汁，吃海鲜。凯恩因此认定，淑红焦才是他理想中的老婆。交往时间不长，凯恩就给淑红焦买了订婚戒指，把淑红焦带到了美国。和凯恩结婚后，焦淑红在美国的名字叫凯恩红焦。一开始他们夫妻恩爱，过得不错，还生了一个儿子。焦淑红没有工作，在家里带孩子，给丈夫做饭吃。家里产生矛盾是因为狗。凯恩喜欢养狗，在家里养了三只大狗。家里掉的都是狗毛，让焦淑红很心烦。因在养狗的问题上，她和凯恩的意见分歧很大，两个人多次吵架。她指出，在凯恩眼里，狗比她还重要。她以为凯恩会否认她的判断，可凯恩没有否认，凯恩说出来的判断是，狗和她同等重要。凯恩竟把她和狗相提并论，这让她觉得受到了极大的侮辱，坚决不能接受。于是，她提出了和凯恩离婚，一个人带着儿子另外租房子住。现在她有了新的男朋友，男朋友的名字叫汤姆。汤姆认为她是典型的东方美女，对她喜爱得简直有些崇拜。汤姆愿意送钱给她花，谈恋爱以来，累计已给她六万多美元。汤姆名下有一套父母给他的房子，房子配有车库，还有地下室。只是房子稍稍有些旧，他要把房子装饰一新，方可迎娶新人。焦淑红现在开的一辆林肯牌轿车，也是汤姆让给她的。汤姆对她好像俯首帖耳，百依百顺。汤姆给她做饭吃，还给她做足底按摩。汤姆对她说：我就是你的一条狗，你让我干什么，我就干什么。说到这里，焦淑红说了一句汉语常说的粗话：你看这事闹的，我最烦在家里养狗，汤姆却说他就是一条狗。我要是跟他结婚，不是引狗入室嘛！

我们都笑了。冬梅说：这狗不是那狗，中国有中国的狗文化，美国有美国的狗文化。文化的不同，也是价值观的不同。你得慢慢适应美国人的价值观。

雨还在下，天已黑了下来。包完了饺子，冬梅和淑红把饺子下锅煮熟，我们开始喝酒。我们没有别的下酒菜，连一盘花生米都没有，只好拿饺子就酒，一边喝酒一边吃饺子。我们没买白酒，只能用高脚杯子喝红酒。淑红喝酒很爽快，把我叫大哥，把肖叫二哥，连连与大哥二哥碰杯喝酒。我们干掉了三瓶红酒，接着喝啤酒。淑红本来就皮肤白皙，白里透红，喝了酒之后，更加灿若桃花、明艳照人。我想，天下尤物如喝过酒的尤三姐者，妩媚的风韵也不过如此吧。怪不得美国的男人都那么喜欢焦淑红，看来这女人着实可人。

喝了酒的淑红更加兴奋，话也更多，对我们讲了不少她在深圳淘金的往事。她说她在深圳期间交了不少男朋友，差不多每星期就交一个。一个都没谈成，是因为她压根就不想结婚，只想一个人自由。有一个男的，天天为她写赞美诗，写了一本诗歌，她没有被感动，说她看不懂。还有一个男孩子，比她小不少，对她很痴情，男孩子忧郁的眼神，差点儿让她动了心。她咬住了牙关，到底没有动心，连自己真实的岁数都没有告诉那个男孩子。淑红说：我骗过人，我不是一个好女人。说到这里，淑红眼里几乎有了泪光。

这话是怎么说的，我们不过是萍水相逢，淑红怎么就把话说到这份儿上了呢！我说：淑红，你太真诚了，我们为你的真诚干杯！

淑红说：我的故事很多，要是跟你们仔细讲讲，恐怕够你们写一部书的。你们不会把我写进书里吧？

我说暂时不会，我们对你还不是很熟悉。

与淑红的交谈，再次让我意识到语言的宝贵。在国内的时候，我们一点儿都意识不到语言的宝贵，觉得大家都会说话嘛，你说我也说，有什么可宝贵的呢。只有到了国外，才意识到原来自己也掌握了一种语言，语言的种类叫中文。一听到有人讲中文，感觉是那样亲切，像是找到了感情的载体。语言不仅是工具，更是文化、情感、艺术；或者说语言是生命的一部分，甚至是生命本身。

写作的人难免瞎琢磨，我又联想到浩然先生笔下的焦淑红。那个焦淑红是一位贤淑守己、大公无私的乡村女干部，这个焦淑红却远走异国，给洋人当了老婆。时代不同了，两个焦淑红大相径庭，毫无共同之处。时代改变人，人在时代中沉浮，时代端的厉害。我还听说过，那个生活在北京郊区的焦淑红是有人物原型的，原型对浩然很好，让浩然差点儿动了感情。浩然的父亲因有外遇被人打死，浩然汲取了父亲的教训。加之浩然当时已是有妻室的人，才坚决克制住了自己。这是题外话。

我们把放在冰箱里的啤酒也全都喝完了，犹不尽兴，就转移到客厅里，放起音乐跳舞。我们跳的是慢节奏的交谊舞，有派对舞会的意思。冬梅和肖是一对，我和焦淑红是一对。没有人给我们分配，肖见我比较喜欢焦淑红，就让焦淑红跟我跳。酒意尚在，我们跳得如痴如醉，颇为抒情。我意识到，我们来美国多日，今天的一系列活动，应该算是把我们的心潮推向了一个高潮。诸如"今夕是何年""人生得意须尽欢"等诗句交替在脑子里涌现。此时，窗外的灯突然亮了起来，照着窗前的丝丝雨线和地上的点点水光。我知道，亮起的灯是安装在别墅门口的感应灯，凡有人来了，或有动物来了，灯就会自动亮起。等人或动物离开了，灯就会自动熄灭。这样的灯像是及时向室内的人做一个通禀，使室内的人随时得知消息。今夕来的不是人，还是那两只夫妻鹿。在灯光的照耀下，鹿的背部是黑灰色，肚皮是蝶白色，色彩对比十分鲜明。那对野鹿大概听到了音乐，也看到了我们在窗内跳舞，它们像是有些羡慕我们，站在窗外不走，一声不响地看着我们，仿佛在说：我们也想跳舞，把我们俩放进去，跟你们一块儿玩可以吗？

不必隐瞒，我有些想入非非，并产生了非分之想。我把焦淑红带到二楼我的卧室去了，以示意的方式对她提出了要求。

我以为焦淑红会同意，她的经历那么丰富，可以说是阅人无数，多我一个不算什么事。可焦淑红没有同意，她问我：你是不是想你老婆了？

我承认，是的。

那你就不能做对不起你老婆的事。

这个焦淑红，看来她的酒一点儿都没喝多。我不能勉强她，情绪顿时低落。

她从我枕边拿起一本我的短篇小说集《红围巾》，翻开看了看，问我：这都是你写的呀？

是的。

送给我可以吗？

可以。不过今天不行。

为什么？

我自己还要看。

她的样子似有些不解，说：自己写的书为什么自己还要看呢？

看自己的书，才能找到继续写作的感觉。请放心，我答应了把《红围巾》送给你，到我临走的时候，一定会把书给你留下。这样吧，我先给你签上名字吧。我签的是"淑红女士存念"，我一边签名一边对她说：这本书还是你们辽宁的春风文艺出版社给我出的呢。

她说：是吗？那我更得要了。谢谢刘大哥！

那晚直到凌晨两点多钟，冬梅和淑红才与我们道了晚安和再见。

在奥斯特维拉期间，我完成了一篇短篇小说和两篇散文。其中一篇散文题目为《参天的古树》，写的就是奥斯特维拉优美的自然风光。

临近回国的前两天，焦淑红一再邀请我们去她那里看看，她要请我们吃乱炖。盛情难却，我们不能不去。焦淑红住在俄勒冈州的波特兰市，离我们住的别墅有二百多公里。冬梅驾车跑了两个多小时，才来到了焦淑红的男朋友汤姆的家。一见面，我就把书拿出来对焦淑红说：淑红，送给你一条"红围巾"。

焦淑红的反应很机敏，她接过"红围巾"说：我最喜欢"红围巾"了，这是你送给我的彩礼吗？

我说：是的，这一辈子不说了，下一辈子你一定要嫁给我。

一言为定，不要一回北京就把我忘了。

哪能呢？

我们见到了焦淑红的男朋友汤姆，他的房子还在装修过程中，只能在车库里摆开桌子请我们喝酒、吃饭。焦淑红说的请我们吃乱炖，乱炖由汤姆上手操作，汤姆炖了小鸡、蘑菇和粉条，汤里还放了牛奶，是中西结合，倒别有一番风味。看得出来，汤姆老是在对焦淑红笑，老是在看女朋友的眼色，一副唯恐巴结不及的样子。在交谈中得知，汤姆跟冬梅的丈夫一样，也是一位普通工人，他的工作是开环卫卡车，运送垃圾。吃饭期间，汤姆拿出一件用敦厚丝绒包裹着的东西给我们看，是一只上了黑釉的瓦碗。汤姆说，这是他爸爸去中国西安旅游时带回的文物，这件文物至少有上千年的历史，宝贵得很。汤姆的意思是让我们帮他鉴定一下，这只瓦碗到底是不是文物，是不是真的很宝贵。我和肖只会用瓦碗盛饭吃，哪里会鉴定什么文物。我心里暗暗思忖，汤姆的爸爸极有可能是被西安景区卖旅游纪念品的人忽悠了，这不过是一只普通得不能再普通的瓦碗而已。但我们把碗煞有介事地看了又看，连夸不错不错，是件好东西，可以作为你们家的传家宝永久珍藏。我补充说：中国有着悠久的历史，别说一只瓦碗了，哪怕是一片瓦片子，都可能是汉代的瓦，都值得当作文物保存。

冬梅知道我们再过两天就要回国，端起酒杯流露出送行和告别的意思，一再和我们碰杯喝酒。冬梅问我们：过两天你们一走，以后还会到这里来吗？

这个问题我们还真没想过。中国与美国远隔重洋，来一趟不是那么容易，不是想来就能来。我和肖互相看了一眼，我说：这个很难说。这个地方这么好，你们对我们这么好，我们倒是愿意找机会再来，可是，可是……反正我们一定还会有机会见面的。

在聚会和喝酒时，我和肖多次对冬梅和淑红发出邀请，我邀请她们去北京，肖邀请她们去内蒙古。在邀请的同时，我们做出承诺，要是到北京，我带她们看故宫，爬长城，游颐和园，好好玩一玩。肖说，他有一辆奔驰越野车，她们在北京下飞机后，肖自己驾车，可以直接把她们拉到大草原上去，带她们骑马，吃手扒羊肉，喝马奶子酒。喝他个鲜花铺地，彩云满天，不醉不还。

一晃十三年过去了，又是春暖花开时，我想起了冬梅。自从二〇〇九年春天从美国回来，我再也没去过美国，也没有和冬梅见过面。我写的那篇关于奥斯特维拉风光的散文在《文汇报》见报后，我曾给冬梅打过一个电话，告知她文章见报的消息。她很高兴，说一定要上网看一看。我问她什么时候来北京，她说不一定，只要到了北京一定会联系我。然而，日复一日、月复一月、年复一年过去了，我再也没有主动给冬梅打过电话，好像连电话号码都找不到了。而冬梅也从没有给我打过电话。十多年来，冬梅应该回过中国，回过广西老家。我不知道她到过北京没有，反正她没有联系我。

我问过肖，冬梅给他打过电话没有，肖说他没有给冬梅打过电话，冬梅也没有给他打过电话。人一分开，时间一长，人情就淡了。

这么说来，我们对她们的邀请和承诺都没有实现，天各一方，人各一方，恐怕这辈子都不会实现了。

人往往就是这样，在聚会的时候，在一起喝酒的时候，在热情有加的时候，在激情满怀的时候，互相之间的邀请是那样的热切，承诺是那样的信誓旦旦，一旦时过境迁，时不再是那时，境不再是那境，一切都变得"白云千载空悠悠"。

对焦淑红我就更不用说了，我们连她的电话都没有。

冬梅，淑红，你们一切还好吗？

2022 年 4 月 7 日—19 日于怀柔翰高文创园

（窗外春光明媚，繁花似锦）

原载《万松浦》2023 年第 1 期

打捞

一日午后，正是一天最热的时候。知了热得在柳树上不断发出尖叫，黄狗热得在树荫下不停地吐舌头。也有人说，雄知了的鸣叫是为了求偶，天气越热，它们求偶的热情越是高涨，叫声愈发嘹亮。而狗吐着红红的长舌头老在地上卧着哈哧哈哧喘气呢，是因为它身上没有汗毛孔，热量散不出去。它的舌头是它唯一的散热器，它是通过抖动舌头流口水散热降温。在炽热阳光的直接照耀下，连一向不怎么怕热的柳树叶子似乎都有些打蔫，泛白。

就在这个时候，冯淮海头戴白色头盔，骑着一辆红色的电动摩托车，到塌陷湖的湖边来了。湖边没可以形成荫凉的树木，只有一些野生的灌木和杂草。冯淮海把摩托车停放在一片杂草地里。草地里开着一些细碎的小花，那些花有黄色、红色，也有白色、紫色等，色彩说不上斑斓，但也有着在阳光下点点反光的效果。草丛中还生活着一些不起眼的小蚂蚱，在没受到惊动的时候，它们伏在草丛里一动不动，几乎看不见它们的踪影。当冯淮海推着摩托车往草地里走时，它们像是受到了惊扰，才纷纷跳开，或飞起来。绿色的蚂蚱飞起来时，才露出里面嫩红的内翅，艳丽得像会飞的花朵一样。

冯淮海此行的目的，是要下到湖水里打捞一样东西。时间还早，他没有急着下水，先在湖边站了一会儿。湖边的浅水处，生有一些芦苇和香蒲。芦苇还没有长穗，香蒲上已长出了肉肠样的蒲棒。冯淮海听见一只苇鹰叫了几声，接着就看见一只苇鹰从芦苇丛中展翅飞出，飞到别处去了。他知道，苇鹰一定是在芦苇的秆子上搭了窝，要在窝里下蛋，孵小苇鹰。苇鹰发现岸边有人来，可能是担心来人看见它的窝，先用鸣叫表示抗议，再就是飞到别处，以把人的视线引开。冯淮海觉得苇鹰太小气了，他有自己重要的事情，才不关心苇鹰孵不孵蛋呢！

在芦苇和香蒲之间的水面上，有几十条鲫鱼浮在水面晒鳞。它们不怎么游动，像是在水里集体午睡，青色的脊背把那片水面都变成了青色。那群鱼不知怎么看到了冯淮海立在水边的身影，它们一哄而散，很快潜到水的深处去了。冯淮海看不到鱼了，却在鲫鱼潜行的方向看到了一些荷叶和荷花。

碧绿的荷叶天生都是圆的，有的铺展在水面，有的亭亭举起。荷叶之间，这里那里开着一捧捧荷花。荷花的颜色，一律是红的，在碧叶的衬托下，在阳光的照耀下，每朵荷花都像是一盏明亮的荷花灯。冯淮海不知道，这些荷花是人种的还是野生的。岸上的灌木和野草是野生的，水边的芦苇和香蒲是野生的，苇鹰和鲫鱼是野生的，冯淮海更倾向于相信，这些荷花也是野生的。因为只有野生的东西，个性才更强，生命力才更旺盛。

冯淮海把头盔摘下来了，以头盔当眼罩子，向塌陷湖的湖心眺望。

这里原是淮北大平原上的一片村庄，村庄有张庄、王村、李楼、赵寨、刘桥等，恐怕有十来个吧。因村庄底下压着煤，国家的煤矿要把煤采出来，就出资在靠近城镇的地方盖了新房，动员各村的村民搬到新房里住了。煤层埋藏在七百多米深的地下，煤层叠加的厚度有两三米厚。煤层上面矸一重，石一重；泥一重，沙一重；水一重，土一重，如藏宝一样重重包裹。那些不避艰险的矿工钻进地心，把"宝"挖走了，把煤掏空了。失去支撑的重重包裹，一重一重往下脱落。脱落体现到了地面，村庄的废墟和土地沉下去，地下水慢慢地浸上来，就形成这么一大片湖泊。这个湖是新生的湖，还没人为它命名。本地人知道它的来历，就叫它塌陷湖。湖面白茫茫的，似乎与天空连到了一起。没有风，湖水一点儿波纹都不起，平静得跟镜面一样。这样的湖水，在夜晚可以映进月亮，可以看到月亮像沉入水底的银盘。

按说这样的湖水在白天也可以映进太阳，可冯淮海在湖里没有看到具体的太阳，只看到了满湖的阳光。既然满湖都是阳光，跟满湖都是太阳差不多。

冯淮海又看了看四周和天空，像是给他打捞东西的地方确定一个大概的方位，才开始脱衣服下水。湖边一个人影都没有，他脱得一丝不挂下水也可以。但他想了一下，身上还是保留了一件裤衩。他要去的地方，是他原来所在的村庄冯营。冯营是他祖祖辈辈生活的家乡，也是他度过童年、少年和青年时代的乐园。冯营虽说被塌陷湖吞没了，成了水底的村庄，但那毕竟是留在他心底的故乡。一个人回故乡，倘若一点儿衣服都不穿，那像什么样子。

湖边的水比较浅，他拨开芦苇和香蒲，踩着淤泥往水里走，越走水越深。湖水的表面一层，被阳光晒得有些热乎乎的，但下面的水还是凉哇哇的。比如淹到他胸口的水是热的，下面肚皮那里的水就是凉的，热和凉截然分明。他挥动双臂，把表面的那层热水搅了一下，意思是想把热水和凉水掺和一下。他一搅和，水面就出现了波纹，每道波纹上的阳光都往他眼睛上折射。他还未及感受一下热水和凉水掺和得如何，阳光已射得他有些睁不开眼，他只好放弃搅水。他往深处走了十多米，脚就够不到底了，先是脚板触不到底，后来连脚尖都探不到底了。这没什么，水都是越往里越深，一切都在他的预料之中。他身子借浮力轻轻往上一漂，双手往前扒，双脚往后蹬，开始凫水。在冯营村尚未被水淹没的时候，村子的西南角有一个面积不算小的水塘，到了夏季，每天一吃过午饭，他都会和小伙伴们一起去水塘里玩水。他们玩水是野路子，不是"狗刨"，就是"打砰砰"，称不上是游泳，只能算是凫水。虽然没受过正规训练，但冯淮海对自己的凫水能力充满自信，凫两三千米不成问题。

冯淮海准备打捞什么呢？他要打捞一只石头碓窑子。石头碓窑子一般分两种，大号和小号。大号的碓窑子用来舂粮食，小号的碓窑子用来砸蒜、砸辣椒、砸香椿等。冯淮海要打捞的是一只大号的石头碓窑子。

拆房子搬家时，他们家的砖瓦、梁檩都卖掉了，家具都搬到新家去了。祖上传下来的一些老物件，不管有用的，还是没用的，他们也装车拉到新房子里去了。经过"文化大革命"的"破四旧"，他家的中堂字画、木雕祖楼子、香炉子、灯台等，差不多都被破掉了，剩下的有年头的东西，无非是一张大床、一张三屉桌、两把木椅、一只板箱、一支镶着十六两一斤的铜戥子大秤等。这些东西现在都在新房子里放着，有的还在使用，有的永远都用不着了。唯一没搬走的老东西，就是那只石头碓窑子。搬家的事一切由冯淮海负责，在取舍时，他看到碓窑子了。那只碓窑子在大门外面的一棵弯枣树下放着，他围绕着碓窑子转了三圈，看了三圈，最后还是决定把碓窑子舍弃掉。抛弃碓窑子的原因有三：一是用石头凿成的碓窑子太沉了，很难往汽车上抬；二是碓窑子太老了，恐怕用了上百年都不止，碓窑子中间的窑子深得都快要穿了底；三是现在用不着碓窑子了，碓窑子成了真正的废物，放到哪里都是一个累赘。所以冯淮海用电锯把弯枣树伐掉了，拉走了，只把碓窑子留下。

在水里凫了一会儿，冯淮海估计自己已经凫到冯营所在的地方，并估计了一下自家的院子和碓窑子所在的大概方位，就开始潜水下沉，用脚探底。湖水两人多深的样子，他的双脚很快就探到了底。湖底软软的，脚下都是淤泥，好像一点儿硬东西都没有。他双脚蹬泥，利用反作用力和水的浮力，将头和口鼻一下子露出水面，换了一口气，调整一下呼吸，再次潜入水中。在搜索碓窑子的过程中，他不是闭着眼用双手瞎摸，要是瞎摸的话，不知道要摸多长时间，摸多大面积。他采取的办法，是在水中睁开眼睛寻找。小时候在水塘里玩水时，他多次在水中睁过眼，在水底看见过石子、蚌壳、水草，还看见过游动的小鱼。在他的想象里，立起来的石头碓窑子有半人多高，在水底的存在应该比较突出，他一眼就能看到。他的打算是，找到碓窑子后，就借助水的浮力，一点儿一点儿把碓窑子往岸边移动。等移到岸边，就把碓窑子放倒，然后像推石磙一样，顺着岸边的斜坡，把碓窑子推到岸上去。然而他潜入水底两次，瞪大眼睛左看右看，眼前一片灰蒙蒙的，只能看到水底黑色的淤泥，别的什么都没发现。因人的眼珠子上没有保护层，不宜和水直接接触，接触的时间长了，眼珠子就会发涩、模糊。加之冯淮海的双手和双脚在水里乱扒乱蹬，难免碰到水底的淤泥。淤泥的泛起，不但使水底的能见度更低，他还担心淤泥的泥浆会沾到眼珠子上，使眼睛的视力受到伤害。于是他赶紧闭上眼睛，结束了当天的打捞，从水中冒出头来。

　　炽白的阳光仍照着湖面，无风无浪无飞鸟，湖面一片静寂。冯淮海现在也是一名矿工，他听矿上的技术员说过，在亿万年前，这里就是一片湖泊。湖泊里慢慢滋生出了水藻，又滋生出了动物。后来湖泊的水退下去了，变成了一片陆地。陆地上长起了茂密的森林，森林也成了各种动物的王国。不知又过了多少年，因地壳发生天翻地覆的运动，森林和动物统统被埋进地下，这里再次变成了湖泊。湖泊渐渐退隐，这里又变成陆地，新生的陆地上就有了人类。有了人类的活动，就意味着有了男女，有了爱情，有了生息不断的繁衍。同时也有了战争、杀戮、饥荒等。反正自从人类创造了文化、文字、文明，故事就多了起来。以前的湖泊，都是在自然的作用下形成的。现在的湖泊，很多是人工所为。当上矿工之后，冯淮海就曾在冯营村原来所在地方的地底下挖过煤，应该说他亲自参与了陆地变湖泊的过程。

　　冯淮海刚从水中冒出来时，像是迷失了方向，分不清东南西北。他看看太阳，太阳似乎也帮不上他的忙。他认为太阳应该在西边，可感觉太阳却跑到了东边。他转着头乱找，却找不到他刚才下水的地方，也看不到他放在岸边的摩托车。他的摩托车是红色的，在绿色的草地上应该很显眼，怎么看不到了呢，难道被人偷走了不成？乱找的同时，他觉得湖面变得十分广大，广大得无边无际，仿佛天底下没有了其他东西，只剩下这一座塌陷湖。他突然恐惧起来，想到每个水底的村庄都有不少鬼魂，是不是有的鬼魂蒙上了他的眼，拖住了他的腿，要把他淹死在水中啊？要是他淹死在水中，并沉在湖底，时间长了，是不是也会变成一块煤呢？他要是变成一块煤的话，后世的人会不会把他挖出来烧掉呢？别人烧他的时候，他的魂是不是还在煤里呢？他会不会觉得疼呢？恐惧攫住了他，他的双腿几乎有些抽筋。不行，这可不行。这时他的意志对他说：你不能死，你上有老母亲，下有一双儿女，中间还有相濡以沫的妻子，你要是死了，他们怎么办呢？你还要打捞碓窑子，今天连碓窑子的一丁点儿影子都没看到。你要是不在了，谁替你打捞碓窑子呢？为了克服恐惧，他以仰泳的姿势，漂在水面休息一会儿。水天悠悠，冯淮海把心静了一会儿，抬起头来再找，终于在岸边看到了放在那里的红色摩托车。打捞碓窑子找不到坐标，往岸边游时总算有了目标，摩托车就是灯塔一样的目标。

　　回到家中，冯淮海没有对母亲说他下班后去了塌陷湖，更没有说他下湖寻找碓窑子去了。他的打算是，等找碓窑子找得有了眉目，他再告诉母亲，好让母亲高兴一下。他轻易不敢对母亲提起塌陷湖，一不小心说到塌陷湖，或说到冯营，母亲的样子就有些难受，好像永远失去了家园一样。当初矿上派人动员他们家搬家时，母亲坚决不同意，说老冯家祖祖辈辈都住在这里，根扎在这里，苗发在这里，怎么能说搬走就搬走呢？矿上的人联合当地政府的人，到各家各户反复动员，不断提高优惠条件，眼看不少人家都答应搬迁了，母亲还是不答应。有人对母亲讲了不搬迁的可怕后果，说就算个别人家不搬走，矿上照样会把这块地底下的煤采出来，等地下的煤一采空，地面就会房倒屋塌，鸡飞蛋打。地下的水也会涌出来，把这里变成一片汪洋。人家把话说到这份儿上，母亲仍不松口，母亲说：那不是天塌地陷了吗？那不是活人遭到报应了吗？母亲还是说，反正她哪儿都不去，死也要死在这里。后来人家采取分化瓦解的办法，分头做冯淮海和他妻子的工作，承诺让他到矿上当正式工，让他妻子到矿上当合同工，两口子都可以挣工资。孩子工作的事是大事，这样一来，母亲就不好再死扛。母亲到过世的父亲坟前哭了一回，又哭了一回，才收拾起家里的盆盆罐罐，从冯营故土迁到这个叫新村的地方。

没搬家之前，他们家在冯营住的是四间平房，搬到几里外的新村后，他们家住进了联体的两层楼。一楼有客厅、厨房、卫生间，二楼有三个卧室，还有孩子写作业的房间。一楼南窗下的一块空地方，被母亲开成了一个小菜园。菜园里种了黄瓜、茄子、辣椒、豆角等，随吃随摘，一夏天都吃不完。全家人都不能不承认，这里的居住条件和生活条件比住在冯营时好多了，不说好到了天上，至少也好到了楼上。一家人过年说闲话时，说到原来埋在他们家房子底下被称为乌金的那些煤，是老天爷送给他们家的宝贝。国家需要，他们就把宝贝献了出来。国家没有亏待他们，把宝贝换成钱，给他们建了这么宽敞明亮的房子。

平日里，冯淮海和妻子去矿上上班，两个孩子去学校上学，只有母亲一个人在家里。这天冯淮海回到家，见母亲正仰靠在客厅里的沙发上打瞌睡。对面的电视机开着，电视里面的人还在说话，人影还在晃动，母亲却闭上了眼睛。母亲常常这样，一个人在家里听着电视坐在沙发上睡觉。沙发是可以并排坐三个人的长沙发，冯淮海曾对母亲说过，母亲可以躺在沙发上看电视、睡觉。可是，不管家里有没有人，母亲从来不往沙发上躺，她说出的理由只有三个字——不好看。

冯淮海一进家，母亲就醒了，看着他说：你今天回来得有点儿晚哪。

冯淮海说：下班后，我和几个工友打了一会儿牌，争上游。

来钱吗？

不来，沾钱的游戏我从来不参加。

不来钱就好，一来钱人情就薄了。好了，上楼睡觉去吧。

冯淮海没有马上去楼上睡觉，他在沙发上坐下了，要陪母亲坐一会儿。他有一个姐姐，姐姐一家都到南方的一个城里去了，现在守在母亲身边的只有他这么一个儿子。

母亲把他的胳膊看了看，问他：是不是到塌陷湖里凫水去了？

冯淮海不敢提到塌陷湖，母亲还是提到了。母亲问他是不是到塌陷湖里凫水去了，他想瞒恐怕瞒不过去。他想起小时候一到水塘里凫水，总会被母亲发现，因为胳膊在水里一泡，太阳一晒，就会发黑，发黑的胳膊用指尖一划就是一道白印。母亲现在不会在他胳膊上划白印了，但母亲的目光还是厉害的，把他的黑胳膊一看，跟划了一道白印差不多。

他说：我想试试湖里的水有多深，就下去蹚了一下。

有多深呢？

我估计有两人多深。

母亲像是也估计了一下，说：要是咱家的房子还在的话，两人多深的水，恐怕都淹过咱家的房檐子了。

冯淮海说：咱们搬到这里就不怕了，要是发大水的话，水淹到一楼，咱们就到二楼去。说着仰脸往楼上看了一下。

母亲说：你说怪不怪，咱家搬到这里这么长时间了，我连一次都没做过在新房子里的梦，一做梦还是在冯营，还是住在老房子里，还是你爹活着的时候。梦是咋回事呢？难道人的梦都是念旧不念新吗？

梦都是虚的，梦一醒啥都没了，不要相信什么梦。

我也知道梦做多了不好，人老了就是梦多，我也没办法管住自己。我只要一做梦，都是往后走，一次都不往前走，真烦人！就在你刚才进家的时候，我还在做梦呢，我又梦见了咱家的那棵弯枣树，又梦见了放在树下的碓窑子。我梦见回到了一九六〇年，食堂断粮了，停伙了，生产队里给每家分了一把棉籽。我把棉籽放在碓窑子里用碓头砸，准备把棉籽砸碎，打成棉籽糊涂，或者捏成棉丸子。可是呢，棉籽在碓窑子里一会儿变成榆树皮，一会儿变成红薯秧子，一会儿又变成了水车上的胶皮碗子，我使劲砸呀砸呀，急得都快哭了，老也砸不碎。你回来得正好，你一回来我就醒了，就不用再砸棉籽了。

看看，又来了，母亲又在拿碓窑子说事。石头不烂，碓窑子不烂，这件事就不会烂，母亲可能会一直说下去。他不记得母亲对他说过多少次了，说碓窑子是他的曾祖父买的，曾祖父传给他祖父，他祖父传给他父亲，他父亲又传给他，到他这一代，碓窑子已经传到了第四代。过去居家过日子，家家都离不开碓窑子，碓窑子差不多跟锅灶和水缸一样重要。比如说，农村地里种谷子，人们不能直接吃谷子，须把谷子变成小米才能吃。怎么把谷子变成小米呢？把晒干的谷子放进碓窑子里舂，把谷子包着的糠皮舂下来，再用簸箕把糠皮簸去，就变成了金黄的小米。用小米蒸干饭，或熬稀饭都可以。再比如说，要把红薯片子磨成面，才能打红薯面稀饭，或蒸红薯面馍。把红薯片子直接放在磨顶上是不行的，因为片状的红薯片子大，磨眼小，红薯片子会卡在磨眼上下不去。那怎么办呢？把干红薯片子放进碓窑子里砸呀。用油锤大小的碓头把红薯片子砸碎，砸成丁子，再堆在磨顶上，磨起来就顺溜了。碓窑子虽属于他们家所有，但并不是他们家专用，邻居们谁家想用都可以，跟公共用品差不多。他们家之所以把碓窑子放在大门外面，而不是放在家里，就是为了大家用起来方便。寒来暑往，舂米声声，一只碓窑子不仅为别人家提供了便利，也为自家积累了公德。所以，每到过春节的时候，家里人在贴门神、对联的同时，都不会忘记在碓窑子上贴一方大红的福签子，以表示对碓窑子的祝福和尊重。

以前，母亲对他讲碓窑子的这些往事时，都没有跟梦联系起来讲，都没有借助梦的力量。这一次母亲在讲到碓窑子时，竟然跟梦联系起来，说她做梦都梦见碓窑子了。不管什么事，心有所想，梦才会有所现，入梦了就等于入心了。母亲说她梦见了碓窑子，说明碓窑子的事已沉到老人家的心里去了。还有，梦有时是和魂连在一起的，魂启和神启就不远了。

冯淮海有些自责，说：都怨我，我想着现在想砸点儿什么都有粉碎机代劳，碓窑子过时了，用不着了，就没把碓窑子带回来。

母亲说：有些东西是用不着了，用不着了不等于忘记了。越是用不着的东西，越是容易让人想起来。想想哪样东西用不着了，也看不着了，心里就像空了一大块。碓窑子的事，你也不用太吃心，我就是想起来说说。

您老说老说，我不吃心能行吗？看来我哪天得回头下水找找，试试能不能把碓窑子捞上来。

碓窑子那么沉，就算你找到了，一个人恐怕也很难弄上来。你父亲弟兄三个，当年你爷爷给他们分家的时候，三个人都想要碓窑子。你爷爷想了个办法，找人把立着的碓窑子推倒在地上，看看弟兄三人谁能把碓窑子扶起来，扶时只能用一只胳膊一只手，而且只能抠住底部的边子，把碓窑子扶得倒扣过来。结果，你大伯和你叔叔都没能把碓窑子扶起来。轮到你父亲，你父亲运了一口气，把一口气憋住，一口气就把碓窑子扶得倒扣在地上。力气在那儿放着，你大伯和你叔叔无话可说，只得同意碓窨子归咱家所有。你父亲每说起这件事情都很得意，好像他中了一回武状元一样。

冯淮海笑了，说：原来还有这档子事，怪不得您对碓窨子念念不忘呢，看来我更得想办法把碓窨子捞上来。不怕碓窨子沉，水有浮力，碓窨子在水里会轻得多。等把碓窨子捞上来，我也要试试一只手能不能把碓窨子扶起来。

母亲说：那你试吧。我看现在的人都没有过去的人力气大，机器用多了，人就没劲了。

再去塌陷湖里打捞碓窨子时，冯淮海没有像上次那样单打独斗。他有一位堂叔，在冯营村没消失的时候，堂叔是种庄稼的农民。冯营村被淹没后，堂叔不能种庄稼了，就请人打造了一只两头尖的小船，经常撑着船去塌陷湖里打鱼，变成了渔民。俗话说得好，有树就有鸟，有水就有鱼。村庄一变成塌陷湖，鱼自然而然地就生了出来。堂叔打上来的鱼多是一些杂鱼，有鲫鱼、鲇鱼、黑鱼、鳜鱼，还有黄鳝、泥鳅、麻虾等。杂鱼也叫野生鱼，堂叔打到的野生鱼，都是拿到新村附近的镇上去卖的。镇上的人现在都不爱吃饲养的鱼，认为那些鱼都是用饲料催肥的，一点儿鱼味都没有。而那些野生野长的鱼，别看杂七杂八，大小不一，颜色各异，吃起来却有着原来的鱼味。所以，堂叔每回打上来的野生鱼都不愁卖，而且价钱也不低。冯淮海买了香烟和白酒送给堂叔，跟堂叔说了想趁堂叔的渔船打捞碓窨子。堂叔认为他是个有孝心的孩子，答应带他去打捞一下试试。

又是一天午后，仍是炽白的阳光照着白亮的湖水，冯淮海乘上堂叔的渔船，向湖中冯营村原来所在的地方进发。堂叔的渔船没有船桨，不能靠桨板子推动渔船在水里行驶。堂叔站在船上，手持一根长长的竹竿，把竹竿插入水中，一竿子插到底，左撑一下，右撑一下，推动渔船前行。竹竿也能起到锚的作用，堂叔需要在船上撒网捕鱼时，就把竹竿穿过船头的一个铁环，往水底的淤泥里一插，船就被固定住了。堂叔双腿叉开站在船上，不管扭动腰身撒多少网，船都不会移开。堂叔经常在湖里劳动，对冯营村原来所在的方位比较清楚，他撑着船走直线，不一会儿，就到了冯淮海要去的地方。堂叔不仅带他回到了"冯营"，连冯淮海家原来的房子所在的位置，还有弯枣树和碓窑子大概所在的位置，都指了出来。

堂叔说：你们家的碓窑子我记得，有一年过年炸糖糕，我还在你们家的碓窑子里砸过蒸熟的红薯呢。还有一天下大雪，碓窑子的壳篓里落满了雪，我还吃过里面的雪呢。碓窑子要是一条鱼，我就用网帮你把碓窑子打上来，碓窑子太大了，也太沉了，就算撒网能把碓窑子网住，恐怕也拉不动。

冯淮海说：我知道，您在船上指挥着，我自己下去摸。前些天，我一个人下水摸过，好像摸错了地方，什么都没摸着。

堂叔说：摸错地方很正常，有陆地的时候，地上有房子，有树，有麦秸垛，到处都是记号。陆地被淹没之后呢，水上没有了记号，人到水里很容易迷失方向。我在湖里转了这么长时间，才慢慢摸清原来的各个村庄在哪里。

冯淮海这次从船上下水，戴上了自己游泳时所戴的潜水镜，这样他在水中睁开眼睛搜寻碓窑子时，就可以避免水和他的眼球直接接触。他像青蛙一样张开四肢，瞪大眼睛，在水底四处搜寻。搜寻了一会儿，他浮出水面，换了一口气，再次潜入水底。他潜入水底三次，浮上来三次。当他第三次浮上来时，手扒着船帮喘气休息。

堂叔问他：怎么样，看见碓窑子了吗？

没有，水里除了淤泥还是淤泥，别的啥东西都没有。

淤泥底下，是不是就是你们的煤矿？

淤泥离煤层还远着呢，至少还隔着十八层东西。

这下面的煤你也挖过吗？

冯淮海承认挖过。

把煤挖出来值吗？我看不值，不如留着好好的地种庄稼。煤只挖一茬就完了，种庄稼呢，可以年年种，上一辈的人没了，下一辈的人可以接着种。咱们这里属于黄淮海大平原，是小麦主产区。这里的土地肥得很，种小麦亩产千把斤不成问题。你们把平地挖成了塌陷湖，就什么都种不成了。

冯淮海听出堂叔对他有些埋怨之意，心说，把平地变成塌陷湖，不是他一个人的事，他可负不起这个责任。他想跟堂叔说点儿轻松的话，说：有些话得两头说。平地不生鱼，有水才有鱼。要不是有了塌陷湖，要不是湖里生出这么多鱼来，您怎么能打鱼卖钱呢？

堂叔不买这个账，他说：我才不想打鱼呢，我还是想种地。

冯淮海扩大了搜寻范围，又连续潜水搜寻了三遍，仍一无所获。每次潜水，他都抱有希望，并有所想象。在他的想象里，碓窑子会突然出现在他面前。碓窑子赫然在水底站立着，还是像石磙一样圆滚滚的，还是赫红的颜色。他双手上去，一下子把碓窑子抱住了，像抱住久别重逢的老朋友一样。可是，他每次的希望都变成了失望，每次想象都化成了泡影。当堂叔拉住他的手把他拉到船上时，他想到可能永远找不到碓窑子了，可能永远都无法向母亲交代了，失望得情绪低落，几乎落下泪来。

堂叔见侄子闷闷不乐，一句话不说，反过来劝慰他：这个事你不能一根筋拧到底，得往开了想。前天你跟我一说要到塌陷湖里捞碓窑子，我就觉得这事有点儿悬。你想啊，地一塌陷，地皮上的东西稀里哗啦往下陷，越是沉重的东西，下陷得就越快，下沉得就越深。石头碓窑子那么沉，肯定沉得最快，早就被淤泥埋住了。我怕你泄气，也怕你不甘心，这话就没有跟你说明。今天你劲也费了，心也尽了，我再不把话说明白，我这个当叔的就对不起你。你是读过书的人，应该听说过一句话，叫石沉大海。虽说碓窑子是沉在塌陷湖里，依我看跟沉在大海里也差不多，你以后再也不要想着到这里打捞碓窑子了。

冯淮海无话可说。他说什么呢，一念之差，他把碓窑子抛弃了，想再找回来，就只能是梦想、异想、妄想。

来到矿上工友们中间，冯淮海把他打捞碓窑子的过程说给工友们听，意思是听听大家的意见，看看有没有什么别的办法，把遗失碓窑子的过失弥补一下。热心的工友们七嘴八舌，给冯淮海出了不少主意。有人说，可以买一只新的碓窑子，代替旧的碓窑子。有人说，城里开有一家农耕时代农具博物馆，收集了不少包括石磙、石磨、碾盘、界碑、碓窑子等在内的石头制品，冯淮海可去博物馆买一只多余的碓窑子。还有人说，冯淮海要是会写文章就好了，可以把他家的碓窑子写进文章里，然后念给他母亲听，他母亲就不会再提碓窑子的事了。前面两个主意，是工友们出的，也是工友们否定掉的。他们说，石器时代早就过去了，现在已经没人造新的石头碓窑子了，恐怕走遍全国都买不到。他们还说，石头碓窑子作为文物，放在博物馆里展览是有意义的，放在新居门前就不合适了，不伦不类，只会招人笑话。工友们所说的第三个主意，是冯淮海自己否定的，他说：我哪里会写什么文章，就是打死我，我一辈子也写不出一篇文章啊！

事已至此，难道关于寻找碓窑子的事一点儿希望都没有了吗？

夏天过去，转眼到了中秋节。这天，女儿在客厅里翻看家里的相册，翻着翻着，她喊爸爸，问：这是啥东西？

正坐在沙发上看电视的冯淮海伸头一看，眼前一亮，不禁欣喜异常。你道怎的？他在塌陷湖里寻觅碓窑子无觅处，却在相册里看到了变成相片的碓窑子。他想起来了，在搬家之前，为了留念，他用傻瓜相机，为老院子、老房子、老物件等照了一些照片。他照了堂屋、灶屋、窗户、院门楼，还照了石榴树、竹园、压水井、柴草垛等。他不记得给碓窑子也照了相，眼前有照片做证，可能是他照着照着照顺了手，把碓窑子也顺便照进了镜头。他说：这是咱家的碓窑子呀！

碓窑子是啥？

冯淮海没顾上回答女儿的问题，他从女儿手里要过相册说：让爸好好看看。

冯淮海看清楚了，照片上不仅有碓窑子，还有碓头和弯枣树，等于是一张碓窑子的全景图。

他马上上楼，把碓窑子的照片拿给母亲看，说：娘，娘，我总算把碓窑子找到了。他激动得声音有点儿发抖。

母亲戴上花镜看了照片，说：好，好，有照片碓窑子就留下了，啥时候想起碓窑子，看看照片就啥都有了。

2022 年 5 月 19 日—31 日于怀柔翰高文创园

（园内鲜花盛开）

原载《北京文学》2023 年第 7 期

一次失败的采访

从一九七八年春天，到二〇〇一年秋天，我做过二十三年新闻工作，连续当过二十多年编辑和记者。我写小说的时间更长一些，是从一九七二年开始的，至今还在写，已经超过了半个世纪。也就是说，我在做新闻工作的同时，从没有中断和放弃文学创作。不是我对新闻工作不重视，有证书为证，我得过三四次好新闻奖呢。只是相比较而言，我对文学创作更感兴趣一些。在我看来，新闻作品就是用来闻的，写出一条新闻，闻一鼻子就过去了。而文学作品是用来存的，每一篇小说、散文都可以长期保存下来。从数量上说，我所写的新闻稿子，要比文学作品多得多，可我连一本新闻作品集都没出过，而长篇小说却出了十多部，中短篇小说集和散文集也已经出了几十本。

我的体会，新闻和文学虽分工不同，各有使命，二者之间并不是没有联系，不但有所联系，而且有时候还可以做到相辅相成。新闻在于新，在于鲜活，在于和时代保持同步。文学可以不断从新闻中得到素材，启发灵感，汲取营养。同样，出色的新闻工作者也善于从文学作品中学习叙事的生动，语言的精准。反正从事文学创作几十年，我的不少写作素材都是从新闻采访中得来的。比如，我的一篇影响比较广泛的中篇小说《神木》，生发的基础就源于一篇案例性的通讯。

新闻之余变成小说，这并不意味着小说所使用的是新闻的边角料或剩余价值，不是的，在我看来，小说使用的是最动感情的部分，也可以说是新闻材料中的核心部分。新闻的特点之一，是要求客观、冷静，板板正正，不能过多地带有感情色彩。小说恰恰是诉诸感情的，情感之美才是小说的审美核心。一篇新闻稿件写完了，我觉得情犹未尽，意犹未尽，欲罢不能，通过进一步想象和虚构，就写成了小说。

所有动情动心的采访，是不是随后都可以写成小说呢？那不见得。年轻的时候，我曾有过一次大动感情的采访，三十九年过去了，我迟迟没有把那次采访得到的材料变成小说。我在一篇创作谈里谈过，我们在某件事情里付出了感情，并老也不能忘怀，其中包含的可能就有小说的因素，或许可以写成一篇小说，至少可以写成一篇短篇小说。让人不能理解的是，我每年都会想起那次采访，一想起来就会在心里掂量好一会儿。可掂量来，掂量去，好像找不到短篇小说应有的生长点，掂掂就放下了，我就是把它变不成小说。仿佛有一个声音在对我说：你不是很有能耐吗，不是能把一点点儿小事就可以写成小说吗，那次采访，我就是不让你写成小说。好，好，我服，我无能，行了吧。就算我写不成小说，我退一步，只如实记述一下那次采访的过程，总该可以吧。于是我把那次采访，定义为一次失败的采访。

一九七八年春节过后，我从河南的煤矿，调到北京的中华人民共和国煤炭工业部，从事编辑工作。先是编煤炭工业综合性的杂志《他们特别能战斗》，接着编《煤矿工人》杂志。杂

志改成《中国煤炭报》之后，我被分配到报社的副刊部当编辑
和记者。报社的说法是编采合一，编辑、记者不分家。坐在编
辑部里编稿子是编辑，外出采访就是记者。当时当编辑没有编
辑证，外出采访都有国家新闻出版署核发的记者证。我那时年
轻，喜欢到全国各地走动。我一直渴望当记者，当记者让我感
到荣耀，也感到兴奋。不管是乘车，还是采访，我愿意亮出自
己的记者证，多少有点儿显摆的意思。我还得承认我有私心，
我的私心就是文学创作。文学创作的动力大都是源自私心。我
走得越远，视野和胸襟就越开阔。我看的地方越多，心里装的
东西就越多，写小说可供挑选材料的余地就越大。于是乎，过
一段时间，我就以采访的名义，到外地走一走。

　　这年秋天，我一个人来到牛店煤矿采访。出发之前，报社
领导没有给我布置任何采访任务，采什么，访什么，完全由我
自己做主。我之所以选择去牛店矿，因为这个矿的王矿长是我
的老领导，我在矿务局宣传部当通讯员时，他是宣传部的副部
长，我调到煤炭部工作之后，他就被选拔到牛店矿当了矿长。
那时全国煤矿实行矿长负责制，矿上的一切生产经营活动，都
由矿长一个人说了算。说来王矿长对我有过知遇之恩，当年就
是他不顾别人的反对和阻挠，执意把我从下面的基层单位调进
了矿务局宣传部。我去牛店矿，是感恩、看望老领导的意思，
也是在力所能及的范围内宣传一下牛店矿的工作，以表示对王
矿长工作的支持。矿上的宣传科，新分去了一个退伍军人小史，
小史给我写过几篇不错的稿子，我都给他编发了，他也很希望
我到牛店矿住上几天。

　　说起来，我对牛店矿是熟悉的，也是有感情的，因为我曾在牛店矿的井下抛洒过青春的汗水，甚至遭遇过冒顶的危险。那是在一九七四年的"批林批孔"运动中，上级要求矿务局干部转变作风，跟矿工们一块儿下井参加劳动。矿务局的机关干部们坐办公室坐惯了，都不愿意下井劳动。他们嘴上不敢反对下井，心里却嘀咕着、躲避着，把下井视为畏途。然而，我不怕下井。从农村被招工出来参加工作时，我并没有被分到井下，而是分到了水泥支架厂当工人。我的想法是，在矿务局宣传部做宣传工作，如果不熟悉井下的劳动环境和采矿过程，搞起宣传来就没有底气。我那时还没有真正走上文学创作的道路，但我隐隐约约知道，要写哪方面的故事，得熟悉哪方面的生活才行。再说了，我当年二十三岁，在宣传部的所有干事中，除了一个不能下井的女同志，数我最年轻。我不去下井，让谁去下井呢？宣传部一动员下井，我就当仁不让地举手，说我去。

　　那个时候的干部下井，不是走形式、摆样子，是铁打实凿、真干真拼。矿务局下到牛店矿的三十多个机关干部，被单独组成了一个掘进队，负责打一条煤巷。掘进队白天黑夜三班倒，每个班都必须完成一定的掘进进尺任务。我们穿上矿上发的劳动布工作服，戴上柳条编成的安全帽，去煤房领了矿灯，每天按时和矿工一起下井、升井。矿务局财务处去的一位老会计，兼任我们干部掘进队的记工员。我们每下井干一个班，他就在考勤簿上我们的名字后面画一个圈。我们的工资由矿务局发，矿上不再给我们发工资。记工的用处在于，我们每下一个班井，矿上会发给我们两角钱下井费，轮到上夜班，下井费是四角钱。

我那时工资很低，每个月才三十元多一点儿，平均下来每天只合一元。我给自己定的生活费，是每个月九元，平均每天才三角钱。挣钱不易，我对角角分分都很重视。记得在牛店矿下井干活的四个多月时间里，大月我上三十一个班，小月我上三十个班，月月出满勤，一个班都不落。

兼任我们干部掘进队队长的，竟是矿务局革命委员会的吴主任。作为全局的第一把手，吴主任除了坐着小轿车回矿务局开会，或到市里和省里开会，一有时间，他就下井跟我们一块儿搞掘进。他本来就是一名矿工，因造反有功，就平步青云，当上了革委会主任。在我的印象里，他潇洒地把矿灯往安全帽上一卡，灯盒往腰间一披挂，不管是打眼放炮，还是架棚护顶，都干得十分卖力和娴熟，有时嘴里还说着粗话，一点儿都不摆谱。

在吃的方面，我们拿自己的钱和粮票，去食堂的会计那里买了饭票，然后就拿着饭票，到矿上的大食堂，跟工人一起在窗口外面排队买饭。工人买馒头，我们也买馒头。工人打稀饭，我们也打稀饭。打完了饭，我们就在大餐厅里跟工人一块儿吃。我们真正做到了和工人同吃。可在住的方面，我们没有做到和工人同住。相比之下，我们的住宿条件差多了。工人们都住在单身职工宿舍楼里，每个人至少都有一张床，而我们是在一个废弃的仓库里打的地铺，硬地上铺的是从附近农村买来的谷草。我们每个人都没有枕头，或者什么都不枕，或者枕一块砖头，砖头上垫上自己的衣服。每天下班后，我们哪儿都不去，除了坐在地铺上参加必需的政治学习，就是呼呼睡大觉。

　　忽一日，妻子到矿上看我。说是妻子，那时我们并没有生活在一起，她仍然住在她爸爸妈妈家里，我还一个人住在矿务局的单身职工宿舍里，家的概念还很模糊。说不是妻子吧，当年的五一劳动节之前，我们已经办了结婚登记手续，成了合法的夫妻。在牛店矿下井期间，我每天都在想她。可那时候没有移动电话，我无法和她联系。这天是个星期天，妻子骑着她爸爸的男式自行车，上上下下骑了几十里山路，竟然到矿上看我来了，这让我有些欣喜，甚至有些感动。这天赶上我上夜班，早上升井，半夜才下井，正好有时间和妻子说话。我马上带妻子去矿上的招待所，要求招待所的管理人员给我们安排一个房间。管理人员是一位在井下受伤调上来的老师傅，我之前到矿上采访住招待所时认识他，他也知道我是矿务局宣传部的新闻干事。不料他只同意让我妻子住招待所，却拒绝让我住招待所，更不要说我们两人住一个房间了。我跟他解释说，我们两人已经领了结婚证，住在一起是合法的。他很警惕地看看我，又看看我妻子，说那也不行。他给我妻子开了一个房间，我们在房间里刚说了一会儿话，他好像对我不放心似的，突然推门进来，催我离开。真可气，真让人扫兴！遇见这样古板的老师傅，让人一点儿办法都没有。无奈之下，我只好带妻子到山里走了走，摘了一些成熟得像玛瑙珠子一样的酸枣。我们还到附近水库边的浅水处以手绢当网，捕捉了一些小青虾。

　　我这样不厌其烦地回忆在牛店矿的那段经历，是想表明，那段青春岁月的经历，的确让人难以忘怀，并让人禁不住想旧地重游，重温旧梦。

老领导王矿长当然很欢迎我，他把一些在矿务局宣传部工作过的老同志也召集到了牛店矿，我们一块儿吃了一大盆子用刚从水库里捕捞上来的鱼做的大块连汤炖鱼，你敬我、我敬你地喝了不少酒，高兴得不亦乐乎。

闲话少叙，该回到正题，集中记述一下那次采访了。

在喝酒的时候，王矿长提到，矿上生产科有一位叫乔海东的工程师，那位工程师在牛店矿的矿井改造和生产潜力挖掘方面做出了突出贡献，值得宣传。牛店矿是一座老矿井，资源即将枯竭，矿井面临关闭。在乔工程师的建议下，牛店矿延伸开采，开辟了新的采区，使老矿重获新生，原煤产量比以前提高一倍还多。乔工作为矿上的工程技术人员，做好规划、晒出蓝图就可以了，不必天天下井，到一线指挥。可乔工几乎天天下井，每月下井的次数，比采煤队采煤工的平均次数还要多。凭着一个新闻工作者的职业敏感，我一听就意识到，这位乔工程师的事迹的确值得采访，值得写成一篇人物通讯。在整整十年"文革"期间，工业战线动不动就批判"唯生产力论""生产挂帅"和"技术第一"等，工程技术人员被说成是"臭老九"，普遍受到压抑，积极性和创造力很难得到发挥。春雷一声震天响，粉碎"四人帮"之后，知识分子受到重视，他们的报国之志和聪明才智被重新激发出来，才积极投身于以经济发展为中心的社会主义现代化建设之中，谱写出了新的篇章。而我们的报纸，受以前长期形成的新闻宣传习惯影响，还是宣传不识字的、苦干型的劳模多一些，很少出现工程技术人员的先进事迹。这一次，我要解放一下思想，把报道对象对准一位矿上的工程师，写一写矿山知识分子的事迹。我之所以打算写成一篇人物通讯，而不是写成一篇消息，因为消息一般是综合性的，需要采访好几位工程技术人员，才能形成一篇消息。人物通讯是典型性的，只和一个人物谈深谈透就可以了。还有，人物通讯里必须有人物，这与对小说的要求比较接近。就算人物，通讯里的人物不一定会变成小说中的人物，但脑子里多储备一些人物，终归不是什么坏事。对人物通讯的写法，我也有了初步的构思，我的构思是，写一个人物，不能为这个人物所局限，要通过人物前后境遇变化的对比，写出命运之变、时代之变。

这天上午，小史陪我去乔海东家中采访。小史已经提前跟乔海东联系好了，乔海东上午不下井了，在家里等我们。乔海东高高的个子，显得有些瘦削。但他大大的眼睛，浓密的眉毛，有着堂堂的仪表。他说话大声大气，像是一个采煤队队长的风格。他家住在职工家属区两间窑洞式的平房里，门口一侧开有一个小菜园，用木条钉成的兔子笼里，养有两只半大的白兔。我们在房子里的木头椅子上坐定，我说他住的房子还可以，我们的聊天就从住房聊起。乔海东说，这两间房子是他当上工程师之后，矿上为了照顾他，去年才分给他们家的。在此之前，他们一家常年借住在附近一户农民家的一间柴草屋里。他从矿业学院毕业和妻子结婚后，因妻子身体不好，需要他照顾，他就把妻子带到了矿上。他妻子没有城镇户口，矿上不能按双职工分给他们公房，他们只好到农村借房住。好在他天天为房东家挑水，并打扫院子，房东没有让他交房费。

我说：等于你天天为房东打工，房东不给你发工资，就免除了你的房费。

乔海东笑了，说，是的，这样说也可以。又说：房东老两口岁数大了，去矿上挑一趟水不容易，我为他们挑水是应该的。

我问：柴草屋是不是很小，很简陋？

是很小，六七平方米吧。小屋是用石头片子垒起来的。不少石头片子之间都有缝隙，四面透风，八面漏气。小屋原来没有门，我去矿上捡加工坑木扔掉的板皮，才钉了一个门。门上也有缝隙，冬天下雪时，雪花从门缝里钻进来，每条门缝下面的积雪都有一小堆。后来我从矿上找来一些废弃的风筒布，在木门外面又钉了一层风筒布，才把风雪挡住了。

作为一名大学毕业生，你的居住条件是够差的。

那时候不讲什么大学不大学，好像谁上的学越多，谁的问题就越多，不受批判就算是好的。

当时的说法是知识越多越反动，知识分子都有些灰溜溜的。

亏得我的家庭成分是贫农，政治上才没有受到过多歧视。当时我们家所遇到的主要困难是，我每月的工资太低，粮食标准也太低，解决不了全家人最起码的吃饭问题。我的工资是每个月四十三块钱，一进矿就拿这么多钱，干了十多年，一分钱都没涨。我的口粮供应标准是每月三十八斤，一半粗粮，一半细粮。问题是，我们头一胎生了一对双胞胎男孩后，又接连生了三个孩子，从两口人变成了七口人，多一口人就多一张嘴，每张嘴都要吃饭，不吃饭就不能活。可是呢，我的工资和粮票还是那么多，平均下来，每个人头摊到伙食费才六块钱，摊到的粮食才五斤多一点儿。

我说：那是太少了。一般社会上的人都认为，在煤矿工作的人收入高。像你们家这样低的生活水平，连在生产队里挣工分的农民都不如啊！

是不如农民。所以我就把两个大一点儿的孩子送回农村老家去了，让孩子的爷爷奶奶帮着养。牛店矿周围也都是农村，家里的粮食不够吃，我和妻子年年都带着孩子去农村的土里刨食。妻子是去地里挖野菜，我是带着我们家的三小子，去农村收过玉米的地里遛玉米，或到收过红薯的地里刨红薯。到了秋后，地上都落了一层白霜，我们仍然去地里刨红薯，能刨到一块是一块，能刨到半块是半块。有时候，我们把土地刨开一大片，都刨不出一块红薯，只能刨出一根细细的红薯条。刨到红薯条，我们也拿回家去。我们家的三小子学习特别好，也特别懂事，有时到点儿了，我急着去上班，他一个人还留在地里刨红薯，下起了小雪还不走。

说到这里，乔海东停顿下来，眼里顿时有了泪光。他摇了摇头才说：不好意思，我不能提起三小子，一提起三小子我就有些难过。

我想到三小子可能有过什么不好的遭遇，刚要问三小子怎么了，乔海东却把话岔开了，说：我天天下井，并不是我多么喜欢下井，也不能说明我多么有敬业精神。当然了，井下天天都有变化，我作为采煤技术员，随时掌握变化情况是必要的。不可否认的是，我下井也是为了能多挣一点儿下井补助费，补贴家里的日常生活。话既然说到这儿了，我也不怕记者笑话，天天下井，我也是为了能挣到一份班中餐。班中餐是一只牛舌烧饼，大约有三两重，由矿上免费供应。每次领到烧饼，我都只吃一半，留一半悄悄揣进怀里，留给家里人吃。有一位老师傅，说一只烧饼他吃不完，也是只把烧饼吃一半，另一半塞给了我。我心里明白，老师傅知道我们家的困难情况，同情我们，就省下一半烧饼给我。我把烧饼拿回家，妻子把烧饼切成细条，兑上水，掺上野菜，放进锅里一熬，够全家人吃一顿的。

当记者的对采访对象的理解，离不开对自己的理解。只有把对自己的理解与对采访对象的理解结合起来，才能加深对采访对象的理解。对乔海东所讲的家庭困难情况，我完全可以理解，因为我亲身经历了"三年困难时期"，我们家当时的艰难处境，要比乔海东家的困难严重得多。乔海东所讲的老师傅给他留一半烧饼的细节，虽然一带而过，但我一听就记住了。我心里一明，心说，这是小说的细节，老师傅的善良，正是一篇短篇小说的心啊！但我没有再多问老师傅的情况，只是问了一句他家的三小子现在怎么样了，乔海东在前面说，他不能提起三小子，一提起来就有些难过。这样的欲说还休对我构成了一种悬念，我还是想把悬念放下来。过后回想起来，我的刨根问底，对乔海东来说可能有些残忍。那次采访构成失败的采访，也是我自找的。

听到我的提问，乔海东像是愣了一下，低下眉，好一会儿才说：三小子不在了，他遇到了车祸。

我心里疼了一下，不敢再问什么。屋子里一时静默下来。

停了一会儿，乔海东才接着说：孩子为了给家里省钱，连一支带笔杆的圆珠笔都舍不得买，只买一根带有蓝色墨油的笔芯，在笔芯下面缠上胶布，手指捏着缠胶布的地方写作业。一个星期天，笔芯里面墨油用完了，他想搭乘矿上拉煤的卡车，去镇上买一根新的笔芯。他抓住车门外边的把手，已登上了车门下面的脚踏板，司机还是把他推了下去，结果孩子就倒在了车轮下面……

乔海东说不下去，两行热泪扑簌簌流了下来。

太惨了！孩子太可怜了!! 怎么能这样呢? 真让人难以接受。这样说着，我听到我的声音有些颤抖，有些哽咽，好像有一种东西已不可抑制，欲奔涌而出。我说：不行，不行，我受不了，受不了！接着，让我自己意想不到的一幕出现了，我竟然哭了起来，并哭出了声。每个人的哭，都有一个自我引爆、自我推动的过程，听不到自己的哭声还好些，一听到自己的哭声，如同河水打开了闸门，我就有些管不住自己，哭得声音越来越大，越来越厉害。我像是忘记了自己的记者身份，也忘记了自己所担负的采访任务，表现得非常失态，甚至有些丢丑。我没见过乔海东的三儿子，谈不上对他的三儿子有多么深的感情。我之所以如此痛彻心扉，大哭不止，都是因为我联想起了我的小弟弟。小弟弟生在困难时期，因极度营养不良，造成了身体残疾，六七岁就病死了。小弟弟死后，我没能最后见小弟弟一面，在我中午放学回到家之前，母亲已找人做了一个小木头匣子，把小弟弟埋掉了。那天恰逢端午节，中午放学回家，我见母亲和姐姐、妹妹、弟弟哭成一团，我忍了忍没忍住，也哭了起来。在此之前，我不知道自己这样能哭，不了解自己痛哭的能力如此之强，我一哭就哭得翻江倒海，浩浩荡荡，以致浑身抽搐，手脚冰凉，差点儿昏死过去。自从那次为夭折的小弟弟痛哭之后，我这是第二次哭得这样厉害。哭着哭着，我头晕眼黑，手脚发凉，出现了与哭我小弟弟时同样的症状。

我的痛哭把乔海东吓坏了，他站在我身边，手足无措，一再跟我说：对不起，对不起。陪同我采访的小史更是吃惊不小，他端起一杯水，说让我喝口水。

我拒绝喝水，仍在挤着眼哭。小史抱住了我的一只胳膊，把我往起拉，说：刘老师，我带你去医院看看。

一个人失去了理智，采访不得不中断。

小史带我来到矿上的医院，医生说我是精神受到刺激，导致出现了神经紊乱。医生给我打了一针，我的情绪才逐渐缓解。

一次失败的采访，就这样结束了。

失败总是比成功更让人难忘。

尽管采访没有完成，回到北京后，我还是写了一篇两千多字的人物通讯，题目叫《乔海东今昔》。我把稿子交到总编室后，总编室的老主任没有马上签发。他认为今昔的昔字是一个约定俗成的特指，指的是旧社会，而我所写的昔，并不是旧社会，是乔海东"文革"期间的困难经历。这样使用昔字，容易造成概念上的误解。别看老主任是西南联大中文系毕业的老知识分子，我还是不同意他对昔字的理解，辩解说：昔是指以往，过去，从前，是一个泛指，不是一个特指，把"文革"的日子说成昔日，没什么不可以。老主任摇头说，字字千斤，用字还是要谨慎。他还说，这篇稿子除了题目需要斟酌，今天的变化写得也不够充分，说服力不强，补充一些内容才好。

我心有不悦。在整个报社，我是比较年轻一些，但我是这家产业报的创办者之一，部长关于要把报纸办成什么样风格的署名文章就是我代为起草的。以前我所写的稿子，都是发得又快又好，从来没有被拖延过，更没有被"拍死"过。这次老主任不但认为标题不妥，还要我修改补充，岂有此理！我的犟脾气上来了，标题我不改，内容也不再补充，稿子爱发就发，不发拉倒。我和老主任僵持不下，稿子就被拖了下来，以致成了明日黄花。这样一来，不但我的那次采访是失败的采访，所写的稿子也成了失败的稿子。

几十年过去了，我每每想起那次无果的采访，都觉得有些对不起乔海东。但落花流水春去也，我也无可奈何。

如今，我把那次采访写成了一篇短篇小说，谁知道这篇小说是不是也是一篇失败的小说呢？

2023 年 5 月 15 日凌晨 5 点写完于怀柔翰高文创园

（园内芍药花盛开）

原载《四川文学》2023 年第 8 期

干净

天黑了下来，越来越黑。该睡觉了，爷爷还没回来。我们家的灶屋里支了一张小床，我和爷爷睡在那张小床上。爷爷很喜欢我，对我持的是欢迎的态度。可我不怎么喜欢跟爷爷睡，更愿意和娘、大姐、二姐、妹妹和两个弟弟一起，挤在堂屋西间屋的那张大床上，像一群雏鸟依偎在亲鸟的翅膀下面一样。把我单独摘出来，让我跟爷爷一块儿睡，是娘分派给我的一项任务，说是给爷爷暖脚？我的脚还是凉的呢，怎么给爷爷暖脚！我不愿意接受这样的任务。娘不由分说，坚持派我去给爷爷暖脚。娘说出的理由是：谁让你爷爷最喜欢你呢！娘对我说过，爷爷没抱过我大姐，没抱过我二姐，更没抱过我妹妹，在我还很小的时候，就老是把我抱在怀里。不管是到镇上赶集，听小戏儿，还是下雨下雪天，去听村里一位老先生给他念书，他都会带上我。我饿了，他买白蒸馍给我吃。我想玩点儿什么，他就让我捋他长长的花白胡子。爷爷有一件棉袍子，在天冷的时候，爷爷就把我揣进他的棉袍子里，外面再系上一根布带，只让我的头从棉袍子里露出来。现在想来，爷爷那样把我揣在他贴胸的怀里，很像一只老袋鼠揣着一只小袋鼠。有人从对面走过来，爷爷往往不等人家问，就主动把"小袋鼠"推荐给人家看，说这是他孙子。爷爷的做法，显然有些显摆。暮年有了孙子，仿佛孙子是他一辈子的全部骄傲所在。

对于能不能起到给爷爷暖脚的作用，我一点儿信心都没有，因为我有尿床的毛病，差不多三天两头把尿撒在床上。我们姐弟六人，有的比我大，有的比我小，别的孩子都不尿床，只有我一个人尿床。也就是说，他们在被窝里睡一夜，到第二天早上，被窝还是热气腾腾的干被窝，只有我的被窝，常常成了臊气烘烘的湿被窝。被子和褥子被尿湿了，在晴天有太阳的时候，娘难免会把湿成一块块深色的被褥拿到院子里晾晒。院子里的叔叔婶子们看见了，把我尿湿的地方，说成是我画的地图，还说每一幅地图都不重样。这样一来，娘晾晒被褥，等于公开晾晒我的丑，把我丑得眉头紧皱，头都不敢抬。还有人把尿床的事编成了顺口溜：尿床精，踩床掌，半夜里来数星星；老天爷，咋还不明，把我的屁股渍得一漫红。我相信，这个顺口溜不是专门针对我编的，它应该是把天下所有的尿床精都包括在内了。不想承认也不行，这个顺口溜还真的道出了尿床精尿床后的难堪细节和悲苦心情。我有时发觉自己尿床后，就压在尿湿的地方不挪窝，企图用自己的热身子把湿处暖干。我在心里恶狠狠地对自己说：谁让你尿床呢，你把床尿湿了，就得自己暖干。可恼的是，我身上释放的暖气总是有限，虽然带碱的尿水把我身体渍得又红又痒，可每次努力都以失败而告终。

开始上学并当上班长以后，我渐渐地有了自尊心，知道了树要皮，人要脸。树没有皮就不能成活，人不要脸面呢，就会被人看不起。兔子撒尿，可以撒在窝里；羊撒尿，可以撒在圈里。人既然变成了人，不是别的动物，怎么能尿在床上呢？都当上学生了还在尿床，肯定是丢脸的事。有时刚躺下睡觉时，我大睁着两只眼，不允许自己睡着。只要还醒着，总不会尿床吧。然而，把眼睁一会儿不难做到，倘若睁着眼一夜不睡，我无论如何都办不到。在不知不觉间，我合上眼皮，睡着了。同样在不知不觉间，我又尿了床。真恼人哪，真可恨哪，人干吗非要撒尿呢，难道不撒尿就不行吗？

　　长大成人后，听大姐二姐回忆往事，我才知道，我之所以养成了尿床的毛病，与娘对我的娇生惯养不无关系。我一两岁之前，都是娘搂着我睡。我夜里撒尿时，有时会滋在娘身上。娘明明醒了，却一动不动，一点儿都不惊慌。娘不叫醒我，也不中断我的撒尿，任凭我把尿水一直滋在她身上，直到把一泡尿撒完。娘对我大姐二姐说，半道打断我撒尿，她担心我会憋出毛病来。娘还说，我撒的尿热乎乎的，一点儿都不凉。这就是娘，娘对我的宠爱达到了溺爱的程度。我知道溺爱这个词，以前对这个词不是很理解，不懂溺和爱怎么就联系到了一起。听了大姐二姐讲的我小时候的故事，才真正懂得了溺爱的含义，得知娘对我的爱是典型的溺爱。

　　不见爷爷回来，娘让我去喊一下爷爷。二姐见我迟疑着不想去，主动要求跟我一块儿去。是到了吃晚饭的时间，但是，我们不是去喊爷爷回家吃饭。已经有一段时间了，我们家不再做晚饭，无晚饭可吃。不做晚饭，是因为没粮食下锅，做不起晚饭。当时，我们家仅有的可以哄哄嘴巴的东西，就是半瓢棉籽，半筐长着黑色霉点的红薯片子，还有半盆子用霉红薯片子磨成的面粉。这些东西要留给做早饭和做午饭的时候用。人在上午和下午都要干活，不吃点儿饭干不动。晚上不干活，天一落黑就可以上床睡觉，不吃晚饭也可以吧。多次听娘说过，人的肚子是盘磨，躺着不动就不饿。在没什么东西可吃的情况下，我们只能向不动的石磨学习，向不动的石磨看齐。我和二姐都知道，爷爷有可能还在饲养室前墙的墙根那里靠墙坐着。只要是晴天，爷爷就去那里晒太阳。牛要从饲养室里牵出来，拴在门前的木桩上子晒太阳。驴也要牵出来，拴在木桩子上晒太阳。爷爷跟它们一起晒太阳。在晒太阳时，牛和驴都眯着眼不叫唤。爷爷也不说话。爷爷晒太阳的能力很强，一晒一上午，一晒一下午。到了下午，牛和驴都被饲养员牵进饲养室里去了，爷爷还在原地坐着不动。太阳都落到地底下去了，早春二月的夜晚还很凉，爷爷不回家睡觉，还坐在那里干什么呢！以前，是我们的爹，在生产队的饲养室里当饲养员。在爹当饲养员期间，爷爷就习惯了靠坐在墙根晒太阳。晒完了太阳，我爹在回家的时候，会喊他一块儿回家。爹在去年六月去世了，老年丧子，爷爷伤心是难免的。爷爷这么晚了还不回家，是不是在这里守着他儿子的魂呢？是不是等着他儿子的魂喊他回家呢？

离饲养室还有好几步远，透过饲养室的门缝里透出的微弱煤油灯光，我们就看到门口左侧的墙根有一团黑影，不用说，那团黑影就是我们的爷爷。二姐拉了我一下，把我拉得停了下来。二姐小声对我说：咱爷不会没气了吧？二姐的话把我吓住了，吓得我禁不住直往后退。在我们那里，说人没气了，就是人死了。说得好听一些，是没气了，说得直接一些，就是死了。我和二姐知道，因为长期吃不到什么像样的东西，爷爷得了浮肿病。爷爷的浮肿，是从脚面子那里肿起，肿得脚面像遇到危险虚张声势的气蛤蟆一样。爷爷肿起的双脚，跟气蛤蟆又不大一样，气蛤蟆是灰白色，爷爷的肿脚是蜡黄蜡黄；鼓胀起肚皮的气蛤蟆富有弹性，越按越硬，爷爷浮肿的脚面是软的，用大拇指一摁就是一个深坑，深坑迟迟不能弹平。村里所有因饥饿得浮肿病的人症状差不多，都是先从脚面子那里肿起，然后是脚踝、脚脖子、小腿等，自下而上逐渐向上蔓延，等蔓延到大腿、胳膊、脖子，甚至面部，离没气就不远了。我不知道爷爷的浮肿到了哪个阶段，至少还没肿到脸上，难道这么快就没气了吗？

二姐让我不要害怕，她说，她要对爷爷喊三声，如果喊过三声，爷爷不答应，我们就赶紧回家告诉娘。二姐第一声喊的是爷，第二声喊的是爷爷。二姐喊第一声的时候，没听见爷爷答应，我扎好了架势，准备往回跑。还好，二姐喊第二声的时候，爷爷有了回应，爷爷嗯了一下，像是在睡着的状态下被喊醒了一样。打二姐一出生，爷爷就不喜欢二姐。同样，二姐也不喜欢爷爷。二姐的口气像是有些生气，问爷爷：天都黑了，你为啥还不回家？

爷爷说，他站不起来，站了几次都站不起来。爷爷没有把站不起来的原因归结到双脚的浮肿上，他说看来他真的老了，不中用了。爷爷让我们两个把他拉起来。

我和二姐确认爷爷还活着，还会说话，这才敢走到他身旁。爷爷还穿着那件粗布棉袍子，棉袍子已经很破旧，老得像爷爷一样。爷爷很瘦，瘦得皮包骨头。棉袍子把爷爷的瘦包住了。

夜影中，在地上坐成一堆的爷爷，不但不显瘦，似乎还有些臃肿，全身都浮肿了一样。爷爷向我们伸出了手，爷爷的双手有些发抖。爷爷说，他疼孙子，真是疼值了，孙子现在中用了。他只说孙子中用了，没说孙女中用了，这让二姐有些不高兴。好在二姐对爷爷没有甩手不管，我们姐弟二人分别抱住爷爷的一只胳膊，使劲往上拉。是的，爷爷递给我们的是他的手，我们不敢接触他的手，他的瘦骨嶙峋的黑手让我们有些害怕，我们只能隔着棉袍子的袍袖子，抱住爷爷的胳膊奋力拉拽。我们刚把爷爷拉起来，爷爷站立不稳，身子有些摇晃，差点儿跌倒。爷爷把后背靠在后面用土坯垒成的墙上，以墙壁为依托，才没有跌倒。村子里很静，听不到人的说话声，也听不到狗叫声。大概每户人家都不做晚饭，村子里闻不到一点儿烟火味。没有风，树梢一动不动。不见月亮，天上只有一些星星。每一颗星星看上去都很寒，像是用冰凌做成的。爷爷仰脸看了看天上的星星，捋了一下胡子说，走吧，回家吧。

　　回到家，二姐去堂屋跟娘交差，我和爷爷直接回到灶屋的小床上睡觉。别看我们家的灶屋只有一间屋，几年间先后住过两户人家呢。在"大跃进"时村里成立大食堂那年，当队长的堂叔家的房子被挪作生产队的磨坊，堂叔一家四口只好搬到我们家的灶屋里住。接着，人民公社搞集体农庄，邻村的小李庄有一半人口要搬到我们村居住，住房重新调整，堂叔家搬出去，小灶屋里住进了外村来的一家六口。后来，集体农庄垮掉了，大食堂断顿了，解散了，各家各户的人重新回到原来的房子里住，我们家的灶屋才得以物归原主。灶屋里没有煤油灯，我和爷爷只能摸黑进屋，摸黑脱衣服，摸黑往小床上爬。我们那里不管大床小床，床上都不封床板，只在床上横着钉几根掌子，再在床掌子上铺上秫秸箔和席子，就可以在床上睡觉了。小床上铺的褥子很薄，虽说褥子的正反面都打了不少补丁，薄得还是跟没套棉花差不多。不管如何，床上能铺一块褥子，热身子不用直接贴在冰凉的席片子上，已让我们感到不错。更让我们感到不错的是，床上本来有一床被子，爷爷每晚把他的棉袍子敞开覆盖在被子上面，等于我们爷孙俩身上又盖了一层被子，构成了加倍的满足。

我和爷爷打通腿，各睡在床的一头。北为上，南为下，爷爷睡北头，我睡南头。既然娘派给我的任务是给爷爷暖脚，睡觉时我应该把爷爷的脚抱在怀里才对，可爷爷总是把他的脚跟我拉开一定距离，从来不让我抱他的脚。这样正好，爷爷的脚是臭脚，没什么值得我抱的价值。爷爷也知道我有尿床的毛病，他大概不愿意让我尿在他的脚上吧。不管抱不抱爷爷的脚，尿床是难免的。每当发觉他的孙子尿了床，爷爷是什么样的反应呢？他从没有用脚踹过我的屁股，连大声吵我都没有，顶多无可奈何地叹一口气说：又尿床了，真没办法！爷爷的脚浮肿之后，我更不愿意抱他的脚。听大人说，人的脚一旦浮肿，表面看像是脚发胖了，其实里面包的都是水分。这么说来，爷爷浮肿的双脚里等于也包了不少水，说不定爷爷的脚也会尿床呢，我还是离他的脚远一点儿为好。

我和爷爷分两头在小床上躺下，爷爷不说话，我也无话可说。我们像是两个哑巴，一个老哑巴，一个小哑巴。说话也是需要费力气的，我和爷爷的气力都有限，能省一点儿气力就省一点儿吧。睡觉前，我把灶屋的单扇桐木门关上了，灶屋顿时陷入与世隔绝般黑暗。灶屋因常年烟熏，四壁和房顶本来就很黑，黑夜里把门一关，黑上加黑，小屋里显得更黑。我呢，好像嫌黑得还不够，拉被头把脸蒙上了。我眨眨眼皮，除了从眼底冒出的朵朵金花，什么都看不见。我用被子蒙上脸和鼻子，还有另外一层意思，就是尽量少闻灶屋里散发出来的气息。要知道，灶屋主要是做饭用的，我们家没做晚饭，但早饭和午饭还是做了，那口铁锅虽然刷得干干净净，闪着乌黑的铁光，但屋里还残留着咸咸的熟饭的气息。锅灶下面的炉灶膛里，那暖暖的草木灰的气息也在屋子里弥散。闻不到这些气息还好些，一闻到这些气息，就难免勾起我的食欲，饿得肚子里磨牙，恨不得拿自己的牙齿当炒豆吃。饿得实在受不了，有一天夜里，趁爷爷睡着了，我偷偷爬起来，到我家盛盐的盐罐子里摸出一颗盐子儿吃。那时候吃的盐，都是未加工的原盐，结晶体，黑乎乎的，形状像一块块冰糖。可盐子儿毕竟不是冰糖，放进嘴里又涩又苦，越吃越苦。这还不算，待盐子儿在我嘴里化完，我就开始反胃，恶心，胃里像是有什么东西一下一下往上顶，顶得我直想呕吐。这时，我想到了水，倘若喝上几口凉水，或许可以把嘴里和肚子里的咸味冲淡一下，并把反胃压制住。我们家盛水的水缸，就放在我床头不远处。水缸里的清水，都是我大姐挑着水筲，从村南的水井里打回来的。我们家缺粮食，却从来不缺水，水缸里的水总是保持着充盈的状态。水缸的水面上，天天漂着那只用葫芦开成的水瓢，谁要是想喝水，抓住瓢把一舀就能喝。我要是从床上下来，喝水很容易，想喝几口都可以，哪怕一口气喝上半瓢，都无人干涉。可是，不敢哪！我听大人说过，肚子里没本儿，难咽清水儿。没本儿，就是没食儿，在肚子里没食儿的情况下，是不能喝清水儿的。越喝清水儿越坏事儿，只能加剧饥饿，或加快死亡。还有，我要是喝了水，就会变成尿，肚子里有了尿，尿床的可能性就会增大。罢罢罢，就不喝水了吧。

这天一大早，大姐推开灶屋的门时，我和爷爷还没有起床。大姐的开门声使我从睡梦中醒了过来。醒来后，我的第一个发觉，是自己没有尿床。这让我感到欣喜，像是取得了一个小小的胜利。我想，可能是因为昨晚没喝稀饭，没什么可尿的，所以才不尿床。看来，不吃晚饭并不是没有一点儿好处。不管被窝里有多暖和，我醒了就要起床。我们那里的习惯是，社员们要早上下地干活，学生们要去学校上早自习。大姐让我起来，说她要给我一点儿吃的。

一听说有吃的，我顿时来了精神。大姐对我很好，正像俗话说的，哪怕她只逮到一只蚂蚱，也会分给我一条蚂蚱的大腿。有一回，大姐给了我半根生胡萝卜。还有一回，大姐给了我几粒被称为"鸡蛋黄"的野草的花蕾。这一回，不知大姐给我什么可吃的东西。在我们家，除了娘，大姐是最勤快的人。每天的早饭和午饭，都是大姐跟娘一块儿做，不用说，大姐这么早进灶屋，是准备做早饭。我穿衣起床一看，大姐提进屋的竹篮子里，盛了半篮子野菜。那些野菜有细面条、羊蹄甲子、荠菜，还有灰灰菜、米蒿等。野菜都水灵灵的，上面好像带着露水珠和田野里的雾气。地里的麦苗刚开始返青，野菜跟着春风就发了出来。这表明在我们还正睡觉的时候，大姐已经下地挖野菜去了。在我们还没起床的时候，大姐已经把准备做早饭的野菜挖了回来。我知道，大姐准备把野菜择一下，洗干净，切碎，掺点儿红薯片子面，做成菜团子当早饭。我伸头往竹篮子里瞅了瞅，没瞅到什么可吃的东西。野菜不能生着吃，大姐给我什么可吃的呢？

大姐看出了我的急切，看到我饿得好像从喉咙眼里伸出了手，小声对我说：我给你点豌豆头吃。说着，从衣服口袋里掏出一把豌豆头塞给我。我知道，生产队在种小麦的同时，也会种豌豆，这种小麦和豌豆一起播种的方式，在我们那里叫豌豆绞子。随着熬过一冬的麦苗开始返青起身，豌豆也会发出新芽，长出新叶。所谓豌豆头，就是豌豆苗新长出来的嫩尖子。大姐压低声音跟我说话，是不想让爷爷听见，更不想让外面的人听见。豌豆头属于生产队，是公家的东西。豌豆苗刚长出嫩尖子来就被人掐掉，会影响豌豆开花和豌豆结果，生产队的干部不允许村里人掐豌豆头吃。掐豌豆头的事若被干部发现，是要受到处罚的。大姐之所以把豌豆头放在大襟下面的衣服口袋，而不是放在盛野菜的竹篮子里，是担心被别人看见惹麻烦。我领会到了大姐的意思，三口两口就把豌豆头吃掉了。豌豆头真好吃，吃起来甜丝丝的，还有一股子说不出来的清香味，让人吃了还想吃。我看到大姐衣襟下的口袋里鼓鼓囊囊，估计里面还有不少豌豆头。我没有再跟大姐伸手。剩下的豌豆头，大姐有可能会跟野菜掺在一起，做成菜团子，让全家的人都能尝一尝。

那就等着吃菜团子吧。我去堂屋拿上课本、作业本和墨盒、毛笔，到村东的学校上学去了。娘没有给我做书包，每天上学或下学，我都是把学习用的东西拿在手里。

这天下午放学时，春风刮着，太阳还没落。学校前面有一个水塘，水塘里的水开始发白，紫红的芦芽从水里钻了出来。芦芽倒映在水中的影子黑黑的，在随着水的波纹波动。我站在水塘边看了一会儿，想看看水里有没有鱼。水里或许有鱼，因为隔着水，我一条鱼都没有看到。鱼都是腥的，每种鱼都有鱼刺，但鱼肉是很好吃的。有一次，我在水塘里钓到一条鲫鱼，娘用黄泥巴把鲫鱼包上，趁做饭烧火时放进炉灶膛里烧。等把黄泥烧干，包在里面的鲫鱼就烧熟了。把烧干的黄泥包啪地在捶衣石上摔烂，里面蒜瓣一样的白鱼肉就暴露出来，那是相当相当的好吃。想到吃鱼，我的口水几乎流了出来。我不想回家，回家怎么样呢？我们家还是不做晚饭，一点儿吃饭的希望都没有。我绕到村后，迎着西天的晚霞，向村西的田野里走去。田野里种的有麦子，也有豌豆，我要自己掐一些豌豆头吃。大姐会掐豌豆头，我也会掐。大姐给我的豌豆头是有限的，我想吃多少就掐多少。

在踏入麦田掐豌豆头之前，我必须前后左右看一看，若是附近有人，我就不能掐豌豆头吃。我回头往后一看，果然发现有一个人不远不近地跟着我。一见这个人，我不由得心中起烦。这个人是我的一个堂弟，也是我的同班同学。从去年秋天以来，他就老是跟着我，我去哪里，他也去哪里，像甩不掉的影子一样。他跟定我的目的是在模仿我，我下地拾粪，他也下地拾粪；

我下地刨红薯，他也下地刨红薯。我听说，这是他娘教给他的办法。他娘嫌他笨，骂过他，打过他，让他瞟着我，跟我学。在学校里读书学习，我不反对他向我看齐。但是一放了学，我就不愿意让他跟着我了，他盯梢一样跟着我，我就不自由了，想干点儿什么事就干不成了。比如说，到生产队里收过红薯的地里遛红薯，我的办法，是一个人遛到比较远的地方，用玉米秆子做遮挡，赶紧把生产队还长在地里的红薯刨上几块，算是自己遛到的红薯。这样的办法，有堂弟跟着我，就行不通了。为了拒绝他像跟屁虫一样跟着我，我曾把他摔倒过，并把他的铁锹夺过来，恶狠狠地扔到挺远的地方。他从地上爬起来，捡回自己的铁锹，眼里含着泪花，还是死皮赖脸地跟着我。碰见这样的堂弟，真让人没办法。

　　有堂弟从后面跟过来，我掐豌豆头吃的计划一时难以实现。不难想象，我要是拐进地里，蹲下身子掐豌豆头吃，他模仿我的行为，也会掐豌豆头吃。那样的话，被别人发现的概率就会大一倍。不行，我绝不能让堂弟跟我一样吃豌豆头。于是，我沿着田间的小路，一直往西走去。西边有一片坟地，在太阳落下去的时候，往西走需要一定的勇气。为了甩掉堂弟，我鼓足勇气，只管往西走。我故意不回头看他，以表示我对他的无视。可恼的是，眼看我一条道快走到了天黑，感觉他还在后面不远不近地跟着我。再走就走到别的村子的地界了，我怎么办？我猛地转过身子，虎起脸子，迎着他往回走。走到他面前，我停下脚步质问他：你老跟着我干什么？

　　他说：我想看看你干什么。

我想干什么就干什么，你管得着吗？我看风景。

我也看风景。

看个屁！那你就在这儿好好看吧，一直看到鬼出来，把你拉到坟里去。我可是要回家去了，不许你再跟着我。

我丢下他，加快脚步，向我们的村子所在的方向走去。堂弟也加快脚步，跟着我往回走。他说：你回家，我也回家。

饥肠在空转，眼看吃豌豆头的计划就要落空，我突然心生一计，对堂弟说：我还要解个手，你先走吧。说罢，我就拐进麦田里去了。我想解手的事不是齐步走，我要解手，他总不能也解手吧。我往麦田里走了好几步，把学习用品放在麦苗丛中，褪下裤子，蹲下身子，做出了解大手的样子。然而堂弟说：正好，我也要解个手。他学着我的样子，也在我不远处蹲了下来。

堂弟就是这么能缠人，他能把人活活缠死。我看见了，我眼前的麦丛中就长着一些豌豆苗。新发出的豌豆叶片有些白，一看就很嫩，里面充满了汁液。每棵豌豆苗的拔尖处，还探出一根弯弯曲曲的须子，那样的须子也很好吃。须子在对我招摇，仿佛在说：吃我吧，吃我吧，我是很好吃的。回味起大姐早上给我吃的豌豆头的味道，我口舌生津，真想伸手掐点儿豌豆头放进嘴里。可我咬了咬牙，把自己的欲望压制住了。我斜眼瞄了堂弟一眼，见堂弟也正在斜着眼瞄我。这时候我要是掐豌豆头吃的话，他肯定会模仿我。他吃着豌豆头味道不错，会告诉别的同学们。倘若同学们像蝗虫一样，都到地里吃豌豆头，那就大事不好了，老师和队里干部追究起来，我就得吃不了兜着走。所以，我宁可把自己的肠子饿得拧成绳子，并把绳子结成疙瘩，也绝不会在堂弟的眼皮底下吃一根豌豆头。

肚子里没货，当然解不出什么大手。我相信堂弟跟我一样，连一个臭屁都放不出来。夜色笼罩下来，坟里的鬼们恐怕要出来活动了。我愤然起身，提起裤子，系上腰带，拿上学习用品，快步向麦田外面走去。一走出麦田，我说了一句鬼来了，就加速奔跑起来。我的用意是甩掉堂弟，让小鬼儿把他拉走才好。

一回到家，娘就问我：这么晚才回来，你干啥去了？我说没干什么，就到西地里转了一圈。

你是不是到地里掐豌豆头吃了？

我摇头说没有。

大姐说：要是吃了豌豆头，他的嘴角会有点儿发绿。我看他的嘴角一点儿都不绿，不像吃过豌豆头的样子。

二姐说：要是偷吃了豌豆头，他一张嘴我就能闻到。二姐让我张开嘴，她要闻一闻。我紧闭嘴巴，别过头去，拒绝让二姐闻。

娘说：记住，不许你去地里掐公家的豌豆头。

我有些不解，还有些不服，大姐可以去掐公家的豌豆头，我为什么就不可以呢？我隐隐感觉到，娘对大姐和对我的要求是不一样的，娘对大姐好像更宽松一些，而对我的要求好像更严格一些。

心里想的是好好吃一顿豌豆头，肚子好像也敞开了口袋，做好了接受豌豆头的充分准备。我见过一些老豆虫，在夏天的庄稼地里，老豆虫天天对着嫩绿的豆叶或红薯叶大吃大嚼，把肚子吃得圆滚滚的，浑身都绿莹莹的。我曾设想，自己足足吃上一顿豌豆头，也变成一只绿色的老豆虫算了。可是，由于堂弟的干扰，我白准备了，连一口豌豆头都没吃到嘴里。不但没吃到豌豆头，到地里瞎走一气和往回奔跑，又消耗了我不少本来就少得可怜的体力。当晚摸黑和爷爷躺在小床上，肚子里饿得转磨，老也睡不着。娘多次对我们说过，肚子是盘磨，躺着不动就不饿。以前，我对娘的话深信不疑，以为躺着不动真的就不饿。待我有了深切的体验，我才知道，娘的话并不符合事实，并不是真理。我甚至觉得娘是在哄骗她的孩子们。

对于石磨，我再熟悉不过。在我们家灶屋一角，就是现在我和爷爷支小床睡觉的地方，原来就支着一盘石磨。在我刚刚能摸到磨棍的时候，娘就拉上我和大姐、二姐一块儿推磨。我们磨过高粱、玉米、黄豆、绿豆、大麦、小麦等各种各样的粮食。不管什么粮食，经推动沉重的石磨反复研磨，就变成了面粉。一旦变成了面粉，就可以蒸馍、摊煎饼、擀面条、打稀饭，做什么都好吃。一九五八年成立大食堂的时候，我家的石磨被收走，集中到村里的大磨坊去了。如今大食堂解散了，磨坊取消了，可我们家的石磨还没有回到原来的位置。石磨虽说没有搬回来，只要一到厨房睡觉，我自然而然就会想起那盘赭红色的石磨。我的感觉，石磨是石头做成的，人的肚子是皮肉组成的，根本不是一回事。在不推动石磨的情况下，石磨自己不会转动，堆在磨顶上的粮食，也不会通过磨眼漏下去。而人的肚子好像有自动功能，在我仰面躺在床上的时候，肚子里面一拱一拱，仍在不停地蠕动。那些蠕动的东西，仿佛是一群饿死鬼，饿死鬼们在挥着拳头向我抗议，并高喊口号，说它们快饿死了，要我赶快给它们一点儿吃的吧。我是很同情它们，很想给它们一点儿吃的，可是老天爷呀，灶屋里除了铁锅和凉水，什么可吃的东西都没有啊，连盐罐子都空了啊！在我们老家，有一个由来已久的规矩，不管谁家用石磨磨面，都不许榨干磨净，最后都要留一点儿压磨底的麸子，以免石磨上扇的磨齿直接咬在下扇的磨齿上。如果把石磨里的麸子磨得干干净净，是犯忌的，不道德的。和石磨相比，我肚子里连一点儿垫底的麸子都没有。好像我肚子里也有上磨齿和下磨齿，赤裸得几乎有些锋利的磨齿，就那么直接磨起来，呼噜噜，咯吱吱，磨得像是冒出烟来，又冒出火来。肚子不是磨，躺着不动照样饿。饿得我真想大哭一场啊！

　　我饿得身体非常衰弱，第二天下午，在学校的课堂上，老师还是交给我一项让我难以完成的任务。有一个男同学，我不记得他犯了什么错误，只记得老师命他到讲台上做检讨。大概因为男同学的态度不够好，检讨得也不符合要求，老师就指定另外一个同学上台"帮助"他一下。所谓"帮助"，是当时社会上的流行做法，帮助者动手，使劲往下按被帮助者的头或脖子，使被帮助者低头、弯腰，老实交代自己的错误。这种粗暴的做法，被美其名曰"帮助"。社会上刮什么风，一刮就刮到了学校。我们的老师，也学会了这种做法。老师指定的帮助男同学的另一个同学是哪位呢？正是我。我们村的学校只有一个班，班长就是我。我们学校的老师也只有一个。既然老师对我比较信任，老师在学校所开展的一切实践活动，我都是积极支持者。一听老师点到我的名字，我就当仁不让地走到台上去了。来到台上，往男同学身边一站，我才意识到，老师交给我的重任，我不一定能够胜任。原来，这个男同学是我的一个远门堂叔。堂叔虽然比我大三岁，村里一开始办学，他就成了我的同班同学。堂叔不但岁数比我大，个子比我高，体重也肯定比我重一些。让我"帮助"他，能不能实现老师所预期的效果，委实让我心里有些打鼓。我够不到堂叔的头顶，只能按他的脖子。可能堂叔觉得我岁数比他小，又是他的侄子辈，由我动手按他的脖子，使他有些丢面子。我每按一次，他就反弹一次。按第三次的时候，我双手上去，使出全身力气往下压。这次堂叔反弹得更厉害，弹得我向后退去，后脑勺碰到了身后的黑板。黑板是用桐木板做成的，我的后脑勺碰得黑板砰的一声响，引起同学们一片笑声。老师见我缺乏"帮助"同学的力量，让我下去，回到了自己的座位上。

可能还是饥饿的缘故，加上我上台"帮助"同学时，脑袋碰到了黑板，回到座位后，我觉得有些头晕，有些天旋地转，转得教室的一切似乎形成了倒挂。站在讲台上的老师，好像变成了头朝下，脚底板朝上。为了克服头晕，我的两只胳膊往课桌上一趴，闭上眼睛，把脸埋在臂弯里。说是课桌，其实并不是桌子，只是用土坯支起的一块块木板。因木板比较窄，我们在木板上写作业时，只能把作业本斜着放。长此以往，从这个学校出来的学生，写出的字都有些倾斜，不够端正。下课后，老师叫着我的名字，问我怎么了，我抬起头来，说有点儿头晕。老师说：你实在坚持不了，就先回家吧。

就是这次提前从学校里回家，使我意外地遇见了一件事。

这件事对我构成了强烈的刺激，使我终生难忘，并构成了对我一辈子的教育。我前面不厌其烦地说那么多，做的不过是铺垫工作，都是在为说这件事做准备。如果前面的一系列细节朋友们可以忽略不计的话，这最后一件事情，一定会给朋友们留下一些印象，我坚信。倘若不是我提前回家，我不会遇见这件事情，家里跟没发生过任何事情一样。也就是说，遇见这件事情，对我来说，有很大的偶然性。人的生活总是会有偶然发生，小说往往是在偶然性上做文章，短篇小说更是如此。

我一回到我们家的院子里，就闻到了一股久违的香味，像是熬肉时散发出来的味道。我张开鼻翅子吸了吸，肉香味就到了我的肺腑里，咦，奇怪，家里没有鸡可杀，也没有兔子可宰，哪里来的肉香味呢？我顺着香源的吸引来到灶屋，掀开锅盖一看，锅里干干净净，什么东西都没有。可是，锅里掩盖的肉香味却扑鼻而来，比弥漫在院子里的香味更加浓郁。家里只有娘和大姐在家，我问娘：咱家的锅里怎么一股子熬肉的味？

娘没有回答我的问题，却问我：还不到放学时间，你怎么提前回来了？

我说我有点儿头晕，老师就让我提前回来了。我像抓住一块熟肉一样，抓住我的问题不放，还是问娘：咱家的锅里是不是熬过肉？

馋猫鼻子尖，吃嘴闻上天，你这孩子鼻子真是尖。娘没有否认锅里熬过肉，轻描淡写地说：我在地里干活，逮到一只老斑鸠。我把老斑鸠剥了皮，放进锅里熬了熬，就给你大姐吃了。人没吃的，老斑鸠也没吃的。人都很瘦，老斑鸠也很瘦。把老斑鸠就放进锅里一熬，就那么一小疙瘩肉，还不够勾引人肚子里的馋虫呢！

我的嗅觉没有欺骗我，我们家的铁锅里果然刚刚熬过肉。我见过会飞的老斑鸠，听见过老斑鸠在树上咕咕叫，却从来没有尝过老斑鸠的肉，我想，老斑鸠的肉也许比老公鸡的肉更好吃吧。我说：我也想吃肉，我也想尝尝老斑鸠的肉，你们为啥不给我留一点儿呢？我看你们心里根本就没有我。这件事使我重新认识到，全家人都认为娘最心疼我，原来娘最心疼的是我大姐。老斑鸠肉让大姐一个人独吞，就是最有力的证明。委屈涌上来，我的嘴一撇一撇，哭了起来。

大姐见我哭了，抱歉地对我说：我也不知道你会提前从学校里回来，要是知道你这么早回来，老斑鸠肉我一口都不会吃，都给你留着。大姐的话一点儿都不能说服我，我认为，她们是故意瞒着我，趁我不在家的时候把老斑鸠肉吃掉。被我发现了，隐瞒不住了，大姐才不得不这样糊弄我。于是，我哭得声音越来越大，越来越厉害。

哭什么哭？这孩子，一点儿都不懂事，也不怕别人笑话！娘捉住我的一只手，把我拉到堂屋的西间屋里去了。西间屋的窗棂子上冬天为防风所糊的旧报纸还没有撕去，屋里显得有些黑。娘用手掌给我擦了擦眼泪，要我别哭了，听她说话。说听了她的话，我就会明白一切。娘小声说，下午，她跟几个男劳力在场院里用桑杈清理麦秸垛的底子。清理到最后，从麦秸垛底子下面蹿出几只老鼠。老鼠有大有小，四散逃命。人见到老鼠就会打，她用桑杈一拍，就拍死了一只老鼠。她捡起老鼠捏了捏，捏到老鼠身上的肉，就趁男劳力吸烟休息的时候，把老鼠提溜回家，剥光老鼠的皮，并用剪刀剪去老鼠的头和腿爪，弄得看不出老鼠的样子了，就放进锅里点火煮了煮。刚把老鼠煮熟，大姐外出拾柴火回来了。她把老鼠肉说成是老斑鸠肉，就哄大姐把肉吃掉了。

娘的话让我大为吃惊，惊得我几乎掉了下巴。啊，原来大姐吃的不是老斑鸠，而是长相让人恶心的老鼠。娘没有跟大姐说实话，我相信，娘跟我说的是实话。我知道，爹去世后，生产队里为了照顾我娘多挣工分，就让娘天天跟男劳力一块儿干活。在干活中偶尔打死一只老鼠，这完全有可能。而老斑鸠长有翅膀，会飞，很难逮到。

虽然隔着窗户，大姐大概还是听到了娘对我说的话，开始冲着我们家门口一侧的粪窑子呕吐。大姐呕得声音很大，像是在搜肠刮肚。

回想起来，我当时的表现相当差劲。娘已对我做出了解释，大姐也把吃下去的东西吐了出来，我还是有些不服气，还在撒娇，我说：我也想尝尝老鼠肉。娘生气了，拉下脸子说：你这孩子，怎么这么不懂事呢！你一个男孩子家，以后要靠你顶门立户，我怎么能让你吃不干净的东西呢？娘还说：你还小，还不懂事，等你长大了，慢慢懂事了，就会明白娘是为你好。

从一个懵懵懂懂的少年，磕磕绊绊走到今天，我从少年变成了青年，从青年变成了中年，又从中年变成了老年。岁月如流水，白了少年头，对娘的话，我明白了吗？后来，我才渐渐地明白了，要是还不明白，就不会有这篇小说。

一转眼，娘离开我们也二十多年了。啊，母亲，母亲……

2023 年 2 月 26 日至 3 月 15 日凌晨 4 点 35 分写完于朝阳光熙家园

（写完最后一行，不禁泪湿眼眶）

原载《芙蓉》2023 年第 5 期

寻寻觅觅

后半夜，月亮落下去了，星星乱挤眼睛。地上有些发白，不是月光，像是落了一层霜。

乔川清家自建的两间小屋，坐西朝东，显得有些孤零。外间屋支了一张小床，她和女儿睡在小床上。套间是喂养骡子的地方，乔川清把她家的骡子叫青骡儿。一般来说，凡家里养有牲口，都是人住套间，外屋当牲口屋，这样才能显出人比牲口略高一等。他们家里外颠倒，让青骡儿独占套间，母女俩则吃住在外屋。从居室位置的对比可以看出，这家的人可能认为青骡儿更有功劳，他们对青骡儿更重视，给予青骡儿的待遇更高一些。好在青骡儿都是站着吃草，站着睡觉，整夜整夜都不叫一声，非常安静，安静得让人心疼。乔川清母女之所以住在外屋，大概所取的是对青骡儿的保护之意，跟为青骡儿站岗放哨差不多。每天晚上睡觉前，乔川清不仅把木门后面的铁插销一插到底，还找来一根栗子木的木棍，结结实实地顶在门的后背上。

防劫有劫，防贼来贼，劫贼一脚就把木门炸开了，一只矿灯的光柱一下子捣在乔川清的眼睛上。光柱硬得像是栗子木的木棍，捣得她的双眼生疼，她推不开"木棍"，眼睛也睁不开。她的嘴还没有被封上，嘴巴还能张开，她大声喊：干什么，你们要干什么！

一个低沉而恶毒的声音说：不许动，乱动就打死你，敲碎你的脑壳！

女儿被惊醒，吓得哭喊着妈妈，头拱在妈妈怀里。

别吓着我的孩子，你们到底要干什么？

没什么，借你们家的骡子用用。

乔川清成天担心劫贼抢她家的骡子，劫贼到底还是抢到家里来了。她说：我们孤儿寡母的，一家人全靠我们家的骡子活命，你们行行好，把骡子给我们留下吧。乔川清闭着眼，矿灯的强光还是透过她的眼皮，刺激得她的双眼流了泪。

少废话，这就好了。

乔川清听见，有悍贼去套间解绳子，牵骡子。听脚步声，进来打劫的，除手持矿灯封她眼睛的人，至少还有两个人。不用说，他们的头上都包着黑巾，手里都持有铁棍或木棍，一个比一个凶狠。她一个女人家，根本不是他们的对手。她猛地坐了起来，躲开了封她眼睛的光柱。她上身没穿内衣，一坐起来，上身就裸露出来。她说：你们把我抢走吧。

矿灯的光柱从她上身划过，很快又搁在她的眼睛上。劫贼像是冷笑了一下，说：抢你有什么用，你能下井拉煤吗？

乔川清哭了，她喊着：青骡儿，青骡儿，他们都是坏人，你千万不要跟他们走啊，你赶快跑掉吧！

青骡儿没有回答乔川清的喊话，只是当歹徒牵着青骡儿从外间屋的床前走过时，青骡儿回过头秃噜了一下鼻子。乔川清相信，青骡儿秃噜鼻子是给她听的，是跟她说再见的意思，也像是对她有些依依不舍。接着，她听见坏人已把青骡儿强行牵到门外去了，青骡儿的蹄子踏在硬地上发出哒哒的响声。在秋天的夜里，蹄声清脆，跟敲边鼓的声音差不多，让人心碎。青骡儿在井下劳动繁重，每拉一段时间煤，四只蹄子上所钉的蹄铁就会被磨薄。蹄铁一旦磨薄或磨烂，青骡儿拉着重车上坡下坡时，蹄下不把滑，腿很容易受伤。所以，乔川清如同关注丈夫生前所穿的鞋子一样，时常关注着青骡儿蹄下的蹄铁，一发现蹄铁不好使了，就牵着青骡儿去集镇上，请专门钉蹄铁的师傅为青骡儿换上四块新的蹄铁。青骡儿的蹄子上目前所穿的蹄铁，就是前天她为青骡儿刚刚换上的新蹄铁。一块圆月形的新蹄铁三十元，四块新蹄铁，她花了一百二十元呢。钉蹄铁的师傅是老少两位，老的大概是师傅，少的像是徒弟，他们都穿着长到脚脖的皮围裙。钉蹄铁时，他们先绳捆索绑，把青骡儿固定在一个特制的木头架子里，然后抬起青骡儿的一只蹄子，放在自己弓起的膝盖上，才能用羊蹄锤子，取掉旧的蹄铁，钉上新的蹄铁。当看到年轻的徒弟往青骡儿的蹄子上钉蹄铁时，乔川清生怕钉子钉到青骡儿的肉上，会把青骡儿钉疼，她不敢再看，只得转过脸去，看着别处。直到师傅说好了，把骡子牵走吧，乔川清才把像是穿上新鞋子的青骡儿牵回家。她不甘心她家顶梁柱一样的青骡儿就这样被活活偷走，斥责道：你们这些强盗，你们的良心难道都让狗扒吃了吗！她欲下床，向她的青骡儿追去。

手持矿灯的强盗，另一只手里还握着一根铁棍，他用铁棍在床帮上使劲敲了一下，以打断床上女人的腿骨相威胁，制止了乔川清下床。夜深得快见了底，又停了一会儿，那个负责盯防乔川清的强盗才从乔川清家里撤离。他一离开，就熄灭矿灯，像一条狗一样撒腿向煤矿的大门口跑去。

穿衣起床后的乔川清，没去大门外追她家的青骡儿。大门一天到晚敞着口子，出了大门就是农村的庄稼地和荒野，强盗牵着青骡儿已隐没在黑夜里，她再追也是白搭。矿上设有保卫科，保卫科里有一位杨科长，杨科长配备有一支双管猎枪。乔川清跑着来到保卫科，拍着门向杨科长报案。

杨科长问：是谁？什么事？

是我，乔川清。强盗把我们家的青骡儿抢走了。

来了几个强盗？

他们用电灯照住了我的眼，我也没看清，估计有三四个。

我去看看。

杨科长提着猎枪出来了，向大门口走去。乔川清跟在杨科长后面。来到大门外，附近的村庄传来了公鸡的叫声，强盗和骡子早已无影无踪。杨科长骂了人，单手举起猎枪，朝空中哐哐放了两枪。枪声很响，枪口放出两道炽白的光。放完了枪，杨科长像是完成了保卫的任务，对乔川清说：就这样吧。

不这样，还能怎样呢！乔川清想起了死去的丈夫，没有了丈夫，她家的日子就是这样难过。

和往日一样，这天早上刚到七点，车倌儿就到乔川清家里来了，准备牵骡子下井。轮到他们上白天班，每天早上七点半，车倌儿就得牵着骡子准时往井下走。去年秋天，这个矿井下发生了一起着火事故，是电缆着火，又引起煤壁着火，很快使整个井下的巷道里充满了毒气，没有了氧气。一时间，井下人挤人、骡挤骡、车挤车，一片混乱。那次事故，矿工窒息致死十几个，骡子被活活闷死四十多头。就是在那次事故中，她丈夫和他们家的骡子都丢了性命。听清理事故现场的人讲，她丈夫临死时，还紧紧抱着骡子的脖子。当火着起来时，她丈夫如果沿着斜井往井上跑，有可能会死里逃生。因丈夫舍不得丢下正拉着重车的骡子，才跟骡子同归于尽。丈夫和骡子死后，乔川清没有带着儿子和女儿回老家，而是在矿上留了下来。为了继续维持生计，她就去骡子交易市场买回了青骡儿。除了青骡儿，她名下还有一辆铁壳子运煤车。矿上不许女人下井怎么办呢？她就雇了一个车倌儿，代替她丈夫下井拉煤。青骡儿和车占一半股份，车倌儿占另一半股份。一个月干下来，这两股力量合起来如果能挣三千块钱的话，乔川清就可以分到一千五百块钱。分到的钱不算多，维持一家三口的生计，还有青骡儿的草料费，总算差不多。青骡儿被强盗抢走，这个钱就挣不到了。车倌儿来到乔川清家，见乔川清搂着女儿坐在床边，哭肿了双眼，就猜到昨天夜里发生了什么事。乔川清家门前立有一根木桩，每天一大早，乔川清就把吃饱喝足的青骡儿从屋里牵出来，拴在木桩子上，用刷子为青骡儿刷毛，把青骡儿的皮毛刷得油光闪亮，仪表堂堂。这天木桩子上空空如也，什么都没有。车倌儿也听到了夜里响起来的枪声，想到可能有盗贼到矿上抢骡子。矿上的夜半，已经不是第一次响起枪声，强盗也不是第一次到矿上抢劫骡子。因乔川清死了男人，车倌儿担心强盗会把抢劫的目标对准乔川清家。担心也是预感，不好的预感果然落在了这家孤儿寡母的身上。

　　车倌儿把乔川清叫嫂子，他没有向嫂子问什么，只是叹了一口气。无骡子可牵，车倌儿并没有马上就走，在门里站了一会儿。他空着两手从老家农村出来打工，好不容易得到乔川清的雇用，才找到了这份活儿。骡子已被结伙的强盗抢走，等于他失去了依托，没有了可借助的力量，活就干不成了。好比西瓜突然断了瓜秧，这让车倌儿也感到很失落。他无法安慰嫂子，也无法安慰自己。一些矿工牵着骡子，陆续下井去了。出夜班的骡子，浑身湿淋淋的，在院子里的土垃窝里打滚。车倌儿对嫂子说：青骡儿跟你们家的一口人差不多，不能被坏人抢走就算拉倒了，你得想办法找一找。

　　去哪里找呢？

　　我在窑下听窑哥们儿说过，坏蛋们抢了骡子，都是为了卖钱，他们要销赃变现，只能到交易市场的骡子行里去卖。你到骡子行里找一找，说不定能把青骡儿找到。你不是给青骡儿留有记号嘛！

　　车倌儿的话提醒了乔川清，是呀，青骡儿是个青壮劳力，还能卖个好价钱，说不定，那些贼人真的会把青骡儿牵到骡子行里去卖，她去骡子行里寻找的话，说不定真的能找到青骡儿。可是，她说，就算她把青骡儿认出来了，人家不承认，不让她把青骡儿牵走，她怎么办呢？

　　车倌儿给她出主意说：认出来后，你不要声张，赶快回来报告给矿上的杨科长，让杨科长出面帮你讨要。

　　听从了车倌儿的建议，上午太阳由红变白时，乔川清手拉着女儿，去七八里之外的骡子行寻找青骡儿。儿子在县城的私立学校住校上小学，半个月回家一次。女儿还不到上学年龄，她不能把女儿一个人留在家里，只能把女儿带在身边。骡子行建在一处开阔的荒地里，地上布满了乱石和黄沙。原来这里并没有什么骡子行，风一刮只有飞沙走石。此地掀起掏黄窟窿挖黑煤的高潮后，骡子成了井下低成本、高效率的主要运输力量，各地的骡子云集于此，就自然而然地形成了骡子交易市场，俗称骡子行。骡子行周围没有建围墙，是完全开放的状态，谁都可以进，谁都可以出。太阳还没走到头顶，乔川清母女俩就走进了骡子行。骡子行的场地上摆放着好几排人字形的木头架子，架子上方扯着长长的粗绳，待卖的骡子就拴在粗绳上，拴了好几排。乔川清估计了一下，恐怕上百头骡子都不止。骡子行名副其实，行里拴的全都是骡子，没有一匹马，没有一只驴，更没有一头牛。乔川清听丈夫说过，马虽然跑得也很快，但马不够皮实，长时间在阴暗潮湿的地方干活容易生病。驴的力气太小，一头驴拉不动一辆装满煤炭的铁壳子车。牛干起活来慢慢吞吞，四平八稳，更不适合井下的劳动节奏。最适合到井下下苦力的，只能是马和驴杂交所生的骡子。不管是骒马所生的马骡子，还是母驴所生的驴骡子，干起活来都是好样的。也是听丈夫说的，骡子行里混来的也有个别在平原地区所生的骡子，从外表看，平原骡子和山地骡子并没有什么区别，然而一到井口就试出来了，平原骡子视下井为畏途，不愿下井。骡子的买主用黑布把骡子的双眼蒙起来，企图蒙蔽骡子，可骡子一闻到井口所冒出来的特殊气息，往后坐着身子，还是坚决拒绝下井。任买主用钢丝拧成的鞭子抽它的屁股，它或是扬起蹄子踢人，或是挣脱缰绳跑掉，使买主想拿它挣钱的希望变成一场空。乔川清家的上一头骡子在井下被闷死后，矿上赔了她家五千块钱，她又添了三千块钱，花八千块钱才买到了她看中的青骡儿。今年春天，她就是在这个行里买到了青骡儿，她甚至还记得拴青骡儿的位置。她把每一头骡子逐一看去，凡是长相有点儿像青骡儿的骡子，她都凑近看得仔细些。她不仅看骡子的身子，还注意看骡子身上留下的记号。不少骡子身上都留有记号，有的记号留在骡子的臀部，有的记号留在骡子的耳朵上。打在骡子臀部的记号，多是用烙铁烙下的烙印，那些烙印有"火箭""飞机""美女"等字样。留在骡子耳朵上的记号呢，有的是在耳朵上打一个孔，有的是把耳朵剪一个豁口，也有的是在耳朵上烙字。乔川清在青骡儿的耳朵上留的记号，就是烙了一个字，那个字是个丁字。因为丁字的笔画比较简单，烙字时可以减少青骡儿的疼痛。也是因为丁字的丁好认，远远一看，就可以认出来。更重要的原因是，乔川清死去的丈夫姓丁。一声丁男人，双泪落君前。在青骡儿耳朵上留一个丁字，可以寄托她对丈夫的思念。乔川清设想，万一真的在骡子行里找到了她的青骡儿，她会一下子抱住青骡儿的脖子，并把自己的脸贴在青骡儿的脸上。

太阳越升越高，十月小阳春的阳光暖洋洋的，晒得骡子们都眯缝着眼，很享受的样子。有蝇子落在骡子脸上，在骡子的长脸上爬上爬下。骡子好像一点儿都不反感，宁可让蝇子把自己的脸作为游戏的舞台。骡子行里所拴的骡子一共有六排，乔川清手拉着女儿已找了五排，哪里有青骡儿的一点儿影子呢。

女儿早就着急了，晃着妈妈的手说：妈妈，我饿了，咱回去吧。乔川清想起来，早上只顾为青骡儿被抢走而难过，她自己没吃早饭，也没给女儿做早饭。但她对女儿说：饿什么饿，不许喊饿。要是找不到咱家的青骡儿，你今后就没饭吃了。听说没饭吃，女儿咧着嘴哭起来。

这时，骡子行里的一位骡经纪走了过来。骡经纪是骡子行的中间人，不管是买骡子，还是卖骡子，都必须通过他们牵线搭桥，讨价还价。每成交一头骡子，经纪人可以按百分比抽取一定的佣金。骡子行的经纪人有三四个，他们人人手持一把饰有红缨子的短把小皮鞭，那是标明他们身份的道具。走过来的骡经纪问乔川清，是不是要买骡子。

乔川清说不是。

那你在这里转来转去干什么？

乔川清实话实说：我们家的骡子在昨天后半夜被几个强盗抢走了，我来看看，他们是不是把骡子牵到这里卖。

那你找到你们家的骡子了吗？

没有。

你不可能在这里找到。我来问你，你们家的骡子身上打的有记号吗？

有。

啥记号？

在骡子左边的耳朵上烙了一个"丁"字。

既然打了记号，你们家的骡子就跟你们家的一口人差不多。我们骡子行的交易光明正大，受法律保护。强盗抢了骡子，怎么敢到我们这里卖呢？那不是等于自投罗网嘛！

乔川清有些泄气，她说：我不懂，别人让我到这里找，我就来了。

骡经纪又说：偷来的锣鼓打不得，凡是抢到的骡子，他们都是私下里交易，都是低价买卖。他们完成了买卖，骡子很快就被送到井下干活去了。你要找你们家的骡子，只能到矿上去找。

乔川清还是有些不甘心，她领着女儿，坚持把最后一排二十多头骡子全部看了一遍。确认全行内确实没有她家的那头"丁"，才和女儿一块儿回家去了。

有青骡儿的时候，乔川清的心思差不多有一多半用在青骡儿身上，一天到晚都有事干。早上，当车倌儿把青骡儿牵走后，她就开始整理青骡儿所住的套间。她把青骡儿留下的粪便清理得干干净净，再往地上垫一层暖融融的新土。上午，青骡儿在井下干活，她在地面为青骡儿准备吃的。切成寸段的谷草，她要用筛子筛一遍，筛得一点儿尘土都没有。她为青骡儿准备的拌草的香料，除了炒熟磨碎的豌豆，还有水煮黑豆。到了下午，离青骡儿下班升井还有一段时间，她早早地就到斜井的井口去等。升井时，车倌儿们不用再牵骡子，他们把拴骡子的缰绳缠绕在骡子的脖子上，在骡子的屁股上拍一下，说，好了，上去吧。骡子自己就沿着斜井的斜坡上去了，车倌儿们可以乘坐用卷扬机牵引的矿车升井。乔川清一见青骡儿从井口冒出头来，就会赶紧迎上前去，用手摸摸青骡儿的脖子。青骡儿也像见到了亲人似的，用嘴唇触触她的手背，并对她轻轻地秃噜一下鼻子。乔川清解下缠绕在青骡儿脖子里的缰绳，就牵着青骡儿到柔软的土垃窝里打滚去了。到了晚上，乔川清还要起夜两次，为青骡儿添草添料。她每次给青骡儿拌草料时，青骡儿的一双长着双眼皮的大眼睛都会静静地看着她，仿佛在说：主人啊，你对我真好，我一定会好好地报答你。

　　另外，乔川清还为青骡儿做了两件面饰。面饰是用细毛线编织而成，绿底衬托着红字。红字只有一个，是一个福字。丈夫在世时，她给丈夫的两只鞋垫上绣的是两个字，一个是平字，另一个是安字。到了青骡儿这里，她给青骡儿的面饰上只织了一个福字。青骡儿只有一个脸面，为什么要给它织两件面饰呢？这是因为，青骡儿在井下，每天汗一身，水一身；泥一身，煤一身，只两三天时间，面饰就被弄黑了，黑得分不清哪是红花，哪是绿叶。乔川清把弄黑的面饰取下来，放进清水里洗，洗得重新露出绿叶红花，晾干，替换着为青骡儿佩戴。如今青骡儿被强盗抢走了，青骡儿额前所佩戴的那一件福字面饰，一定会被粗暴的强盗扯掉，扔到不知什么地方。而家里的这件面饰呢，也不知道还有没有机会给青骡儿佩戴。没福的青骡儿啊，你在哪里？

　　有青骡儿在的时候，乔川清习惯了起夜。现在青骡儿不知了去向，她夜里似睡似醒，如晕如梦，睡得更是起伏不定。恍惚中，她仿佛听见青骡儿嚼谷草草秆的声音，格嘣格嘣，悦耳动听。还是在恍恍惚惚当中，她做了一个梦，梦见青骡儿被强盗抢走的事，不过是一个吓人的梦，实际上，她家的青骡儿一切安好，什么事都没发生。这样梦中套梦，让她混混沌沌，分不清是醒还是梦，是真还是假。不知不觉的叹息，使她打了一个激灵。激灵之后，她马上起身到套间里看究竟。套间里，用半个汽油桶做成的喂青骡儿的铁槽还在，支撑铁槽的木头架子还在，可哪里有青骡儿的半点儿影子呢！青骡儿被抢走后，青骡儿留在地上的粪便，乔川清也没有清理。不是她受到惊吓，失望至极，无心去清理那些粪便。是她故意不去清理，让粪便保留下来。在她闻来，青骡儿的粪便有一种特殊的气味，那气味不但不臭，还有一些香呢。

第二天一早，车倌儿又到乔川清家里来了，向嫂子询问去骡子行里找青骡儿的情况。乔川清能够理解车倌儿的心情，有青骡儿在，车倌儿才有营生，没有了青骡儿，车倌儿立马就失了业。她说：白跑一趟，我把骡子行里拴的骡子看了一遍，连青骡儿的一根毛都没找到。又说：骡子行的经纪人让我到矿上去找。

那你去矿上找吗？

我还没想好。

我劝你不要放弃，还是去找一下为好。你只要去找，就还有希望。你要是不去找，就一点儿希望都没有了。

与乔川清所在的煤矿隔着一条山沟，就开有另一座煤矿，站在这边的山沟岸边，就可以看到对岸煤矿的井架。乔川清听人说过，那边的煤矿开的是竖井，井筒子直上直下。把人和骡子关进铁罐笼子里，上面一根钢丝绳牵扯着，呼地就下到地底下去了。这天吃过早饭，乔川清扯着女儿去那个矿找她家的青骡儿。除了带上女儿，她手里还提了一个布兜，兜里装了两个馒头。这样在别人看来，她不是去寻找失物，像是去走亲戚。实际上，她从遥远的四川来到河北，在煤矿举目无亲，哪里有什么亲戚可走呢！就算青骡儿是她家的亲戚，谁知能不能找到亲戚呢！那边高耸的井架看着近，走起来却不近，要比去骡子行的路远得多。她们母女下到沟底，才发现沟底原来是一条河，河水不知是何时干涸的，河床上布满大大小小的鹅卵石或鸡卵石。乔川清想，从有角有棱的石头变成光滑的卵石，不知经过了多少岁月，不知经历了多少水流的冲击，也不知走了多远的路。人和卵石相比，把一个人一辈子所有的经历都加在一起，恐怕还不及卵石经历的一个零头呢。乔川清看到了一块像青骡儿眼睛一样的卵石，有心捡起来，放进布兜里，跟馒头放在一起。又一想，她要是捡卵石，女儿会跟她一块儿捡，女儿捡卵石的兴趣可能比她还要大。那样的话，心有了旁骛，就会耽误赶路。她没有停顿，眼望着井架，拉着女儿沿着河道，一道往前走。直到看见沟边有一条鸡肠子一样上沟的小路，她们才攀着小路上到了沟顶。女儿的额头和鬓角都出了汗，小脸红彤彤的，她问妈妈：妈妈，咱们去哪里呀？

去找咱们家的青骡儿呀。

能找到青骡儿吗？

很难说，咱们只管找一下试试吧。咱们南啦北啦地找它，说明咱们舍不得它，心里还想着它。也不知道青骡儿在哪儿受罪呢，咱们要是不找它，它会伤心的，会掉泪的。

一听到妈妈说青骡儿会掉泪，女儿的眼里马上噙满了泪水，她说：妈妈，我不想让青骡儿掉泪。

所以呀咱们才去找它，争取把它找回家。

这个小煤矿，跟乔川清所在的小煤矿差不多，矿工也多是从农村出来打工的人。他们简单盖一两间用泥巴打顶的小屋，就拉家带口地在小屋里住下来。每间小屋的屋顶，都长有一些狗尾巴草，那些结了草籽的草穗已经有些发黄，在秋风的吹拂下，"狗尾巴"在不停地摇晃。见哪家小屋门前拴有骡子，乔川清就拉着女儿走过去看一看。要是哪只骡子长得有些像青骡儿，她就要特意看一看骡子的耳朵，看耳朵上有没有那个丁字。倘若乔川清一个人在民工住的地方走动，不怀好意的男人会眼睛发光，会主动跟她搭讪，一些女人会对她表示鄙视和警惕。而乔川清手里扯着的女儿，似乎对她起着一定的保护作用，并对她的行为做着一些证明，证明她不是一个坏女人。男人看见她跟没看见一样，没人跟她说话。一帮女人在门口支起桌子搓麻将，她们把麻脸的将牌搓得哗哗的，也笑得哗哗的，一个带着孩子的女人，引不起她们的注意。乔川清把拴在外面的骡子看得差不多了，才有一个挂着双拐像是在井下受过伤的矿工跟她说话，问她家的骡子是不是被别人抢走了，她是不是来找骡子？

乔川清愣了一下，不得不承认，她是来找她家的骡子。

拄双拐的矿工对她说：别找了，找也是白找，在太阳底下是找不到的。人家防备在先，一把抢来的骡子拉到井下，就不让骡子再出井，除了让骡子干活，骡子还在井下吃，在井下拉，跟关进地狱里差不多。我见过关在井下的骡子，一只只灰头耷拉眼，都可怜得很。你要想找到你们家的骡子，除非到井下去找。

乔川清从没下过井，想象不出井下是什么样子。作为一个女人，她别说下井了，哪怕走得离井口稍近一点儿，就会受到煤矿管理人员的大声呵斥。因为开办小煤矿的矿主都认为，煤矿属阴，女人也属阴，阴阳相克，对煤矿的安全和生产是不吉利的。乔川清说：谢谢大哥，矿上的人不可能让我下井，那我就不找了。

矿工又说：骡子在井下关的时间长了，会影响到骡子的身体健康。也有人会把骡子弄到地面遛一遛。不过，他们都是夜晚到地面遛骡子，不能让骡子见太阳。骡子长时间不见太阳，猛一见太阳，眼珠子会爆炸，眼睛会瞎掉。

天哪，那太可怕了！

乔川清领着女儿回家，半路上看见车倌儿在地里帮着当地的老乡刨土豆，已刨了一大片，新刨出来的土豆圆圆滚滚，白白胖胖，在黑土地的衬托下显得特别亮眼。这个车倌儿，真是个闲不住的人哪！有心的车倌儿，也许是一边帮老乡刨土豆，一边等她们母女归来。一看见乔川清领着女儿回来了，他就不刨土豆了，迎着母女俩从地里走了出来。乔川清能够理解，车倌儿以前天天和青骡儿相伴相依，甘苦与共，也和青骡儿建立了感情，青骡儿突然间被强盗抢走，车倌儿也难以接受。她找来找去找不到青骡儿，只能一次又一次让车倌儿失望。等车倌儿走到跟前，她停下来，把挂双拐的矿工所说的话原原本本对车倌儿讲了一遍。

车倌儿往远处看了看，说：嫂子一个人半夜里去找青骡儿，恐怕不太现实。要不这样吧，我去灯房借一盏矿灯，夜里去那个矿找一下试试。要是找到青骡儿，遛青骡儿又只有一个人，我一个人就能把青骡儿夺回来。我相信，我熟悉青骡儿，青骡儿也认识我，我叫一声青骡儿，青骡儿就会跟我站在一起。

车倌儿这样主动帮着找青骡儿，让乔川清有些感动，她说：你出来打工也不容易，一定要注意保护好自己的身体。

到了晚上，车倌儿果然去灯房借了一盏充满了电的矿灯，单枪匹马去那个矿寻找青骡儿。他连着去了两个晚上，走遍了可能有人遛骡子的地方，连一个遛骡子的都没看到。有一天后半夜，他在刚收过红薯的田野里看到了两个红点儿，像两颗会发光的玻璃珠子一样。用矿灯仔细照了一下，他才发现，照到的是一只野兔，野兔立起身子，两只前爪蜷在胸前，像是被矿灯的强光吓蒙了。兔子不是骡子，兔子的身量比骡子差远了。车倌儿熄灭矿灯，让野兔跑掉了。

下了一场寒霜，霜的杀伤力很强。早上，当霜凝在向日葵的叶子上时，霜还是白的，向日葵的叶子还是绿的，如同给向日葵搽了一层粉。当太阳出来一照，白粉就不见了，向日葵的叶子很快变黑。

时间一天一天过去，霜降过后，离下小雪就不远了。

这天后半夜，乔川清在睡梦中听见门外有骡子秃噜鼻子的声音。骡子秃噜鼻子，也叫打响鼻。骡子不会说话，它是通过打响鼻的办法跟人说话。听到第一声响鼻，乔川清就一下子醒了过来，响鼻如此熟悉，又如此亲切，难道是青骡儿回来了吗？她顾不上穿衣，也顾不上穿鞋，翻身起床打开了门：天哪，我的天哪，果然是她的青骡儿回家来了！青骡儿果然浑身发黑，有些瘦弱，脖子里还拖着缰绳，但她光凭青骡儿所打的响鼻，不用查看青骡儿耳朵上的丁字，就认出了她朝思暮想的青骡儿。她张开双臂，抱住了青骡儿的脖子，把自己的脸和青骡儿的脸紧紧贴到了一起。

2023 年 4 月 12 日—25 日于怀柔翰高文创园

（牡丹花开，窗外小雨）

原载《绿洲》2023 年第 6 期

麻鼻子和普大甜

麻鼻子的老婆是抢来的，他老婆的名字叫普大甜。

从正规渠道娶不着女人，走歪门邪道抢一个，这种方式叫抢亲。抢亲的事情在我们村的历史上就发生过一起。每每提起抢亲的那一幕，曾经参与抢亲的那些男人顿时就兴奋起来，乐得像挨了屁打一样，嘴角能一直咧到耳门。日头天天有，而过日子总是平淡的、沉闷的，能让人感兴趣的日子总是少而又少。一件事情过去了多少年，能让人一提起来就兴高采烈的，更是少得可怜。发生在我们村那件关于抢亲的往事，无疑是乡亲们记忆中的一个亮点，让人难以忘怀。目前有一个流行的词叫"燃"，网络中的人动不动就嚷：好燃，燃得很，燃死了！抢亲之事恐怕完全可以用燃来形容，一燃百媚生，的确可以点燃乡人的情绪。

不管多么燃的故事，还是得有人把它记下来，不然的话，时间一长，它必定会像故事里的男女主角一样，先是被黄土埋没掉，再是被黄土消化掉，变得不可寻觅。

在我还很小的时候，就多次听大人们讲过那件抢亲的事。我已经写了不少小说，之所以迟迟没把抢亲的故事写成一个完整的小说，是我想到，那个抢亲的抢字，明显带有暴力。那个亲字呢，似乎也牵涉色情。这样敏感的题材，还是不写为宜。还有一个原因，我听说南方有一个戏剧，戏名叫什么老虎抢亲。

既然有了抢亲的戏剧，我再写抢亲的小说，有可能一上来就给读者以戏剧化的期待，读者会把小说当成戏剧看。虽说戏剧和小说都是艺术，但在我看来，两者还是有所分工，有所区别。戏剧比较着重情节性、冲突性和表演性，小说则比较讲究细节化、心灵化和微妙化；戏剧表演的是外在的生活，小说表现的是内在的生活；或者说戏剧是用来抓人的，看一场好戏往往被抓得够呛，好小说是用来放人的，一放就放得物我两忘。知道了戏剧和小说有着不同的使命和功用，我在动笔写小说时，总是力避戏剧文化对我的影响。

然而，然而，然那个而，抢亲的故事似在我脑子里有所萦绕，甚至有所纠缠，我不写一写它，就失职似的，对不起它似的，它不会饶过我的。罢罢罢，人生在世，妥协总是难免的，我花上一些时间，把它写出来还不行吗！再说了，天下文章有写什么的问题，还有怎么写的问题。如果说写什么我不能完全当家的话，在怎么写的问题上，脑袋长在我自己脖儿上，笔杆子握在我自己手里，我总可以自己当自己的家吧。在写到抢亲的激烈场面时，我把笔头子软下来，做淡化处理不就完了嘛！

在写抢亲之前，请允许我先把发生抢亲事件的时代背景简单交代一下。

那是在蒋冯阎军阀中原混战时期，全社会处在一种无序的崩溃状态。除了各路军阀挑起内战，为争夺势力范围和统治权，各地的土匪也纷纷拉起杆子，趁火打劫。军阀们的战争主要是争夺城市，因为最大的利益是在城市。土匪们只能在乡村横行，在农民头上下笊篱。那么农民怎么办，他们只能白白被抢吗？

只能伸着脖子挨刀吗？人有一口气，他们也得想办法保护自己不是？于是，他们纷纷筑起了高高的寨墙，用墙壁把村民和土匪隔开。或在村子四周挖下深深的水坑，用水坑阻止土匪的侵扰。我们村和邻近的张庄联合修了一个寨子，寨子修在张庄，张庄从此更名为张庄寨。土匪一来，我们村的人就赶紧往张庄寨跑。这样的逃跑被说成是"跑反"。同时，我们村的人在村子四周挖了水坑，建了吊桥，以水为寨，防备夜间"跑反"不及，利用水寨把土匪抵挡一气。另外，我们村还自发建起了堂子，是武堂子，也是神堂子：一边练武，一边敬神。练武是为了强壮身体，增进武艺；敬神是为了强健精神，增加自信。当武艺练够十八般，当敬神使他们自信到可以刀枪不入，他们就有些按捺不住，跃跃欲试。

这年秋后，一伙土匪下了战表，要攻打陈庄寨。陈庄寨离我们村有好几里远，土匪去打陈庄寨，本来不关我们村什么事，可陈庄寨的人听说我们村的人练了武艺，正没有用武之地，就派人到我们村求援，让我们村的武士们在打击土匪中一展身手。身怀武艺的人经不起别人的央求，别人一央求，我们村的人手痒脚痒，就答应了参战。结果怎么样呢？我们村的人手里只有大刀、长矛、钢鞭等冷兵器，土匪手里却有火枪、快枪，土匪不等我们村的人近身，武士们练就的武术还没派上用场，就被土匪用火枪撂倒了。那次出师，我们刘楼村一下子就被打死了五个青壮男人。当时，我们村男男女女、老老少少加起来还不到二百人，一次死掉了五个人，这在我们村是史无前例的，是惨重的，完全可以说成是惨案。这就是我们村随后发生抢亲故事的时代背景和事件背景，背景是暗淡的、沉闷的，整个村庄死气沉沉，连年都没过好。

到了来年春天，春风一吹，柳条渐渐变软，开始冒出米粒样的嫩芽。冰封的水坑化成了春水，成群的麻鸭在水里清洗脖子和翅膀，并发出嘹亮的叫声。小孩子们折下柳枝，拧下柳枝上的皮筒子，做成粗粗细细、声调不同的柳笛，在村里吹到东，吹到西。女人们提上棒槌，到水边去洗衣服。棒槌砸在衣服上，啪啪的响声在远处激起了回声。就在这个时候，村里的一些男人私下里走动起来，在悄悄酝酿一场抢亲的行动。村里被土匪打死五个人之后，那些尚存的男人好像也被打垮了，一个个低头耷脑都打不起精神。即将发起的抢亲行动，使他们的精神为之一振，失去的魂灵似乎重新还了回来。他们知道，抢亲不同于打土匪。抢亲的一方人多势众，在村里处于绝对优势，可以确保抢亲成功。而被抢的人家在村里只有一户，完全处在弱势状态。换句话说，抢亲的一方根本不用付出人命，只需付出一些力气，就可以把新娘子抢到手。惨案发生后，村子里的武堂子停办了，刀枪虽说没有入库，但跟入库也差不多。正在密谋的抢亲行动，难免让村里那些在武堂子里学习过的男人记起他们并没有废掉的武功，说不定他们的武功正好可以在抢亲行动中发挥作用。抢亲就要迎亲，迎亲肯定是一件喜事。就要到来的喜事，让那些准备参与抢亲的男人都有些笑眯眯的，好像抢来的亲也有他们一份似的。虽说他们有些兴奋，还有些激动，但他们表面上装得很平静，都像无事人一样。他们类似于暴风雨到来之前的蚁群，没有大喊大叫，却有着严密的组织性、纪律性。还是如同蚁群一样，他们到谁家集合，商量抢亲的具体方案，只需看看同类的眼神，闻闻对方的气味，顶多互相触碰一下触角，就秘密地走到一起去了。

亲不可共享，抢亲要出动不少人，成亲只能一对一。那么我们老刘家准备为谁抢亲呢？答，为麻鼻子。按家谱论，麻鼻子是敦字辈，是我的一位本家爷爷。可恕我不恭，我只能把他写成麻鼻子，因为我无论怎么想都想不起来他的大名，只能对他以外号相称。人有麻子不算什么毛病，在我的记忆里，我们村爷爷辈的和叔叔辈的人当中，差不多麻子能占到三成。也就是说，三人行，就有一个是麻子。不仅男麻子多，女麻子也不少。麻鼻子脑门上和腮帮子上的麻子并不是很稠，鼻子上的麻子却很密，完全可以用密密麻麻形容。麻鼻子的鼻头和鼻梁都比较高，对他的麻子起到了推举的作用，人们还没看到他的眼睛，先看到了他高鼻子上的麻子。于是，人们一下子抓住了他的特点，麻鼻子的外号由此而生。麻子分黑麻子和白麻子，好在麻鼻子鼻子上的麻子是白麻子，乍一看，他鼻子上像是分布着一朵朵小小的白花，对鼻子构成了一种点缀。不管怎么说吧，已经二十二岁的麻鼻子，身材高挑，四肢匀称，堪称一个英俊小伙。

这么一个不错的小伙子，却迟迟定不下亲，娶不到老婆。麻鼻子的爹娘也曾托媒人给麻鼻子牵过线，介绍过对象。女方的爹娘没等媒人把线交到女孩子手里，就提前把线掐断了，还三番五次地掐断。主要原因，是女方嫌麻鼻子家弟兄太多，房子太矮，土地太少。麻鼻子弟兄四人，他是老大。他们家只有三间草坏房，冬天进风，夏天漏雨。他们家只有两亩多薄地，每年打的粮食都不够吃。这样不好的家境，有哪个女孩子的爹娘舍得让女儿嫁到这样的人家受罪呢！大麦熟了，小麦才能熟。麻鼻子作为家里的"大麦"都找不到老婆，紧跟在他后面的三个"小麦"，找老婆的事更不用提。眼看"大麦"一天比一天大，"小麦"们穗子里也在灌浆，可把麻鼻子的爹娘急坏了，也愁坏了。事到临头，他们才好像突然明白过来，不是把儿子养大就完了，原来长大的儿子也是需要找老婆的，找不到老婆，那日子就没法往前过。他们甚至有些自责，当年不管不顾，只顾快活，不计后果，才生了这么多儿子。要是提前想到儿子们找老婆这样难，何必生这么多儿子呢！

正当麻鼻子的爹娘一筹莫展之际，他们得到一个消息，本村老普家的大闺女普大甜，跟南边马家洼的马家定了亲，再过十天八天，普大甜就要嫁到马家洼去。这个消息，让麻鼻子的爹娘心里很是不平衡，老普家的闺女是在老刘家的村庄养大的，嫁给老刘家的男人做老婆不好吗？干吗非要嫁到外村去呢，难道马家洼的男人才是男人吗？他们动了一个大胆的念头，要想办法阻止普大甜嫁到马家洼去，最好趁普大甜出嫁那天，半路上把普大甜抢回来，让她和自家的大儿子拜花堂。有了这样的念头，他们却不敢自专。村有数口，主事一人，老刘家有老刘家的头人。他们必须征得头人的许可，并求得头人的支持，才有可能实施抢普大甜的行动。

这天傍晚，麻爹提了用红纸封的点心匣子，登门对头人说了他的想法。头人生得高高大大，坐在罗圈椅上起身时，几乎能把整个椅子带起来。听了麻爹的想法，他说：嗯，这不是抢亲吗？

麻爹没有否认抢亲，他说：孩子大了，有劲无处使，没办法。

头人把一只手摁在额头上，像是思考了一下，说：抢亲是大事，不是老鼠搬家，可不是闹着玩的。

去帮着陈庄寨的人打土匪，就是头人所主张的，结果白白丢了五条好好的人命。现在半路抢亲，要把马家洼的人眼看到嘴的肉抢过来，马家洼的人组织反抢，两个村的人说不定会打起来。一旦打起来，不是头破，就是血流，局面恐怕不好收拾。

头人没有马上表态，他说他还要再想想。

麻爹与头人的门头很近，他把头人叫大哥。他似乎看出了大哥的担心，对大哥说，他打听过了，要娶普大甜做老婆的那户人家不是姓马，是姓张，在马家洼是小户人家，男丁只有三四个，没什么势力。那个要娶普大甜当老婆的小子长得又瘦又小，跟一只秋鸡子差不多，跟他的儿子比差远了，根本不在话下。

头人说：你说的那户姓张的人家我知道，他家是做豆腐卖豆腐的，人称豆腐张。

是的，他家的人也都跟豆腐一样，硬不起来。

那……你们打算把普大甜抢回来给麻鼻子当老婆，麻鼻子愿意吗？

他都这么大了，给他一个女的就行，谁管他愿意不愿意。

普大甜呢，他愿意跟麻鼻子成一家人吗？

我们只管帮他们把生米做成熟饭，他们把熟饭吃着吃着，就会变成一家人。

头人这才勉强同意实施抢亲的事宜。

头人特别对麻爹交代，此次去抢亲，老刘家的人都不要带大刀、长矛，也不要拿铁锨、钉耙，凡是带利刃的家伙都不许带，只许带杠子、扁担等木头东西。万一打起来，最好不要见血，更不要把人打坏，采取抱摔的办法，把对方摔倒在地就可以了。

该说到老普家的大闺女普大甜了。老普家是我们村的外来户，在整个村子，姓普的只有一家，没有第二家。普家的人说不清他们的老家在哪里，只记得是从北乡逃荒要饭过来的。普家的人在我们村住下来的时间不是很长，普老爹是第一代，他的四个孩子是第二代。普老爹和他的老婆之所以能在我们村居住下来，是因为普老爹种菜种得好，有一套打理菜园的技术。人不光吃粮食，还要吃菜，家家都离不开菜。村里有一个财主，听说普老爹种菜种得拿手，就在村子东北角划出一块地，让普老爹当菜园种一下试试。普老爹两口子在菜园里搭起一个草庵子，日日夜夜睡在菜园里。夏天到来时，村里人到菜园里一看，普老爹种菜果然种得很好。他种的菜分瓜菜、果菜和叶菜。瓜菜有黄瓜、丝瓜、倭瓜、冬瓜等，果菜有茄子、辣椒、豆角、山药蛋等，叶菜有韭菜、米谷菜、荆芥、芫荽等。瓜菜长得又肥又胖，果菜结得又圆又长，叶菜发得又厚又亮。种出的菜财主家吃不完，他们可以把菜挑到集市上卖一部分。卖菜挣的钱，除了大部分交给财主家，自家可以留一点儿。他们攒下了钱，就扒掉了草庵子，盖起三间土坯房。他们在菜园子里种菜，在房子里种孩子。

他们两口子一共种出四个孩子，两个男孩子，两个女孩子。以出生的先后顺序排列，大女儿叫普大甜，大儿子叫普大成，二女儿叫普大蜜，二儿子叫普大礼。可惜的是，二女儿和二儿子生来就是哑巴，也是聋子。既然二女儿和二儿子从来不知道自己叫什么名字，别人叫他们的名字，他们也听不见，时间一长，村里人好像把他们二人的名字忘记了，偶尔说起他们时，分别把二女儿说成是母哑巴，把二儿子说成是公哑巴。这样的外号有些难听，带有明显的歧视性，但作为外来户的老普家毫无办法，只能听之任之。

好在大女儿普大甜顺利长大了，长得头是头、脸是脸、鼻是鼻、眼是眼，端端正正，明明亮亮，挑不出任何毛病。不能拿菜园里那些瓜与普大甜作比，虽说就圆润度和饱满度而言，普大甜身体的某些部位有些像瓜，但就整体而言，没有哪一种瓜能与普大甜相提并论。普大甜更像是桃子，成熟的桃子，桃子由青变白，又渐渐露出了桃红，让人一见就垂涎欲滴，想把桃子摘下来。普大甜右边的嘴角长着一两颗雀子，当地叫老鸹蛋星子。乍一看，好像普大甜在吃油炸芝麻叶时，一不小心，有两颗黑芝麻粘在了她的嘴角上。嘴角上的"黑芝麻"不但不影响普大甜的漂亮，反而为她增添了几分俏丽，几分妩媚。不少人一见普大甜，就有些不由自主似的，愿意盯着"黑芝麻"看，并想帮着普大甜把"黑芝麻"弄下来，放在自己嘴里吃掉。

我们老刘家有不少男人，老男人、中年男人、青年男人、小男人都有。老男人和小男人就不说了，那些中年和青年男人，都不免对普大甜有些动心。虽说老刘家也有一些已长成的闺女，但出于伦理禁忌，他们对本家本姓的闺女们不敢有半点儿非分之想，矛头一致对外似的，对准了外来户家的大闺女普大甜。特别是那些和普大甜年龄差不多大小的小伙子，差不多都在打普大甜的主意，都把普大甜当成了自己追求的目标。在夜深人静之时，他们都曾偷偷地爬进老普家的菜园，偷过菜园里的黄瓜或丝瓜。偷瓜之余，他们也想把普大甜偷一偷。打个比方不好听，那些小伙子好比是一些精力充沛、能跑能跳的公兔子，普大甜好比是发育成熟、毛眼迷离的母兔子，公兔子是一群，母兔子只有一只，那些公兔子不追逐那只母兔子，还能追逐谁呢！

在追逐母兔子的公兔子当中，麻鼻子是其中之一。

麻鼻子比普大甜大三岁，都在一个村子里住着，屋里不见地里见，树下不见路上见，低头不见抬头见，麻鼻子等于是看着普大甜一点儿一点儿长大的。从黄毛丫头变成了一个扎着两条长辫子的少女，从灰巴巴的小脸变得满脸红光，从一个不起眼的菜园妞变成了浑身闪射着青春魅力的大闺女。天下的大闺女千千万，可村里的普大甜只有一个，麻鼻子不追求普大甜还能追求谁呢！他似乎早早就把目标锁定在普大甜身上，颇有点儿不娶普大甜当老婆誓不罢休的意思。

这天上午，麻鼻子要到他家的麦子地里，看看麦子开始抽穗没有。他家的麦子地在村西，出了村南的唯一一个出口，他应该沿着土路往西走。可是，他却来了个背道而驰，不往西走往东走。这还不算，往东走了，他还要往北走，一直走到北边的村后，差不多把村子绕了一圈，才向西地里走去。他这样舍近求远是为什么呢？因为普大甜家的菜园和房子在村子的东北角，他只有路过东北角，才有可能看到普大甜。乡下的男人下地不空手，麻鼻子胳膊上扛的是粪筐，手里提的是一把拾粪的铁锨。好比戏台上的武生上台都要手握一根马鞭子，白马鞭子或红马鞭子，麻鼻子下地也必须带粪筐和铁锨，这两样东西是他的标配。麻鼻子不惜绕着弯子，希望能看上一眼普大甜。其实他能看到普大甜的概率是很低的，绕十次弯子，能有两次看到普大甜就算不错。可麻鼻子乐此不疲，哪怕只有百分之一的希望，他宁可做出百分之百的努力。麻鼻子的努力没有白费，他看到普大甜的机会还是有的。隔着一条水坑，他有时看到普大甜在菜园里摘辣椒，有时看见普大甜在门前喂鸡。不管普大甜在做什么，只要能看见普大甜，他心里就能甜上好一阵子。还有的时候，麻鼻子并没有看到普大甜的身影，只听到普大甜在屋子里大声吵人的声音，像是在吵她的弟弟，或她的妹妹。哪怕只听听普大甜的声音，麻鼻子也能得到一种满足。

麻鼻子这天运气好，走到村子东北角的水坑外侧，他看见普大甜正在水坑内侧的水边洗衣服，心中一喜，他就像自己给自己施了定身法一样，在水坑外侧的路边站下了。这是一条南北向的土路，被人们称为官路，去北镇上赶集的人们都是走这条路。路上这会儿没有别的人，只有麻鼻子自己，他正好可以好好地把大甜看一看。他不仅看到了在水边蹲着洗衣服的普大甜，还看到了普大甜水中的倒影。在他看来，不管是水上人，还是水中人，都好看得没法说。他相信，普大甜也能看到他映在水中的倒影，因为坑中的春水很清，清得像一面镜子。看到他水中的影子之后，普大甜只要稍一抬头，就会看到岸上的他。这叫低头见，抬头也见。可是，麻鼻子看了普大甜好一会儿，却不见普大甜抬头。普大甜手上洗的是一条打着补丁的黑裤子，她把裤子在手里搓几下，再在水面上啪地摔一下。搓的时候，裤子在她手里被团成了一团，摔的时候呢，裤子就变成了长条。在她不摔打裤子的时候，麻鼻子的倒影是完整的，她一摔打裤子，麻鼻子的倒影就难免有些破碎。麻鼻子有些忍不住，叫了一声普大甜的名字。他叫的是大甜。

瞎叫什么，别人的名字能是你随便瞎叫的吗？普大甜仍没有抬头。

我就听着大甜这个名字好听，一十三省数第一。怎么，你的名字不就是让人叫的吗？

让人叫，不叫狗叫。普大甜又把湿水的裤子摔了一下。

怎么，在你眼里，我难道连一条狗都不如吗？

如不如狗你自己知道。没镜子有水，也不在水里照照，看你是什么样子。

我怎么了，不就是鼻子上长了几个麻子嘛！人喝稀饭，嘴里还会漏几个豆子呢。麻鼻子说着，扎着粪筐的那只手不由得捂了一下鼻头。

关于漏豆子的说法，让普大甜几乎有些想笑，她说：难道你还嫌你的麻子小吗？要长得像黄豆一样你才高兴吗？这样说着，普大甜有些把不住劲，真的笑了一下。在笑的同时，普大甜总算抬头看了麻鼻子一眼。

麻鼻子看到了普大甜的笑，他心头大大地甜了一下。他正要沿着水坑的斜坡走到水边，走得离大甜近一些，再跟大甜说上几句话，普大甜起身，把裤子拧巴拧巴，转身上岸去了。

麦子黄时，麻鼻子家院子里那棵杏树上结的杏子也黄了。杏子不光是黄，还有些发红，像涂了一层胭脂。麻鼻子半夜里起来，装作到院子里撒尿，却悄悄爬到树上，摘下了几颗杏子。他闻到了杏子的香甜，自己连一颗都没舍得吃。他把杏子包进一片事先准备好的麻叶里，准备送给他心爱的普大甜吃。麻鼻子观察到，普大甜这天要到镇上去赶集。普大甜用竹篮子扣了半篮子黄瓜，大概要去镇上卖黄瓜。她要卖的黄瓜是白黄瓜，每一根黄瓜上都长满了刺，黄瓜的顶上都有一朵小小的黄花。麻鼻子赶紧回家，从柴草洞里掏出那包杏子，一路小跑，到集镇上寻找普大甜。这个集镇的历史越千年，每逢双日子就有集市。市场上，卖牛的有牛市，卖猪的有猪市，卖羊的有羊市，卖鱼的有鱼市。到了麦收前，集市上开辟了新的市场，卖桑杈、扫帚、扬场锨、苃子、草帽等麦季用品。这些用品一律是白色的，在阳光的照耀下闪着炫目的银光。集市上当然也有菜市，菜市上什么新鲜蔬菜都有。麻鼻子很快在卖菜的地方找到了普大甜，见普大甜竹篮子里的黄瓜已卖出一些，只剩下半篮子。他左右看看，没有熟人，就趋前叫了一声大甜。

两旁都是卖菜的人，普大甜给麻鼻子留了面子，没有反对他叫大甜。但她也没答应，说：干什么？

我们家的杏子熟了，我摘了几颗，给你尝尝。麻鼻子说着，把包了绿麻叶的那包杏子递到普大甜面前，麻叶包裹上面还缠着生麻匹子。

普大甜的脸一下子红了，红得像杏子上的胭脂红。她连连摆手，说：不吃不吃，我姓普，你姓刘，我们姓普的怎么能吃你们姓刘人家的杏子呢？

都在一个庄儿上住着，跟一家人差不多，哪能分得那么清。好了，吃吧吃吧，这杏子甜得很，每颗杏子都甜得跟蜜兜儿一样。

我不喜欢吃甜东西，一听说甜东西我就倒牙。你赶快把你的杏子拿走。

普大甜不接杏子，麻鼻子把杏子放进普大甜盛黄瓜的竹篮子里去了。

普大甜拿起杏子，还给麻鼻子。两个人推推让让，把包杏子的麻叶弄破了，杏子露出来，落在了地上。黄中带红的杏子都圆滚滚的，落在地上颇为显眼。

旁边卖菜的人都看着这两个年轻人，不知道两个男女青年之间发生了什么事。

普大甜提起自己的竹篮子，穿过集市上熙熙攘攘的人群，走了。

手里还抓着破麻叶的麻鼻子，一时不知道把落在地上的杏子捡起来好，还是不捡起来好，样子有些失落，有些难堪。

普大甜家的屋子后面，也有一条水坑。水坑里活跃着不少野生鱼，水边还长出了不少芦苇。那些芦苇很是旺盛，它们沿着坑边的斜坡一直往上长，不仅长到了岸上，还一直长到了普家屋子后墙的墙边，像是在泥坯墙外又加了一道芦苇墙。这样的苇丛相当密实，恐怕比种满高粱的高粱地还要密实。一个人要是藏进芦苇丛里，跟多了一根芦苇差不多，很难被人发现。为了多看普大甜几眼，麻鼻子多次潜入芦苇丛中。潜伏在芦苇丛中的麻鼻子一动不动，像是把自己变成了一个猎人，并具备了猎人应有的耐心。夏天的某个午后，麻鼻子终于看到了普大甜在芦苇丛中所做的一件秘密的小事情。他大概有些激动，还有些紧张，身体碰到了芦苇，发出了声响。刚刚站起身的普大甜吃惊不小，问：谁？

我。

你藏在这里干什么？

我到水里摸鱼来了。

你摸鱼怎么摸到苇子棵里来了，我看你没安好心。

麻鼻子口干舌燥，有些结巴。他叫了好几声大甜、大甜，才说：我都看见了。

你看见什么了？

我什么都看见了。

你真不要脸！

大甜，咱俩好吧。你要是跟我好，我一辈子都会对你好，你叫我喝尿我都喝，你叫我喝几口我就喝几口。

想什么呢，想瞎你的眼！普大甜转身走了，回到她家的屋子前面去了。

麻鼻子的爹娘也知道他们的大儿子喜欢普大甜，曾托媒人去普家提过亲。此时，普老爹已经去世了，普家的事由普老娘和普大成当家。也就是说，别看是普大甜自己的婚事，她却不能做主，只能由娘和大弟弟说了算。娘和大弟弟说中，才算中，他们说不中，媒就不必再提，提也是白提。普老娘说，普老爹死前留话，兔子不吃窝边草，普家的闺女不嫁给刘家，普家不跟刘家结亲。这样的话也算是遗言，遗言带有神圣的性质，是必须遵守的。普大成同样反对他的姐姐和哑巴妹妹嫁给刘家的人当老婆，他的态度比普老娘还要坚决。普大成没说出原因，但刘家的人都知道原因是什么。不知从什么时候开始，当地形成了一种文化，男人都不愿意当舅舅。一当舅舅，就意味着自己的姐姐或妹妹给外人做了老婆，就得给外人生孩子，甚至还会受到外人欺负。当舅舅是被动的，是出于无奈，还像是受到了一种羞辱。应该说这种文化是狭隘的，没什么道理，但一代又一代的人传下来，久而久之，就形成了当地人不愿当舅舅的文化心理，一听有人叫他舅舅，本能的反应，就如同挨了骂一样。如果普大成同意让自己的姐姐嫁给麻鼻子，那么这个村很多姓刘的、比他低一辈的人都会喊他舅舅。喊了舅舅不算完，再低一辈的人就会喊他舅爷。一个舅字如同牛戴上了牛鼻圈子一样，一旦戴上，就再也挣脱不掉。这是普大成无论如何都不愿意接受的。

那怎么办？留给老刘家的没有别的路，只有一条路可走，那就是仗着人多势众，把老普家的闺女抢回来。

用现在的眼光看，我们老刘家的抢亲行为是不合适的，也是不合法的，跟原始的、弱肉强食的丛林法则差不多。我们帮着陈庄寨的人打土匪，被土匪打死了五个人。而我们老刘家的人半路抢亲，表现出来的也是一种匪气，比土匪的强盗行为好不到哪里去。

稀罕莫过人咬狗，好看莫过人抢亲。各路看官等着看抢亲的场面，可能都有些等不及了，那么好吧，现在咱们就把半路抢亲的过程表一表。

表来可能会让看官们多多少少有些失望，因为抢亲的场面并不像人们想象得那般激烈，那般好看。村南一里外的地方有一条河，河上有一座石桥。我们老刘家挑选出十多个身怀武功的青壮男人，早早地就埋伏在了石桥两侧的河堤下面。他们有的抱着木杠，有的扛着扁担，有的手握桑杈，一个个蓄势待发，都是势在必得的样子。单等有人发一声喊，他们就一齐冲上桥头，把迎亲和送亲的队伍截住，把该抢的亲抢下来。准备发号的那个人，也是望风的人，他站在桥上，一边装作用钓鱼竿在河里钓鱼，一边向村子的方向张望。这天是个半阴天，太阳一会儿被云彩遮住，一会儿又露出半个脸来。当太阳被云彩遮住时，太阳似乎一点儿都不着急。当太阳重新露面时，太阳也没表现出任何惊喜，觉得一切不过如此。半晌午时分，普家的菜园那里响过一阵鞭炮，表明普大甜哭着告别了娘亲，这才出嫁了。

普大甜没有坐花轿，迎娶她的是一辆二牛拉的太平车。车上搭了一个三角形的棚子，棚子下面铺了一张苇席，她头上盖着红盖头，垂头坐在苇席上。赶车的是一个老头，老头坐在太平车一侧的车帮上，手里拿着一根拴了红缨的鞭子。迎亲的人，在当地被称为扛毡的。扛毡的人也是一个上岁数的人，他左肩上搭着一个钱褡子，钱褡子的口袋里并没有装钱，只装有一些散炮。每走到一个路口，或走到一座桥上，扛毡的人就会掏出炮来放上一声，以告知路人和神明，有一个闺女今天出嫁了。普大甜的嫁妆很少，娘家只陪送给她一只漆成黑色的木箱子，由两个年轻人抬着，跟在牛车后边。可以说普大甜出嫁的场面一点儿都不隆重，反而有些冷清。

站在桥上的望风人收了钓竿，对桥下的人说：来了来了，准备动手。他发的是预备性的口令，说的是准备动手，而不是马上动手，可那帮打手似乎早就等不及了，一听到动手，他们龙腾虎跃，立即从河堤下面蹿了出来。拉着新娘子的牛车还没走到桥头，他们就手举家伙，呼啸着向牛车冲去。让这帮热血沸腾的男人稍稍感到有点儿遗憾的是，他们的激情和武功都没怎么派上用场，赶车的和扛毡的两个老头儿像被吓傻了一样，没有表现出任何反抗，就乖乖地把新娘子交了出来。扛毡的只是感叹了一下，说：咿哟嗨，你们这么干，不是抢亲嘛！赶车的老头儿说的是：你们抢人归抢人，不要抢车，也不要抢牛，我还得把牛车给人家赶回去。

有反抗表现的是普大甜本人。

麻鼻子也混在抢亲方的队伍中。他头上戴了一顶带红钮子的黑缎子帽，身穿毛蓝布的新衣裤，打扮得已经是新郎官的样子。牛车一停，他跳上牛车，二话不说，抱起普大甜，跳下牛车，就往回村的方向走。说是抱普大甜，其实是他把普大甜扛到了一侧的肩膀上，他所紧紧抱定的只是普大甜的两条大腿。他把普大甜扛得头朝下，屁股朝上，跟扛一座小山差不多。普大甜的带流苏的红盖头掉在了地上，被一个参与抢亲的小伙子捡了起来，顶在了扁担顶端，像打起了一面旗帜。

普大甜的两只脚乱蹬，双手攥成拳头，使劲捶打麻鼻子的后背，叫道：麻鼻子，臭麻鼻子，死麻鼻子，放下我，放下我！

大甜，乖，别闹别闹，咱们一会儿就到家了。麻鼻子把普大甜的两条腿抱得更紧些，又说：老天爷说你天生就是我的人，非让我娶你，我也没办法。

普大甜还在挣扎，继续叫骂，她说她早就看出来了，麻鼻子就是一只给鸡拜年的黄鼠狼，诅咒麻鼻子这辈子是麻鼻子，下辈子鼻子上还得长麻子。

一些男人围上来，在为麻鼻子保驾护航。为了帮助麻鼻子控制普大甜，有的男人摁普大甜的脚，有的男人摁普大甜的头，还有的男人浑水摸鱼，摁到了普大田身上突出的敏感地方。

普大甜骂人骂得更厉害，我日你们所有刘家人的八辈祖宗，你们老刘家的人就是合伙欺负我们老普家的人！

有个男人解下腰间的大带子，干脆把麻鼻子和普大甜捆在了一起。有道是捆绑不成夫妻，那个男人也许就要试一试，捆绑到底能不能成夫妻。

普大甜挣脱无望，大喊：我的箱子，我的箱子！她的攒了多少年的所有嫁妆都在箱子里，她可舍不得她的箱子。

有人说：放心吧，箱子跟着人走，我们已经派人把你的箱子抬回来了。

事情到了这个地步，没听到豆腐张家的人有任何回抢的风声和动静，抢亲的戏剧是不是就这样收场了呢，是不是一点儿好戏都没有呢？别急别急，好戏多在结尾处，好看的戏还是有一些的。后面的好戏带有一些喜剧性质，若干年后，村里的过来人一提起那次抢亲，之所以有些喜不自禁，多是因为回想起了抢亲最后的喜剧情节。

豆腐张家的人，被如狼似虎般的刘家人抢走了新娘子，并不是忍气吞声，一点儿回应都没有的。他们请人和我们村的头人交涉，经过头人从中调解，麻鼻子家的人答应，等收下麦子后，给张家一百斤小麦，等红薯收下后，再给张家二百斤红薯，纠纷就算摆平了。这是后话，不提也罢。

对于刘家抢亲，真正做出一些反抗举动的，是普家的人，是普大甜的大弟弟普大成，二弟弟普大礼，还有妹妹普大蜜。他们一得到姐姐被抢的消息，嗷嗷大叫着，向麻鼻子家里扑去。普大成手里举的是桑木杠子，普大礼挥舞的是枣木扁担，普大蜜拿的是一根擀面杖，他们暴怒如狮，气焰万丈，要把他们的姐姐抢回来。特别是那位被称为公哑巴的普大礼，别看他喉咙哑了，吐不出字眼，但他吼出的声音却很洪亮，简直像打雷一样，震得树上的叶子哗哗响。全村的男女老少都听到了普大礼的吼声，纷纷跑到麻鼻子家里看热闹。

此时此刻，刘家的人已把麻鼻子和普大甜双双塞进屋内，并在门上锁上了狗头锁。门口站着一排精壮汉子，担负着对新郎新娘的保卫工作。他们个个嬉皮笑脸，且严阵以待。见普家兄妹三人杀上门来，他们一点儿都不慌张，采取分割包围的办法，像《三国演义》里的三英战吕布一样，三个人对付普氏兄妹中的一个人。

先说普大成。两个人在前面与普大成用杠子对打，一个人绕到普大成背后，拦腰就把普大成抱住了。把普大成抱得脚不沾地后，一下子就把普大成摔了个大马趴。趁着普大成被摔倒，前面的人就顺势把他手中的杠子抢走了。他们已经开始把普大成喊成大舅，说大舅大舅，看来你摔跤不行啊！普大成不愿意当舅，还是被人喊成了舅，他只能破口大骂。他骂得口吐白沫，刚从地上爬起来，那个人再次抱住他的后腰，再次把他摔倒。上次把他摔了个大马趴，这次把他摔了个马趴大。就这样，普大成从地上站起来三次，被接连摔倒三次，他的锐气像皮球里的气一样，就跑得差不多了，"皮球"就不那么鼓了。

再说普大礼。别看普大礼是个哑巴，但他的力气之大是刘家的人没有料到的。三个青壮男人一起上去夺下他的扁担后，有人抱着他的腰，有人搂着他的脖子，有人拽他的胳膊，竟然摔不倒他。他暴跳如雷，奋力摆脱三个男人的纠缠，继续向关他姐姐的屋子冲去。这时有人出主意：不要跟公哑巴来硬的，挠他的痒痒肉，胳肢他。于是，三个人改变战术，一边继续和普大礼撕扯，一边腾出手来，用灵活的手指挠他腋下肋骨上的痒痒肉，胳肢他。这一招果然奏效，整个戏剧的喜剧性情节就出现在这里，一切让人忍俊不禁的好玩细节也出现在这一幕。被挠到痒痒肉的普大礼愣了一下之后，马上神情大变，松懈下来。他不想笑，但他管不住自己的痒痒肉，肋骨上的痒痒肉传导到他脸上的笑肌，他的笑肌有些弹跳，嘴就不由自主地咧开了。他大概意识到自己不该笑，就使劲憋着，憋得眼珠子冒凸着，面目有些狰狞，像二郎神一样。倘若他不是个哑巴，受到胳肢哈哈大笑一阵，也许就释放了。他大笑不成，脸上的表情就有些古怪，似笑似哭。同时，他被憋出了两眼泪，像是一个受了委屈的孩子。面对此等战术，普大礼不敢恋战，跑掉了。那些使用损招占到便宜的三个男人仍不想休战，他们把手指在嘴上嘘嘘吹着，叫着二舅二舅，你别跑呀，咱们再玩一会儿。

三说普大蜜。普大蜜的姐姐被刘家的人抢走了，她觉得，她也是一个女孩子，将来的命运也有可能遭抢，这让她心里很不平。普大蜜的反抗，一上来就取得了一个小小的成功，她用擀面杖把放在麻鼻子家屋门口的一个猪食盆子打碎了。灰色的猪食盆子是陶制品，她手起杖落，哗的一声便把盆子打了个粉碎。刘家的男人对她倒没有实行抱摔，只是拉住她的胳膊，往她嘴里塞了一块东西。一开始，她以为人家是往她嘴里塞了一团抹布，防止她喊叫。正要把"抹布"吐出来，舌头一顶，她尝出来，塞进她嘴里的是一块猪肉。原来，麻鼻子的爹娘为了迎接新娘子，并招待一下前来帮忙的众乡亲，提前杀了一口肥猪，在院子里一口大锅里敞着口子煮。猪肉已经煮烂了，呼呼地冒着香气。普大蜜既然是普大甜的娘家妹子，她来姐姐家，权当她是来走亲戚，往她嘴里塞一块猪肉是应该的。普大蜜嚼嚼，把猪肉咽进肚子。嗯，味道不错。她眨眨眼皮，好像吃一块还不够，还想再吃一块冒油儿的猪肉。好吧好吧，再给大蜜来一块大的，管她吃个够。

为防止有人夜袭洞房，当天夜里，有三个男人一直在门外为新郎新娘站岗。

第二天日上三竿，麻鼻子才对门外的人说：弟兄们辛苦了！

把门锁打开吧。

站岗的人开锁走进屋内，当然要把新娘子看一看。

麻鼻子说：这好办。他掀开被窝，露出被窝下面的一大块白，并在那一大块白东西上面啪啪拍了两下，炫耀似的说：看看，白不白！

麻鼻子，臭不要脸，你干什么！新娘子赶紧拉被子把自己的身体盖上了。

普大甜三天后回门，娘以为女儿受了很大委屈，心疼得哭得一把鼻涕一把泪。

普大甜反过来劝娘：娘，没事，人活一辈子，在哪儿不是吃饭过日子哩！

2023 年 7 月 31 日—8 月 20 日，从光熙家园至翰高文创园再至光熙家园

（其间去了一趟河南栾川老君山）

原载《钟山》2024 年第 1 期

放生

黄家庄

　　两口子在北京东城的一个居民区里卖菜。

　　以前，这里是城外的一个村庄，村民大都姓黄，村庄的名字叫黄家庄。庄子不大，只住着几十户人家，每家都有一个自成一体的小院子。他们的院子不像皇城根儿那些规整讲究的四合院，连三合都说不上，顶多算是搭了院墙的向阳小院。他们模仿住在四合院里的市民的生活，在院子里也栽枣树和石榴树。枣树也是早树，是说干啥事都要趁早。石榴树，他们看中的是榴字的谐音留，意思是把一切都要留住。秋来时，枣树上结满了红白相间的玛瑙样的小枣儿，隔着院墙都看得见。石榴树上结的石榴都是大肚子，个个像弥勒佛，一见就让人想乐。

　　北京人做饭都会摊煎饼。把和好的面糊倒在鏊子上，或平底锅里，用木质的或竹子制成的刮子打圈儿一刮，把白色的面糊刮薄，刮圆，待面糊结成一个整体，徐徐冒着热气，颜色渐渐变深，啪地翻一个个儿，再煎上一会儿，煎得正反两面都呈现出微黄的面花儿，一张煎饼就煎成了。在煎饼里卷上凉拌韭菜、绿豆芽和胡萝卜丝，又软又香又脆，那是相当好吃。在北京人看来，北京城的发展扩大跟摊煎饼差不多，摊一圈儿，又摊一圈儿，再摊一圈儿，就把北京城的摊子摊大了。

就是在"摊煎饼"的过程中，黄家庄被摊进"煎饼"中，成了大"煎饼"的一部分，一小部分。黄家庄离北土城元大都城垣遗址公园不远，步行的话，二十来分钟就可以走到。相比之下，黄家庄存在的历史比元大都还要久远一些，至少超千年。然而，也就是两三年时间，黄家庄的平房统统被拆掉了，在原地盖起了楼房。楼房一共九栋，最高的二十六层，最低的也有五层。那些居民楼多是中央的国家机关出资兴建的，有煤炭、石油、化工、黄金、航天等多个行业。好嘛，住进楼里的那些人，不是高干，也是低干；不是大知，也是小知，一个两个、十个八个，都是来历不凡的样子。如此一来，黄家庄就彻底改变了农庄的性质，成了北京城众多居民小区中的其中一个。好在黄家庄并没有被人们像吃煎饼一样吃掉，黄家庄作为一个地名，并没有在北京的版图上消失，原名一字不少地保留了下来。在腾讯的电子地图上，标有黄家庄的所在方位和具体地址。在北斗卫星导航系统中，只要输入黄家庄三个字，出租车就会顺着北斗所指引的方向，准确无误地把乘客送到小区楼前。好在，黄家庄的原住民没有一去不返，他们在外面临时住了一段时间，又搬回来了。按照家庭人口，他们有的分到了三套住房，有的分到了两套住房，最少的也分到了一套住房，真正做到了居者有其屋。他们不再是农民，摇身一变成了市民。他们的户口不再是农业户口，从此变成了非农业户口。在居民群里，他们一点儿都不自卑，似乎比那些五行六业的干部还牛，他们常常对那些后来者说：知道吗，知道吗，你们住的是我们的地儿。

尽管小区内的楼房建得比较密集，小区的物业管理公司和居民委员会，还是千方百计挤出一些空地，建了停车场和健身场所，还建了两个被称为绿地小品的花园。一个花园开有圆形的中心花坛，一年三季都有鲜花开放。另一个花园里搭了藤萝长廊，居民可以在廊下漫步，小憩。挑剔一点儿来看，黄家庄从此没有了菜园。在黄家庄还是农村的时候，家家都种有菜园，想吃什么新鲜蔬菜，随时都可以去菜园里采摘。在他们的房屋被推土机推成废墟之后，他们曾到变成土堆的废墟那里看过。夏季一场大雨过后，土堆上竟迅速长出一些狗尾巴草、扫帚苗子和野苋菜。野苋菜也是菜，掺鸡蛋烙成菜盒子，味道也不错。他们都掐了野苋菜，带走了。小区里没有了菜园怎么办？人不吃菜行不行？恐怕不行。人天生是杂食动物，除了吃粮食，吃肉，还要吃菜。一天不吃菜，饮食就说不上均衡。

夫妻菜店

就是在这样的背景下，牛国亮和马长平在小区里开的夫妻菜店应运而生。白菜萝卜西红柿，辣椒黄瓜豆角子，一转眼，他们的菜店已开了十多年。牛国亮脖子上挂上了金链子，马长平的手指上套上了金戒指，双耳垂上戴上了金耳环，表明他们菜店的生意不错，夫妻俩已过上了闪闪发光的金质生活。按时下流行的称谓，牛国亮被人称为老板，马长平被人叫作老板娘。每天傍晚吃饭前，牛老板都要在菜店里喝上两杯小酒。菜店里放有一张折叠式的小饭桌，马长平把小饭桌拉开，将下酒菜摆在饭桌上，牛老板就坐在桌后的矮凳子上喝起来。马长平想炒菜很容易。菜店门口一侧放有一张他们捡来的长条桌子，桌子上放着电磁炉，还有油盐酱醋、锅碗瓢盆和多种炊具。她取出菜，坐上锅，添上油，滋滋啦啦，一盘菜唾手可得。不过牛国亮喝酒一般不就什么热菜，一盘水煮花生米，一盘凉拌黄瓜，顶多再来一盘带脆骨的猪耳丝，足够。他不喝别的酒，只喝简称为"牛二"的牛栏山二锅头。他姓牛，"牛二"也姓牛，天天喝"牛二"，他觉得这是一种缘分。再说了，人在北京做生意，当然要喝北京生产的酒。他喝酒自己给自己定量，从来不喝大酒，每顿只喝两杯，一杯一两半，两杯三两，喝够三两就不喝了。他不怎么请人喝酒，每次喝酒都是自斟自饮，自得其乐的样子。逢年过节，或者遇上什么高兴的事，他会邀一下马长平，说老婆，你也喝一点儿呗。马长平一律拒绝，滴酒不沾。马长平从来不喝酒的理由很简单，她说她是生就的赤红脸，脸本来就红，喝了酒会更红，恐怕比鸡冠子还要红，那像什么样子。

　　这天，马长平给男人端上的下酒菜，除了三个凉菜，还有一个热菜，是鸡蛋炒辣椒。鸡蛋降辣椒，不管多辣的辣椒，打上鸡蛋一炒，就不太辣了。鸡蛋炒熟是黄的，辣椒炒熟还是绿的，黄绿相间，好看又好吃。牛国亮夸了一句北京人常挂在嘴边的带提手的粗话，说：今天多干了一盘儿。

　　一盘儿作为一种计量单位，不仅可以用来指一盘儿菜，还可以指别的什么。至于具体指的什么，牛国亮明白，马长平当然也明白。马长平的脸忽地红透，比喝了酒的人脸还要红，她说：不要脸，成天价就知道干那事儿。

不干那事干什么？牛国亮已经把定量中的两杯酒干掉了一杯，酒色涌上来，他的脸红了，脖子和耳朵也红了。他又说：我早就说过，我一定要把你管够。

谁稀罕你管，我早就够了。

这时，一位戴变色眼镜的中年男人匆匆走过来，要买一块姜。他说他夫人要做红烧肉，肉都切好了，才发现姜没有了。烧肉没有别的作料可以将就，缺了姜可将就不得。夫人让他赶快下楼来买一块姜。

生姜在一个塑料盒子里盛着，大块小块都有，每块都不一样。马长平让买姜的人自己挑。

那人拿了一块姜，放在电子秤的秤盘上，让马长平称一下。

不用称了，拿走吧，不值啥。马长平说。

中年男人从钱包里抽出一块钱来，问一块钱够不够。

马长平没说够不够，还是说：我让您拿走，您只管拿走就是了。

那人说声谢谢，把一块钱纸币放在秤盘上，拿起姜走了。

亏了吧，这块姜至少得值两块多钱。牛国亮嘴里嚼着鸡蛋炒辣椒说。

这个人我认识。听罗阿姨说，他在单位里是一个处长，管人事的。

他管他的人事，你管你的菜事，你巴结他干什么？

也就是一两块钱的事，能算巴结他吗？菜店能不能开下去还两说着，你这么小气干什么！

两说着的说法，话后面有话。话后面的话，不管有几说，恐怕都是敏感话题，都不轻松。牛国亮瞥了一眼屋子里的蔬菜和水果，没有再接马长平的话。

老乡老杨从菜店门口走过，看见牛国亮在喝酒，招手打招呼说：老乡可以呀，又喝上了！

没事，瞎喝着玩呗。

按理说，老杨看见了他在喝酒，他应该邀老杨一块儿喝两杯，烟酒不分家嘛，何况还是老乡。可牛国亮没有任何让老杨进店喝酒的意思，连句客套话都没说。老杨两口子在小区里打工，管理一个公共厕所。男女厕所外间的值班室，只有两个平方多一点儿，老杨在值班室里放一张折叠沙发床，两口子吃饭、睡觉都是在值班室里进行，等于也是在厕所里进行。菜店里的空气都是清新的，厕所里的空气都是污浊的，当然不可同日而语。平日里，牛国亮对老杨的营生有些看不起，不愿意让他到菜店里来，更不要说请他喝酒。

老杨说：能喝就抓紧时间喝吧，不然的话，过了这个村就没这个店了。

咦，这叫什么话！这话不仅接近了沉重，似乎还有些恶毒。这表明，老杨已经知道了菜店目前所面临的处境，颇有些幸灾乐祸的意思。他想把老杨的话撑回去，说过了这个店，还有下个店。他还想说难听话，让刚从厕所里出来的老杨把嘴漱漱再说话，不要一开口就熏人一跟头。之所以没把难听话说出来，是他想到，菜店里没安自来水的水管，这些年菜店里的所有用水，都是他老婆马长平每天提着大塑料桶到厕所里的水龙头那里去接的。菜店暂时还没有关张，水还要接着用，还是给老杨留点儿面子好一些。

等牛国亮喝完了酒，吃了一碗捞面条，马长平对他说：你明天早上去起菜，记着买几条鱼回来。他们家买了一辆面包车，每天凌晨三点，牛国亮驾车去郊区的蔬菜批发地拉菜。在路上来回跑三个多钟头，回到小区的菜店才六点多。每天都是这样，不管是夏天还是冬天，下雨还是下雪，菜照拉不误。他们不是说拉菜，也不是说贩菜，而是按老家的说法，说成起菜。

大概是因为老杨的话影响到了牛国亮的情绪，他在不好的情绪里还没走出来，马长平跟他说话时，他直着眼，没有吭声。

马长平只得提醒他：我跟你说的话，你听见没有？

说什么话？

你这个酒鬼，从来不把你老婆的话当话。我让你明早捎几条鱼回来，这回你听见没有？

噢，捎鱼。怎么，想吃鱼了？他们的菜店只卖蔬菜和瓜果，从来不卖鱼，也不卖肉。

马长平没敢说实话，她说：是想吃鱼了，怎么了？

鱼肚子里都是刺，有啥吃头。

是人就有骨头，没有骨头那还叫人吗！是鱼就有刺，没有刺那还叫鱼吗！

牛国亮问买什么鱼，是带鱼还是黄花鱼，是鲤鱼还是鲫鱼？

你看着买吧，只要是活鱼就行。

鱼死了

第二天一大早，牛国亮驾车按时回到黄家庄小区。牛国亮用来盛菜的东西是一些淡蓝色的塑料盒子，那些盒子的毛重都很轻，搬动起来很方便。牛国亮把每样菜装进一个盒子后，都不盖盒盖儿，以保持蔬菜的新鲜和水灵。小区里的居民大都还在睡觉，小花园里静悄悄的。只有一些养狗的人家，在狗的催促下，不得不下楼遛狗。每只被绳子拴着脖子的狗都不叫唤，只管顺着每天固定的遛狗路线往前走，把绳子拉得紧紧的。看上去不像是人在遛狗，而是狗在遛人。马长平起床也很早，打开菜店的门，拉亮菜店的灯，站在门口等丈夫回来。丈夫把车停稳，刚把面包车的后盖打开，她就及时走了过去。她今天最关心的是鱼，一看二看没看见鱼，她问丈夫：我昨天对你说让你买鱼，你没忘吧？

我老婆的话对我来说就是圣旨，臣只有接旨谢恩的份儿，哪敢忘呢。

马长平喊了一下说：说得好听，你有那么听话吗？在北京这么多年，你别的没学会，就学会了油嘴滑舌。鱼呢，鱼在哪儿呢？

瞎眼娘儿们，鱼不是在盛水芹菜的盒子里放着嘛。牛国亮把盛满水芹菜的盒子指了一下。

在盛水芹菜的塑料盒子一侧，马长平把鱼找到了。鱼盛在一只加厚的黑塑料袋子里，是三条鲫鱼。鲫鱼的个头不算小，估计每条鲫鱼都有三四两重。可惜鲫鱼都已经死了，死得翻着白眼，都是死不瞑目的样子。塑料袋子里冒出一股黏糊糊的鱼腥气。马长平不高兴了，皱起眉头，眼也翻白了一下，说：我不是让你买活鱼嘛，你买死鱼干什么！

牛国亮辩解说：我刚买的时候还是活的，鲫鱼在塑料袋子里还啪啪地打尾巴呢。鱼离不开水，不管什么鱼，只要一离开水，肯定得死。

你既然知道鱼离开水不能活，买鱼的时候，你为啥不让卖鱼的往塑料袋子里添点儿水呢！

费那个劲干什么，反正鱼都不是活着吃，都是死了才吃。就算它们活过了早上，也活不过晌午。你不是中午就做着吃吗，是准备炸成焦鱼，还是烧鲫鱼汤？

我什么都不做，我就是放在水里养着它们，让它们活着。

牛国亮的眼珠子硬起来了，硬得像喝了酒一样。他说：大早起的，你跟我来什么劲呢？我看你这两天就不对劲，老是想找事。你再找事，我抽你丫的。

听说牛国亮要抽她，马长平眼里顿时含了泪，但她毫不示弱地说：有本事你抽吧，你今天敢动我一指头试试，我马上就走。

你往哪儿走？

你管不着！

这时，一个烫染着白发的年轻女人，牵着一只巨型金毛犬从菜车旁经过。年轻女人听见他们两口子在掐架，就放慢脚步，看看他俩会不会真的打起来。金毛犬瞅准时机，撩起一条后腿，照菜车一侧的后轮胎上滋了一泡水。

马长平看出这个被小区的人称为"白毛女"的年轻女人想看他们的笑话，就低下眉，搬起那盒水芹菜，搬到菜店里去了。

吃过早饭，牛国亮去那座高层居民楼的地下室里睡觉。他们在地下室里租了一间屋，每月的租金是二百元。因屋子没窗户，不透气，有挥之不去的潮霉味，被马长平说成是小黑屋。牛国亮夜里起得早，需要补觉，他差不多要在小黑屋里睡一上午。在此期间，在菜店里值班和卖菜的任务，通常都是由马长平一个人承担。别看他们的菜店面积不大，菜的品种却很齐全，称得上应有尽有。他们所卖的菜大致有四种：叶菜、果菜、作料菜和野菜。叶菜有小白菜、奶白菜、包菜、芹菜、韭菜、小茴香、生菜等。果菜有黄瓜、南瓜、丝瓜、冬瓜、苦瓜、茄子、豆角、辣椒、莲藕等。作料菜有大葱、香葱、生姜、大蒜、芫荽等。野菜有野苋菜、马齿苋、红薯叶等。除了菜类，店里还卖有瓜果和蛋类。瓜果有西瓜、小瓜、桃子、葡萄、菠萝等，蛋类有鸡蛋、鹌鹑蛋、咸鸭蛋、松花蛋等。他们的菜店不是超市，但和超市的性质几乎是一样的，顾客想买什么，可以直接到半人高的货架子上去挑拣，去自取。有人来买菜，马长平会及时称重量，收钱，尽量不让人家排队。除了收取现金，她还办理了二维码，顾客可以通过手机扫码，用支付宝和微信支付。马长平留在二维码上的名字只有一个字，平。有人付钱的同时，就看到了她的名字，喊道：平，钱付过了。在注册名字的时候，马长平没想到别人会这么喊她。每听到北京人喊她平，她都有些出乎意料似的，并有些羞怯，答应着收到了，顿时笑成了一朵花。

在不收费的时候，马长平一刻也不闲着，动手整理那些菜。人上一百，形形色色，买菜人的素质和习惯千差万别。比如买豆角，有人喜欢粗一些的饱满的豆角，就把饱满的豆角抽出来，留下一些细的豆角。再比如买韭菜，本来上面的韭菜和下面的韭菜是一样的，有人却喜欢翻下面的韭菜，把韭菜翻得根叶颠倒，乱七八糟。买菜的人走后，马长平得马上把豆角整理一下，整得粗细搭配，捋捋顺顺。她也要把韭菜重新整理一下，理得青叶对着青叶，根白对着根白，一丝不乱。除了整理菜，马长平还整理鸡蛋。盛柴鸡蛋的盒子里，有带着红血丝的头蛋，有硌窝儿蛋，也有沾了少许鸡粪的蛋。有人喜欢带血的鸡蛋，说这样的鸡蛋是处女蛋，营养价值最高，见一个挑一个。鸡蛋一硌窝儿，买客就不愿意要了。马长平得及时把硌窝儿蛋取出来，放到一边。只要看见沾有鸡粪的鸡蛋，马长平都会挑出来，用一支专用的薄竹片，把鸡粪刮得干干净净。马长平打过比方，说卖东西跟娘家人打扮新娘子上花轿一样，上轿之前，得把新娘子打扮得漂漂亮亮，体体面面，娘家人才安心，迎娶新娘子的人家才欢喜。

好看

上午，马长平卖菜之余，正手持一只绿色的小喷壶，往菜叶子上喷水雾，黄主任走进了菜店。喷水雾，也是马长平每天必做的功课。什么菜都是水菜，都是以水分为主，都离不开水的滋养。为了保持蔬菜的新鲜、水灵，防止蔬菜很快打蔫，她就不时地往蔬菜上噗噗喷雾。它喷出的水雾，落在菜叶子上，如同早晨的露珠，但要比露珠细微，只见水光不见珠。

黄主任跟马长平打招呼：小马，早上好！

黄主任好！马长平回应。

又忙活上了？

瞎忙。活一天算一天吧。

小马这话可是有点儿悲观啊！

菜店下个星期就开不成了，不悲观咋办呢！菜店一角有一只高脚圆凳子，马长平把凳子指了一下，让黄主任坐。

黄主任不坐，仍站着跟马长平说话：我跟你说让小牛买几条活鱼放生，小牛买了吗？

别提了，鱼倒是买了，买了三条鲫鱼，拿回来一条活的都没有，都死得透透的。马长平说着，把放在菜架子下面的黑塑料袋子一指：您看，那几条死鱼还在那里放着呢。

放生，放生，鱼只有活着时放到湖里去，才谈得上放生。鱼一死，就没有任何放生的意义了。买鱼是为了放生，你没跟小牛说清楚吗？

我没跟他说买鱼是为了放生，他问我是不是想吃鱼了，我说是。他买了鱼，没往塑料袋子里添水，鱼就死了。我要是跟他说了买活鱼放生是您的建议，他又该疑神疑鬼了。

疑神疑鬼，谁是神谁是鬼呢？黄主任想了想，无声地笑了一下。小马的话，让他心里很是受用，看来他没有看错人。城管执法队的人到小区里检查，认定菜店是违章建筑，必须拆除。

执法队的人考虑到菜店里的菜还没卖完，没有下达立即拆除的指令，而是宽限了一个星期时间，最后的日期限定在下个星期一。到了指定时间，如果开菜店的人不自行拆除，执法队的工作人员就调来机械，代为拆除。得到指令的马长平情绪低落，叹息不止。她倒是没有埋怨城管执法队的人狠心，是在欺负外地人，只是怨自家时运不好，走了背运。要是在老家，她可以去镇上的庙里烧烧香，磕磕头，求神仙保佑她家转运。可是在北京，她不知道庙在哪里，神在哪里，想烧香磕头，都找不着庙门啊！就在这个时候，黄主任为马长平出了一个通过放生求转运的主意，说放生就是放自己，运气不好的话，放放生，说不定好运气就会转回来。放生放什么呢？狗不能放，猫不能放，只能放小鸟、乌龟、蛇，或者是鱼。带翅膀的小鸟没地方逮，牛国亮听不得乌龟这个名字，马长平害怕蛇，黄主任经过和小马商量，最后的选项，只能是放活鱼比较合适。放生活鱼的计划最好还是要实施。黄主任说：你别说是我的建议，可以说是别人的建议嘛。罗阿姨也天天到菜店里来，你可以说成是罗阿姨的建议嘛。

　　马长平觉得黄主任这个主意不错，她昨天怎么没想起来呢。她说等牛国亮中午吃饭的时候，她再跟牛国亮说一下试试。

　　太阳升起来了，菜店买菜的人逐渐多起来。黄主任还不走，继续在菜店里看马长平卖菜。有时买菜的人实在太多了，在狭小的空间里，几乎是人挨人，人碰人，连身子都转不开。尽管黄主任在菜店的一个夹角里站得跟抽签似的，他还是觉得自己有点儿碍事。在这个时候，黄主任才走出菜店，到小区的小花园里转一转，或到旁边修自行车的小铺那里看一看。估计买菜的高峰过去了，菜店里的人不那么稠了，他有些身不由己似的，又回到了菜店里。没办法，他一不卖菜，二不买菜，就是愿意去菜店里看小马，一看见小马，他心里就有一种说不出来的愉悦。小马不是花儿，他觉得哪一种花儿都比不上小马好看。小马不是西红柿，他觉得哪一枚西红柿都比不上小马出色。是的，小马的面庞是红的，秋天是红的，冬天是红的，春天是红的，红得一成不变，连夏天的阳光都晒不黑她。小马脸上的红，不是表面的红，像是深层次的红，红得格外厚实。小马从来不描眉，不画眼，好像也不搽什么化妆品。她的脸却红得很滋润，一点儿都不干燥。在黄主任看来，最值得称道的是小马的牙齿。小马满口的牙又密又白，像是用新疆和田的羊脂玉雕成的。她的杏花瓣一样的薄薄的牙龈，紧紧地贴在牙齿根部的牙骨上，比金镶玉包得都要结实无比。一个人最干净的标志在哪里，在牙齿。牙干净了，嘴就干净了，全身都干净了。小马身材高挑，四肢匀称，不胖也不瘦。小马生过两个孩子了，看不出她的身材有什么变化，如同没生过孩子的大闺女一样。一天到晚在菜店里忙活儿，小马也不穿什么好衣服，每天都穿着那件带罩袖的红石榴子围裙。在以绿色调为主的菜店里，正是小马穿的红石榴子围裙，才使她如万绿丛中一点儿红一样，显得更加明艳照人。黄主任没想到，农村还有长得这么好看的女人。他甚至想，作为一个农村的女人，长得差不多就行了，长这么好看干什么！他知道，小牛不愿意看到他常去菜店，不愿意让他看自己的老婆。小牛对他怀有警惕，目光里甚至怀有敌意。黄主任认为，小牛是一个缺乏教养的、粗鲁的人，有些看不起小牛，他觉得小马这么好的一个女人，真是瞎搭给小牛了。

罗阿姨

接近中午，罗阿姨拄着拐杖，慢慢地走到了菜店里。罗阿姨是黄家庄的原住民，是回迁户。她原来在高层居民楼上开电梯，坐在电梯间一张硬板椅上上下下摁电钮。电梯改成自动电梯之后，她不开电梯了，走路就困难了，不得不拄上拐杖。马长平总有临时出去的时候，比如去厕所什么的。在马长平出去时，罗阿姨就替她值班。罗阿姨把一些蔬菜和水果的价钱也记住了，马长平不在菜店的时候，罗阿姨还可以替她卖东西，替她收钱。罗阿姨把马长平叫平，平，平，叫得很亲切，好像比喊自己的儿媳妇还亲切。平对罗阿姨的回报是，罗阿姨家从此不用再花钱买菜，想吃什么菜，随便从菜店里拿就是了。罗阿姨不大喜欢黄主任，她看出退了休没事干的黄主任是个好色之人，看马长平没够，是想打马长平的主意。一见黄主任还在菜店里待着，她就有些不悦，说：老黄还在这儿待着呢，快把自己站成桩子了吧！

黄主任知道罗阿姨家是回迁的坐地户，也是地头蛇，不敢对罗阿姨有半点儿得罪，说：您老好，您老是老佛爷在上，您老一来，我这就走，这就走。说着就退出了菜店。

罗阿姨鼻子里哂了一下，说：你看他那副德行，我闭上两只眼，连汗毛眼子都不愿对他睁，我要是老佛爷，早就把他咔嚓了。这姓黄的是个老色鬼，你可要对他小心点儿。

谢谢阿姨！我知道。

你知道，你怎么知道的？罗阿姨狐疑地看着马长平问。

马长平不知如何回答，她说：我也不知道。

中午做午饭时，马长平把那三条鲫鱼收拾干净，在锅里煎了一下，烧成了鱼汤。马长平烧出的鱼汤奶白奶白的，香气四溢，使路过的人不知不觉间就张开了鼻翅子。马长平先给牛国亮盛了一碗，让他趁热喝。说吃鲫鱼主要不是为了吃肉，是为了喝汤，营养都在汤里头。

牛国亮趁热把浓浓的鱼汤喝了一口，说：好喝，味道鲜极了。你不是想吃鱼嘛，你也盛一碗趁鲜喝呗。

我喝不喝无所谓，只要你喝着好喝就齐了。

牛国亮感叹了一声：哎呀，我老婆对我真好，天底下的人都加起来，数我老婆最心疼我。

马长平趁机对牛国亮说：知道我对你最好就行了，我不对你好，对谁好呢！记着明天早上再买三条鲫鱼回来，这回一定要活的。

今天刚吃了鱼，明天还吃鱼吗？

马长平这才对牛国亮说了实话，说买活鱼不是为了自家吃，是为了放生。因为他们家的运气最近不太好，有人告诉她，如果买点儿活物放放生，运气有可能会好转一点儿。

牛国亮明白老婆所说的运气不好指的是什么。城管执法队下达的拆除菜店的最后期限是下个星期一，今天是星期三，到下星期一，满打满算还有四天时间。也就是说，再过四天，他们的菜店就不存在了，他们卖菜的生意就做不成了。他原以为，只要北京人还吃菜，他们的菜店就会一直开下去，开到他们两口子从年轻人变成老年人。谁知道呢，他们的饭碗不过是在人家的脚面子上放着，人家只需把脚一抬一踢，他们的饭碗就得飞，就得碎，真没办法。前两年，北京城治理在临街的街面上开墙打洞做生意，牛国亮有好几个老乡所开的店铺都被整掉了。那些老乡，有的开洗头理发店，有的卖装修材料，还有的擦鞋修鞋，干什么的都有。治理的行动一来，三下五除二，秋风扫落叶，墙被堵上了，洞被封上了，老乡们统统被撵走了，不知流落到哪里去了。那一次，牛国亮两口子深感庆幸。因为他们的菜店开在居民小区内，不在街面上，不属于治理开墙打洞范围，所以才保住了。谁知道呢，躲过了初一，躲不过十五，他们的菜店被定性为违章建筑，也面临要被拆除的命运。命运走到这一步了，是放生几条活鱼就能扭转的吗？开什么玩笑！牛国亮不喝鱼汤了，没好气地问：放什么生，这是谁的主意，是不是那个黄干人指使你干的？牛国亮听人说过，那个姓黄的，在某个报社编辑部当过主任，还写过诗，被有的人称为黄诗人。什么黄湿人，一提起他，牛国亮就把他叫成黄干人。牛国亮早就看出来了，黄干人见他老婆长得漂亮，就黄鼠狼给鸡拜年，千方百计跟他老婆套近乎。每个男人都想找一个漂亮老婆，真找到了漂亮老婆也麻烦，让男人多操好多心。当初，是他一个人来北京，在小区的一个墙边摆地摊卖菜。他出来时间不长，就听说村里一个堂叔辈的从镇里退休的干部，在打他老婆的主意。他丝毫不敢大意，赶紧回家把老婆带了出来。随后，两口子通力合作，找一个墙边的空地，搭起一个木板房，在室内开起了菜店。牛国亮原以为城里人见多识广，不会对一个农村娘儿们有什么想法。哪里想得到呢，天生漂亮的女人，不分城市乡村，到哪里都遮不住漂亮本色，都招人喜欢，真让人发愁。

马长平否认是黄主任给她出的主意，她说是罗阿姨让她买几条活鱼放生。罗阿姨家的老头年初生了病，病得还不轻。他们买了几条活鱼拿到柳荫公园放生之后，老头的病就好多了。马长平又说：你不要对黄主任有什么不好的看法，人家以前上过大学，是文明人、规矩人。他从来没对我说过什么不好听的话，更没有对我动手动脚过。

他敢吗？他要是敢动你一指头，我就拿二锅头酒瓶子砸他的头。

一家卖菜百人买，对马长平做小动作的男人还是有的。有人往她手里放硬币时，故意接触她的手。有人趁人多，假装磨不开身子，故意往她的后身上碰。有人眼睛看着甜瓜，却在她的大腿帮子上摸一把。还有人在一对一的情况下跟她说话，问她卖一天菜能赚多少钱，她说在正常情况下能赚二百多。那人说：二百多太少了，你跟我走一趟，一次我给你三百块，怎么样？马长平明白"走一趟"是什么意思。她说那可不中，来路不正的钱，一分她都不挣。这些遭遇，也是她的委屈。她只能把委屈埋在心里，从来不敢对丈夫提及。她知道牛国亮的牛脾气，要是对牛国亮说起这些事，惹翻了牛国亮的脾气，不知牛国亮会闹出什么乱子呢！人在屋檐下，哪能不低头。有些事能忍就忍了吧。

公园

谁都想改变命运。星期四早上，牛国亮在起回菜的同时，果然买回了三条盛在水袋子里的活鲫鱼。马长平见每条鲫鱼都活活泼泼，像是看到了它们的命运，几乎有些感动，说谢谢国亮！

牛国亮差点儿说了粗话，说：谢什么，你少跟我来这个。

上午，罗阿姨刚走进菜店，马长平就对她说：阿姨，你帮我看一会儿店，我去柳荫公园把三条活鲫鱼放生。

作为老北京人，罗阿姨很懂得放生的意义，她说：去吧，早放生早安生。

马长平提起黑塑料袋子刚要走，罗阿姨叫了一声平，又把她喊住了，叮嘱说：你去公园放生，要找一个背人的地方，悄不蔫蔫地放，千万别让那帮管公园的戴红袖箍的人看见，他们一看见就罚款，放生一条鱼罚五十块钱呢。那帮孙子都是北京聘来的外地人，狠着呢！罗阿姨像是突然想起马长平也是外地人，就笑了一下说：外地人也有好人。好了，快去吧。

有一年暑假，马长平的正上小学的儿子来北京，马长平就近带儿子去柳荫公园看过。出黄家庄小区，过一个十字路口，到外馆斜街往西走二百多米，往南边一拐，就进了柳荫公园的北门。柳荫公园里有一座假山，一座野鸭岛，几座亭台，一个健身苑，一个歌舞场，主要是大面积的明水。有水就有鱼。马长平带儿子走过一座曲折的平桥，在桥头的水边，见有的家长正带着孩子在那里用白馒头喂鱼，就停下脚步看了一会儿。掰成小块儿的馒头一投向水面，就引得水中的鱼涌上来抢吃。那些鱼分两种，一种是观赏鱼，一种是野生鱼。观赏鱼有红、有黄、有白、有花，称得上五颜六色。而野生鱼只有一种颜色，青灰色。观赏鱼是公园放养的，养给游客饱眼福。野生鱼当然是从泥里水里生出来的，任其自生自灭。观赏鱼大概知道它们在公园里的优势地位，在抢吃游客的投食时，总是冲在水面的最上层，显得很强势。而那些野生鱼大概也意识到它们是卑微的弱势群体，不敢轻易浮出水面跟观赏鱼抢食，偶尔吃一口，也是得口后赶紧潜进水里去了。

马长平手里提的装在塑料袋子里的活鲫鱼，应该属于野生鱼。鲫鱼长不大，卖钱不行，养鱼人一般来说不养鲫鱼。鲫鱼皮实，不用人养，它们自己就长出来了。马长平不打算在有人投食的地方把鲫鱼放生，那里的鱼被人喂馋了嘴，太多，太集中，倘若把鲫鱼放在那里，难免会受到观赏鱼的排挤和欺负。按照罗阿姨的指点，她打算找一个背人的地方，把鱼放到湖里去。

往公园深处走，还是要经过那座曲折的、比较长的平桥。平桥东西两侧都是湖水，东侧的水中种有荷花，西侧的水边长有一些芦苇。桥两侧都装有水泥护栏，有人手扶护栏远眺，有人用照相机或手机照水中的荷花。马长平心里惊了一下，她看见了一个胳膊上戴红袖箍的中年男人，红袖箍上的三个黄字是"巡查员"。巡查员手持一根长竿，竿头绑着一只舀网，正从桥下的桥墩边往上舀死鱼。死鱼有两三只，看样子都是鲫鱼。不知死鱼是何时死的，只见死鱼的眼珠都是白的，身体已经有些肿胀，都漂浮在水面上。有游客问：鱼怎么死了？巡查人员的回答，更让马长平吃惊。巡查人员说：这些死鱼，都是有人在这里偷偷放生的鱼。这些鱼不知从哪里弄来的，它们不服公园里的水土，很快就死掉了。

人有不服水土的说法，难道鱼也有不服水土一说吗？没听说过。马长平不敢在桥上停留，马上提溜着鲫鱼走掉了。她左顾右盼，翻过那座树木掩映的假山，来到一处有野生芦苇的水边，趁前后无人注意，装作到水边玩水，赶快把三条鲫鱼放进水里。还好，三条鲫鱼都还活着，它们一入水，像是重新回到广阔天地，向远处游去。它们没有感谢马长平，也没有跟马长平说再见，摇摇尾巴就游走了。

马长平手捂胸口，轻轻说了句"我的天哪"，长长地松了一口气。

拆除

到了星期一一上班，城管执法队果然如期到小区的菜店执法来了。一共来了四个执法队员，三男一女都穿着板正的制服。除了城管执法人员，常在小区警务站值班的一位警察也到了现场。一个执法队员问牛国亮：是你们自己拆，还是我们帮你们拆？

想拆你们拆，我不管。牛国亮说。

那个女执法队员到菜店里看了看，里面有一些没卖完的剩菜，还有两个西瓜。女队员问：里边的东西你们还要不要？

马长平低头走进菜店，把剩菜集中在一个盒子里，搬了出来，把两个西瓜也抱了出来。他今天早上没去起菜。

执法队叫来一辆履带式挖土机，挖土机高高举起带有钢铁齿子的挖斗，在菜店的木板墙上和房顶上那么轻轻一推、一拍、一扒，存在了十多年的菜店呼啦啦冒起一股烟尘，很快就趴了架。

马长平满眼都是泪水。她想，放生白放了，看来自家的运气并没有好转。

好多居民站在旁边围观，他们说：嘿，说拆还真的拆了，厉害，厉害！

牛国亮再也不能在菜店里喝"牛二"了，但他的脸红涨得厉害，恐怕跟喝了酒也差不多。他突然抱起一个西瓜，高举过头，照路上摔去。"叭"的一声，西瓜全碎，红瓤变汤流了一地。

那位警察质问他：干什么！干什么！

牛国亮梗着脖子说：西瓜是我自家的，我想摔就摔！

是你自家的也不行，你这种行为是故意破坏公共环境卫生！你知道不知道？

马长平怕牛国亮继续跟警察顶牛，怕警察处罚牛国亮，赶快抱住牛国亮的一只胳膊，说：你干什么！把牛国亮往他们所住的地下室的方向拉。

走到半道，牛国亮回过头来，冲着警察和那些执法队员喊：你们不就是想把我撵出北京吗？告诉你们，我姓牛的哪儿都不去，死也要死在北京！

下雨了

这天下雨了，下得还不小，半天都不休。牛国亮和马长平两口子大概是嫌地下室里太闷，还有蚊子，就两人打一把伞走出来，坐进他们的那辆面包车里透气。他们的夫妻菜店被拆除了，他们买的上了京牌的车总算没有被拆除。隔着车窗可以看见，拆菜店留下的废墟也被人清理干净了，露出了下面一小长溜平地和地上原来铺的灰色地砖。在菜店尚未被拆除时，马长平在菜店屋山东头的墙边，用一个大花盆种了一盆子荆芥。荆芥是他们老家才有的菜，马长平把它种到北京来了。种荆芥大概不算违章，拆菜店的挖土机总算没有把花盆碾碎。在雨水的浇灌下，那盆荆芥郁郁葱葱，似乎长得更加旺盛了。

黄主任打一把带弯把的大面积雨伞，一个人慢慢地在雨地里行走。走到原来建有菜店的地方，他停了好一会儿。雨点打在伞面上啪啪嗒嗒地响，好像是在回忆什么。走到马长平家的那辆面包车前，他又停下了，探头透过车窗玻璃往车里瞅。让他没想到的是，他在车里看到了小牛和小马两口子，小牛在司机座上坐着，小马在副驾驶的座位上坐着。

黄主任颇有些不好意思，刚要离开，马长平却把车窗玻璃打开了，她问：黄主任，有什么事吗？

没事，没事，我喜欢下雨，趁凉快出来走走。下着雨，我还以为车里没人呢，没想到你们在车里。有句话叫风雨同舟，我看你们夫妻俩是风雨同车。

我不懂您的话是啥意思。

我给你们提个建议，菜店没有了，其实你们可以继续往回拉菜，拉回的菜可以在车里卖嘛，反正居民总得吃菜，菜总会卖得出去。

那样行吗？马长平扭脸看了看牛国亮。

牛国亮拉着脸，没说话。

黄主任说：怎么不行，我看行。现在搞旅游的有房车，你们的车可以叫菜车。你们的车有京牌，在车里卖菜，总不算违章吧。在车里卖菜，机动性还更强呢！

牛国亮的脸拉得不那么长了。

尾声

第二天雨过天晴，牛国亮果然又拉回了一车新鲜蔬菜。

2023 年 9 月 4 日—23 日，从怀柔翰高文创园至朝阳光熙家园

原载《北京文学》2024 年第 2 期

照相

守明和张楼的那个男孩子定亲后，作为定亲的证明，男方为守明送了一包彩礼，守明精心为那个人做了一双鞋。彩礼是几块用石榴红方巾包着的布料，鞋是白底黑面的千层底布鞋。在得知那个人要去远方当工人的头天晚上，守明通过媒人，约那个人在一座石桥上见了面。见面的主要意思，是鞋已经做好了，不能老在自己手里放着，趁那个人要远行，她得亲手把鞋送给那个人。最好是那个人能当着她的面，把新鞋穿上试一试，看看合脚不合脚。

日子到了七月，再过几天就是天上的牛郎会织女的日子。地里的高粱、玉米等高秆庄稼，都长到了应有的高度，看上去黑森森的，如同无边的树林。这里那里，都有野生的昆虫在鸣叫。如果说它们以前的鸣叫只是在练习，现在已经练得字正腔圆，有声有情，到了可以合唱的程度。它们的大合唱几乎没有什么间歇，把一个高潮推向又一个高潮。天上的月亮是新月，弯弯的月牙像一根鸽子毛。这样的月牙不是很亮，内沿待生长的地方有些毛茸茸的。满天的星星还是原来的样子，不见它们长大，也不见它们变小，还是习惯性地眨着俏皮的眼睛。石桥下有河，河里有水，水是活水。守明和那个人在石桥南面的栏杆边站下，他们没有听见桥下流水的声音，一切似乎都静悄悄的，静悄悄的。

守明叹了一口气。她叹得轻轻的，想叹气不敢叹的样子，不叹气又管不住自己的样子。

那个人听见了守明的叹气，他没问守明为什么叹气，只是把守明看了看。别看他和守明定了亲，他却从没有近距离地好好看过守明。他所在的村庄和守明的村庄同属一个大队，大队部设在守明所在的村。去大队开社员大会时，他只是远远地看见过守明。在媒人的安排下，哪怕是两个人在守明家相亲的时候，也是守明在里间屋，他在外间屋，两个人只是隔着箔篱子说了几句话。这样的相亲，跟走过场差不多，过场走过，亲事就定了下来。说起来，是那个人的大姐、二姐相中了守明，她们认为守明生得高、长得壮，里里外外都是一把干活的好手，就托媒人把守明介绍给了她们的弟弟。当弟弟的对女孩子还没有什么判断能力，既然大姐、二姐都认为守明不错，他就同意了和守明定亲。这次他和守明离得这么近，总该可以好好看看守明了吧。可是呢，因夜色朦胧，他对守明看得还不是很清楚，看不清守明的眉目，也看不清守明的表情。他只看到了守明整齐的剪发头、圆圆的脸庞，还看到了守明的眼睛。在星光下，守明的两只眼睛像是两颗星子。

光心跳不行，总要开口说话。守明问：你明天就走吗？

明天就走。

我去送送你。

不用。

要送。

那个人不说话了。

河边陡然飞起一只长腿鹭鸶，无声地向远方飞去。

我给你做了一双鞋，你明天走的时候带上吧，算是我的一点儿心意。守明把那双鞋递向那个人。那双鞋脸对脸扣在一起，只能看见鞋底子，看不见鞋帮子。鞋底子是白色的，白得一尘不染，在月光下似乎有些反光。

那个人接过鞋，觉出鞋底子厚墩墩的，并闻到了新鞋子的气息，说了一声谢谢你。他把两只鞋分开，分别装进上衣下面的两个口袋里。

也不知道合适不合适，你穿上试试吧。

那个人往桥面上看了看，没有坐下来脱旧鞋，试新鞋。他说：不用试，肯定正合适。

你没有试，怎么知道正合适呢？

我听说你不是跟我大姐要过我的鞋样子嘛，既然是照着鞋样子做的，就不会有错。说完，那个人抬手整理了一下自己的头发，他的发型是一边倒。

遍地的虫鸣愈加繁密，以大地做舞台，以星空做天幕，它们的大合唱像是掀起了新的高潮。然而，在夜里，昆虫们的合唱越是响亮，田野里越是显得沉静。夜在往深里走，天边偶尔打起一道露水闪，表明在下露水。谁都看不见下露水的过程，但露水会使人的头发打绺，会浸湿人的衣服，也会使天气变凉。守明和那个人都没觉出凉意，他们心里都热乎乎的。这两个十八九岁的年轻人，这两个已经定亲的年轻人，一个血气方刚的小伙子，一个情窦初开的姑娘，在各自回家之前，他们还会有什么行动呢？或者说他们还会有什么仪式呢？仪式是有的，那个人在说再见的同时，向守明伸出了手。临别握一下守明的手，这似乎是那个人的一个重大行动，而且早有预谋，为了实现这个预谋已久的重大行动，见到守明，他心里一直鼓荡着握手的事，对别的事都不太在意，仿佛握手才是他当晚和守明聚会要达到的最终目的。

守明是灵透的，她很快明白了那个人的意思。守明怎么办，她要不要把自己的手交出去？在此之前，守明的手在割草时握过镰把子，在刨红薯时握过铁锨的把子，在和脱坯用的泥巴时握过钉耙的把子，以为自己的手只是用来干活的，没想过还有别的用场。是的，守明从小闺女长成一个大闺女，从来没和别人握过手，没和女的握过手，更没和男的握过手。夜里去公社所在地看露天电影，在故事片前面所放的纪录片上，她看见过人和人握手。那些握手的人都是大人物，而且握手是发生在用电光打出来的电影上，她连个小人物都不算，跟电影更是离着十万八千里，握手哪里轮得上她呢？可是可是，天哪，那个人像搞突然袭击一样，一下子就冲她伸出了手。不用说，那个人要模仿大人物，要模仿电影，也要握一下她的手。守明不能拒绝人家握她的手，她意识到了，她是定了亲的人，已经是人家的人，人家可以向她提出要求，她也有责任把自己的手交出去。于是，守明把自己的右手交了出去。在交出右手的同时，她低下了头。

在夜色中，就算对方的眼睛再亮，看她也不会看得很清楚，她本来可以不低头，可像是出于一种顺从和害羞的本能，她不知不觉间就低下了头。那个人不失时机地握住了她的手，把她的手心、手背，还有五根手指，都握住了。那个人握得并不是很用力，守明的手心里还是忽地出了一层细汗。

桥下的水在流，月光下，流水波光粼粼，如同碎银。

握过了手，他们就下了桥，一个向东，一个向西，由黑庄稼夹岸的小路走回各自的家。

来到家门口，守明却没有马上进屋，又在月亮地里站了一会儿。她想，握过她手的那个人这会儿也应该到家了。她觉得自己的右手好像还在发热，就把右手举起来，举到眼前，对着月光看了看。她的手没什么变化，还是五根手指头，还是每根手指头上都有指甲。可是，因为这只手被那个人握过，仿佛一切都发生了变化，手已不是原来的那只手。我嘞个亲娘唉，真让人发愁！

堂屋的门没有关，守明轻手轻脚走进家门时，还是被娘听见了。娘说回来了，问她：用不用点上灯？他们家只有一只煤油灯，在爹和娘住的东边屋里放着。

守明说不用。

守明和妹妹睡在西间屋的一张小床上，床上铺的是光光的苇席，姐妹俩一人睡一头，二人合盖一条粗布被单。守明摸黑走到床边，听见妹妹已经睡得很熟，跟一只死绵羊差不多。妹妹睡觉很占地方，睡得支里八叉，小床被妹妹占了一多半还多。若搁往日，守明会抓住妹妹的一条腿，像推磨一样把妹妹往床里边推一推。这晚她没有动妹妹，不声不响地就在床边躺下了。她刚躺下，就听见成群结队的蚊子，嗡嗡叫着，向她围拢而来。

她听人说过，每年到了这个季节，蚊子因急于补充营养，急于产卵，就疯狂叮人，吸人的血。往日里，一听见蚊子的叫声，她就有些反感，会挥手驱赶蚊子，或者耳朵下面拍一巴掌，把蚊子拍死。这晚她的心情有所变化，听见蚊子的叫声，感觉蚊子像是欢迎她归来似的，不是很排斥。她甚至想到，蚊子活得也不容易，它们想吸点儿血就让它们吸吧。守明的手是在活动，但没有用来对付蚊子，而是一只手握住了另一只手。那个人是用右手握住了她的右手，她是用自己的左手握住了自己的右手。她要重温一下，握手到底是什么滋味。握过自己的手后，守明几乎又想叹气。她觉得自己的手硬硬的，一点儿都不软乎。她觉得自己的手有点儿粗糙，手指里侧靠近手掌的地方还有茧子。要是事先知道那个人要握她的手，她会烧点儿热水，把自己的手泡一泡，泡得软乎一点儿。她还可能会提前到集上买一盒蛤蜊油，用油脂把手指、手心、手背和手脖都搽到，搽上油再搓一搓，揉一揉，把手变得细腻一些。好多事情就是这样，大的方面仿佛在意料之中，具体的事情常常出人意料。

第二天，公鸡刚叫第二遍，守明就悄悄起了床。她到院子里看了看，月牙儿落下去了，东天刚露出一抹浅浅的胭脂红。昨天晚上，她睡得不是很踏实，老是担心一觉睡到大天明。她刚睡着，脑子一明，就醒了过来。她又是刚睡着，脑子再一明，又醒了过来。每次醒来，她就赶紧眨眨眼睛，往窗口看，或张张耳朵，向外面听。见窗口还黑着，离天亮还早，或没听见打鸣的公鸡有任何动静，她才又勉强闭上了眼睛。就这样醒了睡，睡了醒，醒醒睡睡，睡睡醒醒，到底也分不清是睡还是醒。守明以前可不是这样，以前在生产队里干了一天活儿，晚上吃过晚饭，她都是倒头便睡，睡得比目前的妹妹还死性，天亮了还在梦中，鸡叫三遍还不醒。现在不行了，自从认识了那个人，自从和那个人定了亲，自从有了重重心事，她就像脱胎换骨，跟变了一个人一样。特别是，那个人昨天晚上握了她的手，她又打算今天上午去送那个人远行，她怎么能不上心呢，怎么能不管好自己呢？另外，今天除了要把那个人送到县城，她还准备了一个重大行动，这个行动只有到县城才有完成的可能。可以说，和那个人定亲之后，她就有了这个心愿，就开始酝酿这个行动。她把这个行动深深藏在心底，不跟星星说，不跟月亮说；不跟树木说，不跟花儿说；不跟蜜蜂说，不跟蝴蝶说，连对自己的娘都保着密。

她拿上洗脸盆，在盆子里放上毛巾、木梳和半块肥皂，要去村口的水塘边洗头、洗脸。她本来可以用水桶从井里把水提回家，在家里洗，可她只要一动水桶和脸盆，就难免会弄出一些动静，影响家里人睡觉，不如到水塘边去洗。

水塘里的水很清，像一面大面积的镜子。守明来到水塘边，往水里看了看，"镜子"没照见她的面容。因为天还没有亮，水面还有一层薄雾，使"镜子"显得有些朦胧。对于这块水塘，守明是熟悉的，她经常在这里洗衣服。水边缓坡处，放有一块长条的青石板。守明和村里的妇女们都喜欢在青石板上搓衣服，用棒槌捶衣服。据村里人说，这块青石板原本是一块矗立的石碑，不知怎么就被人推倒，扔到这里，成了搓衣板和捶布石。石碑上原来刻有字，时间一长，字迹逐渐变得模糊起来。守明舀了多半盆子清水，放在石板上，低下头，把后面的头发拢到额前，浸在水里洗起来。秋天来了，塘水已经有些发凉。刚接触到凉水，她不由得激灵了一下。洗着洗着，觉得水渐渐变温，就适应了。守明没有扎辫子，头发留得也不长，是剪发头，洗起来比较容易。把头发全部浸湿后，她就在头发上打肥皂。当地人把肥皂叫胰子，香肥皂叫香胰子，不香的肥皂叫臭胰子。守明家没有香胰子，只能用臭胰子洗头。守明不认为臭胰子臭，她闻着臭胰子也有一股香味呢。把头发洗了两遍，用毛巾擦了擦，对着塘面梳头。东天的胭脂红铺展的面积更大一些，也更红一些。胭脂不仅铺展在天上，还映进了水塘，似乎连水的面容上也搽上了胭脂。守明长这么大，还从没有搽过胭脂。天上的"胭脂"映在水里，她的脸也映在水里，就算搽了一次"胭脂"吧。

守明回到家，见娘已经起床，准备去灶屋做早饭。娘把她梳得光溜溜的头发看了看，对她说：你今天早上别进灶屋做饭了，你的头发还有点儿湿，别让草木灰沾在你的头发上。

守明点了点头，感到娘到底是娘，只有娘才会这样为她着想。

你是要去送一下那孩子吗？娘问。

守明又点了点头。娘把她的那个人说成那孩子，这样的说法，守明不爱听，她觉得有点儿小瞧那个人了。可是，娘要是把那个人说成"你女婿"，恐怕守明更不喜欢听，还会羞得满面通红。

娘还有话问她：是你一个人去吗？

守明嫌娘问的话太多了，可不回答娘的问话又说不过去。这一次光点头回答不了问题，她只好说：跟他二姐一块儿去。

那娘就放心了，你以前没去过县城，听说县城深似海，我怕你迷了路，一个人走不回来。

守明想说：我又不是两岁的小孩子，还想说：鼻子底下是大路。但她都没说出口。大早起的，她不想跟娘说那么多。

公鸡叫罢了第三遍，这家那院传来了开门声。朝霞铺红了半边天，村里飘起了淡淡的炊烟。娘的话还没说完。接着，娘的话就说到了守明所准备做的一个重大行动，也是藏在守明心底的一个秘密。娘走得离守明近些，左右看了看，还压低了声音才说：县城有照相馆，趁着你送那个孩子到县城，你们照个相吧，合个影吧。

所准备的行动作为一个秘密，在守明心底藏着掖着，还是被娘说了出来。这个秘密属于她一个人，她不想让任何人知道。比如说，那个人在和她见面前，准备握她的手，肯定也是那个人事先所准备做的重大行动，也是那个人藏在心底的秘密。因为准备做得充分，保密也保得好，才顺利达到了目的。而她的秘密提前被娘说出来呢，就不太好，好像她的心思被人代替了一样，觉得有些别扭。她说：照什么相！又说：你操那么多心干什么！

你这孩子，真不知道好歹。你们是定过亲的人，是过了礼的人，照张相怎么了。你们合一个影，别人也说不出什么。我是怕你想不起来，才提醒你一句。

不用你提醒，你以为我是个傻子吗？

　　好好好，女大不由娘。就算你娘多嘴，行了吧？

　　女大十八变，越变越好看。守明超过了十八岁，也是越变越好看。可她从来没照过，从小到大，一张相片都没照过。她在水面上看见过自己，在镜子里照见过自己，就是没在相片上看见过自己。不管在水面上，还是在镜子里，她看见的自己都是虚的，一转眼就看不见了。在离开水面和镜子的情况下，她也曾想通过回忆，再现一下自己的样子。可不管她怎样使劲回忆，回忆得脑子都胀大了，自己的样子还是飘忽的、模糊的。她抬手可以摸到自己的眼睛、鼻子、耳朵、嘴巴等，一切都实实在在。她的手一拿开，五官一到脑子里，就又变得不清晰了。要是有一张照片就好了，她就可以直观地把自己看得清清楚楚，想知道自己长什么样子，拿起照片看看就可以了。

　　不光守明从没照过相，她的爹，她的娘，还有她的妹妹和弟弟也从来没有照过相。谁都不知道自己长什么样。不光他们家的人没照过相，他们村也很少有人照过相。在村里人看来，照相可不是闹着玩的，不像水照影一样，谁想照就能照。镇上没有照相馆，照相不方便是一个方面。另一方面，有人把照相说得有些可怕。说照相是什么，是用照相机吸人的血，照相机咔嚓一响，就把人的血吸走了。倘若不信，把照片撕烂试试，每一张相片里都会滴出血来。既然如此，何必冒着被吸血的危险，去照那个相呢！

　　守明自己没照过相，却在村子里看见过两张别人照的相片。一张是在城里当兵的人给家里寄回的照片。照片是一张小窄条，黑白色，照的是当兵青年的全身。那个青年头戴军帽，身穿军装，腰里扎着军带，脚上蹬着军鞋，那是相当的威武。另一张，是她的一个堂哥和堂嫂的合影。堂哥在县里的邮政局当邮递员，堂嫂在县城里读过中学，结婚的时候，他们就在县城的照相馆照了合影。照片小小的，也是黑白色。在一个下雨天，她去堂嫂家一块儿纳鞋底子，看到了那张照片。照片在一张圆镜子后面夹着，镜子在窗台上放着，人从窗户外面走过，一扭脸就可以看到镜子后面的那张照片。照片黑白分明，一眼就能看出哪个是堂哥，哪个是堂嫂。堂哥和堂嫂肩并着肩，呈现的是永不分离的幸福样子。

也许正是受了堂哥堂嫂合影照片的启示，她才产生了和那个人照一张合影的想法。等有了照片，她想知道自己长什么样，不用再使劲想，一看照片就知道了。等有了合影，有合影为证，她和那个人才算真正走到了一起。还有，那个人要去外地参加工作，不知何时才能回来。她天天守着自己，连自己的面貌都想不起来。她和那个人只见过为数不多的几次面，最近时间和最近距离的一次见面，还是在夜晚。对那个人的长相，她更是记不清。等有了合影就好了，她想看她的那个人长得好看不好看，拿起合影就能看到。拿近，推远；横看，竖看，想怎么看，就怎么看。不管她怎么看那个人，那个人可能也会看她。因为看她的人是照片，她就不必害羞，不必紧张，更不必低头。她也许会对着照片，轻轻叫一叫那个人的名字，叫一声，又一声。那个人也许不会答应她，但是，对着照片叫，总算有一个对象，总比对着空气叫好一些。

这样想着，她的嘴唇在不知不觉间动了动，几乎叫出了声。

忽听得村街上传来去井台挑水人的脚步声，她才意识到自己走神走得远了，微微吃了一惊。

走进屋内，守明又想起有人说的照相机吸人血的话。她认为这样的说法是胡说，是吓唬人的。话说回来，就算照相机真的会吸血，她也要照。别说吸几滴子血，就是吸一茶缸子血，她也在所不惜。

那个人的二姐，是生产队的妇女队长，也是县里的学习毛主席著作积极分子。因她时常去大队开会，守明跟她比较熟悉。守明跟那个人定亲后，也跟着那个人，开始把二姐叫二姐。她提前跟二姐约好了，两个人一块儿去送一下那个人。全公社被招工的十几个年轻人，上午到公社所在地的镇上集合，集体乘坐一辆解放牌的大卡车到县里去。在县城住一晚，第二天一大早出发，奔赴建在山窝里的工厂。当那个人背着行李卷登上卡车后面的车斗子时，守明和二姐站在一棵树下，远远地看着那个人。等招工的人把被招工的人一一点了名，等司机进了驾驶楼，卡车快要开动了，她们才爬上了卡车，站在车斗子的最后面一角。

从镇上到县城的七十多里公路，都是用砂礓铺成的，路面不是很平整。卡车在公路上跑起来，难免有一些颠簸。守明是第一次坐汽车，因心情有些激动，一点儿都不觉得颠簸。以前她坐过牛车、架子车和太平车，比起那些车来，汽车跑得可真快啊。公路左侧是庄稼地，守明从车上往左侧看，那些绿色的庄稼都连成了一块，嗖嗖地就过去了。公路右侧是一条河，守明站在车上往右侧看，那条河在快速往前面延伸，同时快速向后面拉长，像一条银色的带子。守明心想，这都是因为那个人要去远方参加工作，她去送那个人，才有机会第一回坐上汽车。当地有句俗话，叫大闺女坐轿头一回。她不指望坐轿，恐怕这一辈子都没机会坐花轿。"文革"以来，花轿都被砸烂了、烧毁了，哪里还有什么花轿可坐呢！花轿没了，汽车来了，她是大闺女坐汽车头一回。这都是沾了那个人的光啊！那个人就在车斗子的前面站着，她不敢往前看，一直脸朝后，向后看。车行带风，风把她的剪发吹得从后到前飞扬起来，遮住了她的脸。她的脸蛋圆鼓鼓的、胖乎乎的，还带着娃娃脸的样子。头发贴到她的鼻子上，她似乎闻到一股洗发水的香味。发梢贴到她的嘴角上，她稍稍张开嘴唇，就可以把头发含进嘴里。她伸出手，刚把遮脸的头发抿到耳后，露出光光的前额，可她一松手，风又把漆黑蓬松的头发吹到前面去了

到县城下了车，那个人把行李卷放在指定的地方，在二姐的建议下，也是在二姐的带领下，他们三人在县城的街道上走了走。街道上有人开汽车，有人骑自行车，有人步行，车来车往，人来人往，比镇上的赶集日还热闹许多。一街两行都是商店的门面，有的卖烟酒，有的卖五金，有的卖布匹，有的卖书本，五花八门，卖什么的都有。他们一路走，一路看。守明对别的商店都不大留意，心里想的只有照相馆。县城的街道不止一条，她担心这条街上没有照相馆。她还担心照相馆的门面上没有写字，会把照相馆错过去。还好，守明的眼睛一明，总算把照相馆看到了，三个红色的大字，把照相馆标示得清清楚楚。守明的心跳得腾腾的，不由得呀了一下，把照相馆三个字念出

了声。念罢照相馆，她就停住了脚步。她装作在不经意间偶然看到了照相馆，装作是看到照相馆后临时起的念头，对那个人说：咱们照张相吧。

就看那个人的态度了。

不料那个人拒绝了守明的要求，而且拒绝得有些断然，他说：一点儿准备都没有，照什么相，不照！

那个人没有准备，守明却是有备而来，而且是朝思暮想，憧憬满怀。她不愿因那个人的拒绝就轻易放弃，转向眼巴巴地看着二姐，希望二姐能理解她的心情，能帮助她说句话。

二姐对她弟弟说：既然守明有这个想法，你们就进去照一张合影吧。

那个人还是没有答应，他给出新的理由是：照了相又不能马上取，得等好几天以后才能取呢。

守明说：那没事，过几天我来取。取出来以后我给你寄过去。

我说了不照就不照。

守明彻底失望了。

下午回到家，娘的眼睛追着守明的眼睛看。守明塌下眼皮，不愿跟娘的目光有半点儿对视。

娘问：你们照相了吗？

守明害怕娘问这个话，她躲着躲着，娘还是问了。守明没有回答。

娘又说：你们照的相，给我看看呗。

郁闷之中，守明没有说实话，她说：照相，照相，你以为照相那么容易呢。照了相，得好几天以后才能取呢。

娘以为套到了女儿的话底，她说：那不着急，只要你们照了相，娘就放心了。

守明想哭，但她忍住了。

夜半三更，守明还在想，那个人为什么不愿意跟她一起照相呢？想来想去，她想到，可能因为她长得不是很好看，她的眼睛不大，也不是双眼皮。她想到，那个人可能嫌她的文化水平太低了，因为她只上过四年小学。她还想到，那个人也许更喜欢别人。守明听那个人的二姐说过，那个人有一位中学女同学，那个人和女同学一起参加过中学宣传队、大队宣传队，还一起参加过公社宣传队。女同学一直暗暗喜欢着那个人，却没有对那个人说出来。直到那个人和她定亲后，女同学才向那个人吐露了心声，并哭了一鼻子。是了是了，倘若那个人的女同学跟那个人谈了恋爱，倘若女同学提出和那个人合影，那个人一定会欣然同意。

过了几天，娘提醒守明，该去县城的照相馆取照片了。

守明再也忍不住，一头扑在床上呜呜地哭了起来。

见女儿哭得如此伤心，当娘的什么都明白了。

像守明这样朴实能干的闺女，嫁人是不愁的。守明后来嫁给了一个高考落榜的高中毕业生，两人生了两男一女三个孩子。守明和高中毕业生结婚时，二人没有照结婚照。后来，镇上有了照相馆。再后来，有了可以照相的手机。照相不再是什么难事，比随便摘一片树叶都容易。守明还是没照过相。孩子提出照一张全家福。守明说：你们照吧，我不喜欢照相。

2023 年 11 月 19 日—12 月 6 日于朝阳光熙家园

（其间回了老家，去了煤矿）

原载《上海文学》2024 年第 4 期

盼望羊羔儿

这天，是个星期天。我在村里读小学期间，老师从来不给我们布置家庭作业，平日不布置，星期天也不布置。学校和家庭，好像是不同的两码事，写作业都是在学校里写，放学回到家里，就不必写什么作业了。

不写作业好呀，我那时正是贪玩的年龄，正好可以去村外的野地里疯跑。春天来了，麦苗起身了，小鸟叫了，花儿开了，到处春风鼓荡，不玩干什么呢！

上个星期天，我和二堂哥一块儿去麦苗地里放了风筝。二堂哥是我的同年级同学，却比我大两岁，更会玩一些。我们所放的风筝，就是二堂哥扎成的。他用高粱篾子扎成圆球一样的风筝，不会在天上飞，也不用牵线，只会在麦苗上面随风滚。这种风筝被说成是地滚子风筝，也叫"草上飞"。我和二堂哥，还有他家的黑狗，追着风筝在麦地里跑呀，叫呀；叫呀，跑呀，一直眼看着风筝飞过河堤，飞过河床，在对岸外村人的麦田里明明灭灭，越变越小。满眼含泪之后，我们放风筝的活动就算结束了。

这个星期天，我或许再和二堂哥一块儿去放风筝，或许来个单独行动，到苇塘边去钓鱼。比起放风筝，我对钓鱼更感兴趣。放风筝老是放，一放走就什么都没有了。而钓鱼的过程是收线的过程，说不定哪一次收线、起钩，就能钓上一条通体闪着银光的大鲫鱼板子。当鲫鱼被拉出水面的瞬间，看着不甘就范的老板子左右摆动，那是何等的激动人心。

吃过早饭，当我拿起钓鱼竿准备去钓鱼的时候，娘阻止了我的钓鱼行动，给我布置了另外一项任务，让我跟二姐一块儿去放羊。我一听，就有些不高兴。放羊虽说也是放，但羊不是风筝，羊不会在地上滚，也不会在天上飞，拴羊绳一直在手里牵着，有什么可放的呢。以前，放羊都是二姐一个人去，干吗非要加上我呢！我说："不就一只羊嘛！"

"只有一只羊是不错，你二姐放羊时还要割草，你帮你二姐看着羊好一些。"娘说。

我皱起眉头，嘴巴也噘了起来。

"你不用跟我噘嘴，噘嘴也没用。星期天你不能光想着玩，也得学着干活。"娘还说，"你拿上咱家那个破茶缸子，等羊吃饱了拉屎的时候，你就把羊屎蛋捡起来。"

娘的安排让我不解，羊屎蛋又不是豆子，捡它干什么！

娘似乎看透了我的心思，说："羊屎蛋虽小，也是肥料。把羊屎蛋上到棒子地里，棒子长得粗；上到豆角地里，豆角结得多。"

"羊屎蛋那么脏，我拿什么捡呢？"我问娘。

"拿什么捡？拿你的手捡。手能写字，也能捡羊屎蛋。羊屎蛋不脏，一粒一粒的，跟刚打下来的黑豆一样。"

娘的话我不敢不听。我爹病逝后，我们家上有七十多岁的爷爷，下有兄弟姐妹六个，一切全靠娘支撑，不管娘说什么，我们都得听从。倒不是怕娘骂我们、吵我们——我从来没听见过娘骂人，娘大声吵人的时候也很少。我们害怕的是娘的眼泪。自从爹下世后，还不到四十岁的娘，似乎有些委屈，也是可怜她的孩子们，好像随时都会哭一场。我们稍有不听话，或有什么事做得不对，娘提起爹的同时，眼圈一红，眼里就含满了泪水。作为娘的孩子，我们都不愿意看到娘流眼泪，要是看到娘流眼泪，比自己挨一顿打还让人难过。所以，娘让我们做什么，我们的表现都很乖，不等娘眼里含泪，我们就答应下来。我收起钓鱼竿，把钓线缠在一根用木棍做成的钓竿上，并把鱼钩的尖端钩在用蒜白做成的鱼漂上，只得跟二姐一块儿去放羊。

我们家没有搭羊圈，二姐每天傍晚放羊回到家，都是把那只羊拴在院子里那棵椿树上。椿树有些老了，树干上长了不少疙瘩。二姐没有把羊拴在树干上，而是拴在一根爬出地面的树根上。二姐用铲子把树根下面的碎砖头刨出来，刨出一个空洞，正好可以把拴羊的绳子穿过空洞，系在树根上。二姐扩上荆条筐，把镰刀放进筐子里，并找到家里那只搪瓷茶缸子，把茶缸子递给我，解开拴羊的绳子，带着羊和我，向村外走去。我知道，二姐递给我茶缸子，不是让我用茶缸子到河里舀水喝，是让我用来盛羊屎蛋子。我不知道这只茶缸子的来历，只知道它是一只大号的茶缸子，口面子跟一只瓦碗的碗口差不多。茶缸子已经很破旧，斑驳得不成样子。它的瓷应该是白色，如今白瓷破落得几乎看不见了，露出了里面铁黑色的内胎。茶缸子下面的棱角处，磕破有透明的小孔，盛水是不可能了，只能盛一些漏不下去的东西。去年秋天一场秋雨过后，娘一大早喊我起来，让我跟两个姐姐一起去地里捡拾被雨水泡胖的豆粒。同一个茶缸子，上次盛的是粮食，这次却要盛羊屎蛋子。粮食可以吃，羊屎蛋子闻闻都让人恶心。

我们村东有一条河，是南北走向的河，河水由南向北流。村南也有一条河，是东西走向的河，河水由西往东流。村子离东边的河近一些，离南边的河远一些。出了村子，二姐牵着羊向南边走。二姐没有征求我的意见，就擅自选择了向南的方向。我故意走得赌赌气气，磨磨蹭蹭，与二姐和羊拉开了一定距离。娘安排我和二姐一块儿放羊，并让我负责捡羊屎蛋子时，二姐要是帮我说句话，说所有的活儿她一个人就可以包起来，娘也许会放弃她的安排，把我"放羊"。二姐一句话都没说，表明她跟娘站到了一起，把我也当成了一只可以拴住脖子的羊。哼，我是人，在学校里我是少先队的中队长，才不是任人拴来拴去的羊呢！

二姐见我不高兴，她不回头看我，也不招呼我，只管往前走。土路两边都是麦田，麦苗长得绿油油的。羊看见麦苗有些兴奋，伸着嘴想吃。每当羊的尖嘴利牙刚要碰到麦苗时，二姐使劲一拽绳子，就把羊拽开了。村里人认为，在秋后的初冬，地里的麦苗羊是可以吃的，说羊的嘴壮，越啃麦苗就会发得越旺。而一到春天，麦苗一开始孕穗，就不许羊再吃麦苗了，这时的麦苗被吃了会影响麦子的产量。二姐不但把羊拽开，拽得羊每次都很失望，她还大声训斥羊："羊，羊，我看你敢吃公家的麦苗，我就勒死你，再把你吊在树上，把你变成一个吊死鬼！"

我把羊吊死在树上的样子想象了一下，不禁有些害怕。不过我很快就明白，二姐只是说说大话、狠话，吓唬一下羊，也让我听听，她并没有权力把羊勒死。这只羊是只半大的母羊。我们那里不把母羊叫母羊，都是叫水羊，小母羊叫小水羊，大母羊叫老水羊。也不把公羊叫公羊，都是叫骚胡，小公羊叫小骚胡，大公羊叫老骚胡。这只水羊，是麻闺女儿姑借给我们家的。麻闺女儿姑小时候得过天花，脸上留下了麻子，大人就叫她麻闺女儿。我们晚辈人呢，就叫她麻闺女儿姑。这样叫习惯了，她出了门子回娘家，我们还是叫她麻闺女儿姑。麻闺女儿姑似乎并不反对我们这样叫她，我们每次叫她麻闺女儿姑，她都哎着答应。麻闺女儿姑并不是我们的亲姑，而是一位堂姑，她是我大爷爷家的女儿。

爹去世后，一些回娘家走亲戚的姑姑，都会到我家陪我娘流一会儿眼泪，并说一些劝慰的话。她们劝我娘的话，我也听到了一些。在我听来，她们说的话几乎千篇一律，都是劝我娘看着几个孩子往前过。这类话我都不爱听，觉得跟空话差不多，没有什么实质性的内容。我娘不看着她的几个孩子往前过，她还能看着谁往前过呢！当然，有些实质性的建议我也不爱听。比如我的亲姑姑就向我娘建议，不要让我二姐再上学了，一个闺女家，能挣个活命就不错，还上学干什么。有上学的工夫，还不如帮家里割割草拾拾柴火呢。我娘听从了我亲姑姑的建议，果然生生地把喜欢上学的二姐从学堂里拉了出来。在我的印象里，在我们家最困难的时候，对我们家有过实质性帮助的姑姑就是麻闺女儿姑。用现在的话说，麻闺女儿姑对我们家的帮助是有限帮助。为什么这样说呢？原因是，她不是把水羊送给我们，只是借给我们用一下，在借用期间，等水羊将了小羊羔儿，我们家把小羊羔儿留下，再把小羊羔儿的妈妈还给麻闺女儿姑。就这个借羊生羊的事项，我娘和麻闺女儿姑达成的是口头协议。对麻闺女儿姑的这个善举，我娘很是感激，感激得眼窝子又湿了一回。在此之前，因家里没有钱，我们买不起猪，买不起羊，买不起兔子，连小鸡娃都买不起。别说家畜家禽了，我们家也没有看家的狗和逮老鼠的猫。我们那里祖祖辈辈传下来的规矩，小狗和小猫不能拿到集市进行交易，不能卖钱，只能在亲戚朋友和乡里乡亲间互相赠予。看到谁家的狗和猫怀孕了，向狗和猫的主人预订了一下，倘若主人同意，待狗和猫生产后，预订者就会得到一只小狗和一只小猫。我们的娘没有向任何人家开口预订过小狗或小猫，家里穷得好像失去了预订的资格，还是别让别人家沾了我们家的穷气为好。而麻闺女儿姑主动把水羊借给我们家，等于一下子给我们家带来了新的希望。尽管我们兄弟姐妹不知道水羊在什么情况下才会将小羊羔儿，什么时候才会将小羊羔儿，但有希望总是好，总让人感觉前方有了奔头。

三月里来是清明，刮了春风还是刮春风。春风刮过去，把麦叶的背面翻过来，一路翻白，像湖面上的层层波浪。刮风稍停，"湖面"很快恢复平静，又是一片绿色。别看离上次和二堂哥一块儿放风筝只有一个星期，麦苗又长高了不少，在旗帜样的顶叶下面，似乎已经开始孕穗。麦子地里还种有一些豌豆，豌豆的秧子不能直立，都是顺着麦苗的秆子往上爬，有时爬得比麦苗还高。豌豆花已开出一朵两朵，花儿有桃红色，也有蝶白色。在我看来，那些早开的花朵像小小的耳朵，它们把"耳朵"试探性地支棱起来，是在打探遍地花开的消息。一旦打探到别的花朵也在开放，它们再轰轰烈烈地开放也不迟。油菜花跟豌豆花差不多，也是零零星星地开出了一朵两朵，与满天星光还差得很远。油菜花与豌豆花的不同，在于它高贵的金色，哪怕油菜花还没有完全打开，但在阳光的照耀下，已放射出耀眼的金光。地边种的兰花豆，所开的花朵的确有点儿像兰花的样子，可它们好像并不愿意沾兰花的光，花瓣的颜色粉中带紫，紫中带黑，每一朵花都像是在扮鬼脸，都像是要给人们带来一些笑意。燕子在麦田上方快速飞来飞去。我听大人说，燕子飞得这样快，这样低，是为了捉虫子吃。我只看见燕子，没有看见在空中飞行的虫子。我想，因为燕子的眼睛小，才能看见小东西，我们人的眼睛太大了，反而看不见细小的东西。花间飞行的蝴蝶是白色的，只有展开的翅膀边缘才有一些浅灰色的花纹。那些花纹不但不会影响蝴蝶的白，好像对蝶白有所装饰，使蝶白显得更加白光荧荧。我注意到了，蝴蝶都是成双成对地飞，放单飞的情况很少。在个别时候，我也看到过有一只蝴蝶在飞，正纳闷另一只蝴蝶在哪里，眨眼之间，另一只蝴蝶就从不知名的地方飞了出来，又飞得成双成对，并上下左右有所缠绕。

我们在麦田间的土路上往南走了一里多路，才来到了南河的河堤下面。二姐牵着羊攀上高高的河堤，下到河堤内侧的河坡里，我们才来到了放羊的地方。河坡离水边并不是很宽，坡度也不是很平缓，但总算有一些不种庄稼、只长野草的坡地。

那些野草有茅根草、扫帚苗子、灰灰菜、狗尾巴、艾蒿、臭荆条，还有狗儿秧、蒲公英、浆浆瓢、酸不溜等，可以说五花八门，应有尽有。来到河坡的草地里，羊终于可以不受限制地放开嘴巴吃草。二姐放开了牵羊的绳子，羊二话不说，就埋头在草丛里吃起来。羊吃得沙沙簌簌，发出一种细碎的很好听的声音。

二姐把荆条筐和镰刀放在草地上，并没有马上开始割草。二姐这才跟我说话："是咱娘叫你出来拾羊屎蛋子，我没有说过叫你跟我一块儿出来，你不能怨我。"

我怨二姐了吗？我并没有怨二姐，让我出来拾羊屎蛋子，是娘的意思，不是二姐的意思，我犯不着埋怨二姐。一九五八年，村里开始办小学，二姐和我同一天入学。别看二姐比我大两岁，她却是我的同班同学。二姐很喜欢上学，学习成绩也不错。可是，娘不让二姐继续上学了，只让我一个人上学。二姐没有说娘重男轻女，也没有说娘对孩子有偏心，哭过一场之后，就放下课本到地里干活去了。大姐可以和生产队里的女劳力一起干活，挣工分；二姐年龄还小，还没有挣工分的资格，只能扛起筐子，给家里割草、拾柴火。麻闺女儿姑借给我们家水羊后，娘就把放羊的任务交给了二姐。对于我还可以继续上学，二姐没有表现出任何眼红，一点儿都没有和我攀比，好像这一切都是应该的。至于我自己，我当时还不懂事，对上学的事并不是很看重，觉得上学不上学无所谓，上学被老师管着，不上学反而更自由一些。我对二姐说："我不怨你，我谁都不怨。"

"谁都不怨就对了。"二姐说。

　　我没有忘记娘交给我的任务，在羊吃草的时候，我就有些机械地盯着羊拉屎的地方。迟迟不见羊拉出屎蛋子来，我就看羊的肚子。这只羊腿细，脖子细，毛长，肚子瘪瘪的，显得有些瘦，一点儿都不像怀有羊羔儿的样子。羊肚子里没有羊羔儿，因为羊吃了草，总该有羊屎蛋子吧。羊的小尾巴摆来摆去，怎么连羊屎蛋子都不拉呢！

　　二姐看出了我的专注，对我说："你不用老看着羊，想玩什么就玩吧。羊拉屎不分时候，等羊拉屎的时候，我再喊你过来拾也不耽误。"

　　河坡里有什么可玩的呢？我只能到水边去玩玩水。水边的浅水处长着一丛丛芦苇，还有一片片香蒲。芦苇有些发紫，香蒲一水儿发绿。水面上漂浮着一些马鞭草，还有一些浮萍。马鞭草的叶子是尖的，浮萍的叶子是圆的。有蜻蜓立在马鞭草的叶子上，有青蛙在浮萍上追逐。水是活水，从西往东流。水流得慢慢的，跟不流差不多，偶尔从上游漂过了一片树叶，以树叶的移动为参照，才能看出水是流动的。有水就有鱼，不用说，这条河里也会有鱼，我要是把鱼竿带过来在这里钓鱼，说不定也能钓上个把鱼来。想到鱼，我就蹲下身子，用手中的茶缸子从河里舀水。茶缸子破不破，可以瞒得过羊屎蛋子，却瞒不过水，我舀了多半茶缸子河水，刚要把有些脏污的茶缸子清洗一下，水就开始从茶缸子下面的漏洞里往下漏，漏得像水羊撒尿一样。漏水我不怕，河里的水多的是，我多舀几茶缸子就是了。当我终于把茶缸子清洗干净，我发现，河水是很清的，清得可以看到茶缸的底子，还可以照见人影。好像听二姐说过，她放羊放得口渴了，就走到水边，把双手捧起来，从河里捧水喝。我手中有盛水的家伙，喝起水来方便得很。我伸手舀到清水，刚要喝两口，意外看见，有一只小虾竟被我舀进了茶缸子里。小虾在水里弹来弹去，射来射去，像是急于跳出如来佛手心的样子。我撮起两根指头捉它，一捉二捉捉不住，等茶缸子里的水漏干了，我才把它捏住了。我没有掐头去尾，也没有去掉须子，就把整个小虾放进嘴里吃掉。当我把它放进嘴中的一刹那，它在我舌头上弹跳了一下，扎得我的舌头有些麻。小虾再小也是肉，吃起来肉筋筋的、咸滋滋的，味道相当不错。

二姐走过来了，给我送来了几条"面筋"，还有几颗"蛋黄"。二姐所说的"面筋"，是包裹在茅根草里面的花苞，不等茅根草长出花穗，二姐就把里面的花苞剥了出来。花苞是一根细细的乳白色的长条，嚼起来筋筋的，甜丝丝的，确有一点儿面筋的味道。二姐所说的"蛋黄"，也是花苞，是蒲公英的花苞。蒲公英的花苞圆圆的，小小的，比一粒黄豆大不了多少。剥去花苞外面那一层绿色的花萼，露出里面鹅黄色的花苞，就被说成了鸡蛋的蛋黄。"蛋黄"刚嚼在大牙上，有些苦，但嚼着嚼着，苦尽香来，越嚼越香，满口都是清香。我可不是第一次吃二姐给我采的花苞，我小的时候，都是二姐带着我玩，每年春天，她都给我采这些好吃的。有时采得少了，她宁可自己不吃，也要给她的弟弟吃。

太阳越升越高，水羊的肚子吃得朝两边鼓起来，像怀了羊羔儿一样。我知道，水羊肚子里怀的不是羊羔儿，是吃进肚子里的青草，满肚子的青草把水羊变成了一个草包。二姐也割满了一筐青草，把拴羊的绳子重新牵在手里。二姐突然喊我的名字，说羊拉出了羊屎蛋子，让我快去拾吧。我以前对羊屎蛋子一点儿都不重视，看见羊屎蛋子如看见鸡屎、狗屎一样，都是几乎掩鼻。因为我担负起了拾羊屎蛋子的任务，才第一次对羊屎蛋子重视起来。听到二姐的报告，我如同听到了什么盼望已久的好消息，赶快向水羊跑去。

羊在拉屎的时候并没有停止吃草，它是一边吃，一边拉，前面吃，后面拉，吃草拉屎两不误。只不过，它吃下去的是青草，拉出来的是黑蛋蛋。水羊在拉黑蛋蛋的同时，白色的小尾巴还不停地摆动着，像是在播撒种子，并把种子播撒得更均匀一些。

我蹲下身子，把羊屎蛋子一粒一粒地往茶缸子里捡拾。我原以为羊屎蛋子都是硬的，硬得像黑豆一样，捡到手里，我才知道刚拉出来的羊屎蛋子都是软软的，一捏就扁。我原以为羊屎蛋子都是黑的，黑得像墨一样。拿在眼前我才发现，新的羊屎蛋子还有些发绿，是墨绿。我原以为羊屎蛋子都光光的，一接触我才感觉到，羊屎蛋子外面有一层透明的黏膜，有些粘手。是屎都是臭的，羊屎蛋子当然也不例外，只不过它臭得不太厉害，冒出的热气中还有一些青草的气息。我像捡宝一样，一粒不剩地把羊屎蛋子都捡到茶缸子里去了，捡了小半茶缸。我把茶缸晃了晃，茶缸子里豁啷豁啷一阵响。

中午回到家，我把茶缸里的羊屎蛋子拿给娘看，等于向娘汇报成绩。娘看了一眼说：嗯，不少。娘让我把羊屎蛋子倒进粪窑子里去。

粪窖子里又是水，又是草，乱七八糟，沤得冒着绿泡泡，臭烘烘的。我好不容易才捡回这么多羊屎蛋子，马上就倒进粪窖子里沤粪，是不是有点儿可惜呢？这次我没有听娘的话，我舍不得把羊屎蛋子倒进粪窖子里似的，把盛着羊屎蛋子的茶缸子放到石榴树的树杈上去了。石榴树的叶子密不透风，树上正开着满树的红花，要是不仔细找，不会发现我所藏起来的茶缸子和羊屎蛋子。

水羊白天吃了一天草，把肚子吃得支乍着，晚上拉屎总是拉得很多。每天早上看，水羊都把那棵拴羊的椿树周围拉得密密匝匝，盖满了地皮。这么多的羊屎蛋子，真够拾一气的，恐怕一茶缸子都装不完。然而，拉在自家院子里的羊屎蛋子不用手拾，早起的大姐，抄起一把竹子做成的大扫帚，呼呼啦啦就把羊屎蛋子统统扫进敞着口子的粪窖子里去了。

收集羊屎蛋子不是我们的目的，我们最关心的还是水羊能不能将出小羊羔儿的问题。水羊拉出的羊屎蛋子再多，多得哪怕成千上万，都抵不上一个小羊羔儿。羊屎蛋子总是黑的，小羊羔儿才是白的。有一天下大雨，雨下得呼呼的，是白帐子大雨。不能再下地放羊，二姐只好把羊牵到我们家堂屋的西间屋，拴到一条床腿上。听大人说过，跳蚤最害怕羊身上的膻气，只要把羊拴在床腿上，跳蚤一闻到膻气，顿时就蔫儿了，就跳不起来了。我们家床上的跳蚤平日里跳得很欢，谁都不反对二姐把羊拴在床腿上。下着雨不能出去玩，我们姐弟们说起了小羊羔儿的事。大姐说："也不知道水羊啥时候能将羊羔儿子。不说多，能将一只小羊羔儿也好呀，也算麻闺女儿姑没有白白把水羊借给咱们家喂。"

二姐不同意大姐的说法，她说："那不中，水羊至少得将两只羊羔儿，一只小水羊，一只小骚胡。"二姐天天放羊，好像羊就得听她的话，她又说："水羊要是将不出两只羊羔儿子，我就不愿它的意。"

在我们姐弟中，大姐排老大，二姐排老二，我就是老三。我想，水羊要是生两只羊羔儿子的话，大姐二姐一人一只，可能就没有我的份儿。于是，我发表意见："水羊最好能将三只羊羔儿子，有三只羊羔儿子，就算是一群羊羔儿子。"

妹妹和大弟弟也都知道自己是老几，也通过羊羔儿子联想到了自己。妹妹希望水羊能将四只羊羔儿子，大弟弟说还是有五只羊羔儿子更好一些。就这样，我们姐弟们在盼望和想象中，像是在提前分配羊羔儿子，并像是把自己也当成了羊羔儿子。我的小弟弟倒是没提出让水羊将六只羊羔儿子，他咧着嘴哭了起来，嚷着说："我也要羊羔儿子，我也要一只羊羔儿子。"

娘吵了我们："争什么争，你们这是在分家吗？你们都还小，还不到分家的时候。"

有天半夜里，水羊突然叫了起来。平日里水羊是咩咩叫，叫得很是温柔。那天却可着嗓子，叫得声嘶力竭，好像不得过了一样。二姐被吵醒了，她说，羊可能是饿了，她去看看。娘让二姐不要管，说水羊可能是在走羔儿。我们不懂什么叫走羔儿，二姐大概也不懂，她还是起身到院子里看羊去了。二姐去看羊，羊还在叫。二姐出去了好一会儿，才回到屋子里。二姐对娘说，外面是月亮地，她看见了羊，旁边还有一堆草，看来羊真的不是因为饿才叫唤。二姐还说，她看见别人家的羊跑到我们院子里来了，就用扫帚把那些羊赶跑了。

娘对二姐有所埋怨："你这孩子，就是爱管闲事，我说不让你管，你偏要管。那些羊可能都是一些没上绳的骚胡头子，可能都是水羊唤过来的。"

放暑假期间，我差不多每天都跟二姐一块儿去放羊。按照分工，在放羊的同时，二姐还是割草，我还是负责捡羊屎蛋子。羊的肚子每天都吃得饱饱的，但每天夜里拉过一地羊屎蛋子之后，羊的肚子都会瘪下去，连一点儿怀羊羔儿的迹象都没有。二姐听人说过，水羊要是怀了羔子，会在羊的奶子上表现出来，羊的奶子会鼓胀、下坠，两只奶穗子也会变得粉红。二姐把水羊肚皮下面的奶子看了又看，没看出奶子有什么变化。这天傍晚，西边的天上布满了红霞，红霞映在水羊身上，使水羊变得有些红，白羊仿佛变成了红羊。二姐坐在草地上，抱过水羊的肚子，一侧的耳朵贴在水羊的大肚子上听。我猜，二姐是想听听水羊肚子里有没有羊羔胎儿的声音。我对二姐说："你不用听，水羊肚子里除了草，就是羊屎蛋子，连一只羊羔儿都没有。"

"你不要瞎说！"二姐说。

这时，有一个沿着河坡拾粪的男人走了过来，走到我们身边站下了，问我二姐："这个小妮，我来问你，你放的是老水羊还是老骟羊?"

二姐没好气，说："长着两只眼，你自己不会看吗?"

"咦，这个小妮怪厉害。我告诉你吧，你放的羊是水羊，水羊是用来将小羊羔儿的。"

"不用你说，我也知道。"

"你是只知其一，不知其二。我还要告诉你，你把羊放得太肥了，羊的肚子里长满了板油，就怀不上小羊羔儿了。"

这话二姐不爱听，她生气了，脸涨得通红，说："你不会说话就别说，嘴痒了，到南墙根蹭蹭去！"

拾粪的男人好像也生气了，把拾粪的铁锨在草地上铲了一下，说："一个小妮儿家，你怎么能骂人呢，这是跟谁学的？"

"我怎么骂人了？我骂你什么了！"二姐把镰刀提在手里，一点儿都不示弱。

眼看脾气倔强的二姐和那个男人越吵越厉害，我意识到自己的责任。我是二姐的弟弟，有责任跟二姐站在一起，保卫二姐。于是我就走过去，站在二姐身边，对那个外村的男人怒目而视。可惜我手里没有什么像样的可以当作武器的家伙，只有一只盛了一些羊屎蛋子的破茶缸子。我想，那个男人胆敢动二姐一指头，我就敢把盛了羊屎蛋子的茶缸子砸在他头上，砸得他头破血流，羊屎蛋子沾他一脸。说不定我还会像一条狗一样扑上去咬他的胳膊。

那个男人倒是没有动手打人的意思，他说："你们庄上的大人我都认识，你爹叫什么名字？哪天见了你爹，我得把你骂人的事跟你爹说一说，让你爹好好管管你。"

我娘生下我二姐时，上了岁数、急于见到孙子的奶奶在屋里哭，我爹却在屋后放太平车的屋里唱小曲。二姐听到这样的传说，认为爹很喜欢她，她对爹也很有感情。二姐当然不会对那个陌生的男人说出爹的名字，也不会说明我们的爹已经死了。可是，当别人提到我们的爹时，二姐的眼里顿时含满了泪水。二姐大概不愿让别人看到她眼里的泪水，别过脸向东边的天边望去。西天的霞光渐渐淡去，东天的阴影开始上升。

水羊似乎也感觉到了气氛不太对劲，咩咩叫了两声。

那个多嘴多舌的男人可能也看到了二姐眼里的泪水，没有再说什么，扛起铁锨走掉了。

转眼到了秋天，高粱红了，棉花白了，谷子黄了，到处是庄稼成熟的气息。当生产队里开始收割豆子时，水羊跟前还是连一只羊羔儿子都没有。盼小羊羔儿心切，我们全家人都习惯了天天看水羊的肚子。看的结果是，头天傍晚羊的肚子是鼓的，到了第二天早上，羊的肚子就瘪了下去。如果说头天看到的是希望，一夜过去就变成了失望。可是，谁都不能不承认，羊是明显地变肥了。麻闺女儿姑刚把水羊借给我们家时，水羊的腿是细的，脖子是细的，脊骨也是细的，摸到哪里都有些硌手。现在水羊的腿是粗的，脖子是粗的，脊背也变粗了，不管摸到羊身体的哪个部位，一抓都是一把厚墩墩的肉。如果说水羊刚到我们家时不过二十来斤的话，现在恐怕至少六十斤了。另外，水羊刚到我们家时灰秃秃的、脏兮兮的，一点儿都不漂亮。经过我们家人几个月的悉心照顾和精心喂养，水羊变得干干净净，白白亮亮，比一个小媳妇儿都好看。其实，二姐和我从没有给水羊洗过澡，也没给水羊梳过毛，它一吃得肥，长得壮，心情一愉快，身上的毛自然而然就亮了，眼睛也亮了。只不过水羊的任务是将小羊羔儿，将不出小羊羔儿来，长那么漂亮有什么用呢！真让人发愁，叹气。

我有一位堂叔，他是生产队的队长，也是麻闺女儿姑的哥哥。堂叔对水羊能不能怀小羊羔儿的事也很关注。有一天早上在院子外的饭场吃早饭时，我娘问堂叔，水羊怎么老也怀不上羊羔儿子呢？堂叔的回答被我听到了，堂叔说，因为村子里缺少成年的老骚胡，一些小骚胡还没有长成，它们的蛋就被人割掉了，或者捶烂了，早早地就失去了爬羔儿的能力。我娘说，在水羊走羔儿期间，连叫了三夜，倒是有些骚胡头子被水羊唤过来了。堂叔说，那些骚胡都是小骚胡，有那个心，没有那个苗子，爬羔儿也是瞎爬。堂叔还有一个说法，跟那个拾粪的男人的说法几乎是一样的。堂叔说，水羊来到我们家后，全家人都宠着它，它的生活太好了，吃得太肥了，肚子里长满了油，再怀羊羔儿子就难了。

"这真是，人走了背运，人帮忙，天不帮忙，连一只羊羔儿子都得不着。几个孩子天天盼星星盼月亮似的，都盼着能见到羊羔儿子，看来指望不上了。"娘的声音有些发沉。

堂叔说："没事，哪天见着我妹妹，我跟她说说，水羊不用还给她了，到过年时，你们家干脆把羊杀掉，吃肉算了。"

娘摇头说："那可不中。"

这天晚上，我做了一个梦，梦见水羊如我所愿，将出了三只小羊羔儿。小羊羔儿的嘴唇红红的，眼圈儿毛毛的，身上软软的，一只比一只可爱。我马上向二姐报告好消息，也不知发出声音没有，自己却醒了过来。一醒来，我马上爬起来，跑到院子里看究竟。天上有大半块月亮，满院子都是月光。我看见了，树根上只拴着那只水羊，哪里有半只小羊羔儿的身影呢！在月光的照耀下，那只水羊浑身发着白光，像是用一堆新雪堆成的雪羊。"雪羊"在地上卧着，我走过去，蹲下身子摸了摸它的脖子，它才站了起来。我经常跟在它屁股后头捡它拉的羊屎蛋子，它对我已经很熟悉。它用舌头轻轻舔了舔我的手，仿佛对我说："刘家的哥哥，你不好好睡觉，半夜里爬起来干什么？"

我们那里有一个说法，叫虫不过冬，债不过年。意思是说，一到冬天，蚂蚱、蛐子、蟋蟀等就死掉了。欠下的债呢，必须在过年之前还清。在刚踩住腊月的一个星期天早上，娘对我二姐说："快过年了，你今天去金庄把水羊还给你麻闺女儿姑吧。"

二姐一听娘说让她去金庄麻闺女儿姑家还水羊，眼圈儿一下子就红了。二姐是个有责任心的人，她认为水羊一直没能将出小羊羔儿，是她的责任。从春天到夏天，从夏天到秋天，从秋天又到冬天，二姐天天放羊快一年了，对水羊也有了一些感情，她有些舍不得把羊送走。

娘看出了二姐的伤心，说："虽说水羊没留下小羊羔儿，你麻闺女儿姑对咱家的人情咱还是要领。人说话得算话，年前必须把水羊给你麻闺女儿姑还回去。要不这样吧，让你弟弟跟你一块儿去吧。"

我哩个亲娘哎，眼睛怎么老盯着我。派我拾羊粪蛋子不说，还水羊的事怎么又派到了我头上？我知道，我们庄离金庄十多里路，七拐八拐要走半晌午才能走到呢。我说我不去，水羊来的时候是一只，回去的时候还是一只，二姐一个人去还就可以了，去那么多人干什么！

娘有办法劝我去，她的办法是抓住我的弱点。我的弱点是什么呢？是嘴馋，肯吃嘴。娘说："去吧，你麻闺女儿姑一看你们把羊养得这么肥，心里一高兴，说不定会留你们吃饭，会给你们做一些好吃的。"

娘一抓我的弱点，我的心就软了，脑子里开始想象麻闺女儿姑会给我们做什么好吃的，或许用麦面给我们烙油馍，或许给我和二姐每人煮一个咸鸭蛋。我故意磨蹭了一会儿，以掩饰自己的弱点，最终还是同意了跟二姐一块儿去麻闺女儿姑家走一趟。

二姐牵着羊在前面走，我在后面跟。因为不必再拾羊屎蛋子，我就没有带那只破茶缸子，空着两只手。出了村子，我们先是沿着一条土路往南走。走过一座石桥，我们就拐上河堤，沿着高高的河堤往东走。我看见我们的影子映进河水里，我们和羊是头朝上往前走，水中的影子是头朝下往前走。在水中头朝下的样子是可怕的，好像我们会随时朝着无边无际的水底沉下去。只看了几眼，我就不敢再看。走着走着，天下起了小雪。雪花很小，也很稀，几乎看不见。春来时地里初开的豌豆花和油菜花虽说也是零零星星，总是看得见的，可冬来时初开的雪花却不易察觉。我觉得额头上凉了一下，又凉了一下，仰脸往天空看，才发觉下起了小雪。河堤下面的地里都种上了小麦，满地都是绿色。雪花落在麦地里，很快被绿色淹没，一点儿都不显白。雪花落进河水里，很快与河水融为一体，跟没下雪一个样。雪花落在羊身上，倒是存下了几朵，但因雪花与羊毛靠色，也看不出羊身上有什么变化。

我们来到了麻闺女儿姑家，她对羊的态度和对我们的态度，大大出乎我和二姐的预料。麻闺女儿姑大概也知道了水羊一直没将出小羊羔儿，她接过牵水羊的绳子拴在一棵树上后，竟照水羊的肚子上踢了两脚，一边踢一边吵："你这个没用的东西，我踢死你，踢死你！"

眼看接近晌午，麻闺女儿姑没有任何留我们吃午饭的意思。二姐说："姑，我们回去吧。"

麻闺女儿姑仰脸看了一下天说："雪可能会越下越大，趁这会儿雪还没下大，你们想回去就回去吧。"

我们离开麻闺女儿姑家时，听见那只水羊在我们背后叫了两声。我们没有回头。

我们回家走到半路上，雪果然下大了，雪花在空中飞舞，天地间一片迷茫。

我和二姐都有些想哭。

2023 年 7 月 4 日—24 日于怀柔翰高文创园

（其间去了河南周口、山东临沂，随身带着稿子）

原载《小说月报·原创版》2024 年第 4 期

弟弟来了

郑欣荣出嫁还不到半年，村里人仍称她是新媳妇。特别是小孩子，只要一看见她，像是有了最新发现，手指着她喊新媳妇、新媳妇。每听到有人叫她新媳妇，而不是叫她的名字，郑欣荣心里都有些五味杂陈，说不清是喜还是忧。反正新媳妇的叫法，得让她重新认识自己，重新给自己定位。新媳妇仿佛是一条界线，界线一旦划下来，她就不是以前的自己了，永远都不是了。

花开有时，任何新都是暂时的。郑欣荣明白这一点儿。她还知道，新媳妇也都是暂时的，要不了多久，就会变成旧媳妇。大概因为人的本性是喜新厌旧，村里并没有旧媳妇这一说。但谁都不能不承认，所有新媳妇都会变成旧媳妇，村里大量存在的都是旧媳妇。从新媳妇到旧媳妇之间，并没有规定一定的时间界限，或仨月俩月，或一年半载，不知不觉间，新媳妇的叫法就消失了，好像从没有被人叫过新媳妇一样。

那时还有人民公社、生产大队和生产小队，社员们下地干活还是打着红旗，成群结队。郑欣荣回门三天从娘家回来，就脱掉嫁衣，换上从娘家带来的旧衣服，开始以生产队上工的铃声为号令，下地参加劳动。参加劳动是必须的。社员还被称为劳力，男劳力或女劳力，整劳力或半劳力，你只要达到了劳力的标准，就不能在家里闲着，就得为生产队出力。同时，生产队实行的是按劳分配，你只有下地干活，才能挣到工分，分到粮食。郑欣荣是一个喜欢干活的人，也是一个以干活为习惯的人。她甚至认为，人生来就是干活的，不干活就不能算是一个人。正是通过干活，她很快得到婆家人的认可，并很快融入赵庄生产队的社员群体。

这天上午，队长派给妇女劳力的活儿是整理春地，准备栽红薯。郑欣荣手持一把铁锨，一到地头就埋头铲起土来。郑欣荣对土地是熟悉的，她知道，所谓春地，是说去年收秋之后，这块地就一直空着，没有再种别的庄稼。地空了一秋、一冬，直到春天，所以叫春地。生产队里留春地的目的，是让这块地有足够的时间攒劲，攒足了劲，及时栽上春红薯。春红薯结得多，长得大，含淀粉也多，最适合下粉条。收麦之后抢栽的晚红薯就差点儿劲，经霜打日晒之后，虽说蒸出来也稀溜溜的，甜蜜蜜的，但块头、产量以及淀粉含量，都和春红薯没法比。整地的办法，是用铁锨在平地上铲出一条垄沟，把铲出的土，左边一锨，右边一锨，堆在两侧的垄背上，把垄背堆得隆起来，隆得像一条长龙的龙脊。然后就可以在"龙脊"上挖坑，浇水，栽红薯秧子。这样挖沟、培垄，有两个用途，一是天旱时可以通过垄沟浇水，二是下大雨时免得红薯泡在水里。郑欣荣来回出工时在地边看到了，埋进温床般的池子里的红薯母子已发出紫红的新芽，等新芽长到七八寸的时候，就可以用剪刀剪下来，栽到事先整理好的春地里。

别的妇女在挖垄沟时，需要先把铁锨的刃子插进土里，用一只脚踩着铁锨上面窄窄的折边，使劲往下蹬，铁锨才能吃进土里，才能把土刨起来。郑欣荣不用上脚，她用力把铁锨头往土里一铲，撬杠杆似的用膝盖把铁锨的木把一顶，就把一锨土铲了起来，培在一侧的垄背上。土地经过秋天淋雨，冬天下雪、结冰，春来时化冻，已变得有些酥松，一点儿都不板结。土地的表面撒了一层苗肥，在铲垄沟的时候，正好把肥料翻盖在下面，便于有效地发挥肥力。黑黑的苗肥下面，已发出一些草芽。别看那些草芽都细细的，它们扎在下面的白色根须却很结实，当铁锨铲断它们时，发出一阵切切割割的声音。每铲起一锨土，她都能闻到土壤里冒出来的气息。气息虽说不像掀锅盖时冒出的蒸气那样发白，那样热气腾腾，但土壤里冒出的地气也温温的、甜丝丝的，似乎还有一种发酵的味道。春地两边都是麦田，在春风的吹拂下，麦苗仿佛在伸了一个懒腰之后，都褪去了暗绿，换上了新绿，纷纷活跃起来。燕子也从南方飞回来了，一边在麦田上方掠来掠去，一边啾啾叫着，像是在为刚起身的麦苗加油。风大的一阵，把麦苗吹成阵阵波浪。绿色的波浪一路波涌，涌向不知名的远方。正干活的郑欣荣，有时会不免朝远处望一眼，她觉得有些陌生，还有些迷茫，一时不知身在何方。

　　郑欣荣挖垄沟的办法，难免挖得速度快一些。太阳不断升高间，她挖到最前面去了，让队里所有的妇女劳力都落在了后边。作为一个从外村嫁过来的人，作为一个新媳妇，她不知道这样好不好，别人会不会对她有意见。特别是，跟她在一起干活的还有她婆婆，她婆婆还不到五十岁，还在继续挣工分。婆婆头上包着一块黑毛巾，正一锨一锨往前刨。她挖的一条垄沟都快挖到地头了，婆婆所刨的垄沟连她的垄沟一半都不到。这样对比起来，婆婆会不会觉得面子上不好看呢？她怎么办？要不要把干活的速度慢下来，等一等婆婆和其他的妇女劳动力呢？想到这里，她停了下来，抬头看了看天，往耳后捋了捋头发，目光追踪了一下在空中飞行的燕子。可是，当她又开始挥动铁锨挖垄沟时，不知不觉间速度又快起来。没办法，因为她早就养成了手脚麻利的干活习惯，想慢下来也难。在娘家时，她父亲下世早，作为家里长女，她十五六岁就开始跟队里的女劳力一起下地干活。她不惜力，干活快，人缘好，十八岁那年就当上了生产队的妇女队长。当了队长，她更是不管干什么活儿都冲在前头。春耕时用架子车往地里拉粪，车子装得最满，跑得最快的，是她。五月里在赤日炎炎的麦子地里割麦，第一个推开麦海波浪的，是她。秋天雪白的棉花开满一地时，摘花摘在最前面，蹚出一条"雪路"的，也是她。她好比一台机器，机器都有自己的马力和转速，一旦开动起来，就要保持匀速，不能快一阵儿，慢一阵儿。她还好比在天空飞行的燕子，燕子只有飞得快，才能捉到虫子。要是燕子飞着飞着停顿下来，说不定还会落在地上呢。不管那么多了，自己干活快就快吧，对于集体劳动来说，干活快，出活多，总归不是什么错吧。

中午下工一回到家，郑欣荣放下铁锨，洗洗手，就忙着做午饭。在她没嫁到赵庄的赵家以前，这家的一天三顿饭都是婆婆和婆家姐做。婆家姐先出嫁了，她来了。她成为赵家的大儿媳妇之后，婆婆让贤似的就把做饭的主要任务让给了她。做饭对她来说不是什么难事。在娘家时，她是姐弟六人的大姐，双手刚刚能够到锅沿子，就开始帮娘做饭，刷锅。嫁到婆家，丈夫赵明下面有三个弟弟，她是弟弟们的大嫂，大嫂不做饭谁做饭呢。再说做午饭也很简单，用红薯片子面，掺上一些黄豆面，和成面团，擀成杂面条，下一锅汤面就完了。这地方的人，一年到头总是吃红薯、红薯片子和红薯片子面比较多，只用红薯片子面擀面条中不中呢？事实表明，不中。单纯的红薯片子面擀成的面条黏黏的、甜甜的、黑黑的，一下进滚水里就化了，化成一锅黑糊涂，一根面条都捞不出。只有在红薯片子面里掺进一些黄豆面，擀成的面条才经得起滚水煮，才能保持面条的形状。因黄豆面里含有天然的油性，煮出的面条黄黄的、硬硬的，会越煮越稠，越吃越香。而每家的黄豆面总是少，擀面条时总不敢把黄豆面掺多，如果红薯片子面占三成，能掺进一成黄豆面就算不错。

郑欣荣把面和好了，正在案板上擀面条，忽听见娘家弟弟来了，顿时有些慌乱。她有三个娘家弟弟，来的是二弟弟郑欣声。二弟弟正在镇上的中学上学，校园离赵庄很近，只有一里多路，出了学校的大门，转过一个弯，就到了他们家。二弟弟在赵庄也有同学，他是跟同学一块儿来的。二弟弟在院子门口跟同学说再见时，郑欣荣就听见了二弟弟的声音，拍拍手上的面，赶紧从灶屋里迎了出来，说：欣声来了，还没吃饭吧？

没有。

是不是没饭票了？她知道，大弟弟和二弟弟，都是一上中学就住校。住校期间都是从家里背红薯片子面和黄豆面，去学校的食堂换饭票，拿着饭票才能排队打饭。如今，大弟弟到外地当工人去了，二弟弟去年才考上了中学。

不是……

没等二弟弟把话说完，郑欣荣就说：没事，学校离这儿近，你什么时候想来就来吧。我正在擀面条，饭一会儿就做好。她把二弟弟领进堂屋，让二弟弟先在堂屋里坐一会儿。

郑欣荣之所以有些慌乱，是二弟弟来得有些突然，她一点儿准备都没有。自从她嫁到赵庄，二弟弟还从没有来过他们家，这是第一次来。二弟弟是她的娘家人，同一个娘的亲娘家人。二弟弟来了，二弟弟虽说不是从郑家楼来，而是从学校里来，二弟弟虽说空着两只手，什么东西都没带，但二弟弟来了，也算是走亲戚，来看望她这个大姐。既然二弟弟来走亲戚，她这个当大姐的就该给二弟弟做点儿好吃的，至少做点儿改样饭，以招待一下二弟弟。按一般待客的规矩，她应该马上杀一只鸡，炒炒炖炖给二弟弟吃。可是，他们家唯一的一只公鸡，在过年时已经被杀掉了。公鸡头天还伸着脖子打鸣，第二天就被抹了脖子。没有公鸡可杀，给二弟弟炒点儿鸡蛋吃也好呀。可是，他们家没有下蛋的母鸡，哪有鸡蛋可炒呢？前几天，他们家倒是买了几只小炕鸡，小炕鸡刚出蛋壳时间不长，还分不出是公是母，哪里会下蛋呢？郑欣荣不会忘记，还在娘家时，她多次带着弟弟去姑姑家走亲戚。姑姑除了给他们擀面条，有时还用麦面给他们烙一两个油馍吃。她也想和一块带葱花的麦面，在小锅里放点儿香油，给二弟烙一个油馍吃。可是，她知道，家里缸净盆净，连一撮麦面都找不出。她问丈夫赵明：欣声来了，怎么办呢？

赵明正在锅灶前续柴烧锅，只有他们新婚的小两口在灶屋里。以前，赵明不愿意烧锅，他嫌柴烟子辣眼，嫌往身上落草木灰。自从和郑欣荣结了婚，自从郑欣荣成了家里的主要做饭者，他一反常态，喜欢上了烧锅。赵明的娘看出来了，自家的大儿子是个老婆迷，大儿子喜欢围着老婆转，喜欢跟老婆在一起，能跟老婆多待一会儿是一会儿。这让她有些暗喜，还有些撇嘴。以前她让大儿子帮着烧锅，也吵过，也骂过，都不能把大儿子弄到锅门口去。现在可好，一见他老婆在灶屋里做饭，不声不响地就拿起烧火棍到锅门口烧锅去了。这很好，女人做饭，男人烧火，就让他们两口子合作吧。媳妇终于熬成了婆，她乐得不进灶屋呢，乐得吃现成饭呢。赵明也不知道怎么办。不管媳妇手再巧，也怕家里无东西可做。他说：只能往锅里多添两碗水呗。

这话郑欣荣不爱听，她的眉头皱了起来，说：天天午饭下的面条本来就稀，要是再添两碗水，不是更稀了嘛！

那你说怎么办呢？我听你的。

你去三婶子家，看看能不能借半瓢好面来，咱用小锅给欣声烙一个油馍吃。郑欣荣知道，三婶子只有两个孩子，家里人口少，生活条件要好一些。

赵明的样子似有些为难，他说：我估计三婶子家也不一定有好面。现在正是青黄不接的时候，家家都缺好面。

还没去呢，你怎么知道三婶子家没有好面呢。你是不是不想去借呀，是不是张不开嘴呀？

有借有还，这没啥张不开嘴的。赵明只好起身拿上面瓢，去三婶子家借面。三婶子家住在他们家后面，赵明很快就空着瓢转了回来。他说：我说三婶子家也没好面吧，你不相信。我空跑一趟，你相信了吧。三婶子说，他们家一点儿好面都没有。小麦倒是还有一点儿，只是还没有磨成面。

郑欣荣想说：三婶子家没有好面，你不会去二婶子家看看吗？要是二婶子家也没有好面，前后左右还有好多邻居呢，你不会去别的邻居家借一下试试吗！但她没有说出来。她看出赵明借面的态度一点儿都不积极，明显是在应付她。这让她心里有些不是滋味，并不免有些生气。她不再说话，擀面杖在案板上擀得重重的。二弟弟第一次到他们家来，如果只让二弟弟喝点儿稀面条子，连肚子都吃不饱，她这个当大姐的，怎么对得起自己的亲弟弟呢？以后回娘家，她怎么面对娘家人呢？她觉出来了，赵明大概认为欣声还是个中学生，年龄还小，就对欣声的到来不是很重视。岂不知，赵明对欣声不重视，就是对她这个当大姐的不重视。赵明不给欣声面子，就是不给她郑欣荣面子。别看赵明口口声声说多么喜欢她，时时处处说她多么重要，通过二弟弟到来这件事她看出来了，赵明说的并不是实话，她在这个家并没有什么位置。

大锅里的水快烧开了，赵明说：我不是让你再往锅里添两碗水吗，你怎么不添！

添水算什么，人又不是靠喝水长大的。想添水你添，我不添。中午的饭我不吃就是了，一顿两顿饭不吃也饿不死人。

话不是这样说法，你别说气话。赵明自己掀开用高粱莛子扎成的锅盖，往锅里添了两碗凉水。

除了往锅里掺水，我看你还会往锅里掺什么？郑欣荣还是不甘心，她想起堂屋的一个草编篓子里放的还有一些粉条，对赵明说：我记着家里放的还有一把子粉条，你去把粉条掰一点儿下锅，权当多下一点儿面条。

赵明没反对往锅里下点儿粉条，他说：下粉条可以，你去拿呗。

我不去，我就让你去，我看你去不去。粉条归你娘管着，拿点儿粉条还得经你娘批准，你去跟你娘说去吧。

赵明的娘正在院子一角看着那几只小炕鸡，那些小炕鸡在破旧的苇片子里圈着，都黄黄的，绒团团的。小炕鸡不是母鸡抱窝孵出来的，都没有娘。它们可能把赵明的娘当成了它们的娘，仰着小脑袋，对看它们的主人叫成一片，仿佛在说：娘呀，娘呀，给我们一点儿吃的吧，最好能喂我们一点儿小米。赵明的娘并没有喂小炕鸡什么吃的，只是看着它们。赵明从灶屋里出来对娘说：欣声来了，在面条锅里下点儿粉条吧。

娘批准了，说粉条在篓子里放着，让赵明自己去拿。

正是做午饭的时候，庄子里这里那里传出拉风箱的呼嗒声。烧柴草冒出的炊烟，在低矮的房屋之间飘浮着，炊烟里似乎有一种咸味。不知谁家的母鸡下蛋了，在"咯哒咯哒"地叫。有的公鸡也在凑热闹，午间也举起嗓门高叫起来。赵明把粉条拿到灶屋来了，一小缕儿，大约十来根的样子。赵明对郑欣荣说：给，我把粉条拿来了，你看看。

有啥可看的，我又不是没见过粉条。放锅里吧。

赵明应该先用清水把粉条洗一下，洗去尘土，再往锅里放。他没有洗，就直接把干粉条放进锅里去了。在放进锅里之前，他想把长粉条折断，因粉条的韧性很强，他折了两下没折断，就顺着放进已经冒泡儿的滚水里去了。粉条一见滚水，很快就软了下去。

　　面条是条，粉条也是条，郑欣荣对粉条的性质当然很熟悉。粉条是干的、硬的，面条是湿的、软的，这两样东西不能同时下锅。得先把粉条下进锅里煮一会儿，煮软了，再下面条。这里有一个准确掌握火候的问题，万不可把粉条煮得时间太长。别忘了，粉条是用红薯里面的淀粉做成的，如果煮得时间太长，粉条就会粉化，继而溶化在水里，捞都捞不出来。郑欣荣一心想着二弟弟欣声，她才不会把粉条煮得化在水里呢。做一锅汤面条，总得下点儿什么菜才好，比如下点儿白菜或萝卜什么的。可他们家既没有白菜，也没有萝卜，只有一些去年秋天收红薯时在垄沟里收集的干红薯叶子。郑欣荣早上吃过早饭下地干活之前，就提前把一些干红薯叶子泡在水盆里了。红薯叶子发黑，吃到嘴里还稍稍有点儿发苦，一点儿都不好吃。但有菜总比没菜强，只能这样把一顿饭凑合下来。

　　午饭做好了，郑欣荣用长把木勺在锅里搅了搅，见粉条是粉条，面条是面条，粉条和面条几乎扯了手，一锅饭总算不那样稀了。她在心里对二弟弟说：你大姐嫁了个穷人家，大姐不能给你做什么好吃的，真是委屈你了，你就凑合着吃一顿吧。话没到心到，郑欣荣想到委屈，仿佛她自己的委屈也连带上来，眼角几乎湿了。

　　矛盾出现在给谁盛第一碗饭上，也出在如何盛第一碗饭上。矛和盾总会发生碰撞，矛盾总会爆发，只是爆发的时间有早有晚，爆发的能量有大有小。郑欣荣和婆家的矛盾，爆发得不早也不晚，或许正是时候。矛盾爆发的能量不算很大，但也不算小。任何矛盾的爆发，都有一个导火索，引发郑欣荣和婆家矛盾爆发的导火索，就是那极普通的第一碗饭。往日里，第一碗午饭，郑欣荣都是盛给赵家的男主人的，也就是她的公爹。公爹是生产队里的饲养员，一天到晚守在饲养室里，连晚上睡觉都不回家，只有吃饭的时候才回家。家里做好了饭，由三儿子或四儿子，跑着去饲养室，喊他们爹回家吃饭。等爹回到家，第一碗饭早就盛好，已在锅台上放着。既然第一碗饭是盛给一家之主，总要优待一些，饭盛得稠一些，碗盛得满一些，体现出差别。比如说，早上打稀饭，如果锅里下的有红薯片丁子，就要给公爹盛得丁子多一些。同样，中午吃面条，如果锅里下的有粉条，也要给公爹多盛一些粉条。可今天的第一碗饭，郑欣荣不打算再盛给公爹，要盛给二弟弟欣声。不管怎么说，弟弟是来走亲戚，是一位客人。待客都是以客为主，这是起码的礼数。

在郑欣荣盛第一碗饭的时候，赵明已从锅灶前站起来了，看着郑欣荣盛饭。郑欣荣的婆婆也从院子里走进灶屋，目不转睛地看着儿媳盛饭。郑欣荣不怕他们看，她当然要把饭盛得稠一些。

赵明问：你这是给谁盛的？

你说呢？

我不知道。

你应该知道。你没走过亲戚吗，待客的礼数，你一点儿都不懂吗？赵明不问还好些，赵明一问，郑欣荣的气就赌了起来。用勺子盛粉条，粉条滑溜溜的，很难盛上来。她回手从筷笼子里抽出两根竹筷子，干脆用筷子从锅里捞粉条往碗里放。

婆婆斜眼看着赵明，赵明也在看她娘。娘儿俩在互相递眼色，并用眼色互相递话。他们递的话像是同一个意思：没见过这样盛饭的。

郑欣荣盛好了第一碗饭，说：你们接着盛吧，我就不管了。她又说：你们不用管我，我吃不吃都没啥。说罢，她端着饭碗，并拿着筷子，把午饭给欣声送到堂屋去了。

赵明的娘和赵明又互相看了一眼。自从赵明结婚后，他们母子有一段时间没这样交流过眼神了。郑欣声的到来，郑欣荣把她二弟弟放到了第一位，似乎使他们要对郑欣荣重新进行审视。别看郑欣荣嫁到了他们家，郑欣荣跟他们家的人并没有什么血缘关系，跟她娘家的亲人才有血缘关系，娘家一来了人，她就把婆家的人放到脑后去了。这样的审视，好像使他们回到了以血缘关系为主导的认识，并回到了原来的共同立场。他们不能眼看着郑欣荣这样继续下去，要对郑欣荣有所规劝和干涉。

郑欣荣把饭碗直接递到欣声手里说：我知道你饿了，赶快趁热吃吧。也没给你做啥好吃的，擀的是杂面条子，下了一点儿粉条。你吃完了这一碗，我再给你盛。

欣声真的饿了，他接过饭碗，没有任何挑剔，什么话都没说，就埋头吃起来。天气热了，饭也热，欣声很快吃出了一头汗。郑欣荣自己没有去灶屋盛饭吃，她就那么在堂屋里陪着欣声，看着欣声吃。好长时间没看见欣声，她本来想和欣声说说话，问问娘的情况，问问其他妹妹弟弟的情况，怕耽误欣声吃饭，就没问。

公爹被三儿子从"饲养室"里喊回来了，他端着饭碗，到堂屋跟欣声打了一声招呼，就到院子外面的公共饭场吃饭去了。大人的饭碗大一些，孩子的饭碗小一些，大人孩子都到各自的地方吃饭去了。

赵明不见郑欣荣吃饭，端着饭碗，边走边吃，转到了堂屋。他对郑欣荣说：你怎么不去吃饭？我都给你把饭盛上了。

我说了不要管我，你操那么多心干什么！

上午干了一上午活，下午还要干活。人是铁，饭是钢，一顿不吃心发慌，该吃饭还是要吃，锅里没粉条了，我给你盛的饭可能有点儿稀，你凑合着吃吧。

只顾自己吃饭的欣声，好像这会儿才注意到大姐没吃饭，他说：大姐也去吃饭吧。

郑欣荣知道，二弟弟欣声正处在长身体的年龄，正是饭量大的时候，只吃一碗面条是不够的。她没能给欣声做什么好吃的，只擀点儿杂面条，如果还不让欣声吃饱，心里怎么过得去呢！她这才向灶屋走去，准备把赵明给她盛的饭端给欣声吃。

在郑欣荣向灶屋走时，赵明像郑欣荣身后的一个影子一样，也脚跟脚地向灶屋走去。有一句话，似乎已经在他肚子里憋了好一会儿，他在找机会把话说出来。

赵明给郑欣荣盛的饭在灶台上放着。他们家灶台的台面是用黄泥抹成的，黄泥里掺的还有麦糠。麦糠星星点点，比黄泥还黄。郑欣荣见碗边趴着一只大个的麻蝇，她挥了一下手，把麻蝇赶走了。郑欣荣端起饭碗刚要走，赵明说话了，赵明说：你盛第一碗饭的时候，不是那样盛法。

郑欣荣愣了一下，站下了。赵明在她身后跟来跟去，她觉出赵明像是要找碴儿，赵明果然把找到的碴儿指了出来。郑欣荣说：不是那样的盛法，你说该怎么盛？

盛饭只能用勺子，不兴下筷子，下筷子不好看。

就是赵明对郑欣荣的指责，把郑欣荣给惹翻了，她的脸先红后黄，鬓角的青筋鼓了起来。她说：我就是下筷子了，你说怎么办吧？难道要杀了我不成！

没事没事，今天就说到这儿，你吃饭吧。

这饭还怎么吃。

欣声把第一碗饭吃完了，大姐把手上端着的饭递给他，让他接着吃。欣声还没看到大姐吃饭，说：大姐，你吃吧。

你只管吃吧，我这会儿还不饿，不想吃。郑欣荣觉得自己的喉咙有点儿发哽，几乎说不出话来。同时，她觉得眼角那里像是有泪珠子在往上顶，一顶二顶三顶，泪珠子硬硬的，似乎快要顶开眼皮，从眼眶上滚下来。但是，当着娘家弟弟的面，她必须管住自己，做出一切都很正常的样子，不许眼泪出现。不过她也知道，人可以咬住自己的牙，管住自己的嘴，而眼皮上没有牙，眼眶上也没有闸门，人到伤心处，很难管住自己的眼泪。万一她在一低头一转脸的时候，流下眼泪让弟弟看见，弟弟回家告诉娘，娘难免为她悬心，那就不好了。于是，她撩开箔篱子门口的布帘，走进东间屋，到床边坐着去了。这间屋子原来由郑欣荣的公公和婆婆住，她和赵明结婚时，赵家为他们盖不起新房，就把东间屋腾出来做婚房用。赵家为他们打不起新床，家里唯一的一张老辈人传下来的大床，公公和婆婆也只好让给他们用。虽说在这里已经住了好几个月，一切还是让她觉得有些陌生，跟借住差不多。每次做梦，她还是在娘家，还是跟弟弟妹妹们在一起。好比她是娘身上结的其中一个瓜，在娘家时，瓜还连在瓜秧子上，一出嫁呢，就生生地把瓜秧子给扯断了。一个女儿家，为啥非要出嫁呢，非要结婚呢，难道不结婚就不行吗？

欣声的同学在院子外面喊欣声时，欣声刚好把第二碗面条也吃完了，他答应着来了来了，放下饭碗，对大姐说：大姐，我走了。

郑欣荣赶紧从东间屋里走出来，问欣声：吃饱了吗？欣声说：吃饱了。郑欣荣说：什么时候想来，你就只管来。

往日，全家人一吃完饭，都是郑欣荣刷碗刷锅，把灶屋收拾干净。这天午饭之后，她没有再去灶屋，连欣声吃完饭放在桌子上的那只空碗，她都没有拿到灶屋里去。二弟弟走了，她的眼泪就不用再憋着，可以流了。眼泪一旦夺眶而出，就再也止不住，如滚滚河水一样，流得很长，很长。东间屋有一扇窗户，窗户上钉着一些经风刮雨淋早就变黑的木条。她的双眼就那么一边对着窗户，一边出神，在出神中无声地流泪。眼泪流得那么汹涌，那么源源不断，而她自己好像并不知道一样。是姑姑最先看中了她，希望她能嫁给自己的儿子，也就是郑欣荣的表哥。姑姑说出的理由是，侄女儿随姑。侄女儿随了姑，是亲上加亲，姑对侄女儿会有所照顾，婆媳会和睦相处。表哥每年都去姥娘家走亲戚，郑欣荣对表哥是熟悉的。表哥读过初中，是个心灵手巧的人。过年时，表哥会画中堂画，会写春联。平日里，表哥还像个女孩子一样，会纺线、织布。只是呢，郑欣荣觉得表哥的个头长得太低了，不像是个能顶天立地的男子汉，犹豫着没有答应姑姑的要求。那时候，郑欣荣还不懂得近亲结婚不好，不懂得什么基因遗传方面的科学知识，只是凭感觉不想嫁给表哥。加之娘和她的看法是一致的，希望她能找一个个头比较高一些的男孩子。娘的态度似乎比她还坚决，认为婚姻是女儿一辈子的大事，宁可得罪女儿的姑姑，也不能让女儿受委屈。母女同心，回绝了姑姑的要求之后，有媒人给郑欣荣介绍了一个邻村的男孩子。这个男孩子的个头、长相，还有家庭条件，都比较符合郑欣荣的理想。二人经过见面，交谈，郑欣荣就点了头。不料，这个男孩子在新疆有亲戚，亲戚为男孩子在新疆找了一份工作，写信让男孩子到新疆去了。听说男孩子去了新疆，郑欣荣就有些担心，担心男孩子一去不回，在新疆另找对象。果然，郑欣荣的担心变成了现实，过了一年多，男孩子给他的家里人写信，让家里人转告郑欣荣，不要再等他。这段经历，是郑欣荣情感上的一个挫折，对她的心灵构成了一定的打击。她一度有些灰心，暗地里叹了不少气。

郑欣荣不去灶屋里刷洗锅碗，婆婆也不去。婆婆把吃过饭的空碗往灶台上一放，就到西间屋睡午觉去了。有儿媳妇代替她收拾灶屋里的一切，她乐得当甩手婆婆呢。

赵明来到东间屋，见郑欣荣正坐在床边流泪。赵明没能理解郑欣荣的心情，以为郑欣荣因没吃到午饭而抱屈，他说：忙了一晌午，你连一口饭都没吃吧，你看这事弄的。

郑欣荣不说话，只是流泪。她不再对着窗户流泪，低下头来塌着眼皮流泪。

我去看看锅里剩下的还有没有饭，要是有的话，我都给你盛过来。赵明很快去灶屋刮了锅底，把剩饭刮到碗里，给郑欣荣端了过来。饭只有小半碗，刚刚盖住碗底。那点儿饭只是些稀汤子，别说粉条了，连面条都没有一根。稀汤子是黑色的，里面只有两片黑色的红薯叶子。赵明说：就剩下这一点儿了，你喝了吧，恐怕都凉了。说着，把饭碗递到郑欣荣面前。

郑欣荣当然不会喝，她对饭碗连看一眼都不看，把脸别向一边，继续流泪。如果把她已流下的眼泪都集中在饭碗里，恐怕比碗底子的稀面条汤子还要多。郑欣荣嫁给赵明，有很大的偶然性。这不奇怪，农村姑娘长大了嫁人，跟撞大运差不多，都不一定嫁给谁，带有很大的偶然性。郑欣荣不同意嫁给表哥，山不转水转，七拐八拐，赵明的姐姐却嫁给了她的表哥。如此一来，赵明的姐姐就成了郑欣荣的表嫂，郑欣荣就成了表嫂的表妹。表嫂见表妹待字闺中，各方面的条件都很好，就亲自出面做媒，把郑欣荣介绍给了她的大弟弟赵明。郑欣荣和赵明见了面，对赵明的印象还可以，赵明的个头起码比表哥高不少。当初她不同意嫁给表哥，已经觉得有些对不起姑姑和表哥，如果她再不同意嫁给表嫂的弟弟，恐怕连姑姑、表哥和表嫂都对不起了。她的岁数也不算小了，老不把亲事定下来，也不是个事。于是她有些被动似的就嫁给了赵明。她出嫁时正赶上"文革"年代，没有坐花轿，也没有坐太平车，婆家人只借了一辆自行车，她坐在自行车的后座子上，就被带到了婆家。这倒也没什么，既然干什么都要"革命化"，别说坐自行车了，步行去三里外的婆家也无所谓。后来让郑欣荣有所不悦的是一个常在娘家那庄的公社驻队干部说的一句话。郑欣荣在娘家当妇女队长时，驻队干部时常召集生产队的干部们开会、学习，对郑欣荣比较熟悉，也比较欣赏。驻队干部认为郑欣荣所找的对象不够理想，找对象的方式简直就是转亲嘛！一句话提醒了郑欣荣，让郑欣荣的心情顿时沉重起来。对于换亲和转亲的由来，郑欣荣是知道的。那些年，地主、富农家的儿子，或家里极度贫寒的人家的儿子，因难以找到对象，便采取换亲或转亲的方式解决。所谓换亲，就是张家的姐姐嫁给王家的儿子当老婆，王家的妹妹换给张家的儿子当老婆。这种交换是以人换人，以亲换亲，比较直接。而转亲的方式，是张家的闺女嫁给王家的儿子，王家的闺女嫁给李家的儿子，李家的闺女再嫁给张家的儿子。这种方式，其实质也是换亲，只是转着圈地换，交换得不那么直接，说起来好听一些。郑欣荣家不存在换亲的问题。她家是贫农成分，在社会上不受歧视。她的大弟弟外出当了工人，不愁找不到对象。二弟弟正读中学，将来找对象也不难。既然不用为弟弟换亲，转亲就更没必要。可是呢，因为赵明的姐姐嫁给了表哥，她的心一软，一不小心，就答应嫁给了表嫂的弟弟，几乎掉进了转亲的套路。她不愿承认她的婚姻是转亲的结果，但经驻队干部那么一说，她意识到，嫁给赵明是有那么一点儿转亲的嫌疑，让她感到有些别扭。可事到如今，生米做成了熟饭，后悔已来不及。生米做成熟饭的一系列过程，也让她不大容易接受，像是遭受了不少损失，积攒了重重委屈。

你这是怎么了，谁得罪你了？

郑欣荣不说话，只用眼泪说话。

赵明把饭碗放到一边，也坐到了床边，与郑欣荣靠得很近。

郑欣荣立即把身子移开，与赵明拉开了距离。

别这样好不好，两口子在一张床上，有啥话不能说呢？赵明再次靠近郑欣荣，并伸出一只胳膊，从后面揽住了郑欣荣的肩膀。

郑欣荣使劲拧了一下肩膀，并伸手推了赵明一把：不许碰我，我不认识你是哪个！她推得有些手重，把赵明推得往旁边倾斜了一下，几乎脱离了床边。

赵明完全没有料到，郑欣荣竟然还有这样的脾气。结婚几个月以来，给他的感觉是妻子温和、贤惠、知情、懂理，让他暗喜不已。妻子一发脾气，赵明吃惊之余，一点儿都没了脾气，也没了主意。他不敢再接近郑欣荣，有些低声下气地问：到底是谁惹你了？你说出来好不好！

你惹我了！

我怎么惹你啦？

你心里明白。

我不明白。

不明白是你不懂事，是你傻，是你没人心。

就算我傻还不行吗？我是个大傻瓜，傻得不透气，行了吧？有啥意见，你只管说出来，我今后注意改正，还不行吗？

郑欣荣说出来的意见是：跟你这样的人没法在一起过。

赵明明白郑欣荣说的没法在一起过是啥意思，他一下子蒙了，傻了。

赵明因兄弟多，家里穷，迟迟找不到对象。是出嫁的姐姐为他操心，好不容易才给他找到了让他大喜过望的郑欣荣。无论如何，他都不能失去郑欣荣，千方百计，也要把他的妻子哄转，留住。在这个事情上，爹和娘都帮不了他的忙。爹常年当饲养员，好像只会对牛、驴等牲口说话，已不习惯和人说话。娘呢，一辈子好像只会生孩子、养孩子、骂孩子、打孩子，连一句劝人的话都说不好。情急之下，赵明只能求助三婶子帮他说话。赵明知道，三婶子很喜欢郑欣荣，郑欣荣跟三婶子也比较能说得来。赵明去三婶子家，把三婶子喊来了。

三婶子一见郑欣荣泪流满面，眼泡已哭得红肿起来，长长地惊叹了一声，问道：他大嫂，你这是怎么了，谁惹你伤心了？

郑欣荣不说话。眼泪长流的人不适合说话，她一开口有可能会哭出声来。

三婶子转向问赵明：是谁惹他大嫂了？

谁都没有惹她。赵明说。

那不可能。他大嫂善良贤惠，通情达理，没人惹她，她不会哭得这样伤心。

赵明这才说：她中午一口饭都没吃，我给她盛了一碗饭，她又端给了她弟弟。

三婶子想了想，像是明白了什么，接着问赵明：你去我们家借好面，没借到，你又去别人家借了吗？

赵明摇头说没有。

那你们中午给他大嫂的弟弟做的啥饭？

擀的杂面条，又往锅里下了一把粉条。

三婶子叫了赵明的小名，指责说：你这孩子，不是我说你，这就是你的不对了。你去我们家没借到好面，不会再去别人家借一下试吗？就算借不到好面，你不会借几个鸡蛋吗？你只让客人吃杂面条，一点儿待客的礼数都不懂啊。他大嫂的娘家兄弟，那是跟他大嫂一个娘的亲人，亲不亲，兄弟姐妹心连心，你知道不知道？别以为他大嫂的娘家兄弟还正在上学，还不是一个大人，你们就不把他当客人待。正上学的人，都是有前程的人，对每一个正上学的人都不能慢待。将心比心，这事要是搁在我头上，恐怕我比他大嫂还要生气。

郑欣荣的眼泪流得更汹涌，汤汤的眼泪流过鼻凹两侧，越过嘴唇，又在下巴那里汇合，滴滴答答落在地上。郑欣荣撩起擀面条时戴的粗布围裙擦眼泪。擦过眼泪，她没有把围裙拿下来，用围裙捂着脸，继续哭泣。她一转身趴到了床上，对哭泣的压抑使她的双肩在抖动。

赵明手足无措，呆呆地在一旁站着。他的眼角湿了湿，似乎也快要哭了。

三婶子对他说：还站在这里干什么，出去吧。等他大嫂缓一缓，我们娘儿俩说会儿话。

三婶子经过和赵明的爹娘商量，提出了两个补救和妥协方案：一是改天为郑欣荣的二弟弟做一顿好吃的，好好招待一下；

二是郑欣荣和赵明两口子与爹娘分家。

郑欣荣选择了分家。

2023 年 10 月 6 日—10 月 29 日于朝阳光熙家园

（其间去了淮南和山东寿县、烟台栖霞）

原载《红岩》2024 年第 3 期

一只白鸭

每天一大早，我习惯到楼下的小花园里走一走，跑一跑，活动活动身体。花园面积不大，被挤压在几栋高层住宅楼的一个狭小空间，是见缝插绿，也是因地制宜的意思吧。花园拖拖拉拉，形状像一柄平放在地上的如意。每天早上，我从"如意"柄子的最末端走起，走到"如意"顶端的圆盘那里，围绕圆盘走一圈，再走到柄子最末端的起点。如此循环往复，快走九圈，再慢跑三圈，如同完成了自我规定的任务，活动就算结束。

这天早上，我写了一会儿东西，不到五点半就下了楼。季节进入初夏，白天日渐加长，天亮得越来越早。我到楼下时，天色已微微有些发白。去小花园开走，不经意间，我瞥见甬道右侧的草地上有一块白色的东西。朦胧中，我以为是一块泡沫塑料，没留意。我在小花园里走了两圈，见那块白色的东西还在原地。随着天色渐明，我发现那块白色的东西不是泡沫塑料，而是卧在草地上的一只鸭子。草地是暗色，鸭子是白色，色彩的明暗对比，把鸭子的轮廓凸显出来。哎，奇怪，这里怎么会有一只孤零零的鸭子呢？

以我的经验，很快判断出，这只鸭子定是哪户居民买来准备杀掉吃肉，只是还未及宰杀，暂时在楼门口的草地上寄养几天。我知道，北京人是喜欢养宠物的，有的养狗，有的养猫，有的养鸽子、金鱼、乌龟、仓鼠、蝈蝈等，也有的养鹅。我曾见一个老爷子带着一只宠物鹅在街边踱步。老爷子背着双手，旁若无人的样子。宠物大白鹅昂首挺胸，亦步亦趋地紧跟在老爷子后面，构成了街边的一道风景。我从没看见过北京人把鸭子当宠物养，北京人一直把鸭子视为吃的对象。单拿食品来说，北京和烤鸭联系在一起，北京城每天所吃掉的鸭子就达上万只，北京烤鸭闻名全中国，甚至闻名全世界。这样算下来，这只草地上的鸭子，少则存活两三天，多则存活四五天，反正最终难以逃脱被人吃掉的命运。

　　任何"泡沫"都没有生命体征，而鸭子不管多么卑微，也是一个鲜活的生命体。预想到这只白鸭说不定哪天就会消失，我就慢下脚步，多看了白鸭两眼，并唤了两声：鸭鸭，鸭鸭。我一呼唤不要紧，让我意想不到的事情发生了，白鸭竟站起身子，向我走来。我走步的任务尚未完成，没工夫多搭理它，接着往前走。好玩的是，它跟在我旁边，也一崴一崴地走起来。我在甬道上走，它在草地上走。我慢走，它也慢走；我快走，它也快走，跟我的步伐基本上保持了一致。在"如意"柄子的两侧，一侧是草地，另一侧是月季花的花圃。绿草茵茵的草地里，除了栽有长不高的绿化草，还生有一些拖长秧子的野草，那些野草的秧子蔓延到了用彩砖铺成的甬道上，给甬道平添了生机。另一侧花圃里的月季开得正盛，每根花枝上都开有十几朵红花，可谓花团锦簇。在"如意"的圆盘那里，是修成绿篱的冬青灌木围绕成的一个圆盘，在圆盘的正中间，生长着一棵超群般的合欢树。太阳还没出来，合欢树丝绒样的花朵已经打开，散发出甜丝丝的香气。

快走了九圈之后，我开始慢跑。跑毕竟不是走，慢跑也比快走快一些。一开始慢跑我就想，白鸭也许会停下来，不一定会跟我一起跑。鸭子脚趾间有蹼，在水里游才是它们的长项，在陆地上跑总是很费劲。让人欣喜的是，在我开始慢跑的时候，白鸭也跟着我跑起来，我听见了它的脚蹼拍打在地上的声音。今天这是怎么了？我和白鸭第一次见面，白鸭凭什么对我这般友好，难道我也有宠物了吗？以前我只养过蝈蝈，没养过别的任何宠物，白鸭的表现，跟那个老爷子养的大白鹅也差不多吧。

整座小花园建在一个平台上，比居民小区的地面高出几个台阶。我活动完身体下台阶时，白鸭在台阶上面才停住了脚步。倘若白鸭跟着我往我家走，那是不可以的，白鸭是别人家的，它的主人不是我，我没权利把白鸭带走。好在白鸭适可而止，及时停住了脚步。一只鸭子，难道它也有智力吗，也知道自己的局限吗？我不得不对鸭子重新加以认识。

一回到楼上的家，我就对妻子讲了鸭子陪我快走和慢跑的事，口气颇有些炫耀和得意。妻子说：你不要自作多情，不要以为鸭子喜欢你，它跟着你，一定是饿了，在跟你要吃的。

嘿，真是一语道破了天机。我怎么就没想到这一层呢？鸭子是低级动物，它的肚子就是它的脑子，成天想的就是吃。鸭子想跟我讨点儿吃食，这才是正常现象。

傍晚，我去幼儿园接回了孙子。那段时间，孙子的妈妈在山西大同上班，孙子小的时候由妻子和我帮着带。我扯着孙子的小手，带他去小花园里看过花，看过流浪猫，在月光遍地的时候，还带他去看过月亮。这天，我对他说：小花园里来了一只鸭鸭，爷爷带你去看鸭鸭。

什么是鸭鸭呀？孙子问。

鸭鸭就是鸭子，爷爷那次带你去饭店吃的烤鸭，就是鸭鸭烤成的。

我还要吃烤鸭。

那容易，等你妈哪天回来，咱们就再去吃一顿。

正在厨房准备做晚饭的妻子，听见我要带孙子去看鸭鸭，大声安排说：去看鸭鸭，别忘了给鸭鸭带点儿吃的。

放心吧，忘不了。

小区里有一家小小的菜店，我们去菜店里买了两根比较鲜嫩的奶油白菜，我和孙子一起去小花园里喂鸭鸭。我们一到小花园里就看见了，鸭鸭在草地里卧着，它旁边放着一只蓝色的小塑料盆，盆底有一些已经干巴的剩饭残渣。在草地的边缘，放有一只破旧的木箱，木箱没有盖子，朝一侧敞着口子。不用说，这是鸭鸭的主人为鸭鸭布置的鸭窝。但鸭鸭没在窝里栖息，还是在草地上卧着。我对孙子说：这就是鸭鸭。又对鸭鸭说：鸭鸭，鸭鸭，我孙子来喂你了，起来享用美餐吧。

鸭鸭没有说话，不声不响地起身向我们走过来。

孙子问我：怎么喂鸭鸭？

我说：你把白菜掰成小片，放在草地上就可以了。

鸭鸭吃白菜吗？

它应该会吃。

孙子把嫩白菜的叶片放在草地上，鸭鸭果然伸着扁嘴吃起来。鸭鸭嘴里好像没有牙齿，它吃东西是秃噜着吃，把东西秃噜到嘴里，一吞一吞就吞了下去。我记起来，我小的时候我们家也喂过两只鸭子，那两只鸭子是麻鸭，不是白鸭。我们那里也不把鸭子叫鸭子，而是叫扁嘴子。因为我们那里把小男孩的小鸡鸡叫丫子。鸭子和丫子同音，叫起来不好听，就根据鸭子嘴的形状，把鸭子叫成扁嘴子。鸭鸭只吃了半棵白菜，就不吃了，抬起头来，漆亮漆亮的小眼睛看着我们，仿佛在说：谢谢你们。

孙子问我：爷爷，鸭鸭会唱歌吗？

我说：会呀，爷爷小时候在老家，我们家的鸭鸭唱歌唱得嘎嘎的，声音可嘹亮呢。

这只鸭鸭为什么不唱歌呢？

这里的鸭鸭只有一只，它可能觉得有些孤单，不高兴，所以就不唱歌。

我想让它唱歌。

你带头唱吧，让鸭鸭跟你学。

孙子有些害羞似的笑了。

此后，我又带着孙子给鸭鸭喂过馒头，还喂过面包，鸭鸭几乎成了孙子的玩伴。多次喂鸭鸭好吃的，鸭鸭对我也更加熟悉。每天早上一大早，我一来到小花园，鸭鸭好像记住了我的脚步声，马上过来陪我走步，跑步。我不知道它对别的人是不是也这样，反正它对我挺友好的。有时我去外地出差好几天，一回到北京，早上一下楼，想到的第一个对象就是那只白鸭。我不由得会有所担心，担心那只白鸭会不会离我而去。还好还好，白鸭还在。白鸭仿佛一直在原地等我，我刚走上小花园的平台，白鸭就及时迎上前来。只要白鸭还在，我就放心了。不知为什么，又见到白鸭，我心中还涌出一股类似久别重逢的感情。

转眼到了秋天，野草黄了，树叶红了，月季花日渐凋谢。在中秋节到来之前，我想到了白鸭，以为白鸭的生命可能走到了尽头。人类的节日，往往是家畜家禽的灾难日，这只白鸭，或许会变成它家主人过节的一道菜吧。然而，中秋节过去了，我发现白鸭仍然存在着。这是怎么回事呢？难道白鸭的主人把白鸭忘记了，这不可能吧？抑或是，白鸭的主人要拿白鸭对当代人的人心做一个实验，试试是不是有没出息的人把白鸭偷走。此时我的心情有些复杂，既希望白鸭存在下去，又觉得白鸭的主人迟迟不把白鸭处理掉有些不合常理。

入冬后的第一场雪普降北京。雪是从后半夜开始下的，没有刮风，天气也不是很冷，雪下得静悄悄的。早上我下楼一看，天地已变得一片白，院子里停放的不管是红汽车，还是黑汽车，统统都被白雪覆盖，变成了白汽车。我不会因为下雪了就不下楼锻炼身体，相反，越是下雪天，我更愿意在雪地走。我喜欢新雪，愿意在新雪上留下自己的第一串脚印。第一串脚印，常常给我一种开创性的感觉。踏雪来到小花园，我没看见白鸭到平台的入口处迎接我。我往雪地里看了看，草地上一片白，哪里有白鸭的影子呢！我心里一沉，完了完了，白鸭不在了。我心有不甘，对着雪地呼唤起来：鸭鸭，鸭鸭，鸭鸭！这一唤效果显现，白鸭从雪地里站立起来，并向我走来。原来，白鸭是白的，雪是白的，草地也变成了白的，所有的白都融合在一起，白鸭倘若卧雪不动，我哪里会看得到它呢？白鸭的显现，表明白鸭还存在着，而且还活着。我高兴地对它说：来，活动起来，不要老在雪地里卧着。

雪还在纷纷扬扬地下着。白鸭可能不大适合在雪地里行走，或许是它的身体冻得有些发僵，我看它脚步蹒跚，不大跟得上我的步伐。于是我对它说：你不要跟着我走了，在那儿待着吧。

白鸭像是听懂了我的话，真的停在原地，没有再跟我走。

生生灭灭，是自然的规律。白鸭不会因为我预见它一定会消失，就不再消失。这年还不到春节，白鸭就不见了。那只给白鸭喂食的塑料盆子还在，那口做鸭窝用的破木箱子还放在原地，白鸭却消失得无影无踪。我低头在草地上找了一会儿，连一根白色的鸭毛都没找到。

我没敢把鸭鸭永远消失的消息告诉我孙子，那个喜欢小动物的小子，要是知道再也看不到鸭鸭了，说不定会哭起来。

2023 年 11 月 8 日凌晨 5 点 30 分写完于徐州

（此时在徐州参加第八届"乌金奖"颁奖典礼）

原载《十月》2024 年第 4 期

白玉少女

有一位少女，不过十五六岁，像是中学生模样。她一直在居民区的小花园里站着。少女留的是齐耳短发，露出光光的前额，头发上没有任何装饰。少女的脸庞圆圆的，是那种有代表性的北京姑娘的脸型。少女的眼睛看着远方，平静的目光里似含有对未来的憧憬。少女没穿裙子，穿了一身普通的校服。校服合体、平整，没有一点儿皱褶。少女双手拿着一本书，她没有把书捧在胸前，长长的双臂向下垂着，书本紧贴着小腹。这样一来，少女的身材愈发显得挺拔修长，亭亭玉立。

是的，这是挺立在小花园一角一尊少女形象的雕塑，她是用一整块纯白的汉白玉雕成的。

我们家搬进这个新建的居民小区后不久，作为小区的绿化地，作为居民的休闲娱乐场所，也是社区建设的配套设施，小花园很快就在预留的空地上呈现在居民面前。说到这里，请允许我放慢语速，简单回顾一下我们家在北京的搬家经历。二十世纪七十年代末，我们举家从河南的一座煤矿搬到北京时，是住在建国门外的灵通观小区。小区里有一座被称为塔楼的六层楼，我们家不仅住在顶层，居室面积只有九平方米，还是和另一家一家四口的朝鲜族同事住在同一套房子里。两年之后，我们家从六楼搬到二楼的一间居室，居室面积虽有所扩大，从九平方米扩大到十四平方米，但还是和另一家刚结婚的小两口住在同一套两居室的房子里。在北京的第二次搬家，是从灵通观搬到了朝阳区的静安里。这一次，我们家总算摆脱了和别人家同住一套房子的尴尬处境，分到了一套两室一厅的房子。这套房子在二楼，两间卧室都朝阳，居住条件得到了改善。转眼到了一九九二年，我们家迎来了第三次搬家，从静安里搬到了和平里。住房条件继续改善，由两居室变成了三居室，整套房子的建筑面积达九十多平方米，光阳台就有三个。新时期以来，北京在不断发展变化，完全可以用日新月异来形容。而我们家住房的变化，堪称北京发展变化的一个小小缩影。

闲言少叙，我来接着说小花园和白玉少女的故事。我们小区的小花园有两个，一个是长条形，形状如一柄平放在地上的如意。另一个是正方形。正方形的小花园，形状比较规整，内容也比较丰富。小花园的北面，是半圆形的藤萝长廊，长廊下面是步道。沿步道延伸开去，南面又是一个半圆，由两个半圆用步道衔接成一个整圆。步道外侧是绿篱，内侧是草地和月季花的花圃。在小花园的中央，留有一块用彩砖铺成的圆形场地，那是小花园的画中留白，也是供居民锻炼身体和举行集体活动、社会活动的地方。这样的小花园，如天坛、地坛、日坛、月坛等皇城传统的大公园一样，也是天圆地方，或曰内圆外方。

那座用汉白玉雕成的少女雕像在小花园的什么位置呢？在小花园的东南角。少女的双脚没有直接站在地面上。地面上筑有一方半米多高的方台，少女站立在方台上。整座雕塑的高度，两米多一点儿。少女背朝北方，面向南方。

　　我家住在一栋高层居民楼的五层，我打开东面阳台的窗子，只要往下面一望，就可以看到那位被绿树和鲜花簇拥着的白玉少女。

　　傍晚，我从幼儿园接回孙子，孙子有时不愿意马上上楼回家，我就带他在小花园里玩一会儿。第一次来到少女雕像前面，孙子问我：爷爷，这是什么呀？

　　我说：你看呢？

　　孙子仰脸把雕塑看了一下，说：小姐姐。

　　完全正确。

　　小姐姐站在这里干什么呢？

　　她准备读书。你没看她手里拿着一本书吗？

　　她怎么不读呢？

　　她读过书，还要想一想。她可能刚才读过书了，这会儿正站在那里默想。我还对孙子说：小姐姐是位中学生。

　　什么是中学生？

　　中学生嘛，就是正在读中学的学生。人上学都是从小到大，小学，大学，中间还要加上中学。中学又分初中和高中，中学要读六年呢。等你开始上小学，你就知道了。

　　我不上小学，也不上中学，我要上大学。

　　你小子，以为买变形金刚呢，光拣大的挑。那恐怕不行。

　　少女雕塑的后面栽有一些树木，有龙爪槐、红枫、黄栌等。右侧是月季花的花圃，大红、粉红、紫红和绒红的花朵正在竞相开放。左侧是一块月牙形的空地，在"月牙"的边缘，弯弯地设置有一些用木条做成的座位。孙子去找别的小朋友在小花园里玩耍，我坐在座位上看着他。我的视线像牵羊的绳子一样拴着他，绝不会让他脱离我的视线。除了我，在座位上坐着的还有一些别的老人。他们有的在互相聊天，有的戴着耳机用袖珍型录放机听戏曲，有的跟我一样在照看孩子。只有那位少女在一旁静静地站着，一句话都不说，但她一直在陪伴着我们。

　　一个小区居住着数万居民，每天在小花园中心场地活动的人总是不少，一天到晚人影不绝，可谓你方唱罢我登场。一大早，有几位男士和女士在那里打太极拳，他们都穿着宽松的丝绸衣服，一招一式打得有模有样。上午，有几位女士在那里舞彩带，长长的红黄绿彩带，被她们在舞蹈中舞向空中，舞得水起风生。下午，有小孩子在场地里踢足球，踩滑板。在夜晚的月光下，仍有人在那里漫步。也有的时候，商家在那里推销产品，他们用电喇叭向居民楼上喊话，请居民们下楼看一看高质量的便宜货，机会不可错过。逢年过节，居委会组织居民们开展庆祝活动和歌咏表演，也是在那块圆形场地上进行。

　　不管小花园里有什么活动，那位白玉少女都不为所动，不参与其中，只静静地站在一旁，做一个旁观者或聆听者。

　　四季更迭，风霜雨雪。风来了，风把草吹得所向披靡，把树刮得东倒西歪。我看见少女迎风而立，显得立场十分坚定。雨来了，我打着雨伞在小花园听雨，见雨水打在少女身上，顺着少女的身子哗啦啦往下流。少女不但不怕下雨，好像还很喜欢下雨，大雨如注时，她连眼皮都不眨一下。霜来了，树叶纷纷变色、零落。少女的脚边也有斑斓的落叶，她稍一抬脚，树叶似乎就会哗哗作响。少女没有抬脚，身上也没添加任何衣物，视下霜跟没下霜一样。雪来了，大雪扑扑闪闪，下得铺天盖地。雪中的少女怎么样了？我冒着大雪去看望她。少女的头顶、双肩、书本和脚面都积了雪，好像变成了一个雪人，已和白雪融为一体。我拿出手机，特地为少女拍了一张照片，题目暂定为《大雪中的少女》。

我上楼把手机里的照片拿给妻子看，妻子说：下雪了也不知道回家，可怜的孩子。

妻子的说法，几乎让人眼湿。

我和妻子多次议论过，现在的世界变化太快，快得简直让人目不暇接。比如去年还是时髦的东西，今年就臭满了大街，就过了时。变得这么快就好吗？不见得就好吧。不过我们相信，这座少女的雕像不会变，因为她是用汉白玉雕塑而成。汉白玉是一种大理石，它是时间的载体，经得起岁月的销蚀。

我在我国的不少陵墓前看见过石人、石马。在不少博物馆里看见过碑刻。我还在外国看见过不少用石头雕塑的著名艺术品。每每看到眼前的白玉少女，我难免会联想到古代的那些石头雕像。有史以来的许多雕塑之所以用石头做原料，因为石头和金子、玉石差不多，都具有相对的恒久性。

不声不响的少女没招谁，没惹谁，但她还是遭受到了玷污。有天早上我发现，少女发育的胸前不知被什么人在夜间涂了墨，抹了黑。这种行为是不道德的、可耻的。我想少女一定会感到委屈，欲哭无泪的委屈。气愤之余，我立即给居委会的主任打电话，报案似的向主任报告了少女雕像被污损的情况，希望她赶快派人清洁一下。主任闻听也很气愤，说有些人的文明素质实在太差劲。她很重视，答应立即派人去做清洁处理。

还好，居委会当天就派人擦洗掉了少女身上的污垢，使少女通体洁白，重新焕发出白玉应有的光彩。

转眼三十年过去了，少女还是少女。作为居民小区的固定景观，我对少女的长期存在没有任何疑虑。我甚至悲观地想到，等哪天我不在了，白玉少女还会站在那里，时间会一直雕塑着她，直至永远，永远。

让我万万没想到的是，这年秋天，我到南方出了一段时间差回到北京，见小花园在改造翻新，不但绿篱被铲除，地面被翻起，那座汉白玉少女雕像也不见了。我有些着急地问那些正在铺新砖的农民工：那座汉白玉雕像呢？

一个农民工回答我：拆掉了。

那座雕像不是很好吗？拆掉干什么！

物业公司的领导让拆，我们就拆了。

拆掉搬到哪里去了？我希望听到的是，等小花园的地面重新铺好，少女雕像还会搬回来。

拆掉后直接拉到郊区的垃圾站了。农民工说。

呜呼哀哉，好不叫人痛心！

2023 年 11 月 9 日—14 日于朝阳光熙家园

原载《十月》2024 年第 4 期

说媒

在我们老家，把给别人介绍对象，说成是说媒，说媒的人被称为媒人。人们普遍看来，为人说媒是做好事，是做积德的事，一有机会，天经地义似的，最好做一做。

我和妻子谈对象时是自谈，中间没有媒人为我们牵线搭桥。可是，我们结婚近半个世纪以来，曾先后为多个男女青年介绍过对象。如果把我们给别人介绍对象的过程一一记述下来，恐怕写一篇长篇纪实文学作品都够了。实话实说，我们介绍对象的成功率很低，大多以失败而告终。通过说媒我们得知，堪怜莫过人想人，最难莫过人找人，给人介绍对象不是一件容易的事，比在水塘里隔着水面摸鱼都难。

我妻子有一位家在郑州的女同学，她们既是同学，又是当年一起下乡插队的队友，女同学亲切地称我妻子为老姐儿们。女同学的女儿学习很好，考到了北京的一所大学读书。女儿的名字叫冉晓敏。冉晓敏读完四年本科，刚留在北京参加工作，妻子的女同学就给我妻子打电话，把给她女儿冉晓敏找对象的事托付给我妻子。女同学话说得很恳切，说她的女儿既然留在了北京工作，就在北京找一个对象，在北京成家吧。她说她在北京没有别的熟人，只有我妻子一个熟人，帮忙为她女儿找对象的事，只能拜托给老姐儿们。我妻子义不容辞，满口答应，说：咱姐妹谁跟谁呢，您的孩子跟我的孩子一样，您放心，为晓敏找对象的事我一定会放在心上。

不能说我妻子不上心，在寻找合适的男孩子资源方面，她眼观六路，耳听八方，一听说谁家有还没找到对象的男孩子，就想给冉晓敏介绍。可是，因我妻子的社交范围有限，认识的人有限，所知道的能和冉晓敏般配的男孩子更有限，两三年过去了，直到冉晓敏又考上了硕士研究生，我妻子为她介绍对象的事还没有着落。北京的婚配情况，是剩女很多，据保守统计，剩女超过了八十万之多。北京是全国剩女最多的城市。而北京的剩男却很少，连千分之一都不到。实际上，北京的男女比例是五十一比四十九，基本上处在平衡状态。那么，北京为什么有那么多剩女呢？原因可能有多种，其中一个主要原因，是北京姑娘的家庭和个人条件都比较好，眼光都比较高，不知不觉间就有些京姑奶奶范儿。她们不愿嫁给在北京谋生的外地人，对北京本地的男孩子也很挑剔。她们挑着挑着，拖着拖着，玩着玩着，嘻嘻哈哈，就把自己剩下了，转眼之间成了明日黄花。

我妻子曾给与我们家同住一座楼的一个胖姑娘介绍过对象，小伙子家是北京的坐地户。妻子估计胖姑娘和小伙子门当户对，这次介绍对象可能有戏。不料胖姑娘太过随意，去跟小伙子见面时，不捯饬一下不说，素面朝天，穿件短裤就赴约去了。小伙子吸烟，她也跟着吸。结果，两个人只见了一次面，就没了下文。

北京的小伙子找不到合适的北京本地的姑娘，他们遂把目光投向外地，寻找外地的姑娘。北京小伙子的优越条件在于，他们一旦找到外地的姑娘，和外地的姑娘结了婚，生了孩子，若干年后，外地姑娘的户口可以迁到北京。外地总是很广阔，外地的姑娘总是很多，挑选的余地很大，这让北京的小伙儿娶外地的姑娘为妻几乎成了一种潮流。这样一来，北京的剩女不见减量，只见增量，越增越多。

冉晓敏到北京赶考，考进了北京的大学。参加工作后，户口也落在了北京。她会不会成为北京城里新的剩女呢？

天下无情是时间，最是时间不饶人。冉晓敏硕士研究生毕业后，应聘到一家国有企业工作。她的工资收入提高了，还贷款买了房子，买了汽车，俨然已进入白领阶层。冉晓敏的爸爸妈妈带冉晓敏去过我们家，我见过她。冉晓敏长得高高挑挑，大大方方，明明亮亮，是个美丽的姑娘。她这样的条件，找个对象成家应该不成问题吧？可是，不知怎么回事，一转眼十多年过去了。从她刚到北京时十八九岁，到了现在的三十多岁，仍迟迟没有找到对象，还是单身。我妻子的同学几乎每年都给我妻子打电话，有时打的电话还偶尔被我听到了。她说：晓敏都这么大了，连个对象都没有，真把我愁死了，愁死了。原来我还想着，趁我还不太老，可以去北京帮她看孩子。我等了一年又一年，把我的头发都等白了，看孩子也没力气了，她还是孤零零的一个人。她连连叫着我妻子名字的后面两个字说：人留孩子树留根，我这一辈子连个第三代人都见不着，活着还有什么劲呢？

接完同学的电话，我见妻子沉默不语，心情似有些沉重。没能给冉晓敏介绍一个合适的对象，她好像有些歉疚，有些对不起老姐儿们的重托。我赶紧安慰妻子说，时代不同了，现在的生存环境，还有年轻人的想法，都跟我们年轻的时候大不一样。那时候对男女之间的交往戒备森严，稍有不慎，就可能引起非议，甚至受到批判。现在的男女交往要自由得多，他们没有找到固定的对象，不等于没有异性朋友；他们没有结婚，不等于没有那方面的生活。不生孩子，他们可以养狗，养猫。自由有时也是一把双刃剑，男女交往自由了，他们找对象的积极性反而不高了。妻子虽然认同我的说法，但还是要我帮她注意着点儿，发现有合适的未婚男青年，尽快为冉晓敏介绍一下。

北京某报社有一位年轻的记者，名字叫国欣。他为我的文学创作做过长篇专访，我们就认识了。有一次，我们一块儿喝酒，他喝得稍稍有点儿多，说起他从农村走到北京多么不容易。他父亲在挖窑洞时因塌方被砸，导致瘫痪，在床上躺了十多年，都是母亲辛辛苦苦供他上学，从小学一直供到大学。父亲去世时，他去坟地里为父亲送葬，不知为何，就是哭不出来。直到把父亲埋葬，从坟地往家里走时，他才突然悲从心来，扑倒在地，大哭不止。说到这里，他在酒桌上呜呜哭了起来。好可怜的孩子，我劝他别哭了，自己也流出了眼泪。交谈中得知，国欣的老家在郑州郊区的农村，他的岁数比我儿子还小，我们成了忘年交。我问他在北京找到女朋友了吗，他说有了。我问他买房了吗，他说买了一个一居室。我说那就好，赶快结婚，争取早点儿为你的母亲生一个孙子。

因疫情相隔，我有好几年没见到国欣。终于又可以坐到一起喝酒时，我问他的孩子几岁了，他有些不好意思地说，他还没有结婚。国欣的回答让我吃惊不小，我说：你这小子，是怎么搞的嘛！我得赶快给你介绍一个。我首先想到的是冉晓敏，觉得他们年龄相当，学历相当，又都是郑州老乡，在一块儿生活再合适不过。

一回到家，我就把我的想法对妻子讲了。妻子也认为可以。于是，我立即给国欣发微信，说要给他介绍个对象，要他把他的简历发给我。国欣很快回复说：刘老师，非常感谢您的关心！我现在还不着急谈，以后再说。他的意思是明显的，等于拒绝了我给他介绍对象。我把国欣的拒绝随即对妻子讲了，妻子说：牛不喝水不能强按头，这事勉强不得。

让人意想不到的事还在后头呢！又有机会坐在一起，我一不小心对国欣说起，我要给他介绍的对象是他的近老乡，叫冉晓敏。国欣一听这个名字，眼睛顿时亮了，问：是那个冉冉上升的冉吗？

是呀。

冉晓敏我认识，人挺好的。我们两个谈过，谈了两年多呢。

那怎么没谈成呢？

一言难尽。

你给我讲讲嘛！

国欣看着我说：我要是对您讲了，您不会把我们俩的事写成小说吧？

我说：看来你们俩的故事不少。你要是不想讲，那就算了。

2024 年 1 月 1 日—2 日于怀柔翰高文创园（新年开篇）

原载《百花园》2024 年第 2 期

诗情

下雪了！

人人都喜欢下雪。

下雪的时候总是少，

不下雪的时候总是多。

春天、夏天、秋天，

都不会下雪。

只有到了冬天，

才有可能下雪。

所以一到冬天，

人们就开始盼望下雪。

　　明向林是后半夜发现下雪的。人一觉睡到天明的情况不是很多，夜里总会醒来一次两次。人的醒，不是一下子就醒得清清明明，它要分好多个层次，如同外面有多层包装，须打开一层包装，再打开一层包装，才能醒得差不多。明向林后半夜醒来时，醒得迷迷糊糊，还闭着眼睛，好像第一层包装还没打开。可是，他一直张着的鼻孔却闻到了一种气息，气息有些清凉，有些湿润，还有些甜丝丝的。怎么，难道外面下雪了？冬雪雪冬小大寒，季节已过了小雪，下雪完全有可能。这样想着，他身上激灵了一下，从被窝里伸出手来摸了摸鼻子，并睁开了眼睛。他住的是煤矿招待所的房子，一间房子里有四张床，只住他一个人。房子里还黑着，黑得比井下的工作面略好一些。他抬起头来，往窗户那里看，要证实一下外面到底下雪没有。他没有开灯。在井下，才能显出矿灯的亮。在夜里，才能显出月亮的明。他不开电灯呢，才能看出窗户那里是不是有些发白。他看见了，窗户那里是微微有些发白，像是映上了雪光。在阴天，倘若外面不下雪，窗户那里肯定会黑得铁板一块，只有下雪了，天也白，地也白；树也白，房也白，窗户那里才会出现灰白的微光。下雪让人兴奋，当明向林判定外面真的下雪了，便彻头彻尾地清醒起来。如果刚闻到雪的气息，使他打开了睡眠的第一层包装，那么当他断定真的下雪了，就把里里外外所有的睡眠包装都卸去了，脑子豁然开朗，变得清明如洗。

明向林醒来后，第一个想到的是宋亦芹。宋亦芹所住的房间在他的房间隔壁，两个人只隔着一道墙。墙壁比较薄，隔音效果不是很好。有一天晚上，宋亦芹睡觉时，不知怎么碰到了墙，墙咚的一响。明向林听见了宋亦芹在墙上发出的声响，他相信，他在墙这边不小心发出的声响，宋亦芹也会听得见。所谓隔墙有耳，我有耳，你也有耳，都是一样的。那天，矿上宣传科的刘科长在给宋亦芹安排住宿的房间时，明向林跟着刘科长到那个房间看过一眼，知道那个房间跟他所住的房间格局完全一样，也是只有四张木板床，没有床头柜，没有电话，也没有电视机。刘科长知道了宋亦芹的工作单位是中央电视台的电视剧制作中心，把宋亦芹叫宋老师，很抱歉地说：宋老师，矿上招待所的住宿条件很差，真是委屈您了。宋亦芹笑着说：不委屈，不委屈，我看挺好的，挺干净的。明向林和宋亦芹已经在这个招待所住了三天，自从那天和刘科长一起退出宋亦芹所住的房间后，他再也没有踏进过宋亦芹所住的房间一步。男女有别，女士总是有女士的秘密，女士一旦在哪个房间住下，那个房间就成了女室，别的男士不经允许，不能轻易走进去。明向林不知道，宋亦芹是不是醒了过来，是不是也知道了外面在下雪。房间里没有暖气供应，他不知道宋亦芹睡得冷不冷。要是冷的话，不知道宋亦芹知道不知道给自己加一条被子。还有，尽管天下了雪，白天他们也不会老待在房间里，还要冒雪踏雪到外面活动。要是继续在矿区开展工作的话，他不知道宋亦芹的衣服穿得够不够，保暖程度如何。有一点儿明向林是知道的，宋亦芹从北京来的时候，只穿了一双单皮鞋，没穿棉皮靴。这样的单皮鞋，到雪地里踏雪肯定是不行的，积雪会把鞋埋住，散雪会灌进鞋口，在鞋里化成雪水，宋亦芹哪里受得了！明向林想好了，等天一亮，他就去找刘科长，让刘科长为宋亦芹找一双胶皮靴穿。胶皮靴是矿工下井必穿的劳保用品，矿上多的是，找一双不成问题。明向林会向刘科长建议，最好给宋老师找一双新的胶皮靴穿。

　　来到矿上，明向林对宋亦芹必须有所照顾。不光因为他是个男的，他的岁数比宋亦芹大，还因为宋亦芹联系了他，是他把宋亦芹带到矿上来的。明向林写了一部煤矿题材的长篇小说，获得了首届全国煤矿长篇小说"乌金奖"。小说被宋亦芹看到了，想把小说改成一部电影，或一部电视连续剧。宋亦芹通过煤炭工业部下属的煤矿文化宣传基金会，找到了在《煤炭报》当编辑的明向林，对明向林说了她的想法。小说倘若被改编成电影或电视剧，等于插上了翅膀，会飞得更高一些，更远一些，影响会更广泛一些，对小说的作者明向林来说，当然是一件求之不得的好事。可宋亦芹说，她从来没去过煤矿，对书本之外的矿工生活一点儿都不熟悉，很想到煤矿看一看。明向林满口答应：那好吧，我来给您安排。于是，明向林给"煤炭报"驻河南最大一家矿务局记者站的记者朋友打电话，说中央电视台电视剧制作中心的编剧宋亦芹老师想到煤矿体验生活，请记者朋友给予接待和安排。宋亦芹作为一个女同志，到煤矿人生地不熟，明向林不能让宋亦芹一个人去，他必须全程陪同。那时，全国各地的大型国有煤矿都归煤炭部直接管理，明向林身为"煤炭报"副刊部的编辑，算是煤炭行业最高主管部门的工作人员之一，到煤矿说话办事很是方便，他调动起自己的有利资源，相信能把宋亦芹照顾好，以达到宋亦芹的满意。

雪还在下着。下雪不像下雨，雪花是轻盈的，落地无声。天刚亮，明向林刚起床，就听见外面有人敲门。他开门一看，是刘科长。刘科长身穿胶面雨衣，一只手里抓着两把带弯把的雨伞，另一只手里提着两双高筒胶靴。胶靴是崭新的，黑色的漆皮映着雪光，闪着光亮。明向林看到，刘科长脚上穿的也是高筒胶靴。只不过刘科长穿的胶靴是旧的，靴面已经没了光泽，有些乌涂。刘科长站在门口的积雪里，积雪差不多埋到了刘科长的脚面。刘科长的身后，是刘科长踏在新雪上留下的一串新的脚印。明向林向刘科长问了早上好，请刘科长赶快进屋。

好家伙，雪下得真不小！刘科长在门外把胶靴上沾的雪跺了跺，才走进房间说：我知道您和宋老师都没带雪具，临时给你们找了两把伞，到劳保仓库领了两双胶靴。也不知道胶靴的号码合适不合适，你们穿上试试吧。

谢谢刘科长，你想得太周到了！明向林指了一下床沿，让刘科长坐下歇一会儿。

刘科长身穿的雨衣上落的也有雪，他没脱雨衣，也没往床沿上坐，还是让明向林把胶靴试一下，如果不合适，他马上去换。

明向林这才想起来，原来他这次来矿上，脚上穿的也是浅口单皮鞋，也不适合踏雪。刚才醒来时，他只想到宋亦芹穿的是单皮鞋，只想到照顾好宋亦芹，让刘科长给宋亦芹找一双可以在雪地里行走的胶皮靴，却把自己给忘记了。也许他觉得，宋亦芹是外面来的客人，只要把宋亦芹重点照顾好就行了，他与煤矿常来常往，阴晴雨雪、冷暖干湿都无所谓。但他还是脱掉自己的单皮鞋，换上了刘科长拿来的比较大的那双胶靴。穿上胶靴后，明向林在地上踩了踩，说不大不小，非常合适，穿上胶靴，他都想下井了。又说：我在胶靴上闻到了一股新橡胶的味道，好香啊！

刘科长说，胶靴是矿工下井的标配，当过矿工的人都对新胶靴的香味比较敏感。

明向林说：估计宋老师也起床了，您把胶靴给宋老师拿过去吧，让她也穿上试试。

宋亦芹穿上胶靴后，从她所住的房间走了出来，来到明向林的房间。明向林问她怎么样，胶靴穿上合适吗？

非常合适。我还是第一次穿这样的高筒胶靴呢。

这是我们煤矿给您的特殊待遇。下雪降温，您觉得房间里冷吗？

下雪不冷化雪冷，我没觉得冷。我喜欢下雪。我还没来得及跟您说，我在内蒙古插过队，适应能力还可以。

　　一说内蒙古，明向林马上联想起广袤的草原，想问宋亦芹插队时骑过马没有。话到嘴边，他没有问，只说那可以。

　　早上在一起吃早饭的时候，明向林和宋亦芹商量，上午他们到天轮下面的井口，去看看刚从井下上来的矿工。前几天，他们看了材料，开了座谈会，刘科长还带他们到生产区、生活区、俱乐部、体育场、职工食堂、单身矿工宿舍、学校等各处走了走、看了看，使他们对全矿的基本情况有所了解。宋亦芹曾提出想到井下看看，刘科长没同意。刘科长说出的理由是，下井上来就得洗澡，矿上的干部洗澡堂只有男澡堂，没有女澡堂，宋老师要是下了井，上来只能去女工澡堂洗。而女工澡堂没有淋浴，只有大池子，大池子里的水两天才换一回，条件差得很。宋亦芹看了看明向林，意思要听听明向林的意见。明向林见刘科长拒绝得这样坚决，好像没有任何商量的余地，想到不让宋亦芹下井，不仅是他个人的意见，很可能是矿领导的意见。他说：刘科长是为您着想，那就不下井了吧。他又对刘科长说：刘科长您工作很忙，以后不用天天陪着我们，宋老师想看什么，我带她去看就行了。刘科长看了看明向林，又看了看宋老师，低眉想了一下，像是意识到一点儿什么，说那好吧，你们自由活动吧。需要我做什么事情，你们只管随时找我就是了。

　　宋亦芹在明向林所写的书里，看到过明向林所描写的在煤窝里劳作的矿工，那些矿工挖了一班煤之后，全身上下都是黑的，比戏台上的包公都黑。包公只有涂了黑油彩的脸是黑的，别的地方并不黑。而矿工身上所沾的煤黑，是彻头彻尾的黑，全方位的黑，深入的黑。仅拿矿工的脸来说，额头是黑的，耳朵是黑的，眉毛是黑的，鼻子是黑的，下巴也是黑的，连耳孔、鼻孔都是黑的。那么，脸上一点儿白的都没有吗？有的有的，矿工的眼白和牙齿总算还是白的。眼白和牙白对黑脸能有所照亮吗？不能，因黑白的对比，反而使脸上的黑显得更黑。到煤矿几天来，宋亦芹虽说也在不同场合看见过矿工，但她看见的都是洗过澡的矿工，都是已经变成白脸的矿工，还没看见过一个没有卸妆的"包公"。趁下雪天去井口看看刚升井的矿工，是明向林对宋亦芹提的建议，他说雪天到处都是白的，而刚从井下冒出来的矿工浑身都是黑的，黑白的鲜明对比，使白的更白，黑的更黑，会给宋亦芹留下更深刻的印象。

听了明向林的建议，宋亦芹的眼睛亮了一下，说：我想起来了，你在小说里就写过矿工刚出井时看到下雪的情景，说矿工老在漆黑的环境里工作，特别喜欢下雪，看见下雪比看见下白面、下白糖还高兴，简直是欣喜若狂。有的仰着脸，让雪花落在嘴里。有的像诗人一样喊叫，把雪叫成雪姑娘。还有的在雪地里打滚，把自己变成一只刚干完活的驴子。宋亦芹说罢，看着明向林问：怎么样，我记得不错吧？

不错。您能说出小说中的细节，说明您真的看了，而且看得还很仔细。

上午九点多，明向林和宋亦芹打着伞，穿着胶靴，一起来到巨大钢铁井架下面的井口。井口南侧有一条通道，通道上铺着两条矿车用的铁轨。他们两个站在铁轨一侧，朝井口望着。

雪仍在下着，盈盈飘飞的雪花像时间一样在流动，而流动的时间，似乎使所有的空间都有所波动。这种波动不但不会改变雪天雪地的静谧，反而使天地间的一切变得更加沉静，更加旷古。这个时间，正是上夜班的矿工下班的时间。他们半夜里上班，早上下班。他们像是一群赶夜路的人，夜里一直在赶路，到了早上下班，才终于从黑夜赶到了白天。他们看到了，从罐笼里走出来的矿工，的确像明向林书中所描绘的那样，浑身上下都是黑的，黑得如同一块块人形的会走动的煤。和矿工一起从井口升起的，是从温热的井下升腾出来的股股白汽，那些白汽簇拥和推举着矿工，仿佛使矿工有些腾云驾雾的仙气。

然而，宋亦芹没看见出井的矿工对下雪表现出过多的欣喜，他们出得井来，顶多朝天上看一眼，或伸手接几朵雪花，就沉默着，到矿灯房交灯去了，去更衣室脱工作服去了，到澡堂洗澡去了。宋亦芹转脸看了一眼明向林，仿佛在说：没看到您小说里所描绘的情景呀，那些情景是不是你想象出来的呀！

明向林明白宋亦芹看他的意思，他稍稍有些不好意思。他懂得，书中的任何描写，都不能和现实相对照，一对照往往就会让读者怀疑、失望。

让人没想到的是，从井下出来的矿工，大都注意到了站在离井口不远处的宋亦芹。凡是看到宋亦芹的矿工，眼白的光点都不由得亮了一下，瞳孔的焦点都对准了宋亦芹。比起下雪，他们对宋亦芹似乎更感兴趣一些。宋亦芹穿一件咖啡色的翻毛麂皮短大衣，头上包一条用粗羊毛线织成的围巾。围巾是枣红色的，在白雪中显得格外亮丽，像红梅一样。加上宋亦芹生得很是端庄、漂亮，自带光彩，在黑沉沉的井下见不到一个女人的矿工，一出井就看到这么一个好看的女人，他们的目光不受吸引才怪，眼睛不猛地一亮才怪。

有一位岁数稍大的矿工，手里握着从矿帽上摘下来的矿灯，走到明向林和宋亦芹身旁去了，问他们：你们在这里等谁？老矿工显然是误会了，他以为这两个穿戴整齐的人是在等一个人。等人升井的情况是有的，常常是某位矿工的女人，长等短等，迟迟不见自己的男人归家，有点儿担心，就到井口去等。待终于把自家满脸油黑的男人等到了，才眼泪汪汪，一把就把男人的手抓住了。

明向林说：我们不等谁，只是在这里看看。师傅辛苦了，赶快洗澡去吧。

在老矿工问他们两个等谁时，有两个年轻矿工也停下脚步，像是也想听一下他们的回答，他们说出某个矿工的名字，老矿工不知道的，他们两个也许知道。他们回答了不等谁后，老矿工走了，两个年轻矿工也走了。但其中一个矿工说：我看这两个人像两口子。说到像两口子，他们似乎想再证实一下，就回过头来，又把明向林和宋亦芹看了两眼。

年轻矿工说的话，明向林和宋亦芹都听到了，这小伙子，这话是怎么说的！两个人不由得互相看了一下。也是由不得自己，两个人的脸都红了一下。明向林的脸红得不是很明显，不过一红而过。宋亦芹的脸红得明显一些，整个面庞如掠过一阵红云，连眼睑和耳朵似乎都红了。矿工在井下的劳动生活单调、寂寞，总是习惯拿男女之间的关系说事，他们如果继续在井口待下去，别的矿工说不定会说出更出格的话来。明向林对宋亦芹说：宋老师，咱们走吧。自从第一次和宋亦芹在煤炭部门口见面，明向林就把宋亦芹叫宋老师。到矿上向别人介绍宋亦芹时，他还是把宋亦芹叫宋老师。宋亦芹曾纠正过他，说：您是著书立说的作家，我应该叫您老师。您把我叫老师，我怎么能当得起呢。您叫我小宋，或叫我亦芹就可以了。明向林摇头说：那可不行。他坚持把宋亦芹叫宋老师。

宋亦芹领会到了明向林保护她的用心，说好吧，走吧。

明向林和宋亦芹所看的煤矿叫凤凰岭矿，一个很好听的矿名。整个矿务局下辖十二座煤矿，凤凰岭矿是其中之一。中午，雪停了。矿务局宣传部一位管新闻宣传的姓席的副部长，打电话通知矿上的刘科长，让刘科长中午派车，把北京来的两位老师送到矿务局煤矿工人疗养院，他要在那里请两位老师喝酒，吃饭。明向林知道，席部长代表的是矿务局领导的意思，恭敬不如从命，他们不能不去。明向林还知道，席部长在大学里读的是中文系，业余时间一直在写诗。席部长已经在报纸杂志上发表了不少诗歌，并出过诗集。而他业余时间写小说，宋亦芹的职业是编剧，都跟文学有关系。席部长请他们一聚，也算是文学作者的聚会吧。以前来这个矿务局采访时，明向林曾去过煤矿工人疗养院，那里一面依青山，一面傍水库，是一个幽静、美丽的好去处。能带宋亦芹去那里吃顿饭，明向林觉得自己也很有面子。

当刘科长陪同宋亦芹和明向林来到疗养院宾馆餐厅的"沁园春"雅间时，席部长等人已在那里等候。作为东道主，席部长当仁不让地坐在主座，请宋亦芹和明向林女右男左地分坐在他两侧。落座后，席部长把参加聚会的陪同人员对宋亦芹和明向林一一作了介绍。除了刘科长，还有记者站站长、新闻科科长、矿工报总编、工会文体委主任等，共十个人。下酒的凉菜上够六个，每人面前的酒杯斟满，席部长端杯起身，说了三段祝酒词。第一段，欢迎宋老师和明老师到凤凰岭矿体验生活。第二段，预祝二位老师体验生活取得圆满成功。第三段，电影或电视剧投拍时，希望把凤凰岭矿作为拍摄外景地，使煤矿借机扬扬名。每说完一段祝酒词，他就邀大家共同干一杯。干第三杯时他说：前面两杯不强求一律，这第三杯酒，能干的就都干了吧。他可能注意到了，宋亦芹每次端杯，都是象征性的，酒杯连嘴唇都没碰到，就把酒杯放下了。喝干第三杯，他拿着空杯，看着宋亦芹。

宋亦芹说：实在抱歉，我对酒精过敏，一点儿酒都不能沾。

席部长说：那真是很遗憾。

按酒局上的规矩，接下来，席部长要给每位敬酒。排在第一位的，只能是宋亦芹，因为她的工作单位前面冠有中央二字。这一次，席部长提到的是宋亦芹的父亲，他说他知道，宋亦芹的父亲是北京文坛的一位老诗人，在他读初中的时候，就开始读老诗人的诗集，对老诗人很是景仰。他问宋亦芹：宋老先生身体好吗？

还好，能吃能睡。

他还写诗吗？

早就不写了，跟不上形势了。

　　请转达我对您父亲的敬意，把这杯酒捎给他，祝老先生健康长寿！

　　宋亦芹怎么办？席部长敬她酒，她可以不喝，席部长表达对她父亲敬意的酒，她不喝似乎有些说不过去。她的样子有些为难，虽说没有喝酒，已经满脸通红。

　　席部长似乎早有预谋，他说：您实在不能喝，可以让别人替你喝嘛！

　　让谁替她喝呢？在座的人，她只跟从北京一起过来的明向林熟一些，于是，她的眼睛就看向了明向林。在座所有人的目光不谋而合似的，也都看着明向林，像是在看明向林如何表现。

　　明向林如同一下子被推到了风口浪尖上，迎风的是他，踏浪的也是他，他不得不面对。在此之前，明向林不知道宋亦芹的父亲是北京的一位老诗人，宋亦芹一句都没对他说起过。听席部长这么一说，明向林才知道，原来宋亦芹来自书香门第。他不佩服席部长都不行，席部长事前做了那么多功课，对宋亦芹的情况了解那么多。而他已经和宋亦芹一起活动了好几天，却对宋亦芹的家庭背景知之甚少。好在明向林喝酒还可以，他站了起来，双手接过宋亦芹递给他的酒，说：好，我来替宋老师喝，谁让我是陪同宋老师一块儿来的呢！对于不知道宋亦芹的父亲是诗人，他也有点儿自罚的意思，把一杯酒干干净净地喝了下去。

　　席部长夸赞道：这就对了嘛！别的人也是一起叫好。

　　席部长对明向林说：好事成双，再喝一个如何？

　　这一次，明向林没听席部长的摆布，他说免了，免了。

　　席部长给每个人都敬了酒，这种敬酒方式按当地的说法叫打通关。席部长打完了通关，大家开始自由结合，互相敬酒。到了这个阶段，酒场上笑语喧哗，气氛逐渐热烈起来。他们从十二点半开始喝，喝到吃到下午两点才接近尾声。最后，神采更加飞扬的诗人席部长还有话说，他的话主要是对宋亦芹和明向林而言，他说：两位老师到我们这里体验生活，差不多就得了，不要搞得那么紧张，该放松就放松一下。我已经让疗养院安排了一只游艇，一会儿我们登上游艇，到水库里游览一番。水库周边的山上白雪皑皑，"莫道声容远，长歌白雪词"，在水中观景，一定别有一番景象。另外，我们这里离历史文化名城南阳也不太远，开车一两个钟头就到了。哪天我陪二位去一趟南阳，看看诸葛亮躬耕之地卧龙岗和汉画博物馆。

明向林早就想去南阳看看，可以说席部长的计划正合他意。他说席部长想得太周到了，谢谢席部长！席部长以玩笑的口吻故意说套话，说不客气，这是他应该做的。

游艇也是画舫，像一间漂浮在水面上的精致的小房子，里面的座位是沙发座，两面都是透明度极高的落地窗。他们一行在舫舱里坐下，稍一扭脸就可以看到窗外的景致。一张沙发可以坐两个人，明向林没有和宋亦芹坐在一起，以免引起别人不必要的多想。水库很阔大，称得上烟波浩渺，一望无际。明向林隔窗看见，有一个渔民，站在一只小船上，在水里打鱼。有几只野鸭子，在水面上悠闲地游来游去。岸边的雪山映进水里，仿佛岸上有雪山，水里也有雪山。只不过，岸上的雪山是山峰朝上，水中的雪山是山峰朝下。不管朝上还是朝下，都像是一幅巨大的山水画，他们的游览就像是画中游。

　　中午没少喝酒，明向林觉得脸上有些发热，起身到舱外的船尾站着去了。船尾有一个小小的平台，平台三面都安装有不锈钢的安全护栏。明向林两手扶着两根护栏上两个银色圆球，走神似的向远处眺望。他没有皮衣服，也没有羽绒服，外面穿的是一件驼色的粗条绒双层夹克衫，里面套的是妻子精心给他缝制的中式丝绒小棉袄。船行带风，吹扬起他的头发。他不但一点儿都不觉得冷，还突然涌起一种幸福感。人说幸福感很难得，而且幸福感总是脆弱的，往往稍纵即逝。对他来说不是这样的，他时常会有幸福的感觉，而且觉得自己的幸福感很有韧性，能维持好长时间。因此，他对尘世人世充满感恩之情，两眼常常在不知不觉间就涌满了泪水。

　　宋亦芹也到船尾的平台上来了，她问明向林：怎么样，没事吧？

　　明向林说：中午喝的是有点儿多，不过没事。

　　我看您喝酒挺实在的。

　　我其实不爱喝酒，没办法。

　　他们都沉默下来，没再说话。一只长腿鹭鸶从水库里一座岛上飞起，向远方飞去。鹭鸶刚起飞时，两条长腿向下垂着。飞了一会儿，飞到天空之后，两腿就收了上去，向后伸展着，与整个身体呈平行状态。

　　席部长来到平台上时，脖子上挂着一台照相机，他对宋亦芹和明向林说：我给二位照一个合影如何？

　　他们两个都没带照相机，而席部长却带来了照相机，看样子，照相机还不错，像是进口货。明向林看了一眼宋亦芹，男女合影必须征得女同志的同意才行。

宋亦芹说：可以呀。问明向林：咱们两个合影，你们家嫂子看见不会有意见吧？

不会的，我们家那位开明得很。

席部长拉开架势，把相机对在眼上，做出很专业的样子，说：哎，很不错，相当不错。你们靠得近一点儿嘛，不要那么拘谨嘛！

宋亦芹和明向林只好往中间靠了靠，胳膊挨到了胳膊。

好，好，笑一笑。

宋亦芹笑了一下，明向林没能笑出来。

席部长说：我看你们二位长得可是有点儿像啊！

这时，游艇上的其他人也过来围观。席部长又对其他人说：你们看看二位老师长得是不是有点儿像？

有人附和：脸型是有点儿像。

明向林否认：那不可能。

又有人说：宋老师很像一位电影明星。

宋亦芹笑着摆手说：你们不要打趣我。

他们去南阳参观回来，这天晚上，记者站的吴站长和新闻科的科长请他们二位去市里的小吃大排档吃羊肉烩面。羊肉烩面是河南有名的小吃，他们都很爱吃，吃得热气腾腾，头上都出了汗。吃烩面之前，吴站长又要安排喝酒，被明向林拒绝了。明向林说出的理由是，酒的刺激性太强，太夺味，要是喝了酒，就吃不出烩面的好味道了。吃完了烩面，吴站长说活动一下，要带他们到一家歌舞厅跳舞。

宋亦芹说：我不会跳舞呀。

吴站长以为宋亦芹是自谦，说：每人吃了一大碗烩面，权当去消消食。

歌舞厅里，彩灯闪烁，音乐飞扬，人影幢幢，一派歌舞升平的景象。他们在一个包厢里坐下，吴站长喊服务生送来了一些干果和饮料。舞曲响过了一支又一支，他们没有下到舞池里跳舞。跳舞如下水摸鱼，别人都在水里摸鱼，他们老坐在干岸上，总不是个事吧。吴站长把明向林叫向林兄，说：向林兄，您请宋老师跳嘛。

明向林这才起身，双手对宋亦芹做出了请的姿态。

宋亦芹说：我不是谦虚，我真的不会跳舞。

不会没关系，我来带您，一带您就会了。明向林不相信宋亦芹不会跳舞。国家改革开放好几年了，跳舞已经形成了一种时髦的风气，不说农村人吧，城里人差不多都会跳几步。拿他所在的报社来说，他们每天利用很短的工间操时间，男女编辑们放起音乐，在楼道里就跳将起来。他原来也是个舞盲，一步都不会跳。经过加入跳舞大军的学习和练习，他很快就跟上了时代的步伐，跳得运转自如。除了不会跳技术要求比较高的探戈，像华尔兹、北京快四、伦巴，还有迪斯科，他跳得都踩住了节奏。而宋亦芹的工作单位是电视剧制作中心，来来往往的不是导演，就是演员，差不多都是浑身长满文艺细胞的剧中人，宋亦芹和他们打交道，怎么可能不会跳舞呢？

然而，明向林和宋亦芹一搭手就感觉到了，宋亦芹说的是实话，她真的不会跳舞。她的手有些发硬，手指还微微有些发抖。她低头看着自己的脚，身体重重的，每跳一步，都猛地向前一拱。但明向林鼓励她说：不错，不错，您跳得挺好的。抬起头来，放松心情，忘记自己的脚，跟着音乐的节拍走就行了。因宋亦芹每次跨步都比较大，弄得明向林掌握不住分寸，二人难免碰脚，碰腿，身体有所接触。宋亦芹的身材是丰腴型，二人每次相碰，明向林似乎都有些站不稳。推磨怕推石头磨，跳舞怕遇到生坯子。明向林带宋亦芹跳了一会儿，觉得背上就出了汗。仅从宋亦芹不会跳舞这一点儿来判断，宋亦芹之前的生活比较封闭，缺乏交际，还没有很好地融入这个飞速发展的社会。他没有和宋亦芹深入交谈过，不了解宋亦芹的人生经历，不知她为什么会这样。

　　明向林和宋亦芹第一次见面，是在煤炭部大楼门口。煤矿文化宣传基金会的秘书送宋亦芹下楼，对宋亦芹说，长篇小说的作者明向林也在这座楼里上班，问她愿意不愿意和作者见个面，互相认识一下。宋亦芹表示当然愿意，秘书就打电话把明向林叫了出来。见面后，他们互相交换了名片，没说几句话，就说了再见。当时宋亦芹怀里抱着一个孩子，是宋亦芹的女儿，女儿还不到一岁，还不会走路。明向林见宋亦芹的女儿在宋亦芹怀里扭来扭去，像是着急吃奶的样子，就没有和宋亦芹多交谈。看见宋亦芹的女儿，明向林想起自己的女儿，他的女儿十多岁了，已经在上小学五年级。宋亦芹和他是同时代人，宋亦芹的女儿还这么小，可见她是晚婚晚育。宋亦芹与他相约到煤矿，体验生活是一个方面；另一方面，宋亦芹说，她正好趁机给女儿断奶。明向林知道，当妈的给孩子断奶不同于断脐，不是一件容易的事。孩子突然吃不到奶了，会大哭不止。当妈的想到这一点儿，心里也会很失落，很难过。还有，宋亦芹虽说不给孩子喂奶了，但乳汁不会说断就断，还会继续分泌。对于分泌出的奶水，明向林不知道宋亦芹是怎么处理的。那天他带宋亦芹跳舞，似乎就闻到了阵阵奶香。

二人在矿上待了一周，完成了时间上的一个循环，登上一列过路的绿皮客车返回北京。他们所订到的两张卧铺票，一张是下铺，一张是上铺。明向林把下铺让给宋亦芹，自己爬到了上铺。火车咯咯噔噔，逢站必停。他们头天晚上登车，到了第二天早上，东天的阳光都照进了车窗，车才到石家庄。此时，包厢里的其他乘客都陆续下车了，只有他们二人还需继续前行。

明向林从上铺下来了，去盥洗室洗漱一番，坐在宋亦芹对面的下铺，跟宋亦芹说话。他说：快到了。

宋亦芹也说：快到了。又说：感谢这几天您对我的照顾。

明向林笑了一下，说不客气。

他们没有谈改编剧本的事，仿佛改编剧本并不是他们此时要谈的主题。宋亦芹低了一下眉，若有所思的样子。待她抬起眼来，发生了一件让明向林意想不到的事，也是终生难忘的事。她从枕边拿过自己的背包，从背包里取出自己的笔记本，打开笔记本，从中取出折叠在一起的稿纸，递向明向林，说：我写了一点儿东西给您看看。

明向林接过稿纸，欲打开看。

您现在先不要看，等没人的时候再看。

听宋亦芹这么一说，又见宋亦芹满面羞涩的样子，明向林已大致猜出宋亦芹写的是什么，他的心潮也有些起伏。他把稿纸在手里掂量了一下，似乎掂出了写在稿纸上的东西应有的分量。他没有把稿纸往自己的背包里放，对宋亦芹说：我想现在就看一下。

您实在想看，那就看吧。

带有浅绿色方格的稿纸是两张，明向林一把稿纸打开就看到了，宋亦芹写给他的是一首现代诗。诗作写满了两张稿纸，有二十多行。诗的题目是《无题》，题目下面空格里没有署名。诗里满篇写的是对他的印象，对他的欣赏，对他的赞美，字里行间洋溢着对他的爱慕之情。明向林把诗稿看了一遍，又品了一遍，心潮激荡，满面潮红。明向林没想到宋亦芹会给他写这样的诗，仿佛又回到了当年的初恋时光。他抬起眼来，第一次把宋亦芹叫成了亦芹，说写得真好，谢谢亦芹！我不敢当啊！

当明向林在看诗稿时，宋亦芹扭过脸，双眼一直望着窗外。季节到了冬天，大地呈现的是裸露的状态。地里还有一块块残雪没有化尽，在窗外一闪而过，一闪而过。疾驰的列车仿佛把大地和残雪带走了，又仿佛把大地和残雪留下了。宋亦芹听见明向林跟他说话，才回过眼来。四目相对之时，宋亦芹脸色通红，目光闪闪，牙光点点，羞怯得比少女还要少女。她说：写得不好，您见笑了。您看了就撕掉吧。

哪能呢，我要珍藏下来，直到永远。

明向林回到家，把宋亦芹写给他的诗稿收藏起来。他不必东掖西藏，因为妻子一直对他很放心，从来不看他的私信。明向林是把宋亦芹的诗稿放下了，但他放不下的是宋亦芹，脑子里时不时地出现的是宋亦芹的身影，回旋的是宋亦芹写给他的诗句。他没有想到，宋亦芹对他的印象那么好，以致对他动了心。实在说来，他对宋亦芹的印象也很好，也觉得宋亦芹很可爱，只是他压抑着自己，没有表现出来而已。回想起来，从席部长、刘科长、吴站长等人对他们两个的言谈话语中，或许已经把他俩看成情投意合的一对。时代已经到了新的时代，人们的思想已经得到了解放。在席部长他们看来，两个成熟的正当盛年的男女结伴从京城出来，说是体验煤矿生活，说不定也会体验一下别的属于男女方面的浪漫生活。大胆设想一下，在只有两个人住煤矿招待所的情况下，在一个人住一间屋的情况下，在大雪飘飘的冬夜，在寂寞的时刻，他要是敲开宋亦芹的门，宋亦芹一定不会拒绝他。哎呀，那将是多么幸福！而他呢，却对宋亦芹什么表示都没有，什么行动都没有。他辜负了宋亦芹对他的一片心，让宋亦芹失望了。他是不是显得太胆小了，太老实了，或者说简直就是一个傻得不透气的大傻瓜啊！

激情燃烧起来，明向林想补救一下，挽回一下。于是，他打通了宋亦芹留给他的电话，提出要去看望一下宋亦芹。

宋亦芹笑着，连说了两个谢谢！但她又说，她妈妈和孩子都在家里，家里有些乱。

明向林又说：那么，我请您到外面吃顿饭吧？

我这次外出，体重猛增了三公斤。回来后，我已开启减肥模式，吃饭就免了吧。

明向林还能说什么呢，他只能说：那好吧，尊重您的意思，以后有机会再说吧。

许多事情就是这样，机会一旦错过，可能永远都找不回来了。

一晃三十多年过去了，宋亦芹后来没再提改编电视剧的事。自从那次通过电话之后，明向林也没有再和宋亦芹联系。二人虽然都在北京居住，但人海茫茫，谁又能碰见谁呢？

宋亦芹当年给明向林的诗作，明向林还一直珍藏着。若干年后，当明向林的子女整理父亲的遗物时，也许还会看到那首诗。

> 雪化了。
> 下雪都是为化雪准备的。
> 不能因为雪一定会化，
> 雪就不下。
> 雪该下还是下。
> 雪并没有完全消失，
> 它化成水，
> 渗入了地下。
> 水汽升腾到空中，
> 说不定哪一天，
> 又会变成会飞的雪花。

2024 年 3 月 17 日—4 月 9 日，从朝阳光熙家园至怀柔翰高文创园

（其间赶上清明节，从安徽寿县转道回了老家）

原载《山东文学》2024 年第 7 期

郜云鹏

郜云鹏是一个很自负的人。他的鼻孔不一定朝天，但在说话前和说话中，鼻腔里老是发出习惯性的吭吭的声音。在听别人说话时，他鼻腔里有时也会发出这样的声音。有力的声音，好像不单是从鼻腔里发出的，喉咙似乎也参与其中，使喉音和鼻音形成了共鸣。吭吭就要排气，气体不是从他的嘴里排出，是从两个鼻孔里排出来的。在我听来，他鼻孔里排出的气都是傲气。我设想，如果郜云鹏的鼻孔里含有汽油的话，在他排气的同时，在他鼻子前面擦燃一根火柴，他的鼻孔里一定会蹿出两根火舌来。

郜云鹏大概觉得他有资格骄傲，因为他是一九六七届的高中毕业生，如果不是赶上"文革"停学，他或许会成为一名大学生。那时候的大学生可了不得，一旦上了大学，就跟跳过了龙门差不多，一条鱼就会变成一条龙。郜云鹏虽说没有成龙，离成龙已经比较接近，算是一条预备性的龙吧。

因此，他比我调入矿务局宣传部要早一步。当我从基层调进宣传部时，他捷足先登，已经是宣传部的宣传干事。我是一九六七届的初中毕业生，一个是高，一个是初，两相比较，高下立见，他正好比我的学历高出一个档次。这样挺好，作为在一个大办公室工作的同事，我正好可以向他学习。可是，恕我直言，在我们做同事期间，他没有表现出任何高人一筹的地方，我从他身上没学到什么东西。做宣传工作嘛，无非是动动笔杆子，写一些宣传性的文章，为矿务局的工作卖好，以向矿务局的领导交差。在一两年时间内，郜云鹏除了参与编编不定期出刊的《矿工简讯》，我没见他写过一篇像样的文章。有一次，我们宣传部的部长别出心裁，也是是骡子是马拉出来遛遛的意思，命我们四五个宣传干事每人写一篇小故事，凑在一起，凑成一篇通讯，送给了省里的日报社。结果，我写的小故事见报了，郜云鹏写的小故事未被选用。郜云鹏看到报纸，有所不悦，并不以为然，只说了一个字：球！

这个球字，肯定是一个别字。为避免字面上不好看，我不愿意写带尸字头的那个字，只能用皮球的球字代替。没错，郜云鹏凡是说否定的话，或说带有负面评价的话，都是一球以蔽之，除了球，还是球，球仿佛成了挂在他嘴上的口头禅。真的，我几乎没听郜云鹏说过肯定的话，不知他用什么词表达他的肯定，好像他对什么都看不上，对整个世界都持否定的态度。

不过，我们二人的关系处得还可以，井水不犯河水，没闹过什么不愉快。不但没闹过不愉快，我们之间还发生过类似快乐的事。举例来说，我这一辈子只给一个人理过发，那个人是谁呢？不是别人，正是姓郜的郜云鹏先生。别提那次给郜云鹏理发了，一想起来，我就禁不住想乐。还拿一辈子说事，这一辈子能让我一想起来就想乐的都有些什么事呢，扒拉来，扒拉去，只有那次给郜云鹏理发。乐，无疑是一种心理活动，当一个人想乐的时候，无论如何都憋不住。就算用牙齿把乐咬住了，乐还是会从鼻孔里、眼睛里，甚至耳朵眼里冒出来。

偌大的矿务局机关，没有理发室。在矿区的街道上，只有一个理发店，理发店里只有一个理发员，理发还收钱。于是，我们宣传部利用卖废报纸攒下的钱，买了一把不锈钢理发推子、一只塑料梳子和一条围裙，在办公室里互相理发。宣传部有一位姓王的转业军人，他在部队时学过理发，给同志们理发的事，主要由他操作。这天下午下班前，老王为我理过发后，下一个该为郜云鹏理。老王已给两个同事理过发，他大概站得有些累了，说理发其实很简单，把长长的头发推短就是了。问：谁愿意试一试？

我自告奋勇，说我来试试。

郜云鹏看我的眼神有些狐疑，问：你行吗？你以前理过发吗？

我没对他说明，我以前从没理过发，这是第一次为人理发。我只是说：我看理发挺简单的，比写稿子容易多了。我还想说，写稿子还得动脑子，还得用钢笔在稿纸上一个字一个字写，而理发只需把长头发理短就完了。我没有多说，我说得越多，郜云鹏拒绝我给他理发的可能性就越大。

郜云鹏鼻子哼了两下，总算没有拒绝我给他理发。

那时还没有电动理发推子，我们使用的推子是手动式。我们用手指比较灵活的右手，握住理发推子的两个把子，利用把子之间弹簧的张力，开开合合，带动推子前面钢铁齿子的反复错动，同时把齿子探进头发丛中，就把头发剪断了。进入理发过程我才知道，把头发剪断是不难，难的是头发的造型。郜云鹏的发型，不是大背头，不是偏分，也不是板寸，是一边倒。头发在后脖颈和两个鬓角那里比较短，越往高处越长。长到头顶最高处，也是长到最长处，头发一律从左边向右边倒。平日里，郜云鹏对发型是在意的，每日都梳得一丝不乱。我理解，自下而上为他理发，无非是把普遍长长的头发理得短一些。我用推子从下面贴着他的头皮往上推，推子所到之处，头发纷纷落下，一切都很顺利。按照技术要求，头发从短到长，有一个逐渐过渡过程，须形成一个坡度。我的问题是，对分寸的掌握不是很好，觉得该把推子抬高一些，不能再贴着头皮往上推，而是把推子悬空斜着往上推，我没有做到把推子逐渐抬高，而是突然抬高。如此一来，上面的长头发和下面的短发茬就形成了黑白分明的状态。打个比方，郜云鹏的头好比是一个山头，"山头"顶部长满了茂盛的树木，而"山头"下面是悬崖，悬崖的山壁上白花花的，光秃秃的，连一棵草都不长。看着郜云鹏断崖式的发型，我禁不住有些想笑，但我不敢大笑，我怕郜云鹏从我的笑里看出什么名堂。办公室里没有镜子，郜云鹏看不到理发的效果。他抬起头来让老王看，问：怎么样？我看到老王也想笑，但老王也使劲忍着，他的评价是：还可以。

吃晚饭时，乐子在机关食堂的餐厅里爆发。干部们在排队买饭时，都被郜云鹏独特的发型所吸引，不约而同地往他头上看。有人说，郜云鹏的发型像是农村老头儿戴的黑色瓜皮帽。有人说，像农村的娇孩子留的茶壶盖。有人问郜云鹏，这是谁的杰作？还有人问：是谁把你的头当成了实验场？当时我也在食堂排队，郜云鹏的眼睛找到了我，说：这是小刘帮我理的。

他的鼻子翕动了好几下，并用手把头发抹拉了一下，问：是不是有些特别？

有人说：何止是特别，简直太特别了，全国独一份吧。

餐厅里的男男女女都笑了，嘻嘻嘻，哈哈哈，形成了笑声大合唱，笑得有些爆棚。食堂里还没有开饭，好像笑声可餐，笑就把大家笑饱了。开天辟地第一回，笑料都是我制造出来的，我当然无论如何也憋不住笑。趁大家都笑，有乐同享，我干脆也痛痛快快笑一场。笑得我的肚子都疼了，哎呀，哎呀，乐死那个臭小子刘庆邦吧。

郜云鹏成为大家取笑的对象，他大概忍无可忍，第二天一早，就去理发店，把头顶的头发统统剃掉，剃成了一毛不挂的光头。

他戴了一顶遮阳帽，把光头遮住了。

第一次为他人理发就以失败而告终，从那以后，我再也没有给任何人理过发。

矿务局机关所在地，前面是一座五层办公大楼，后面还有一座三层小楼。小楼里住的大都是单身干部。别看他们当上了干部，或是以工代干，但他们的老婆还是农民，还是农业户口，他们只能单身一人住在集体宿舍里。上班时，他们到前面的办公大楼里坐得周吴郑王；下班后，他们只能形影相吊地睡在单人床板上。

我刚从下面的基层单位调到矿务局宣传部时，我和郜云鹏同住一间宿舍，每人一张由长条凳子支起来的单人床板。我记得很清楚，我们住的是一间顶层的阴面的宿舍，窗户下面就是公共厕所，夏天臭烘烘的。做室友期间，我和郜云鹏很少交谈，我不管说什么，他一开口就是球，我只好闭口。但在一块儿住一段时间我得知，郜云鹏是一位多才多艺的人。他业余时间练习书法，还对着书本自学针灸。他把书法作品挂在自己床边的墙上，表示自我欣赏。我没看见他为谁扎过针。

我和妻子办过结婚登记手续后，因为矿务局没有分给我们房子，妻子只好经常到单身宿舍去看我。郜云鹏是识趣的，他从我们的房间搬了出去，到别的房间去住。

郜云鹏是结过婚的人，他的妻子是一个农民。这年春天，在小楼前面的杏树开花的时候，郜云鹏的妻子小石到矿务局找郜云鹏探亲。我们看见了，小石除了脸上有几个雀子，眉眼挺好看的。小石白白的、胖胖的，是一个富态的小媳妇。小石与我和我妻子认识了，有时会到我住的宿舍坐一会儿。听小石说，她和郜云鹏生过一个孩子，是一个女孩。在女孩刚满月的时候，郜云鹏回过老家一次，郜云鹏说，他也要把孩子搂一会儿。结果，他搂了不到一个钟头，孩子就死掉了。小石怀疑，是郜云鹏把孩子闷死的，因为女孩的小脸乌青乌青。小石的话让我吃惊不小，我不敢相信，读过高中的郜云鹏会做出那样残忍的事来。他要是真的如小石说的那样，害死了襁褓中弱小的生命，那可是太可怕了。从那以后，我对郜云鹏有了另外一种看法。

小石找郜云鹏探亲的目的是明确的，是想抓紧时间，再生一个孩子。她想通过孩子拴住郜云鹏，免得郜云鹏跟她离婚。而郜云鹏呢，好像已经铁了心要抛弃小石，坚决拒绝小石跟他亲热，不给小石以任何再生孩子的机会。越是这样，小石就越着急，她的脸庞红红的，眼睛放着光，欲望很强烈的样子，一天到晚只想着那件事，仿佛是她的全身都变成了一团欲望。

两口子总得在一张床上睡觉。郜云鹏实在被小石纠缠不过，顶多允许小石像吃卤制的猪尾巴一样，把"猪尾巴"里面的东西吃出来。这样的私密细节，也是气愤不过的小石传出来的。小楼一夜听雨声，一时间，这个说"猪尾巴"，那个提"猪尾巴"，关于吃"猪尾巴"的细节，成为机关干部们带有猥亵性的笑谈。

一两年后，郜云鹏到底还是和小石离了婚。可怜的小石，不知后来流落到什么地方。我和妻子每每忆及小石的遭遇，都对她有些同情。

"文革"结束的第二年，全国恢复了高考。郜云鹏闻风而动，找到一些复习材料，投入紧张的复习，准备参加高考。他读过高中，基础较好，有条件参加高考。我看到了他怀抱的一摞复习材料，数理化全有，让人望而生畏。郜云鹏没有说让我跟他一块儿复习，一同参加高考。我猜得出来，他认为我连初中都没有完全读完，基础知识太差，离参加高考的水平还差着一大截子，不必有什么参加高考的想法，有想法也是瞎搭。是的，郜云鹏对我有这样的看法是正常的，别说他了，我自己知道自己，对参加高考，连一点儿信心都没有。每个人都想往高处走，但要知道自己有没有能力往高处走，如果没有那个能力，就不必这山望着那山高。加上此时我已经结婚，已经有了我们的女儿，正沉浸在小家庭的幸福里，不想费神巴力、无望地去折腾自己。

恢复高考的头一年，也就是一九七七年，郜云鹏没赶上参加高考。到了一九七八年，郜云鹏做好了充分准备，顺利地参加了高考。郜云鹏喜欢医学，他报考的是河南医学院。郜云鹏不愧是郜云鹏，高考成绩一出来，就过了录取分数线。过去十多年，郜云鹏上大学的愿望一直被压抑着，一旦高考得中，可把该同志高兴坏了，也得意坏了，看看吧，"仰天大笑出门去，我辈岂是蓬蒿人"。郜云鹏的鼻子哼哼得更厉害，仿佛已是医学院大学生的派头。

实在说来，郜云鹏高兴得稍稍有点儿早了。须知他若如愿去上大学，是在职上学，也是带薪上学。既然是拿着单位的工资上学，就得单位同意才行。单位是否同意他去上学，有一个对他进行审查的程序。在所有的审查程序中，政治审查当然是第一位。"四人帮"被粉碎不久，全国各地都在清查"帮派"人物。在全面清查中，我们矿务局通过造反上台的革命委员会主任、副主任，还有工会主席、办公室主任等，已统统被拿下。郜云鹏在矿务局没担任过任何职务，只是宣传部的一个普通干事，而且还是"以工代干"，不是有级别的正式干部。对于入学前的政审，他没什么顾虑。可让郜云鹏万万没想到的是，对他的政审未能获得通过，矿务局新的领导层不同意他去上大学。这是为什么呢？矿务局通过外调得知，郜云鹏在上高中的时候曾当过造反派。造反派也是派，所谓"帮派"人物都是从造反派里派生出来的，只要当过造反派，就多多少少可以和"帮派"人物挂上钩。眼看有门进不得，可把姓郜的哥们儿气坏了，也哼怒坏了，他吭了一连串的鼻子，也说了一连串的球，去找这个领导，找那个领导，申明他只是当过一般的造反派，并没有当过造反派的头目，更没有干过诸如打砸抢之类的坏事，不应该影响他去医学院学习。每个领导都说，这是局里的领导班子成员通过集体研究决定的，不是谁想改变就能改变的。急得想跳墙的郜云鹏，扬言要写大字报，对矿务局的决定提出疑问。矿务局管政工的一位副书记，听说郜云鹏要写大字报，说让他写嘛，写大字报正好可以暴露出他当过造反派的本质。郜云鹏没敢写大字报，他只草书了一幅毛主席的七律《冬云》，贴在自己的宿舍里，以表达"独有英雄驱虎豹，更无豪杰怕熊罴"的悲壮心情。

　　说起来，我要比郜云鹏幸运一些。虽然我没有报考大学，但因为我心无旁骛地持续写稿子，投稿子，得到了北京国家煤炭工业部下属的煤炭工业出版社一家杂志编辑部的赏识，煤炭部一纸调令，把我调到《他们特别能战斗》杂志编辑部当编辑。不仅我进了京，我妻子和女儿的户口也一同迁至北京。在我之前，我所供职的矿务局从来没有一个人调到中华人民共和国煤炭工业部工作，我被直接从基层调到上层，让整个矿务局的人都感到有些惊奇。他们认为我平日的表现并不起眼，并不出众，并没有什么过人之处，上面的人怎么就挑中了那小子呢？其实，在我这方面来说，我并不觉得调到北京工作是什么了不起的事，一切都很平常。所以，临进京，我没有张扬，没有请客，也没有特意和同事们告别。后来听我妻子说，她的有些同学对她有所嫉妒，有一个以前与她比较要好的女同学，得知她要进京，一下子就不理她了。我在矿务局门前的路上碰见了郜云鹏，他还是叫我小刘，说小刘可以呀！

　　我说没什么，到哪儿都是干活。

邰云鹏也有好事。和小石离婚后，他在煤矿系统，终于找到了一个有城镇户口的老婆，他老婆的名字叫黎晓雅。黎晓雅刚参加工作时，是某个矿上的打字员。打着打着，就成了矿上办公室的女干事。黎晓雅有些名气，连矿务局的不少机关干部都知道她。至于黎晓雅的名气怎么来的，是哪方面的名气，碍于邰云鹏的面子，我就不多说了。邰云鹏和黎晓雅结婚后，千方百计把黎晓雅从矿上调了出来，调到矿务局印刷厂工作。黎晓雅为邰云鹏生了一个女儿。

到了这里，邰云鹏的命运是不是可以画上句号了呢？没有，邰云鹏刚过而立之年，他的命运还在继续进行。他既然被查出当过造反派，既然和"帮派"挂上了钩，他又一心钻研上了医学，对宣传工作不感兴趣，那么矿务局领导认为，他已经不适合在宣传部门工作，应该把他下放到矿上去，最好下放到井下，对他进行思想改造。人下井，最终都是为了升井。邰云鹏好不容易从井下调了上来，调到矿务局宣传部，如果再把他打入井下，他实在难以接受。好在宣传部的部长调到下面一个矿当矿长，当时实行的又是矿长负责制，邰云鹏就找到老部长，要求调到老部长所负责的矿。老部长对他还算照顾，没让他下井到采矿一线劳动，而是安排他去矿上的小学当一名教师。一个准大学生，去小学当孩子王，邰云鹏一定会感到屈就。但命运之车把他拉到了这一步，他也无可奈何。

随着煤炭工业的快速发展，我们的杂志变成了报纸——《中国煤炭报》。杂志是月刊，报纸每周出三期。我先是在报社的副刊部当编辑，几年之后，就当上了副刊部主任。

忽一日，广告部的女副主任给我打电话，说河南来了一位专治癌症的医学专家，认识我。医学专家？我想不起是哪一位。我问副主任专家的名字，副主任告诉我，专家的名字叫郜云鹏。哎呀，郜云鹏，想不到是他来了。这真应了一句古话，士别三日，当刮目相看。我的办公室在三楼，广告部的办公室在一楼，我放下电话，立即下楼去看望郜云鹏。没错，来人确实是郜云鹏。多年不见，我对郜云鹏很热情，可郜云鹏对我并不是很热情。他头戴一顶牛仔布的遮阳帽，脸色发红，正跟广告部的副主任和另一位女士侃侃而谈，一边谈，一边哼哼鼻子。副主任问他，什么癌症都能治吗？他的回答是都能治，治一个好一个。他马上列举被他治愈的病例。我插不上话，只能站在一边听他宣讲。我对他的话不免有些怀疑，癌症被说成是不治之症，全世界有那么多高明的医生都对癌症束手无策，他凭什么就攻克了癌症呢？郜云鹏从来不给我写稿子，我们在业务上没有任何联系。我听出来了，他找到我们报社的广告部，是希望广告部帮他宣传一下。我隐隐觉得，郜云鹏已是一位江湖中人。广告部的副主任大概也听出他的话不太靠谱，打断他，问他跟我是怎么认识的。

郜云鹏这才嘿了一下说：我们两个是老同事，一块儿在宣传部工作时平起平坐，桌子肩并着肩。

他接着跟我的同事说我的话，让我有些不舒服。他没说我的工作态度，也没说我的奋斗历程，说的是我的长相。他搬出从麻衣相书上贩来的说辞，说到我的天庭如何饱满，地阁如何方圆，说早就看出我不是等闲之辈，一定会出人头地。他的看法果然应验了。

开玩笑，我算什么出人头地？我让他们接着聊吧，就上楼去了。

作为多年的老同事，郜云鹏难得到北京来一趟，我应该请他吃顿饭才是。没请他吃饭，是我失礼的地方。

更让人匪夷所思的是，郜云鹏从煤矿所在的豫西山区，跑到我的老家豫东平原去了。他跑到我们老家干什么呢？一个爱收藏点儿古董的亲戚告诉我，一个叫郜云鹏的人，到我们老家集资寻宝，说如果投资一万元，寻到宝后，就可以得到一百万元的回报。亲戚还告诉我，郜云鹏自称是医学院毕业的医学专家，是国家有关部门信任他，才把为国民寻宝的重任交给他。关于集资寻宝的骗局，媒体多次揭露过，已臭满大街。郜云鹏可能认为我老家的乡村比较偏僻，乡民们还比较蒙昧，就把业务开展到我们那里去了。郜云鹏这么干，这不是诈骗嘛，不是犯罪嘛，他怎么堕落到如此地步呢？命运真是捉弄人啊！

早就有人说过，人一辈子可能要走很多路，但关键的就那么几步。如果走对了，可能有所成就，如果走不对，可能一辈子都在泥潭里挣扎。而关键的几步怎么走，往往不能自主。我和妻子每说到郜云鹏，我们一致的看法是，当年矿务局的领导如果同意郜云鹏去上大学，说不定郜云鹏真的会成为一位救死扶伤的好医生。

2023 年 9 月 25 日—10 月 3 日于朝阳光熙家园

原载《花城》2024 年第 4 期

后来如何

本来是这样

一九九六年五月二十一日，在河南遍地小麦成熟的时节，平顶山十矿井下发生了一场瓦斯爆炸，八十四名矿工遇难。其中一位名叫陈广明的掘进工，遇难时三十五岁。

在瓦斯爆炸的前几天，陈广明乘长途汽车几百里，从豫西回了一趟豫东老家。他得知母亲生病了，买了些药，给母亲送回去。返矿时，妻子杨翠兰不愿让他走，说蚕老一时，麦熟一晌，眼看麦子就要动镰收割了，让他在家帮着把麦子收完再走。陈广明说，那不行，他跟队长说好了，麦收期间要天天出勤下井，人说话得算数。他还对妻子说，在麦收期间，矿上对出勤人员实行工资奖励，这样算下来，他一个月的收入可能比妻子种一季小麦的收入都多。杨翠兰是个爽朗的人，平日里最爱跟丈夫说笑话，她问丈夫，是钱值钱？还是麦子值钱？丈夫还没回答，她先把答案说了出来，她认为麦子值钱，因为钱一个月可以挣那么多，而麦子呢，经风经雪，过冬过春，要长好几个月呢。丈夫不同意这个比法，他拿煤和麦子比，说煤在地底下埋几千万年才长成呢。妻子的理没讲过丈夫的理，只得哼了又哼，恋恋不舍地放丈夫回矿去了。

　　杨翠兰后来说，她要是知道广明回矿上会出事，她拼命也会拉住他。杨翠兰一遍又一遍悔恨不已地说，我真该死啊！……

　　杨翠兰是在收音机里听到了十矿发生瓦斯爆炸的消息，头皮炸了一下，马上想到丈夫陈广明。当时，她正在家里给丈夫拆毛衣，毛衣旧了，袖口处断了线，她要把毛衣拆开重织一下。听了广播，她再也干不成活，心里乱得比刚拆下的一堆灰毛线还乱。她数了数，丈夫回矿已经三天了，瓦斯爆炸时丈夫正在矿上。老天爷呀，这可怎么得了！她是个信神的人，第二天上午，她到镇上的一个庙里烧纸烧香去了。她双膝跪地，给神像磕头，向神灵祷告：老天爷，我许给你一头大肥猪，您保佑我们家陈广明平平安安回来吧，到过年时我给您杀猪，把带耳朵的大猪头摆在桌案上。这还不算，根据当地农民已经开始流行的做法，她另外给老天爷许了一场电影，说陈广明要是能平安回家，她在村里放一场电影。

　　杨翠兰去镇上庙里许愿还没回家，矿上接杨翠兰的面包车已开到她家门口，邻居骑自行车把她找了回来。矿工家属里流传着一句顺口溜：千不怕，万不怕，就怕家门口响喇叭。响喇叭是指矿上来汽车，一来汽车就大事不好，十有八九是矿上出了事故。面包车停在杨翠兰家的院子门口，村里的不少大人孩子都围过去看。杨翠兰回家时，那些人都无声地看着她，似乎在等待她的态度。

　　杨翠兰这时的态度是，我不能哭，我一哭不是等于我们家广明出事了嘛！她做得跟平常人一样，说：咦，咋来了恁些人！

她问矿上跟车来的人：陈广明回来没有？

矿上的人说：广明同志出了点儿事，您收拾一下上车吧，到矿上再详细说。

她问：广明出了什么事？

矿上的人没明确说，只说矿上正全力组织抢救。

这时杨翠兰有些着急，她要来人说实话，陈广明这个人到底还在不在。

来人躲着眼，有些支支吾吾，还是说正在抢救。

杨翠兰进屋，看见她的三个神情惊恐的孩子，才有些憋不住了，对孩子们说：你们的爸爸不会死，他就算是能舍下我，也舍不下你们啊，你们还小。她一把抱住最小的儿子，哭出了声。她一哭，几个孩子就跟她哭成了一团。乡亲们劝他们别哭了，别哭了，结果连劝的乡亲们也在流眼泪。

杨翠兰带着她的小儿子被拉到平顶山后，住进市里刚落成的体育宾馆。当时我作为《中国煤炭报》的一个记者，从北京赶到平顶山，参与了事故的采访报道。我在宾馆的一个房间里看到杨翠兰时，一时没判断出她是工亡矿工的妻子，她站起来，很礼貌地给我让座，还从暖水瓶里给我倒水，表现得理智而坚强。当我得知她是陈广明的妻子，说她很坚强时，她微笑了一下，笑得非常苦。房间的床头柜上放着一碗面条，矿上做善后工作的女干部一次又一次劝她把面条吃了，她就是不吃。直到面条放凉了，她连看一眼都不看。到宾馆两天了，她没吃过一口东西。到了吃饭时间，她被人劝着、拉着，也到餐厅里去。但到了餐厅，她就低头呆坐着，坚决不往餐桌上看。矿上给工亡矿工家属们安排的伙食标准很高，生活相当不错，每天中午都是满桌子菜肴。穿着整齐的女服务员端上一道又一道，那些菜有整只的鸡、整条的鱼、整个的肘子，还有牛肉、羊肉、海参、大虾等。这样的生活，那些农村来的家属不但从未经历过，平时连想都不敢想。可是，饭菜越丰盛，好吃的东西越多，杨翠兰越不摸碗，不动筷子。她有一个固执的想法，几乎已固定下来，她的想法是：一看见饭菜，我就想起这是我们家广明的命，广明人那么好，我哪忍心吃他的命呢！

我也曾到餐桌前劝过杨翠兰，我说陈师傅走了，你们的日子还得往前过，为着几个孩子，你也得吃饭，要是你的身体饿垮了，孩子们依靠谁呢！这样劝着杨翠兰，我不由得想起父亲早逝之后的母亲，喉咙发紧，鼻子酸得难受，声音也有些发颤。杨翠兰抬起头来看了看我，说：我也想吃，可我吃不下去咋办哩……

为了防止杨翠兰的身体出现意外，矿上派去的医疗组人员只好给她打吊针，输葡萄糖水。

杨翠兰的小儿子，看样子才五六岁。他的小脸蛋圆圆的、胖胖的，与妈妈长得很相像。小儿子的目光一直很恐惧，半步都不敢离开妈妈。有一阵，窗外狂风大作，响雷闪电，下起了暴雨。大风刮得体育场里一排旗杆呜呜作响。小儿子抱住妈妈的腿问：妈妈，我爸爸死了吗？这是鬼在叫唤吗？杨翠兰没有回答小儿子，只把小儿子紧紧地搂在怀里。她的小儿子还是畏缩着，说：妈，打雷我害怕，下雨我害怕，咱们回家吧。

矿上善后工作组的人，拿出一张白纸黑字的善后处理协议书，让杨翠兰在协议书上签字。杨翠兰见签字笔如见敌人一样，坚决拒绝在协议书上签自己的名字。因为当时，她的丈夫陈广明还没从井下扒出来。不知为何，她老是说陈广明没有死。她甚至不惜想象，说广明就是被砸断了一条腿，过一两天就出来了。等广明一出来，我就扶他回家，我要好好伺候他一辈子。她还说：我要是现在就签字，不是等于咒广明死吗？

几天后，我离开了平顶山。回到北京一段时间我打听到，因为瓦斯爆炸把井下的一些巷道炸塌了，直到一个多月后，陈广明师傅的尸体才从塌方的巷道里被扒出来。说是尸体，其实只是遗骨。因为瓦斯爆炸的瞬间温度上千摄氏度，瓦斯爆炸之后，井下的温度仍然很高，腐蚀性很强。我不能想象，杨翠兰在丈夫活不见人、死不见尸的情况下，一个多月受着怎样的煎熬！而最终等来的只是丈夫的骨灰盒，她又怎能承受得起！

以上这些文字，是我当记者时所记录的真实情况，时间、地点、人名、事情经过，包括一些细节，都是亲闻亲见，源于真凭实据，没有一点儿想象和虚构的成分。相对小说而言，这些记录无疑可以称为素材。所谓素材，无非是指一些原始的、朴素的，未经提炼、加工、虚构的材料。多少年来，我一直想把这段素材变成一篇小说，可因对自己的想象力缺乏足够的信心，迟迟没有动笔。对于一个长期从事写作的人来说，每一段素材都很宝贵，宝贵得像未经雕琢的璞玉一样，不可轻易舍弃或浪费。是的，璞玉不怕放，放多长时间都放不坏，美玉都在璞玉里面存在着。问题是，我们必须把璞玉的原石打开，再经过精心设计和反复打磨，璞玉才会变成玉器。倘若一直把璞玉放着不动，璞玉只能是璞玉，永远都变不成文化的、艺术性的、被赋予灵气的玉器。写小说与加工玉器又有所不同，加工玉器主要靠的是技艺，工匠越老，技艺可能就越娴熟，干起来越得心应手。而写小说主要靠的是想象力，作者在年轻的时候，精力充沛的时候，想象力也会强大一些，想象得天马行空、飞龙御水都可以。作家一旦变老，在体力下降的同时，想象力也会不可避免地衰退，想象起来就不那么容易了，常常是力不从心，心不得力，只在原地打转转。

　　我这样说，其实是在说我自己。随着年逾古稀，自己不想承认都不行，我想象的力量的确有些大不如前。比如说，我想象的对象是一个石磙，以前我可以推得石磙满地转，甚至可以把石磙推上山坡。现在呢，我把石磙推动起来都很吃力。不过我不甘心，我的意志力还在发挥着作用。意志力和想象力当然不是一回事，如果说想象力以体力为基础，带有一定物质性的话，意志力纯粹是精神性的东西。意志力不但不会随着想象力的衰退而降低，说不定还会逆向上升。有一句歌词唱得好，人有志气永不老。歌词里唱的志气，就是人的意志力。人的意志力不老，会对人的想象力起到一定的加油作用和督促作用，不至于让我们因想象力的下降而偷懒，而自我放弃。好在我对自己的意志力一直充满自信，曾怀疑过自己的想象力，却从没有怀疑过自己的意志力。紧迫感使然，请允许我再试试吧，在意志力的带动下，充分调动起现有的想象力，看看能不能把这段难忘的素材变成一篇小说。

既然要变成小说，就不能老盯着以前，要写以后如何；不能只写本来已经发生的事情，需面向未来，写尚未发生但有可能发生的事情；不能只写鸟卵，要让小鸟破壳而出，展开翅膀，在空中飞翔起来。

好了，闲言少叙，想象开始。

第一种可能

杨冬玉在体育宾馆度日如年地住到第四天，还没得到丈夫陈明良是死是活、是去是回的确切消息。

体育宾馆环绕着圆形的体育场而建，一个又一个房间，形成了宾馆的闭环，仿佛是奥林匹克五环中的一环。那些标准化的房间原本是准备安排运动员和裁判员住的，现在却临时性地住进了一些工亡矿工家属。有的工亡矿工家属来人比较多，有矿工的妻子、孩子、父母、兄弟姐妹，还有村里的干部。杨冬玉不知道宾馆里一共住了多少家属，从传出哭声的房间估计，至少有七八十个老老少少的家属住在这里。时间一天一天过去，杨冬玉觉出，住在宾馆里的家属越来越少，哭声也越来越稀。听善后工作组的人说，有的遇难矿工的尸体找到了，运到殡仪馆火化后，家属就抱上骨灰盒回农村老家去了。火化前，尸体要经过清洗，化妆，穿上西装，打上领带，戴上鸭舌帽，打扮得很是体面。

杨冬玉不敢想象丈夫陈明良穿西装打领带的样子，陈明良以前从没有穿过西装，脖子里更没有打过什么领带。人家要是把陈明良打扮得洋里洋气，陈明良一定会感到浑身不自在。不管人家怎么打扮陈明良，杨冬玉都不稀罕，她只希望看到原来的陈明良，看到陈明良原来那个土里土气的样子。杨冬玉也不敢多问，陈明良什么时候能回到井上来。矿上一天找不到陈明良，她的希望好像就多一天。矿上要是找到了陈明良呢，说不定她的希望就破灭了。她有些小心，也有些自欺，好像多问一句就等于催丈夫的命似的。她只是说，她家里的麦子熟了，她该回去收麦了。她家种的三亩多麦子长得不错，她不能让麦子白白烂在地里。

善后工作组的人经过层层请示，同意杨冬玉先回家收麦，对她说，一旦陈师傅有了确切的消息，再去车把她接来。

杨冬玉低下眉，像是想了一会儿才说：只要陈明良能从井下出来，我来不来这里都没什么。不管他是瞎了，还是瘸了，你们直接把他送回家就中了。反正这一辈子我再也不会让他出来挖煤了。

矿上派车把杨冬玉母子俩送回村里，村里人既没看到棺材，也没看到骨灰盒，都有些不解。有人问杨冬玉：陈明良呢？

杨冬玉说：明良这次没回来。

问话的人继续问：瓦斯爆炸是不是跟咱们这里过年放炮一样，炮声一响，陈明良在哪个墙角后面躲起来了？

杨冬玉从没把瓦斯爆炸与过年放炮联系起来，听别人这么说，她也愿意这么想。她说：可能吧。

前些年，凡有挖煤人在井下遇难，矿上都是让木工房的人用坑木（煤矿术语，做支架的木头）做一口厚重的棺材，将遇难者的遗体盛殓进棺材里。另外，矿方为了给遇难矿工家庭一定的赔偿，都会用带斗子的卡车送上一车好煤。这样一来，白茬棺材高高放在乌黑的煤炭上，显得格外扎眼。近些年，再有矿工遇难，一卡车四吨煤炭照样送，只是矿工的遗体不再装棺材，火化后把骨灰装进了骨灰盒里。

杨冬玉等了一天又一天，等了一夜又一夜，这天中午时分，当一辆卡车停在杨冬玉家院子门口时，村里人看见，车上只装了一车煤，没有棺材。车停稳后，一位中年妇女从卡车前面的驾驶室里走了下来。她是矿上工会女工部的周主任，也是善后工作小组的成员之一。杨冬玉在体育宾馆住着时，周主任也一直在体育宾馆住，等于杨冬玉对周主任已经有些熟悉。周主任下车时，双手抱着一只黑色的骨灰盒。

骨灰盒其实也是棺材，只不过是棺材的缩小版。杨冬玉一见"棺材"，才彻底失望了。她接过"棺材"，叫着明良，明良，双膝跪倒在地，放声痛哭起来。杨冬玉似乎早就准备好了这场痛哭，她一直压抑着自己，没让自己哭出来。这会儿她终于哭了出来。季节到了夏天，天上并没有打雷，但杨冬玉的哭声如滚滚的雷声。地上没有下雨，但杨冬玉的眼泪如瓢泼大雨。周主任的双眼也湿了，对杨冬玉说：小杨，矿上没有把陈师傅活着给你送回来，我们对不起你！好了，别哭了，起来吧。矿上也不能给你们家赔偿什么，只能按规定送来了一车煤。你跟乡亲们说说，让他们帮着把煤卸下来吧。

杨冬玉又想到了丈夫的命，她想，这一车煤是丈夫的一条人命换来的啊，煤就是丈夫的命啊！她对三个也在大哭的孩子们说：你们的爸爸回家来了，你们要给你们的爸爸磕头，把他的魂留住。三个孩子当中，前面是两个女孩子，第三个是那个儿子。两个女孩子都正在上小学，脖子上都系着红领巾。那个儿子还没有上学。已经懂事的大女儿，把脖子上的红领巾取了下来，她帮着妹妹，把妹妹的红领巾也取了下来。她们把红领巾抓在手里，对着爸爸的骨灰盒磕头，也像是对着车上的煤磕头。她们一边磕头，一边喊着：爸爸！爸爸！爸爸！！！大哭不止。她们的弟弟跟她们跪在一处，也在给爸爸磕头，痛哭。最亮莫过是童声，痛心莫过少年哭。云在哭，风在哭，鸟在哭，树在哭，一时间，仿佛天地都为之痛哭。

陈明良有个哥哥叫陈明善，陈明善小时候患过小儿麻痹症，是个拄单拐的残疾人。陈明善见弟媳杨冬玉哭得拉不起来，他自己也没能力爬上汽车卸煤，就央求村里别的乡亲，帮着把煤卸下来。从车上往下擩煤的时候，那两个乡亲有些愤愤不平，说：哼，一车煤才值多少钱呢，难道用一车煤就能摆平一条人命吗？他们给陈明善出主意，把车上的煤卸干净后，把汽车扣下来，别让司机把汽车开走。等矿上的人送钱来，送的钱抵得上一条人命的价钱了，再把他们的汽车放走。

陈明善听了别人撺掇他的话，真的把拐杖往车头前面的地上一横，他也横着身子半躺在地上，挡住了汽车前行的路。开车的司机是个年轻人，他发动了汽车，轰了两下油门，并按了喇叭，催挡在前面的人离开。陈明善吓得身上哆嗦了一下，把拐杖抓在手里。在众多乡亲的注视下，他相信司机不敢从他身上碾过去。司机给发动机熄了火，从驾驶室里下来了，问陈明善要干什么。

陈明善说：陈明良是我的亲弟弟，我就这一个亲弟弟。你们矿上不能这样把人命不当人命，你们得赔我的亲弟弟。

司机说，他只管开车，别的事他管不着。他走进院子，把正在劝慰杨冬玉的周主任喊了出来。

周主任对杨家的情况已有所了解，知道拦在车前面的残疾人是陈明良的哥哥，她说：陈大哥，有话好好说，你这是干什么！

陈明善说：我们家上有老，下有小，一家人的生活全靠我弟弟支撑着。我弟弟说没就没了，今后我们家的日子可怎么过。陈明善这样说着，似乎也要哭了。

周主任说：你们家确实有困难，你的心情我完全可以理解。有什么要求，你只管提出来，我们回到矿上向领导反映。

陈明善说：反正不能只赔我们一车煤就算完了。一车煤才值几个钱，叫我看还不如一车土坷垃呢。土坷垃里可以种粮食，今年种了明年还可以种。煤一烧就变成了煤渣，就没用了。

你的意思，是不是希望矿上赔给你们家一些钱呢？

这个还用说嘛！

你希望矿上赔多少钱呢？

人命关天，你们看着办。少了，我们不嫌少；多了，我们也不嫌多。

旁边围观的人在喊：一万，三万，五万，十万……

周主任说：矿上能不能赔钱，能赔多少钱，我们说了不算。我们回去跟领导汇报一下，一切由领导决定。

你们可以回去，汽车得留在这里。

你不让我们开车，我们怎么回去呢？

镇上有长途客车，你们可以坐客车回去嘛。

你这样做不合适，我们空着手回去，怎么跟领导交代呢？

你们只想着怎么跟领导交代，一点儿都不想跟老百姓怎么交代。我要是让你们把汽车开走，汽车冒一股烟，你们一回去，就把我们家的事忘掉了。

周围响起一片附和之声，有人还冲着周主任举起了拳头。

周主任只得回到院子里，向杨冬玉求助。不知她对杨冬玉说了些什么，杨冬玉带着三个刚刚止哭的孩子从院子里走了出来。她对陈明善说：哥，你这样做是输理的。明良在天上看着呢，输理的事咱们不能做。

陈明善仰脸往天上看了看，说：我想让矿上赔点儿钱，以后给几个孩子当学费。

杨冬玉说：亏得你还知道想着孩子，想着孩子就得为孩子着想，处处为孩子做出样子。这次在矿上遇难的又不止明良一个，要赔钱，都赔钱；要不赔钱，都不赔钱。人家没说赔钱的事，你非要跟人家要钱，这不是让人家为难吗？好了，起来吧，别让别人把你当笑话看。

陈明善摸了摸拐杖，要起来的样子，却没有马上起来。拐杖构不成台阶，他想找一个台阶下。一时找不到台阶，他梗了一下脖子说：谁想笑话谁笑话，我不怕。

怎么着，你还等着让陈浩给你磕头求你吗？陈浩给他爸爸磕过头了，非要他给你也磕头吗！杨冬玉把儿子陈浩往前推了一下说，去给你大爷（这里把伯伯叫大爷）磕头。

陈明善没有老婆，没有孩子，只有陈浩这么一个侄子。平日里，他把侄子当宝贝，哪里舍得让侄子给他磕头呢！他说：使不得，可是不敢。没等陈浩给他磕头，他就扶着拐杖站立起来，一瘸一拐从车头前面走开了。

一直扶着方向盘的司机，喊周主任快上车，逃离似的把汽车开跑了。

村街比较窄，从车上卸下来的煤堆在村街上，挡住了行人的路，骑自行车都通不过。车拦不得，路也堵不得，杨冬玉带着三个孩子，用铁锨端，用筐子提，用洗脸盆盛，一点儿一点儿把煤转移到他们家墙院外的墙根去了。他们没有把煤挪到院子里，更没有把煤弄到灶屋里。杨冬玉既然认为煤是她丈夫陈明良的命，她就不能拿陈明良的命烧锅，就把命在那里放着吧。他们家以前做饭是烧柴火，现在还是烧柴火。现在柴火很多，麦子长得好，光麦秸都烧不完。不少人家认为麦秸不是好柴火，烧出来的是"呼隆"火，在麦茬地里就把麦秸点燃了，烧得狼烟动地。杨冬玉从不在地里烧麦秸，把麦秸收拾得干干净净，用架子车拉回家。

一天早上，杨冬玉正烧着麦秸在灶屋里做早饭，陈明善在院子大门口连声喊她，喊的是：浩他妈，浩他妈。陈明善喊的声音很大，像是发生了什么事。杨冬玉把柴火送进灶膛里，答应着从院子里走了出来。陈明善指着墙根的煤堆说：你看看你们家的煤是不是被人偷了？

杨冬玉一看，煤堆一头是被人挖了一个坑，挖走的煤恐怕三四筐都不止。她没有感到惊奇，也没生气，只是叹了一口气说：煤谁烧都是烧，挖走就挖走吧，就算是明良送给他们的。

陈明善说：你应该到大街上去骂，骂得偷煤的人耳朵根子发烧，以后就不敢再偷了。

杨冬玉说：我哪里骂得出来。

陈明善的父亲去世了，他和母亲住在村里另外一处房子里。他搅拌了半桶石灰水，和母亲一起，用麻刷子蘸着石灰水往煤堆上甩。煤堆是黑的，石灰水是白的，石灰水一干，煤堆上如同落了一层小雪。陈明善的意思，是在煤堆上做上标记，标明这些煤姓陈，是矿上赔偿给陈家的，别人也许就不好意思再偷了。不料，他们虽然给煤打上了记号，仍没有挡住偷煤的人半夜里对院子外边的煤动手脚。立秋之后，随着秋风渐凉，偷煤的人似乎越来越多，煤堆眼见一天比一天变小。煤是明良的命，总不能让没良心的人把命都偷走吧。这天下午，杨冬玉才带着三个孩子，把仅剩的一些煤搬到院子里去了，堆到院子里一棵石榴树下。他们没有往煤堆上面洒石灰水，而是从田地里拉回一架子车黄土，把黄土均匀地撒在煤堆上，使煤堆变成了黄土色。他们还用铁锨在包了一层黄土的煤堆上面拍，把煤堆拍得圆圆的、光光的。他们都看出煤堆像一座什么，但谁都没有说出来。都说小孩子口无遮拦，因为早早失去了爸爸，他们口上早早就有了遮拦。

除了家里不烧煤，杨冬玉也不再吃肉。去矿上时，她一看见肉就与丈夫的命联系起来，拒绝吃任何肉。回家以后，她把这个念头固定下来，还是什么肉都不吃，一点儿肉都不尝。过年时，她给孩子们做了猪肉、羊肉、鸡肉，还有鱼肉，只给孩子们吃，她自己不吃。她只吃豆腐、豆芽、粉条，顶多吃一点儿鸡蛋。大女儿说：妈，你也吃点儿肉嘛！

她说：妈不喜欢吃肉，你们吃吧。

二女儿问：妈，你为啥不喜欢吃肉呢？

她说：你只管吃你的，不要问那么多。

陈浩悄悄对两个姐姐说，她知道妈妈为什么不吃肉。两个姐姐把他拉到一个背人的地方，让他说一说。陈浩把妈妈在体育馆的餐厅里拒绝吃肉的原因跟两个姐姐说了一遍。两个姐姐听罢，一时没有说话，眼里都涌满了泪水。

第二种可能

杨冬玉没有了丈夫，就成了寡妇。她虽然有了几个孩子，一点儿都不能改变她作为寡妇的性质，只不过是带孩子的寡妇而已。杨冬玉才三十多岁，还是一位年轻的寡妇。俗话说，寡妇门前是非多。所谓是非多，并不一定是来自内部，多是来自外部。并不一定是寡妇本身有什么非，多是来自别人的预设和议论。杨冬玉的遭遇也是如此。

杨冬玉成了寡妇后，最先发愁和担心的，是杨冬玉的婆母，还有陈明良的哥哥陈明善。他们发愁杨冬玉今后的日子怎么过，担心杨冬玉能不能守住寡。在陈明善的父亲还活着的时候，父母曾花钱为陈明善买了一个外地的女人。钱虽说花了不少，几乎花光了家里的积蓄，但看到买来的女人年轻又漂亮，全家人还是很高兴。不料就在新婚之夜的当晚，陈明善连新娘子的一点儿滋味都没尝到，新娘子谎称去门外的厕所解个手，在娘家人的接应下，就趁着夜幕跑掉了。原来，那个年轻女人是"娘家哥"放的"鸽子"，人家只把"鸽子"轻轻放了一下，很快就把"鸽子"收走了。村里人说，陈家落了个鸡飞蛋打。还有人说，陈家连鸡飞蛋打都说不上，因为鸡是飞走了，一个蛋都没有留下。

陈明善的父亲窝了一口气，生病死掉了。陈父死后，家里再也没能力张罗为老大找老婆的事。好在老二陈明良去矿上当了工人后，就娶到了老婆杨冬玉。杨冬玉不但生了两个女儿，接着还生了一个儿子。这样一来，他们陈家兄弟二人总算有了后人，就不会被村里人说成是绝后。老天爷，谁会料得到呢？正当老二在矿上干得好好的，正当明良月月给家里寄钱时，崩地一下子，人说没就没了。陈明良没了，三个孩子就没有了爸爸，杨冬玉就没有了丈夫。同时，当母亲的就没有了二儿子，当哥哥的就没有了亲弟弟。那段时间，生活在一起的母亲和陈明善心里都产生了一个顾虑，顾虑在他们心口顶来顶去，让他们很是焦虑。

他们自欺似的回避着这个顾虑，都不敢轻易说出口，好像不说出来就还是一个顾虑，一说出来就会变成真事似的。这天晚饭后，外面刮着风，陈明善到底没能憋住，还是对母亲把自己的顾虑说了出来：也不知道浩他妈会不会改嫁？

一句话问到了母亲的痛处，让母亲顿时有些心烦，还有些生气。平日里，她嫌大儿子没本事，跟个废物差不多，对大儿子横竖看不惯，动不动就把大儿子吵一顿，说家里花那么多钱给大儿子娶了一个老婆，大儿子对老婆连一夜都没有看住，让老婆白白跑掉了。一听大儿子说出这话，她的火气又升了起来，说：浩他妈改不改嫁，关你什么事，你操那么多心干什么？

村里人说她还那么年轻，可能守不住寡，改嫁的可能性很大。

谁说的，这不是咒我们家嘛！听见谁这样乱嚼舌根子，你就应该骂他。

杨冬玉要是想改嫁，恐怕谁都拦不住。我担心的是，她改嫁的时候把我们的浩儿也带走。

孙子陈浩，是陈家的血脉所在。儿媳和陈家没有什么血缘关系，陈浩却和陈家有着割不断的血缘。只要留住了孙子，就等于留住了陈家的根。孙子的去留，正是奶奶顾虑、焦虑和痛苦的核心。情急之下，她顺着大儿子的话，把自己憋了已久的想法说了出来：不管她杨冬玉改不改嫁，改嫁改到哪里去，反正不能把我的孙子带走。她要是敢把我的孙子带走，我就不活了，一头撞死在她跟前。

奶奶的办法，是把孙子盯得紧紧的，极力拉近和孙子的感情。从树上摘下几颗白杏，或从菜园里的架子上摘下两根嫩黄瓜，她马上送到孙子的家里去。她把孙子喊成浩儿，说：浩儿，来吃杏，奶奶给你摘的大白杏，又甜又沙；说：浩儿，来吃黄瓜，奶奶给你摘的带花儿的黄瓜，脆得很。到了中午做午饭的时间，她摘一把豆角，或掐一把荆芥，也送到孙子家里去。她不喊浩他妈，还是喊浩儿，说浩儿，把这些菜给你妈，让你妈做饭的时候下锅。镇上逢集时，她说：浩儿，走，奶奶带你去赶集。集上人多，她紧紧拉着孙子的小手。她很愿意拉孙子的手，孙子的手胖胖的、热乎乎的，一拉到孙子的手，祖孙之间的血脉好像就接通了。孙子想吃什么小吃，想喝什么饮料，奶奶就从手巾包里剥出卷成一卷的钱来，给孙子买。孙子嘴里正吃着冰棍或果冻，她说：浩儿，你还没叫奶奶呢！浩儿就叫一声奶奶，她答应了一声哎，和孙子的关系再次得到确认，心里似乎才踏实了。她问：浩儿，奶奶对你亲不亲？浩儿说亲。奶奶疼你不疼你？浩儿说疼。她说：奶奶就你这么一个亲孙子，奶奶最亲你最疼你了。谁让你跟他走，你都不要跟他走，只跟着奶奶，你能做到吗？孙子点了点头。奶奶把孙子的头抚了抚，又说：你就是奶奶的命，你要是跟别人走了，奶奶就没命了。这话孙子还不太懂，他不知道什么是命。妈妈说过，爸爸是妈妈的命，他现在怎么又成了奶奶的命呢？

那些煤还在弟媳家院子外面堆着的时候，陈明善以帮着保护煤为理由，可以时常到弟媳家院子门口走一走、站一站。随着那堆煤被人偷得越来越少，随着弟媳带着几个孩子把剩下的煤搬到院子里，陈明善似乎失去了去弟媳家门口的理由，就不好意思再去了。农村祖祖辈辈传下来的伦理，大伯子哥与弟媳之间如同隔山隔水，必须保持一定的距离。距离稍有不当，就有可能引起别人的非议。特别是当弟弟死去、弟媳成了寡妇之后，弟媳家的院子就变成了大伯子哥的禁地。陈明善也很喜欢侄子陈浩，也想带侄子玩一玩，但他不像母亲那样自由，只能远远地把侄子看一看。

弟媳家院墙外面有一条南北贯通的村街，村街上可以走车、走人、走狗，谁都可以走。陈明善的办法，是装作从村前到村后去，时不时地从那条村街上走一走。他拄着拐杖，走得很慢，走一会儿，就停下来歇一会儿。他被村里人说成是三条腿，其中有一条腿不是长在大腿根子上，而是夹在胳膊窝里。既然是个残疾人，他是走是站，别人无可非议。陈明善自己心里明白，他这样做，是在给母亲当探子，也是在为弟媳家放风，看看有什么人到弟媳家去，特别是看看有没有男人到弟媳里去。

这天午后，天下着小雪。陈明善远远看见，有一个老太婆，打着一把黑伞到弟媳家去了。老太婆不是男人，更不是青壮男人，也许在别人看来，她到谁家走动都没什么。可陈明善一看见老太婆走进弟媳家的院子，顿时警惕起来。原来，老太婆是一个喜欢说媒的人，被当地人说成是媒婆。在陈明善眼里，媒婆跟老妖婆差不多，老妖婆去弟媳家里干什么，她是不是要给弟媳杨冬玉说媒呢？

消息很快在村里传开，媒婆果然是给杨冬玉介绍对象。她介绍的这个男人，住在不远处的邻村孙庄，名字叫孙法。孙法是一位提前退休还乡的煤矿工人，还不满五十岁。孙法的老婆生病去世了，两个女儿也出嫁了，目前，他一个人住着四间房子，守着一个院子。孙法每月领着一千多元退休金，不愁吃，不愁喝。只是他觉得有些寂寞，有些无所事事，就每天和一帮老头在村头打扑克。孙法对煤矿发生的事比较敏感，也比较关心，杨冬玉的丈夫因瓦斯爆炸遇难，他在第一时间就知道了。作为曾经的煤矿工人，一提矿工二字就觉着亲。孙法对杨冬玉的不幸遭遇很是同情，觉得自己有责任帮助杨冬玉渡过难关。加上他在镇上赶集时不止一次看见过杨冬玉，见杨冬玉与他死去的老婆长得有一点儿像，但杨冬玉比他老婆长得高一些，富态一些，也年轻许多。于是，他就托人把杨冬玉给他介绍一下。听到消息后，陈明善和母亲都很惶恐，怕什么，来什么，果然有人把杨冬玉盯上了，这可怎么办呢？母亲只能跟老天爷说话，她说：老天爷呀，你还让我活着干啥哩，你咋不叫我替俺二儿死哩！陈明善也对老天爷有所埋怨，说老天爷不长眼，把有用的人收走了，让无用的人在世上受折磨。他认为自己替弟弟死了才好。

对于孙法的想法和要求，还不知道杨冬玉是什么态度。除了陈明善和母亲，村里关心杨冬玉态度的人还有不少。这不是一家有女百家问，是一家有寡妇，大家都关心。在大家的心目中，杨冬玉失去丈夫的经历像是构成了一个故事，而杨冬玉对改嫁的态度如何，似乎关系到故事的转折。是故事都得有转折，大家都等着看转折。

转折尚未看到，在年前的某一天上午，有村里人看到，那个孙庄的孙法，竟提着一大袋子礼品，自己找到杨冬玉的门上去了。孙法身穿西装，脚蹬皮鞋，头上戴一顶鸭舌帽，把自己打扮得像一个新女婿一样。一个没有了老婆的寡汉，登门去找失去丈夫的寡妇，不用说，不是求偶，也是求偶；不是求婚，也是求婚。有多事的人看到孙法进了杨冬玉家的院子，马上把消息报告给陈明善。陈明善本来正往弟媳家院子外面那条村街上走，听到消息后，他愣了片刻，把腋下的拐杖捣得更快些。

来到弟媳家院子门口，他见两扇大门并没有关上，还听到了陈浩喊妈妈的声音，提起来的心才略略放下一些。按他的想法，他真想走进院子里去，用拐杖把那个叫孙法的人赶走。可是，不敢哪，他要是那样做的话，就把弟媳彻底得罪了，弟媳改嫁只能改得快些。他的办法，只能是在弟媳院墙外的村街上来回走。他的拐杖仿佛是一个惊叹号，拐杖是惊叹号的上半部分，留在地上的痕迹，是惊叹号下面的那个点。老不见那个姓孙的走出来，陈明善有时把拐杖在地上捣得重一些，发出咚咚的声响。他用声响告诉那个姓孙的人，人活一口气，他们老陈家还是有人的，不是谁想欺负就能欺负。

孙法对杨冬玉开出的条件，不知被哪个传播出来。条件一共三项，每项条件都堪称优惠。第一项，要是杨冬玉愿意嫁给他，他就把每个月的退休工资都交给杨冬玉支配。第二项，他喜欢小孩子，不反对杨冬玉把孩子带在身边，他愿意帮助杨冬玉培养孩子。第三项，要是杨冬玉不愿跟他到孙庄去，他到杨冬玉所在的村庄住也可以。在人们看来，孙法是被杨冬玉迷住了，他不惜一切代价，对杨冬玉志在必得。也有妇女站在杨冬玉的立场，为杨冬玉着想，她们认为，杨冬玉遇见这样有钱又有情的好男人，要是不同意嫁给他，那简直就是傻。

事情迫在眉睫，陈明善鼓起勇气，一个人到孙庄找孙法去了。刚走到孙庄的村头，陈明善就看见孙法在路边一块空地上正和几个男人打扑克。那几个男人，包括孙法都认识陈明善，并知道陈明善的故事。陈明善娶了外地一个不知名的母鸽子，结果连一根鸽子毛都没得到，就让鸽子飞跑了。这事在当地已被传为笑谈。一个男人问他找谁。他说找孙师傅。孙法一边抓牌一边问他：找我有什么事吗？

陈明善想说的是，孙法要娶他弟媳，他没办法阻拦。他只希望孙法能把他的侄子陈浩给他们陈家留下。不然的话，他的母亲就没法活了。当着这么多人，这话他不太好说。话虽然没说出口，他的表情已有些苦，像一个苦主。

孙法接着问他：你是不是不想让我娶你的兄弟媳妇呀？

这个，这个……我不是这个意思。

那你到底是什么意思？

陈明善正在挠头，有一个男人开始笑话他，说：你是不是看上你兄弟媳妇年轻、漂亮，肥水不流外人田，想留着自己用呀！

这叫什么话！陈明善顿时面红耳赤，他说：你不要胡说，我是杨冬玉的大伯子哥。

大伯子哥怎么了，不也是男人嘛，不也需要女人嘛！那帮打扑克的人，不再看花花绿绿的扑克了，都看着陈明善哈哈哈，哈哈哈……

陈明善无地自容似的，只得转过身走了。

接着又有不好的风言风语在周边村庄传开，而且，越传越添油，越传越加醋。他们说，陈明善手中的拐棍，也是打人棍，他拿着打人棍，天天为弟媳妇站岗放哨，谁敢向他的弟媳妇求婚，他就用拐棍打人。还说，陈明善之所以不让弟媳嫁给别的人，是他自己要把弟媳霸占起来，与弟媳同床共枕。树欲静而风不止，所谓是非多，多是这样来的。

　　过春节期间，杨冬玉带着儿子陈浩去走娘家。社会上的一些传言，杨冬玉的爸爸妈妈也听到了。妈妈对杨冬玉说：我苦命的孩子，你也别太苦着自己，看着有合适的，你想再嫁一家就再嫁一家吧。

　　杨冬玉看了看妈，喊了两声妈，什么话都没说出来，就呜呜地哭了起来。

第三种可能

　　村里不少人外出打工。一开始都是男人们出去打工，女人在家里留守。后来，女人去城里寻找丈夫，见城市比农村好过，黏黏糊糊不愿回家，也在城里打起工来。这个阶段，去城里打工的女性，多是结过婚的媳妇，未曾婚配的女孩子很少。乡下人的观念，总觉得城里灯红酒绿，潜藏着一定的危险，险得像老虎一样。女孩子到了城里，一不小心，有可能会被"老虎"吃掉。再后来，有的女孩子经不住诱惑，也试探着踏进城里去了。经过实践，她们认识到，城里生活并不像传说的那样可怕，挣钱要容易得多，到处也好玩得多，于是她们也陆陆续续到城里去了。

　　杨冬玉没有外出打工，连外出打工的想法都没有。丈夫遇难后，一年过去了，两年过去了，好几年过去了，杨冬玉哪儿都没去，一直带着三个孩子在村里过日子。她没条件外出打工。三个孩子当中，两个女儿在上中学，儿子在上小学，她要是外出打工，孩子们上学怎么办呢？她看着孩子往前过，孩子是她的全部希望所在。她必须保证孩子们能继续上学，绝不能让哪个孩子中断学业。她靠什么供孩子上学呢，只能靠种地。她家里有几亩地，那些地都是她自己种。丈夫在矿上挖煤时，地是她自己种。丈夫不在了，地更得由她一个人种。她一年种两茬庄稼，秋后种冬小麦，小麦到夏季收割后，马上种玉米。不管种小麦，还是种玉米，不是把种子种到土里就完了，还要除草、灭虫、浇水，一系列田间管理工作要做。如果有一样管理工作做不好，就有可能影响粮食的产量。

　　这天上午，杨冬玉在麦田里给小麦打药。清明节过了，麦子正争分夺秒拔着节奋力往上长。她家的麦苗长得很好，一派绿汪汪的，相当苗壮。但是，杨冬玉发现，有的麦叶上长出了一些小虫子。那些小虫子浑身绿莹莹的，跟麦叶的颜色一样。它们有的爬在麦叶的正面，有的爬在麦叶的背面，要是不仔细观察，很难发现小虫子的存在。细心的杨冬玉，观察到了那些被叫成麦蚜虫的小虫子。她知道，别看麦蚜虫小小的，不起眼，可它们繁殖得太快，数量太多，如果任由它们发展壮大，麦苗就会变黄、变瘦，能不能长出麦穗都很难说。所以，杨冬玉必须拿出杀虫剂来，把麦蚜虫消灭在萌芽状态。杨冬玉把适量的药剂和水，兑进一只扁平的、背包式的喷雾器里，往喷雾器里打气，利用空气的压力，把药雾喷在麦苗上。这是一块南北麦垄的麦地，她来来回回，从地南头喷到地北头，再从地北头喷到地南头，每一趟喷出的药雾可以笼罩六垄麦苗。

　　这块麦地中间有一座坟，一座孤坟。坟里埋的不是别人，是杨冬玉的丈夫陈明良。杨冬玉没有把陈明良的骨灰盒直接埋土里，骨灰盒太小，占不了多少空间。倘若只把骨灰盒放进墓坑里，把从墓坑里挖出来的土再填回去，恐怕连一个坟包都堆不起来。所以，杨冬玉还是买了一口正规的棺材，把骨灰盒稳妥地放进棺材里，才把丈夫埋进自家承包的责任田里。丈夫不是老死，也不是好死，按族规不能进老坟，只能单独地埋在这里。杨冬玉过来过去，在麦田里打药，每一次都要从丈夫的坟旁经过。好像丈夫一直在那里静静地等她，她每次经过那里，都会跟丈夫打一个照面。清明节前，她安排大女儿带着妹妹、弟弟给孩子们的爸爸上坟、烧纸。这天，她看见了，孩子们除去了坟上长的野草和榆树苗子，并在坟上培了一层黄土，在阳光照耀下，坟显得很新。她还看见，孩子们烧过纸后，在坟前的空地上留下的一片焦灰印子。每次从丈夫的坟旁走过，杨冬玉都想喊一声明良，跟明良说一句话。但她不敢喊，更不敢说话，她知道，只要她一开口，就会流下泪来。

有邻居在地头喊杨冬玉，说有人找她，找到她家里去了。杨冬玉问找她的人是谁，是不是她认识的人。

邻居说：是不是你认识的人，我哪里知道？

是男的还是女的？杨冬玉又问。

是个女的，戴着一顶花边遮阳帽，穿得很整齐，像是一个女干部。

杨冬玉想了想，在她所认识的人中，好像没有什么女干部。她说她正在打药，等打完药再说吧。

她不回家，那个女干部模样的人竟找她找到麦田里来了，问她的名字是不是叫杨冬玉。杨冬玉点点头，表示承认。女干部又问：你丈夫是不是那次在矿上瓦斯爆炸遇难的？

　　杨冬玉想转过头看一眼丈夫的坟，却没敢看。她说：那都是几年前的事了，不提了。

　　女干部说：不能不提。有些事提起来虽说有千斤重，该提还是要提。接着，女干部把找杨冬玉的缘由说了一遍。她说，现在矿上因工死了人，矿上都给工亡矿工家属发放抚恤金，多的发五六万，少的也发三四万。而像杨冬玉的丈夫那一批人，死后矿上连一分钱都没赔，只赔了一车煤就拉倒了，这不公平，不合理。女干部自我介绍说，她在邻近一个乡政府的妇联工作，她弟弟也是在那次瓦斯爆炸时遇难的。她们姐弟四人，就那么一个弟弟。她调查了一下，在附近的乡镇，共有七个人是在那次瓦斯爆炸中遇难的。她要把所有遇难矿工的家属都找到，把家属们组织起来，集体到省里去上访，争取让矿上发给抚恤金。如果到省里上访不成功，她就带领家属们到北京上访，不信找不到说理的地方。

　　杨冬玉一听说要去省里上访，还要去北京上访，不由得有些害怕。她说，她的二女儿正上初中，儿子在上小学，两个孩子一天三顿饭都在家里吃，她要给孩子做饭，家里离不开人。

　　我听说你不是有三个孩子吗？

　　我的大女儿在县里上高中，她在学校吃住。

　　那你的负担够重的，你靠什么供三个孩子上学呢？

　　靠种地呗，自己想办法呗。

　　像你这种情况，更应该通过上访，向国家反映你们家的实际困难。我们要是上访成功的话，你几个孩子上学的学费就可以解决。

我真的走不开。

给孩子做饭的事，你可以让家里老人临时帮一下忙嘛。

孩子的奶奶年纪大了，孩子的大伯是个残疾人，他们都帮不上忙。

女干部的脸拉了下来，说：丑话说在前头，你要是不参加上访，等我们上访取得了成果，可没有你的份儿。

杨冬玉无话可说。

农村人去城里打工，千辛万苦挣到一点儿钱，却舍不得花。她们把钱掖着、攒着，为了拿回家盖房子。盖房子也是盖脸面，只有把房子盖起来，才能证明打工挣到了钱，家里的男孩子才能说到老婆。于是，村里不少人家，扒了坏房盖砖房，拆掉草房建瓦房，推倒矮房起楼房，纷纷盖起房子来。一时间，村东村西，村南村北，都有了建房工地。农村建房也需要人，人手不够，房子也建不起来。农村的青壮男劳力，大都到城里打工去了，男不够，女来凑，农村的盖房包工队，只好吸收一些妇女加入盖房队伍中来。

就是在这种情况下，杨冬玉除了种庄稼，还就近到村里的建房工地打起工来。看来工是狗，城里有，农村也有，去城里能打，在农村也能打。打工分大工、小工。大工掂刀、砌砖，是技术工。小工和泥、搬砖，被说成是笨工。杨冬玉以前从没有盖过房子，只能当一个出力打下手的笨工。大工和小工，报酬有所不同。大工干一天，可以挣到三十块钱，并能领到一盒廉价香烟。小工干一天呢，只能挣到十块钱，三天才能领到一盒香烟。这已经让杨冬玉觉得很有收获。当时一斤麦子卖不了一块钱，她打工现劳现得，一天挣的钱可以买十多斤麦子呢。她每个月给大女儿的生活费是二百元，每个月挣的工钱，够给大女儿生活费还有剩余呢。

杨冬玉是个干活不惜力的人，也是一个用心的人，她不甘心只当小工，只出笨力，还悄悄地学习大工的干活技术，把大工的一招一式都记在心里。一得到机会，她就替大工干一会儿。某一天，大工家里有事，不能出工，包工头就让杨冬玉顶了上去。杨冬玉抄起瓦刀，把砖头砌得又齐又平，又快又稳，让包工头喜出望外。从此，杨冬玉就变成了大工，女大工，拿到了与男大工同样的报酬。

不料，建房的工地也会出事故。这年夏天，杨冬玉在给一户人家所建的楼房打顶时，支顶的柱子倒了下来，把杨冬玉一只脚的脚骨砸成了骨折。医生给杨冬玉的脚打上了固定的石膏，并缠上了层层纱布，一只脚顿时变得比三只脚都要大。脚伤成这样，至少在三个月内不能触地走路，更不要说去工地劳动了。饭还要吃，日子还要过，无奈之下，二女儿陈妮顶了上来。陈妮初中毕业，该考高中，她放弃了，不考了。妈妈让她只管考。她说她学习不好，考也考不上，不如不考。她还说，姐姐和弟弟都比她学习好，让姐姐和弟弟好好上学就行了。陈妮放下了书包，开始天天为妈妈和弟弟做饭吃。除了家务活，地里活她也得干。在一种近似逼迫的情况下，她早早地就学会了独当一面。

等妈妈的脚伤痊愈，又能干活时，陈妮向妈妈提出，她要到外地去打工。一听二女儿说要外出打工,杨冬玉心疼得几乎落下泪来,她说:我的孩子,你年纪还小,出去打工,妈妈怎能放心呢?

陈妮说:妈你放心,我跟我的一个女同学约好了,我们一块儿出去。我同学的爸爸在城里开小饭店,我们去她爸爸的饭店当服务员。现在去城里打工的女孩子很多,别人能干的,我也能干。

通过想象的劳动,我已经写出了三种可能。想象的天地如此辽阔,如果继续想象下去,我还有可能写出更多的可能。然而,一生二,二生三,三生万物,写了三种可能就可以了,一万种可能就由别人去想象吧。

现在的实际情况

事情再回到原本的真人真事。

平顶山那场事故已经过去了将近三十年,杨翠兰家后来的真实情况究竟怎么样呢?在人事变化方面,人们总是习惯拿三十年说事,不管是河西转河东,还是河东转河西,好像每三十年就是一个转换周期。是的,三十年时间,会把小孩子变成大人,中年人变成老年人,黑发人变成白发人。杨翠兰的三个孩子应该都长大了,她本人也从一个青年变成了老年人,这是不难想象的。但想象不等于实际情况,更不等于具体情况,两者会有很大的差别,不可能完全吻合。更有甚者,我们的想象也许会与目前具体情况南辕北辙。我不满足于自己的想象和虚构，很想以求真的态度，知道杨翠兰家后来的实际情况。久而久之，这个不时冒出来的想法，像是成了一种牵挂。我在当年的采访笔记本上记得清楚，杨翠兰所在的村庄与我的村庄在同一个县，都是豫东的沈丘县。我们虽说不在一个乡镇，可相距并不远。这样说来，我对杨翠兰家后来情况变化的牵挂，也是一个在外地工作的人对一个乡亲的牵挂。我有心趁回乡探亲的机会，打听着找到杨翠兰所在的村庄，登门找到杨翠兰，了解一下她家的现实情况。之所以没有下决心登门走访，是我想到，我那样做未免唐突，会吓到杨翠兰，也会引起杨翠兰一些痛苦的回忆。怎么办呢？我的办法是拜托我们县一位喜欢写作的女作者，让她替我从侧面简单了解一下杨翠兰家的生存现状。

女作者的反馈大大超出了我的想象，让我感到欣慰，甚至有些感动。我没有想到，杨翠兰的三个孩子，是那么一个比一个争气，一个比一个有出息。而杨翠兰的晚年生活是那样的荣光，那样的幸福。

杨翠兰的大女儿大学毕业后，从政走进了公务员队伍，目前在外省某个县当县长。

二女儿所走的道路，与我的想象有那么一点点儿相同。她初中毕业后，真的没有再继续上学，选择到城里打工去了。打工期间，找到了老家在同一个乡的老乡丈夫。起初，她和丈夫在丈夫的哥哥所开的室内装饰材料厂里做工。做工一段时间，她掌握了做装饰材料的所有技术，就向丈夫建议，跟哥哥借一些钱，到邻省的一个城市另开一座新的工厂。丈夫听从了她的建议，另起炉灶，在别的城市办起了新的装饰材料厂。夫妻俩同心协力，经营有方，使工厂很快发展壮大，规模和收入都超过了丈夫的哥哥所办的工厂。他们的工厂，名义上的法人代表是丈夫，实际上的老板却是妻子。因为从智慧、待人接物、经营策略、杀伐决断等方面，妻子都要胜丈夫一筹，丈夫乐于一切由妻子说了算。二女儿开着宝马轿车接妈妈到城里去住，妈妈在城里住不惯，住了一段时间就回到了老家。二女儿只好在老家为妈妈盖了别墅式的两层小楼，为妈妈配齐了电视机、电冰箱、电热毯、空调等一应电器。二女儿还要为妈妈雇一个保姆和妈妈做伴，并照顾妈妈的起居，被妈妈坚决拒绝了。

　　最让人感动的，是杨翠兰的儿子陈浩的志向和所作所为。高考时，按陈浩的成绩，他完全可以报更好的高校。可是，他却毅然决然地选择到矿业大学就读。是爸爸的突然遇难，妈妈带他去矿上处理爸爸的后事，对他幼小的心灵造成了强烈的刺激，并留下了深刻而难忘的印象。为了建设现代化煤矿，彻底改变煤矿安全生产不好的状况，让矿工的孩子不再失去爸爸，他必须担负起应有的责任，做出自己的贡献。从矿业大学的采煤专业毕业后，他要求到一座井下煤层中瓦斯含量比较高的煤矿工作，采用所学到的"釜底抽薪"的办法，先把煤层中的瓦斯抽出来，再进行采煤，这样就从根本上避免了瓦斯浓度超标和瓦斯爆炸。当上主管生产的副矿长后，他又开始推动智能矿山建设，逐步实现矿工不用下井，更不用进采煤工作面，只在工作室里动动鼠标，驱动机器人就可以源源不断地把煤采出来。

真好，太好了！这正是我所期望的。

2023 年 5 月 25 日—6 月 23 日于朝阳光熙家园

原载《长城》2023 年第 6 期